Bert Dillert
Der dunkle Schatten des Waldes

Bert Dillert

Der dunkle Schatten des Waldes

Thriller

Mehr über unsere Autoren und Bücher:
www.piper.de

ISBN 978-3-492-50179-8
© 2018 Piper Verlag GmbH, München
Redaktion: Franz Leipold
Covergestaltung: Favoritbüro, München
Covermotiv: Bilder unter Lizenzierung von Shutterstock.com genutzt
Printed in Germany

Prolog

Sina, 16

Vier Minuten zu spät. Vier *lächerliche* Minuten. Eine Bushaltestelle am Ortsausgang, nur ein paar Meter von den letzten Gebäuden entfernt, fast verschluckt von dem kahlen, weiß bestäubten Wald, der sich an das Städtchen anzuschmiegen schien.

Vier *blöde, bescheuerte* Minuten.

Das bedeutete, dass sie jetzt noch eine Dreiviertelstunde auf den nächsten Bus warten oder den ganzen Weg quer durch Blaubach nach Hause zu Fuß hinter sich bringen musste. Dafür würde sie bestimmt eine knappe halbe Stunde brauchen. Oder hatte der Bus Verspätung? Vielleicht kam er ja doch noch? Wohl kaum. Der eben noch so heftig tobende Schneeregen, kalte Nadelstiche in den Wangen, hatte sich schlagartig aufgelöst, und es war nun noch kälter geworden. Sie starrte die Landstraße entlang, die in die Ortsmitte führte. Dann wieder zu den Wohnblöcken in unmittelbarer Nähe. Aus einem davon war sie gekommen. *Lukas! Dieser Arsch!* Der Nachmittag war eigentlich ganz normal verlaufen, dann hatte Lukas angefangen, mit ihr rumzuzanken. Plötzlich waren die zwei Bier, die er intus hatte, viel zu viel, um noch fahren zu können. Noch mehr Gezanke, schließlich war sie einfach abgerauscht, kurz entschlossen, konsequent. Und in der Hoffnung, den Bus noch zu erwischen.

Und jetzt?

Zurück zu Lukas? Auf keinen Fall. Er war volle drei Jahre älter als sie, aber in ihren Augen verhielt er sich kein bisschen erwachsener oder reifer. Im Gegenteil. Wahrscheinlich hätte sie schon längst Schluss machen sollen mit ihm. So ein Loser!

Unschlüssig trat sie von einem Fuß auf den anderen. Die Kälte drang durch die Sohlen ihrer Sportschuhe, kroch allmählich durch ihren ganzen Körper.

Den Daumen in die Luft halten und per Anhalter weiter? Hier kam ja doch keiner vorbei. Alle in Blaubach und Umgebung waren bestimmt noch verkatert oder saßen bereits wieder beim nächsten Bier oder Sekt. Neujahrstag 2008, kurz vor 18 Uhr. Die Welt stand still. Kein Mond, keine Sterne, eine abweisende Dunkelheit, zerrissen vom Licht der Straßenlaternen und den nur spärlich eingeschalteten Lampen in den Häusern. Eine tiefe Ruhe. Bis auf das Rauschen eines jähen Windes, der die knisternde Kälte vor sich hertrieb und an der Rückwand des offenen Haltestellenhäuschens rüttelte.

Sinas steife Finger huschten unter ihren etwas zu weiten Kapuzenpullover, um auch die obersten drei Knöpfe der Jeansjacke zu schließen, die sie darunter trug. Kein Anorak, keine Wollmütze, keine Handschuhe, kein Schal. Schließlich war sie davon ausgegangen, mit dem Auto nach Hause gebracht zu werden. Sie zog den Kapuzenstoff tiefer in die Stirn und merkte, dass sie zu zittern begann. Nein, sie hatte ganz sicher keine Lust, bis ans andere Ende von Blaubach zu latschen. Allein der Gedanke an den Wind, den sie bei jedem Schritt bis in die Knochen spüren würde, ließ sie erschauern.

Aber es blieb ihr wohl nichts anderes übrig.

Zwei Scheinwerfer strahlten auf, erst dann hörte sie auch den Motor des Fahrzeugs. Sina sah dem Auto entgegen, das sich der Bushaltestelle näherte.

Sie war 16 Jahre alt.

Kapitel 1

Der Anruf

*Manchmal muss man ein bisschen sterben,
um weiterleben zu können.*

Aus einem Tagebucheintrag von Sina Falke

I

Später hätte Hanna nicht einmal sagen können, womit sie sich gerade beschäftigte oder was sie tun wollte und wo sie mit ihren Gedanken war. Wie hatte der Tag vor dieser einen bestimmten Sekunde ausgesehen? Vor jenem schnellen, flüchtigen Augenblick, als der Anruf kam? Wahrscheinlich hatte sie das Display ihres Handys angesehen. Wahrscheinlich hatte sie sich über die unbekannte Nummer gewundert, die eingeblendet war. Wahrscheinlich hatte sie nur *Hallo* gesagt, nicht ihren Namen. Oder doch den Namen?

Sie wusste es wirklich nicht mehr. Die fremde Stimme allerdings, sie hallte noch immer groß und mächtig in ihr, gewaltig, wie eingebrannt für die Ewigkeit. Und doch auch, als hätte sie sich deren Klang bloß eingebildet. Das abrupte Ende des Gesprächs ließ sie völlig verloren zurück, seltsam schwankend, in einer Mischung aus flirrender Euphorie und lähmender Beklemmung. Sie wollte losstürmen und sich hinsetzen, und zwar beides gleichzeitig. Ihre Gedanken rasten und kamen trotzdem nicht voran.

Schließlich nahm sie doch Platz, ließ sich einfach auf den Küchenstuhl fallen. Hanna Falke atmete durch. Ganz tief, einmal, zweimal. Sie fasste sich, redete sich das zumindest ein. Das Smartphone lag noch in ihrer Hand, wie ihr erst jetzt klar wurde. Sie betrachtete erneut die fremde Mobilfunknummer, Ziffer für Ziffer. Und wählte sie an.

Das Klingelzeichen ertönte. Sie ließ es läuten. Lange. Nichts. Nicht wieder die fremde Stimme, gar keine Stimme. Hanna beendete die Verbindung.

Wem gehörte diese Nummer? Wer hatte sie angerufen? Was

hatte es damit auf sich? Ein böswilliger Scherz? Ein unglaublicher, unerklärlicher Zufall? Oder verbarg sich dahinter etwas Reales, Fassbares? Ein Stückchen von der Wahrheit, die für immer verloren gewesen zu sein schien? Noch einmal wählte sie die Nummer an. Aber jetzt ertönte nur eine Computerstimme, die angab, dass der Anschluss momentan nicht erreichbar war.

Erneut atmete Hanna durch. Sie legte ihr Smartphone auf den Tisch, nur um es gleich wieder zu ergreifen. Scherz, Zufall, Wahrheit? Weiterhin jagten die Gedanken wild durch ihren Kopf. Sie öffnete das Adressbuch und scrollte rasch nach unten. Die Namen flogen an ihr vorbei. Wem zuerst Bescheid geben? Mama? Papa? Micha?

Sie schluckte, ihr Hals war trocken und rau. Sie wollte gerade die Nummer ihrer Mutter auswählen, als sie plötzlich innehielt. Ein anderer Name drängte sich in ihr Bewusstsein. Hatte sie ihn noch gespeichert? Natürlich. Ihn zu löschen hätte bedeutet, Sina aus ihrem Leben zu löschen, Sina aufzugeben. So war es Hanna jedenfalls immer vorgekommen.

Darold.

Kein einziges Mal hatte sie ihn angerufen. Nie hatte Veranlassung dazu bestanden. Jetzt doch. Oder nicht? Ihr wurde bewusst, dass sie den Anruf, den sie erhalten hatte, immer noch nicht einzuordnen vermochte, dass die paar geäußerten Wortfetzen nach wie vor in ihrem Innersten alles durcheinanderwirbelten.

Darold meldete sich. Schon nach dem ersten Klingelzeichen. Als hätte er all die Jahre darauf gewartet, dass ausgerechnet Hanna sich an ihn wenden würde.

»Ja?« Seine Stimme hörte sich an wie früher, genau wie sie sie in Erinnerung hatte.

»Hier ist Hanna Falke.«

»Ja?«

War er überrascht? Das musste er doch sein. Aber ihm war nichts anzumerken. »Hanna Falke«, wiederholte sie dumpf, hilflos.

»Die Schwester von ...«

»Ich weiß«, unterbrach er sie. »Was ist los?«

2

Der Flur mit den grauschwarzen Bodenfliesen und den Wänden, deren Weiß gelblich geworden war. Immer noch erschien ihm hier alles vollkommen gleich, als hätte er nur ein paar Tage Urlaub gemacht. Der Pfennigbaum, anscheinend kaum größer geworden. Der Druck des Schwarzwaldgemäldes, nach wie vor leicht schief im Rahmen. Die harten Besucherstühle, paarweise aufgestellt. Auf einem davon saß er. Seit mehr als einer halben Stunde.
Man ließ ihn warten.
Absichtlich.
Leitner ließ ihn warten, natürlich.
Sonst niemand auf dem Flur. Von einigen Beamten, die er noch aus den alten Tagen kannte, hatte er einen Blick erhaschen können, allerdings nicht von Andrea Ritzig, die noch immer hier ihren Dienst verrichtete. Im Gebäude herrschte – genau wie früher – eine träge Ruhe. Eben eine Kriminalpolizeidienststelle in der Provinz. Nichts Spektakuläres. Endlich tauchte Leitner auf. Dunkelblauer Anzug, schneller Schritt, sportliche Figur, unverändert. Ein Enddreißiger mit der Kondition und Konstitution eines jungen Mannes Mitte zwanzig.

Darold stand auf, sich seiner immer grauer und spärlicher werdenden Haare und seines Bauchansatzes, der sich fast unmerklich gebildet hatte, sehr bewusst.

Händeschütteln, Blicke, die sich trafen, klar und präzise.

»Was für eine Überraschung«, sagte Leitner. Vorsichtig? Unwillig? Misstrauisch?

Darold musterte ihn so wie damals, abwartend, vielleicht sogar mit einem gewissen Fatalismus. Man konnte die Zeit eben nicht aufhalten.

Jan Leitner war Darolds Nachfolger geworden als verantwortlicher Hauptkommissar, ein *Neuer*, einer aus Karlsruhe, also wieder einer aus der *Stadt*, genau wie Darold selbst. Vor etwas mehr als einem Jahr war es gewesen, als man Darold den Rückzug nahegelegt hatte, wie das immer so schön hieß. Nachdem er immer mehr zum Einzelgänger geworden war, sich immer mehr verrannt hatte. In die Arbeit, in das eigene Leben, das zusehends leerer geworden war. Schluss, aus, Ende. Jahre vor dem normalerweise üblichen Einstieg in den Ruhestand.

Man hatte Wert darauf gelegt, Darolds Dienstende betont unauffällig über die Bühne zu bringen. Keine Abschiedsfeier, kein Blumenstrauß, keine Meldung in der Presse. Aber das war Darold nicht wichtig. Bartstoppeln, Zigarette im Mundwinkel und ausgeblichene Cargohosen machten sich ohnehin nicht gut bei offiziellen Anlässen. In Blaubach und Umgebung war praktisch niemandem bewusst, dass der Mann, der die Ermittlung im Fall Sina Falke geleitet hatte, nicht mehr am Ruder war.

»Kommen Sie doch in mein Büro, Kollege.« Leitner zeigte zur offenen Tür. Das Wort Kollege sollte wohl eine Einladung sein, die Begegnung möglichst entspannt ablaufen zu lassen. Kein Grund für Ressentiments, für Unangenehmes.

»Wollen Sie einfach mal die Luft Ihres alten Einsatzgebiets schnuppern?« Wiederum betont jovial, die Stimme des Hauptkommissars.

Sie saßen einander gegenüber. Darolds altes Büro. Neuer Schreibtisch, neuer Computer, ein neues Bild an der Wand: eine großformatige Aufnahme des Canyon de Chelly. Daneben ein FC-Bayern-Kalender.

»Nein.« Darold schüttelte den Kopf. »Kein Anflug von Nostalgie. Ich möchte etwas melden.«

»Melden?«, wiederholte Leitner, offensichtlich überrascht. »Ein Verbrechen?«

Darold setzte sich auf. »Hanna Falke hat mich angerufen.«

»Hanna Falke?«

»Sie erinnern sich bestimmt an den Vermisstenfall Sina Falke.«

»Sicher.« Leitner nickte. »Wer nicht? Ich war zwar zu der Zeit noch nicht hier, aber …« Er unterbrach sich, die Stirn in Falten gelegt. »Vor einiger Zeit kam wieder etwas darüber im Fernsehen. Bei *Aktenzeichen XY*.«

»Vor zwei Monaten war das.« Ein rasches Kopfnicken. »Hat aber auch nichts eingebracht. Gar nichts. Seit sechs Jahren keine Spur.«

»Ruht der Fall, oder seid ihr noch dran?«

»Dran?« Leitner lächelte abfällig. »Es ging weder von uns noch von der Familie Falke aus, dass es wieder im Fernsehen thematisiert wurde, sondern allein von den Fernsehheinis. Die haben eine Spezialsendung gemacht über verschwundene Kinder, haben den Fall wohl in ihrem Archiv gefunden und noch einmal zwei Minuten darüber berichtet. Wie gesagt, das hat auch nichts Neues gebracht. Niemand hat sich daraufhin mit irgendeinem noch so nichtigen Hinweis bei uns oder beim Sender gemeldet. Niemand, kein Mensch.«

»Hanna Falke, Sinas jüngere Schwester, hat mit mir Kontakt aufgenommen, weil sie einen Anruf erhalten hat.«

»Warum mit Ihnen?«

Darold zeigte ein Grinsen, hart und freudlos. »Sie kennt mich noch von damals.«

»Von wem wurde sie angerufen?«

»Anonym.« Darold legte einen Zettel auf den Schreibtisch ab, und Leitner nahm ihn an sich. »Von dieser Nummer.« Er runzelte die Stirn. »Und? Erzählen Sie mehr.«

»Hanna kennt die Nummer nicht. Sie hat zurückgerufen, ich habe ebenfalls angerufen.«

»Sie?« Leitners Blick verbarg nicht, dass ihm das missfiel.

»Ich habe den Fall damals bearbeitet.«

»Das ist mir durchaus bekannt, aber …« Ein kurzes Schulterzucken. »Wie dem auch sei. Haben Sie jemanden erreicht?«

»Weder Hanna noch ich. Der Apparat ist seitdem ausgeschaltet.«

»Wann kam der Anruf?«
»Heute. Um 14 Uhr 49.«
Jetzt war es nach 16 Uhr.
»Was hat der Anrufer zu Hanna Falke gesagt?«
»Es war eine Anruferin. Und gesagt hat sie nicht viel.« Darold hob die Augenbrauen. »Nur einen Satz. Einen kurzen, unvollständigen Satz. Dann war die Verbindung unterbrochen. Hanna war sehr durcheinander, aber sie ist sich sicher, dass die Anruferin Folgendes gesagt hat: *deine Schwester, Auto aus Frankfurt, schwarzes Auto.*«
Etwas Mitleidiges mischte sich in Leitners Züge. »Das ist alles?«
»Sie sagen es ja selbst: seit sechs Jahren kein Hinweis, keine Spur, nichts. Und dann wird plötzlich Sinas Schwester angerufen.« Darolds Stimme wurde eindringlicher: »Die Bemerkung mit dem schwarzen Wagen. Falls Sie die Einzelheiten des Falles vor Augen haben – es gab die Aussage einer Zeugin, die Sina Falke gesehen hat, als sie sich mit dem Fahrer eines schwarzen Autos unterhalten haben soll.«
Leitner sah ihn an. »Mag sein, dass ich die Einzelheiten nicht so klar vor Augen habe wie Sie. Ich habe mich nur im Nachgang mit dem Fall beschäftigt – aber doch so gewissenhaft wie nur möglich. Und wenn ich mich recht erinnere, war die Zeugenaussage, die Sie ansprechen, die einzige in dem gesamten Fall. Die einzige«, betonte er noch einmal. »Und diese Dame, diese Zeugin, nun ja, es war eine eher vage, äußerst unsichere Aussage.«
»Die Zeugin hat ein schwarzes Auto erwähnt.«
»Hm.« Unverbindliches Lächeln, ineinander verschränkte Hände. »Wäre schon fast eine Sensation, wenn da noch etwas herauskommen würde.«
»Nicht nur *fast*.«
»Wir werden die Telefonnummer auf jeden Fall überprüfen. So schnell es geht.«
»Deswegen bin ich hergekommen.«
»Ein Anruf hätt's sicher auch getan.«
»Ich wollte Sie persönlich informieren.«

»Vielen Dank«, sagte Leitner. Nicht mehr jovial, eher amtlich. »Könnten Sie mir Bescheid geben, wenn da etwas herauskommt? Es wäre...« Diesmal unterbrach Darold sich selbst. »Ach, vergessen Sie's einfach.« Leitner würde ihm nichts mitteilen, er musste es nicht, er wollte es nicht. Früher war Darold manchmal drauf und dran gewesen, dem Kerl eine reinzuhauen, mitten in die glattrasierte, selbstgefällige Visage, obwohl Leitner nichts falsch gemacht, ihm nicht das Geringste getan hatte. Wenigstens hatte Darold sich so weit im Griff gehabt, seine Faust in der Hosentasche zu lassen – anstatt sie in Leitners Gesicht zu platzieren. Ganz im Gegensatz zu den alten Zeiten, in denen es Darold nicht immer gelungen war, sich zu beherrschen.

Leitner kräuselte die Stirn. »Kann ich sonst noch etwas für Sie tun?«

Für mich hast du ja nichts getan, dachte Darold. »Nein.« Er erhob sich.

Kurzes Händeschütteln, ein letzter gegenseitiger Blick, kein Abschiedsgruß. Darold schloss die Bürotür hinter sich. Er stand da und starrte den leeren, stillen Flur hinab.

3

Hanna drückte den Klingelknopf. Die Tür sprang auf, eine Umarmung, fest und lange. Die Augen ihrer Mutter sahen nicht verweint aus. Hanna hatte eher das Gefühl, dass ihr selbst gleich die Tränen kommen würden, aber sie wehrte sich dagegen.

Sie folgte ihrer Mutter ins Innere der Wohnung, kam sich eigenartig vor, unsicher, immer noch durcheinander, verloren, hin und her gerissen zwischen plötzlichem Mut und tiefer Furcht, wie aufgeputscht und zugleich bleischwer. Nur ein Anruf, ein paar rasche Worte. Und doch hatte das ein Beben in ihr ausgelöst.

Im Wohnzimmer blieben sie stehen.

»Mein Gott, mein Gott.« Susanne Reitzammer strich sich fahrig durchs Haar. Vor zwei Jahren hatten sie und Hannas Vater sich scheiden lassen, und sie hatte wieder ihren Mädchennamen angenommen. »Die Sache mit Sina war einfach zu viel für uns«, hatte sie Hanna damals erklärt, »zu viel für deinen Vater und für mich. Für unsere Beziehung. Das hat uns erdrückt. Wir konnten nicht mehr ...«

Hanna hatte ein leises »Klar« erwidert und insgeheim gedacht, von wem *sie* sich hätte scheiden lassen können. Sie hatte auch nicht mehr gekonnt, sie hatte das Ganze auch erdrückt. *Die Sache mit Sina*, wie es in der Familie ab irgendeinem Zeitpunkt genannt wurde.

»Mein Gott, mein Gott«, wiederholte Susanne und steckte sich eine Zigarette an.

Hanna schwieg, sah sie einfach nur an.

»Es gibt also doch noch Hoffnung, oder?«

Irgendetwas klang sonderbar daran, wie von einer schlechten

Schauspielerin aufgesagt, als hätte sich ihre Mutter die Worte zuvor zurechtgelegt.

»Hoffnung?«, nahm Hanna den Satz zögerlich auf.

»Na ja.« Ihre Mutter hockte sich auf die Armlehne ihres Fernsehsessels.

»Hoffnung, dass sie noch lebt?« Hannas Stimme war dünn. Sie wollte zuversichtlicher, bestimmter klingen. Seit Langem hatte niemand mehr in der Familie einen Satz wie diesen ausgesprochen. Der anonyme Anruf lag nun zwei Stunden zurück. Hanna hatte nach Darold ihre Mutter und ihren Vater angerufen. Micha, ihren Bruder, hatte sie nicht erreicht. »Das Wort hört sich komisch an, nicht wahr? Hoffnung.« Hanna starrte auf den ordentlich gesaugten Teppichboden.

»Und selbst wenn sie, wenn *Sina* nicht mehr lebt …« Susanne räusperte sich. »Aber wenigstens etwas zu wissen, das wäre eine solche Erleichterung. Einfach mal etwas zu wissen.«

Das klang nicht mehr einstudiert.

Hanna fühlte das Gleiche. Es gab nichts, was sie sich mehr wünschte in ihrem Leben als genau das: Gewissheit. Nichts zu wissen war wie eine Wunde, die nie heilte, die einen aushöhlte, ausbrannte, die alle Kraft raubte, die einen schwerfälliger gehen, schwerfälliger denken ließ. Eine Wunde, die ständig blutete, schmerzte, eiterte.

»Ziemlich merkwürdig, oder? Das mit dem Anruf. Er kam so plötzlich, so aus heiterem Himmel«, riss Susannes Stimme Hanna weg von dem Abgrund ihrer Gedanken.

»Vielleicht hat ja doch die letzte Fernsehsendung etwas bewirkt«, meinte sie.

»Ach. Die ist doch schon eine ganze Weile her.«

»Ich weiß. Aber trotzdem.«

Eine wegwerfende Handbewegung. »Nee, das glaube ich einfach nicht«, sagte Susanne entschieden.

War sie tatsächlich sauer, fragte sich Hanna, dass man sie nicht ins Fernsehen eingeladen hatte? Und dass sie nicht einmal in einer kurzen Interviewsequenz zu sehen gewesen war?

Das erste Mal war vor sechs Jahren in der Sendung *Aktenzeichen XY* über das Verschwinden von Sina Falke berichtet worden. Die Eltern waren damals im Fernsehstudio gewesen, begleitet von Darold, hatten Fragen beantwortet, versucht, ihre Gefühle zu schildern. Hanna war in einer kurzen Interviewsequenz zu sehen. Sie war in Tränen ausgebrochen, eine eindringliche Szene, die vielen Menschen im Gedächtnis bleiben sollte. Vor drei Jahren erneut ein Bericht in der Sendung. Die Aufnahme mit der hemmungslos weinenden Hanna wurde wiederum ausführlich gezeigt – sie hasste es, sich so zu erleben. Diesmal war nur Susanne im Studio für ein Live-Interview erschienen.

Und vor zwei Monaten zum dritten Mal der *Fall Sina Falke* zur besten Sendezeit. Natürlich mit der Bitte an das Fernsehpublikum um Mithilfe. Jetzt ohne ein Interview mit den Angehörigen, die der Moderator nur kurz erwähnte. Ohnehin wurde die Geschichte recht schnell abgehandelt: das Aufzählen der wenigen Fakten. »Warum haben sie das dann überhaupt in ihre blöde Sendung genommen?«, hatte Hannas Mutter gemeckert, enttäuscht und empört. »Was soll das denn bringen, bitteschön? Durch ein Ohr rein, durchs andere raus, so fix ist das gegangen.«

Schon da hatte Hanna das Gefühl beschlichen, dass Susanne auch deshalb gekränkt gewesen war, weil sie keine Rolle in diesem Beitrag gespielt hatte. Gekränkte Eitelkeit? Bei einer derartigen Sache? Oder war Hanna einfach nur ungerecht?

Unter Susannes Blick begann Hanna, sich unbehaglich zu fühlen. »Was ist denn?«, fragte sie mit ungewolltem Trotz. »Du siehst aus, als wäre es dir lieber, ich wäre nicht angerufen worden.«

Wieder diese wegwerfende Geste. »Aber nein, Hanna.« Zum ersten Mal wurden Susannes Züge weicher. Sie schien sich ihre nächsten Worte genau zu überlegen. »Aber wir haben eine ganze Menge durchgemacht, da darf man nicht zu viel erwarten. Da darf man nicht den Kopf verlieren. Es geht auch um …« Susanne lächelte traurig. »Es geht auch um Selbstschutz.« Sie erhob sich von der Armlehne und drückte die Zigarette in einem Aschenbecher auf dem Glastisch aus. »Ich weiß nicht, wie ich es sagen soll.

Aber ja: Selbstschutz. Man muss aufpassen, dass es einen nicht auffrisst.« Sie machte einen Schritt auf Hanna zu, die sich die ganze Zeit nicht bewegt hatte, und nahm sie in die Arme.

»Du weißt doch, was ich meine, Hanna, oder?«

Hanna drückte ihr Gesicht an die Schulter der Mutter, roch deren Parfüm, eine neue Marke, ebenso neu wie die kecke, mit hellen Strähnchen verzierte Frisur, die nach Hannas Geschmack etwas zu jugendlich aussah für eine 47-Jährige. Susanne ließ ihre Tochter los. Als hätte sie Hannas Gedanken gelesen, fuhr sie sich durchs Haar. Ihr Ausdruck hatte das Weiche bereits wieder eingebüßt.

So sehr Hanna ihrer Mutter deren zur Schau getragene Kraft auch übel nehmen mochte, erst recht in diesem Moment, so sehr bewunderte sie Susanne insgeheim. Dafür, dass sie so hart sprechen, so hart schauen, so resolute Gesten machen konnte. Dafür, dass sie sich nicht hatte brechen lassen, von dem Unglück, von der *Sache mit Sina*.

»Hast du die fremde Nummer danach noch mal angerufen?«, fragte Susanne unvermittelt. »Ich meine, seit wir beide miteinander telefoniert haben.«

»Öfter.« Hanna nickte. »Zuletzt, bevor ich zu dir gefahren bin.«

»Und?«

»Immer dasselbe. Nur diese Computerstimme, von wegen *nicht erreichbar*.«

»Los, wir versuchen es noch mal«, kam die Aufforderung in drängendem Ton. »Jetzt gleich, na los.«

Hanna tat, was ihre Mutter wollte.

Ihre beiden Gesichter ganz nah beieinander, ihre Blicke auf das Display gerichtet.

Nichts.

Niemand nahm den Anruf entgegen.

4

Viele Fälle. In etwa dreißig Dienstjahren in Bielefeld, Dortmund, Frankfurt und Süddeutschland. Viele aufgeklärte Fälle. Auch so manche, die versandeten, die einfach aufhörten, ein Fall zu sein. Ohne dass es jemand ausdrücklich erklären, ohne dass unter irgendeine Akte ein Strich gezogen werden musste. Cold Cases – kalte Fälle. Einige davon werden nach Jahren wieder aufgegriffen, neue Verfahren zur Spurenermittlung werden ausprobiert, alte Zeugenaussagen noch einmal überprüft. DNA – die große Zauberformel.

Aber was, wenn es nichts gab, an dem sich eine eventuelle Täter-DNA feststellen ließ? Keine Gegenstände. Keine Haare, keine Hautschuppen, keine längst eingetrockneten Blutspritzer. Wenn es gar nichts gab, nicht das Geringste. Schon gar keine Leiche.

Wenn ein gewisser Zeitraum vergangen war, ohne dass eine vermisst gemeldete Person wieder auftauchte, ging man von einem Verbrechen aus. Dann wanderten die Fakten auf den Tisch der Mordkommission. Man stellte Fragen, stellte Fragen, stellte Fragen. Und irgendein Staubkorn entpuppte sich unversehens als Schlüssel zur Lösung. Oder eine knappe, auf den ersten Blick völlig nebensächlich erscheinende Äußerung eines der Befragten. Und plötzlich wurde aus Stillstand Bewegung. Das Staubkorn brachte etwas ins Rollen. Die Ermittlungen nahmen Fahrt auf. Und die verschwundenen Personen stellten sich als ermordete Personen heraus. Die Täter waren in der Regel im direkten Lebensumfeld des Opfers zu finden. Und man fand sie auch. Sie brachen irgendwann ein, gaben alles zu. Am Ende standen ein vergrabener oder einbetonierter Leichnam und eine Verurteilung.

Andere Vermisste – ein erstaunlich geringer Anteil – blieben spurlos verschwunden. Für immer. Keine Leiche. Kein Täter. Keine Antworten. Nur Fragen: klaffende schwarze Löcher.

Darold ließ das Telefonat mit Hanna Falke und das Gespräch mit Hauptkommissar Leitner minutiös in seinem Gedächtnis abspielen. Rekapitulierte jede Bemerkung, hörte auf den Tonfall jeder Silbe.

Zu viel Zeit, zu viel Aufmerksamkeit, zu viel Hirnschmalz für einen ominösen Anruf, der aus sieben dürren Worten bestand?

Er saß da und versuchte, nicht an das Bild zu denken, das er gerade abgab. In seinem eingestaubten Wohnzimmer, die verhasste Lesebrille auf der Nasenspitze, den abgegriffenen großen Ordner auf dem Schoß. Den Ordner, den er in seinen letzten fünf Dienstjahren unzählige Male durchgeblättert hatte. Jedes Din-A4-Blatt, jede kopierte Seite, jeden seiner Notizzettel, jeden ausgeschnittenen, sauber eingeklebten Zeitungsartikel. Nur im letzten Jahr hatte er nicht mehr darin gelesen. In diesem Jahr der Belanglosigkeiten, des Nichtstuns, der Stille.

Er blätterte und blätterte. Und musste feststellen, dass jedes einzelne kleine Detail des Falles noch in seinem Schädel festsaß, eingeschweißt, unverrückbar.

Die letzten beiden Tage einer Gymnasialschülerin, bevor sie urplötzlich verschwand. Sina Falke, geboren am 18. April 1992, 1,66 Meter groß, 52 Kilo, dunkle, glatte, schulterlange Haare. Graue Nike-Sportschuhe. Enganliegende Blue Jeans von Levi's. Kapuzenpullover, schwarz, gekauft bei Zara. Ausgewaschene Jeansjacke von Mustang. Rosafarbenes Langarmshirt von H&M. Silberne Ohrstecker in Form einer kleinen Eidechse. Zusätzlich am rechten Ohr ein silberner Ohrring. Eine silberne Halskette mit einem Schildkrötenanhänger aus Türkis. Eine kleine schwarze Ledertasche in Beutelform. Darin unter anderem ein Mobiltelefon von Samsung in einer auffälligen Hülle: einem Unikat. Gehäkelt von Sina Falkes Mutter, gelb, mit einem großen roten Herzen darauf, auf dem eine schwarze Spinne sitzt.

Silvester 2007. Nachmittags zu Hause. Um ca. 16 Uhr Kaffee

und Schwarzwälder Kirschtorte mit Vater, Mutter, dem älteren Bruder, der jüngeren Schwester. Danach allein im Zimmer, das Sina mit der Schwester teilte. Um ca. 19 Uhr Aufbruch der Familie zur Silvesterfeier im Mehrzwecksaal der Realschule. Alle bis auf den Bruder, der sich kurz zuvor verabschiedet hatte.

Darold rief sich die verwackelten Videoaufnahmen in Erinnerung, die ein anderer Gast gemacht hatte: die letzten Bilder von Sina Falke. Neben ihrer Mutter sitzend, das Samsung-Handy am Ohr, lächelnd, plaudernd, ohne zu bemerken, dass sie ein paar Augenblicke lang von der Kamera eingefangen wurde.

Um ca. 22 Uhr: Erscheinen von Lukas Bellwanger auf der Feier. Sinas Freund, zu diesem Zeitpunkt 19 Jahre alt, Automechaniker mit bestandener Gesellenprüfung. Fahrt zu Bellwangers kleiner Wohnung. Die Ankunft wurde zufällig von einer Nachbarin mitangesehen, die gerade aus dem Keller einen Nachschub an Bier für die eigene private Neujahrsfeier holte. Die restliche Nacht zu zweit in der Wohnung. Den nächsten Tag zu zweit in der Wohnung. Bis zum frühen Abend. Pizza vom Bringdienst *Calimero*. Kartoffelchips und Schokolade. Bier, aber in geringen Mengen. DVDs: *Walk The Line* mit Joaquin Phoenix und *Gothica* mit Halle Berry. Dann ein Streit. Alleiniger Aufbruch von Sina, kurz vor 18 Uhr: angeblich das letzte Mal, dass Lukas Bellwanger sie gesehen hatte. Den Bus um 17 Uhr 52 verpasst.

Eine Autofahrerin, die von Villingen zu ihrem Wohnort Blaubach unterwegs war, glaubte, ein Mädchen oder eine junge Frau an der Bushaltestelle am Ortsausgang bemerkt zu haben, die auf ein schwarzes Auto zugeht, das vor dem Haltestellenhäuschen stand. Die junge Frau soll sich vorgebeugt haben, um durchs Beifahrerfester mit dem oder den Insassen des Wagens zu sprechen. Kein Kennzeichen, keine Automarke. Nicht einmal die absolute Sicherheit, ob es sich bei der jungen Frau um Sina Falke gehandelt hatte.

Und dann? Nichts mehr. Sechs Jahre lang. Nichts.

Warum gerade dieser Fall? Warum ließ er ihn nicht los? Warum war Darold – wenn er sich die Wahrheit eingestehen würde – geradezu besessen von ihm? Tausend Mal hatte er sich schon die Frage gestellt. Und viele Antworten gefunden. Weil der Fall so rätselhaft war, weil er nie aufgeklärt worden war, weil er einer der Fälle war, die am meisten Aufsehen in der Region erregten, weil er … Viele Antworten. Allerdings war die richtige noch nie darunter.

Ruckartig stand Darold auf. Er nahm die Brille ab, legte sie achtlos weg. Der rasche Griff zur Jacke, die er zuvor genauso achtlos auf einen Sessel geworfen hatte. Er konnte einfach nicht hier sitzen bleiben, er musste etwas tun.

5

Hanna fuhr los und warf im Rückspiegel einen letzten Blick auf das schmale schmucklose Doppelhaus, in dessen rechter Hälfte Micha zur Miete eingezogen war. An keinem der Fenster jemand zu entdecken. Wie tot, das ganze Gebäude. Putz blätterte ab, Fensterläden hingen schief, das Gras rundum war verwildert. Micha war der Erste gewesen, der das elterliche Heim verlassen hatte. Eigentlich der zweite – nach Sina. Hanna beschleunigte, sah wieder stur nach vorn. Sie hatte bei ihm geklingelt, hatte an die Tür geklopft, hatte noch mehrmals seine Handynummer gewählt. Nicht allerdings seine Festnetznummer, da sie wusste, dass der Anschluss abgestellt worden war. Micha hatte seine Rechnungen nicht bezahlt.

Er war also nicht zu Hause. Oder machte nicht auf. Das war ihm zuzutrauen. Micha war immer sehr eigen gewesen, wie es ihre Mutter ausdrückte. Ein Einzelgänger. Schon früher. Zwar inmitten der Familie, und doch ganz für sich. Nett und ruhig. Überaus ruhig. Als die Sache mit Sina passierte, war er 20 Jahre alt, das älteste Kind der Falkes, jedoch alles andere als ein Anführer. Ehemaliger Gymnasiast, aber ohne Abitur abgegangen. Zu Beginn seines letzten Jahres schmiss er urplötzlich die Schule, einfach so, ohne dass er besonderem Leistungsdruck oder Mobbing ausgesetzt gewesen wäre, ohne ersichtlichen Grund. Seine Mutter verstand die Welt nicht mehr. Dafür begann er eine Lehre als Maurer, die er sogar durchzog. Wiederum ein jäher Entschluss, für niemanden nachvollziehbar, wie viele Dinge nicht nachvollziehbar waren in Michas Leben. Eine einzige Freundin, später, als Zweiundzwanzigjähriger, auch nur ganz kurz. Kaum enge Freundschaften, kaum Kumpels. Mittlerweile arbeitslos, genau wie der Vater.

Aber Hanna wusste, dass ihr Bruder regelmäßig schwarzarbeitete, um sich über Wasser halten und die Miete zahlen zu können. Sie und ihre Mutter hielten den Kontakt zu ihm aufrecht, mit seinem Vater hatte er sich zerstritten.

Hanna erreichte die Hauptstraße von Blaubach, und obwohl es gar nicht ihre Absicht gewesen war, steuerte sie automatisch auf eine ganz bestimmte Stelle am Ortsausgang zu. Eine Stelle, zu der es sie oft hinzog, immer noch, selbst nach all den Jahren.

6

Hier als war er also gelandet. In einem der beiden zehnstöckigen Kästen, erbaut in den Siebzigerjahren; grau und plump ragten sie aus der Ortssilhouette Blaubachs heraus. Hier wohnte Reinhold Falke. Darold wusste das, wie er vieles über die Falkes wusste. Er war auf dem Laufenden geblieben, was die Familienmitglieder betraf, fast schon automatisch, gewohnheitsmäßig. Wäre jemand von ihnen weggezogen oder schwer erkrankt, er wäre einer der Ersten gewesen, die davon Wind bekommen hätten. Daran hatte sich nichts geändert, auch nachdem Darold nicht mehr bei der Polizei war. Er blieb hellhörig, der Fall Sina Falke gehörte zu seinem Leben. Regelmäßig suchte er das Internet ab, etwa ob es einen neuen Eintrag auf der *Wo-ist-Sina-Falke*-Website gab. Doch die letzte Aktualisierung lag drei Jahre zurück: eine Erwähnung des Fernsehbeitrags in *Aktenzeichen XY*. Auf die neueste Sendung wurde nicht eingegangen. Eine tote Website. So tot wie der Fall Sina Falke.

Darold klingelte. Nie zuvor war er in einem der beiden *hässlichen Zwillinge* gewesen. So wurden die Wohnblöcke im Ort genannt. Hier lebte man nicht. Hier lebten die, mit denen man nichts zu tun haben wollte.

»Ja?« Die müde Stimme von Reinhold Falke.

»Ich bin's«, sagte Darold, das Gesicht an der Sprechanlage. »Darold. Sie erinnern sich doch?« Bewusst nannte er nur den Namen, nicht seinen früheren Dienstgrad.

»Na, Sie verlieren ja echt keine Zeit.«

Ein Summen, Darold drückte die Tür auf. Gleich darauf betrat er die Wohnung im zweiten Stock. Mief ballte sich, Staubmäuse wallten auf. Leere Bierflaschen auf dem welligen Laminat. Ein enger Flur, zwei enge Zimmer, ein winziges Bad.

Falke schlurfte voran ins Wohnzimmer, ließ sich in einen durchgesessenen Sessel fallen und zeigte beiläufig auf das alte Sofa, auf dem eine zerknautschte Decke lag. Bestimmt schlief er oft darauf, müde vom Alkohol, vom Nichtstun, vom Fernsehprogramm – der Fernseher war das Einzige, das neu aussah. Er war eingeschaltet, ohne Ton, es lief eine Realitysoap.

Darold nahm Platz, die Federn ächzten.

»Wirklich«, murmelte Falke. »Sie sind immer noch so schnell wie früher.« Ein kurzes Grinsen. »Hanna war vorhin bei mir. Hat mir noch mal das mit dem Anruf erzählt.« Schulterzucken. »Ist gerade erst wieder losgefahren.«

Er sah schlecht aus, Sina Falkes Vater, schlechter als Darold ihn in Erinnerung hatte. Strähniges, ungewaschenes Haar, das ihm vom Kopf abstand. Augenringe, rote Säuferäderchen an den Nasenflügeln, schlaffe Haut, zittrige Hände, schwarze Fingernägel. Ohne Beschäftigung, seit mehreren Jahren, völlig aus der Bahn geworfen, nie wieder aufgerappelt. Erst recht, als auch noch die Gerüchte über ihn die Runde machten. Das hatte ihm den Rest gegeben.

Nur in seinen braunen Augen, die denen von Sina ähnelten, blitzte es noch; scheinbar das einzige Anzeichen dafür, dass er lebendig war.

»Was meinen Sie zu dem anonymen Anruf?«, fragte Darold.

»Ich?« Falke schnaufte. Der Wohnzimmertisch war ein einziges Durcheinander: zerknüllte Zigarettenpackungen, Aschenbecher, weitere leere Bierflaschen, Salzstangenkrümel, alte TV-Zeitschriften. Sinas Vater zündete sich eine Zigarette an. »Was soll ich schon meinen?«

Darold musterte ihn. In der ersten Zeit nach Sinas Verschwinden hatten Falke und seine Frau noch eine Einheit gebildet: gemeinsam im Fernsehen, gemeinsam beim Aufhängen von Suchblättern, gemeinsam bei einem Zeitungsinterview – hilflose

Eltern, dicht aneinander gedrängt auf dem heimischen Sofa, den Blick verzweifelt in die Kamera gerichtet. Zwei Jahre später die Trennung. Wiederum ein Jahr später das Gerede. Über Streitereien. Handgreiflich soll Reinhold Falke gegenüber seiner Frau geworden sein. Noch mehr Gerüchte. Hatte er seine älteste Tochter bedrängt? Die verschwundene Sina Falke: sexuell belästigt vom eigenen Vater?

Darold war der Sache nachgegangen, wie er allem nachgegangen war, was mit dem Fall zusammenhing, doch etwas Handfestes ließ sich nicht ermitteln. Weder Falkes Frau noch Hanna noch Micha machten eine Aussage, die Reinhold Falke belastet hätte. Keine Zudringlichkeiten, keine Aufdringlichkeiten. Ja, manchmal Schläge. Aber die richteten sich ausnahmslos gegen Susanne, und auch erst nach Sinas Verschwinden.

Erneut ein Jahr später die Scheidung. Und fast zeitgleich Falkes Entlassung aus der Fabrik, die Stahlkegel für Motoren herstellte und in der er seit 15 Jahren gearbeitet hatte: Trunkenheit während der Arbeitszeit, häufiges unentschuldigtes Fernbleiben.

»Was meinen *Sie* denn dazu?« Falke sah Darold nicht an, sondern starrte auf den Fernsehschirm. »Zu dem Anruf.«

»Schwer zu sagen.«

»Zuerst war ich ganz aufgeregt. Ich dachte, hey, verflucht, vielleicht kommt ja jetzt …« Falke gingen die Worte aus, einfach so. Dann setzte er sich abrupt auf, als hätte ihn ein Stromstoß erfasst, und er schlug sich die Faust in die offene Hand. »Herr im Himmel noch mal! Stellen Sie sich vor, wenn Sina noch am Le…« Er stoppte abrupt. Als wäre es verboten, so etwas auszusprechen, als brächte es Unglück. Noch mehr Unglück.

»Die Anruferin hat ja nicht viel gesagt.« Darold beobachtete ihn genau. »Und ich will auch nicht irgendwelche Hoffnungen im Keim ersticken. Aber es wurde nicht erwähnt, dass Sina noch am Leben ist.« Eindringlicher fuhr er fort: »Herr Falke, ich will nur ganz ehrlich und offen reden.«

»Das weiß ich. Das tun Sie immer. Ich kenne Sie ja, Herr Hauptkommissar.«

»Ich kann nachvollziehen, was für eine Wirkung dieser Anruf bei Ihnen und Ihrer Familie hinterlassen haben muss.«

Mit Absicht hatte Darold die Familie betont, als hätte es keine Scheidung gegeben, als würden sie alle noch gemeinsam unter einem Dach leben. »Ich muss sagen, ich habe nach Sinas Verschwinden zahlreiche Vermisstenfälle studiert, aber etwas Vergleichbares ist in keinem davon vorgekommen. Ich meine, dass sich eine Person so viele Jahre danach an die Polizei mit einer Information wendet. Wie aussagekräftig auch immer diese Information sein mag. Es ist sehr rätselhaft. Normalerweise klärt sich alles eher schnell auf.«

»Oder weil irgendwann ein Spaziergänger eine Leiche findet«, warf Falke plötzlich in einem barschen Ton ein.

»Das kann natürlich auch sein. Aber Sie wissen, wie umfassend die Maßnahmen waren, die wir damals gestartet haben. Es war die größte Suchaktion, die es in unserer Gegend je gegeben hat. Mit modernster Technik und größtem menschenmöglichem Einsatz. Hubschrauber, Polizei, Armee, Freiwillige, Suchhunde.« Kurz dachte Darold an die Mantrailer – Schäferhunde, die die Geruchsspur von Sina Falke in Bellwangers Wohnung aufgenommen und Sinas Weg bis zur Bushaltestelle nachverfolgen konnten – allerdings nicht weiter.

Falke stierte vor sich hin. »Jaja, die ganze verdammte Scheiße, ich weiß, ich weiß.«

»Ich hatte immer das Gefühl – und das habe ich nach wie vor –, dass wir sie gefunden hätten. Wenn sie hier im Umkreis, und das ist die Regel, wenn sie hier im Umkreis …«

»Ja, im Umkreis schon«, unterbrach Falke ihn; auf einmal klang er gereizt. »Aber wenn irgendein perverses Schwein sie sonst wohin gekarrt hat?« Er schrie die letzten Silben. Und dann weinte er. Tränen liefen ihm über die schlecht rasierten Wangen. Er schnäuzte in ein schmutziges Taschentuch.

»'Tschuldigung«, murmelte er, als er sich langsam wieder fing.

»Wofür?« Darold blickte ihn unverwandt an. »Wir kennen uns doch schon eine Weile, oder?«

Falke nickte. »Damals habe ich Sie so oft gesehen wie meine Familie. Damals hatte ich – trotz allem – noch irgendwie Hoffnung. Jedenfalls ganz am Anfang. Aber dann ...«

»Ich kann den Anruf noch nicht einschätzen, doch vielleicht kommt ja jetzt doch etwas heraus.«

»Können Sie nicht feststellen, wer die Frau ist, die angerufen hat? Also, mit Ihrem Polizeiapparat und Ihrem ...« Falke suchte nach Worten. »Und dem ganzen neumodischen Technikkram, meine ich.«

»Die Kollegen sind dran«, erwiderte Darold ausweichend. Wie sehr es ihm gegen den Strich ging, dass er auf dem Abstellgleis gelandet war, dass er keine Befugnisse mehr hatte. Dass er genauso in der Luft hing wie dieser jämmerliche, geschlagene, bemitleidenswerte Mann, der ihm schräg gegenüber saß. »Haben Sie eigentlich schon mit Ihrer Frau über den Anruf gesprochen?«

»Mit meiner Ex-Frau, meinen Sie.« Etwas Ätzendes mischte sich in Falkes Stimme. »Nee. Kein einziges Scheißwort. Die würde nicht mal mit mir reden, wenn ich der letzte Mensch auf dem Scheißplanet wäre.«

Wenn er fluchte und voller Wut mit den Augen funkelte, war es leicht, sich Reinhold Falke als einen Mann vorzustellen, der vor Gewalt nicht zurückschreckte. Die Handgreiflichkeiten gegenüber seiner Frau hatte er nicht geleugnet. Aber zudringlich gegenüber der eigenen Tochter? Das war etwas anderes.

Darolds Handy klingelte. Er starrte auf den angezeigten Namen. Ihre Nummer war also immer noch gespeichert: Andrea Ritzig. Er drückte den Anruf weg, steckte das Telefon rasch zurück in die Jackentasche. Würde sie eine Nachricht hinterlassen?, fragte er sich, verdrängte Andrea aber sofort wieder aus seinem Bewusstsein.

Während er den unangenehmen Geruch des alten Sofas einatmete, ging er in Gedanken die damaligen Aussagen und seine so oft gelesenen Notizen durch. Den Tag, an dem Sina verschwand, Neujahr 2008, hatte die Familie Falke daheim verbracht. Auch der Sohn, Michael, hatte noch bei den Eltern gewohnt. Keiner von ihnen hatte nach eigenen Angaben das Haus verlassen. Den ganzen Tag über. Und trotzdem waren diese Aussagen Darold sehr *weich* vorgekommen. Jeder von ihnen hatte die Silvesternacht noch zu verdauen – Hanna war erst 14 Jahre alt, ihre erste lange Fete. Jeder von ihnen schlief sehr viel. Jeder von ihnen verbrachte sehr viel Zeit allein, Michael und Hanna waren kaum wach an diesem Tag, wie sie erklärt hatten. Und Susanne hatte ausgesagt, auf dem Wohnzimmersofa eingenickt und stundenlang nicht aufgewacht zu sein.

Sicher, Reinhold Falke hätte durchaus für einige Zeit unbemerkt das Haus verlassen können, um …

Um was zu tun?

7

Kaum Verkehr, schwebende Nebelfetzen, die Dämmerung kam. Er bog auf die Hauptstraße ein und fuhr aus dem Ort hinaus in Richtung Villingen-Schwenningen. Kurz vor 18 Uhr, im Radio wurden die stündlichen Nachrichten angekündigt. Er schaltete es aus. Kalt war es, zu kalt für die Jahreszeit, wie es immer hieß. Der Nebel wurde dichter. Durch die Windschutzscheibe betrachtete er die letzten Gebäude Blaubachs, über denen sich ein bereits ein dunkler, unfreundlicher Himmel ballte. Laut Kalender hatte der Frühling begonnen, die Luft roch allerdings noch nach Winter. Dachten die Leute an den Schwarzwald, stellten sie sich grüne Täler, blubbernde Bergbächlein, freundliche Frauen in Tracht und Bollenhüten und fachwerkverzierte Bauernhöfe vor, in denen inzwischen Kuckucksuhren und urig geformte Spazierstöcke verkauft wurden. Doch das hier war der Schwarzwald-Baar-Kreis. Hierher verirrten sich nur selten Touristen. Die Baar. An den Rand des Landes gequetscht, die Grenze zur Schweiz ganz nah. Keine großen Städte, sondern vereinzelte Gemeinden und Dörfer. Kurze Sommer wurden rüde von langen, kalten Monaten verdrängt. Viel Regen, viel Nebel, erstaunlich tiefe Temperaturen. Wälder, Felder, leere Landstraßen.

Drei Minuten bis 18 Uhr, Darold hatte die Worte des Radiomoderators noch im Ohr. Die Stunde von Sina Falkes Verschwinden. Und der Ort, an dem sie zuletzt gesehen worden war – von einer Autofahrerin, die noch nicht einmal sicher war, dass es sich überhaupt um Sina gehandelt hatte. Im Fahren überprüfte er sein Handy. Eine Nachricht erhalten. Er legte sich das Mobiltelefon ans Ohr, bereit für den Klang ihrer Stimme. »Hallo, ich bin's,

Andrea«, hörte er Andrea Ritzig sagen. »Ich habe erfahren, dass du auf dem Revier warst. Vielleicht hast du ja Lust … und meldest dich einfach mal. Würde mich freuen, dich mal wieder zu treffen.« Darold löschte die Nachricht. *Mal wieder zu treffen*, hallten ihre Worte in ihm nach.

Er verringerte das Tempo, wie jedes Mal hier, lenkte den Blick zu der Bushaltestelle, die etwas abseits lag, dort, wo der Wald seinen Anfang nahm.

Auf dem Streifen, der den Bussen vorbehalten war, parkte ein roter Ford Fiesta. Seitlich davon hielt sich eine junge blonde Frau auf. Unwillkürlich betätigte Darold die Bremse und wendete. Hinter dem Fiesta stellte er seinen Wagen ab.

Als er ausstieg, stand sie regungslos da, im Hintergrund das Haltestellenhäuschen, an dem bis vor etwa zwei Jahren noch die Suchblätter mit dem Foto ihrer Schwester hingen.

»Hallo, Hanna.«

»Guten Abend, Herr Hauptkommissar.« Sie trug eine Northface-Regenjacke, weiße Jeans und schwarze Ballerinaschuhe.

Als sie einander die Hand schüttelten, sah er die Hanna von damals vor sich. Die weinende Hanna im Fernsehen, die schüchterne Hanna bei ihren gemeinsamen Gesprächen. Ein vierzehnjähriges Mädchen, über das eine Tragödie hinwegwalzte, nicht schnell wie eine Lawine, sondern unerträglich langsam; ein Mädchen, dessen Gesichtsausdruck immer so ernst war wie der einer Erwachsenen, sodass Darold sie sich gar nicht kichernd oder herumalbernd vorstellen konnte. Das war schlimm. Eine der schlimmsten Seiten seines Berufs. Immer mitansehen zu müssen, wie ein Unglück nicht nur den direkt Betroffenen erwischte, sondern sich ausbreitete und auf die gesamte Familie, auf Verwandte und Freunde übertragen wurde. Im Gesicht dieses stillen Mädchens hatte sich das alles gezeigt, das ganze Ausmaß von Leid und Unverständnis und Hilflosigkeit.

»Was machst du hier, Hanna?«

Nie wäre er auf die Idee gekommen, sie zu siezen. Früher hatte er gelegentlich den Eindruck gehabt, sie fürchte sich ein wenig vor ihm. Vor ihm und vor allen anderen ebenfalls. Vor den übrigen Polizisten, den Journalisten, dem Pfarrer, der sich der Familie annehmen wollte, vor all den Fragen und Mutmaßungen. Wohl kein Wunder.

Die gleichen ernsten, großen blauen Augen wie damals sahen ihn an. Mittlerweile jedoch war Hanna 20 Jahre alt und arbeitete als Erzieherin in einem der drei Blaubacher Kindergärten. Blondes Haar, schulterlang, zu einem Pferdeschwanz gebunden. Schlank, eine Figur wie die ihrer Schwester. Gut sah Hanna aus. Nicht wie eine Hochglanzschönheit, sondern wie viele junge Frauen dieser Gegend. Das Mädchen von nebenan, keine freche Göre, jemand mit hübschem Gesicht, klarem Kopf und offenem Lachen. Nur dass diese junge Frau den Eindruck erweckte, selten zu lachen. Wie immer, auch wenn es Jahre zurücklag, spürte Darold bei der Begegnung mit ihr einen schmerzlichen Stich.

»Was ich hier mache?« Ein scheues, verlegenes Lächeln von Hanna. »Eigentlich nichts.«

»Ehrlich gesagt«, meinte Darold, »ich halte auch ab und zu hier an. Früher vielleicht öfter, aber auch jetzt noch. Immer wieder mal.«

»Mir geht es genauso«, antwortete sie. »Ich stehe dann einfach nur herum. Selten, dass hier jemand auf den Bus wartet. Sonst würde ich natürlich nicht aussteigen. Also, wenn da jemand wäre.«

»Es kam kein weiterer Anruf? Sonst hättest du mich verständigt, oder?«

Sie schüttelte ihren Kopf.

»Hast du noch mal die Nummer angerufen?«

»Ja.« Hanna seufzte. »Aber – nichts.«

»Haben sich die ...« Ein Zögern schlich sich in seine Stimme. »Die Kollegen. Haben die sich schon bei dir gemeldet?«

»Nein.« Wieder ihr Kopfschütteln. »Die werden auch mein Handy brauchen, stimmt's?«

»Ja, klar.«

»Man kann feststellen, wem das Handy gehört, von dem aus ich angerufen wurde. Das ist doch richtig?«

»Das hoffe ich natürlich.«

»Und man kann feststellen, von wo … also, wie sagt man da noch mal?«

»Von wo du angerufen wurdest? Du meinst, ob man das Handy orten kann?«

»Genau. Man kann doch heute alles Mögliche feststellen, nicht wahr?«

»Das kann man schon.«

Darold dachte daran, dass die Polizei im Rahmen der Strafverfolgung sogenannte stille SMS an Mobiltelefone versendete, um den Standort des Besitzers zu erforschen und Bewegungsprofile zu erstellen. Diese Art von SMS wurde weder auf dem Display des Adressaten angezeigt, noch löste sie ein akustisches Signal aus. Beim Mobilfunkanbieter entstanden jedoch auswertbare Verbindungsdaten. Allerdings stellte das eine Maßnahme dar, die politisch höchst umstritten war und daher keineswegs regelmäßig zum Einsatz kam.

»Schon verrückt.« Hanna hob beiläufig die Schultern. »Ich meine, dass ausgerechnet ich angerufen wurde. Auch noch auf meinem Handy. Wieso gerade ich? Und nicht Mama? Oder … Ich weiß auch nicht.«

»Du hast auch einen Festnetzanschluss?«

»Ja. Ich habe eine Mietwohnung. In der Gartenstraße.«

»Du stehst im Telefonbuch?«

»Mit dem Festnetz? Ja, sicher. Aber auch Mama und Papa haben jeder Festnetz. Und sie stehen auch im Telefonbuch. Micha übrigens auch – aber der ist nirgends eingetragen.«

»Und dein Handy? Wo kann man die Nummer sehen? Facebook, zum Beispiel. Oder auf anderen Netzwerken?«

»Nein, nein«, erwiderte sie schnell, die Stirn in Falten gelegt. »Ich bin zwar bei Facebook, aber ich würde da nie irgendwelche Daten hinterlegen, schon gar nicht für alle sichtbar. Da steht nur mein Name.«

»Bist du sicher? Ich meine, heutzutage kommt es häufig vor, dass man …«

»Wirklich, ich bin mir sicher«, unterbrach sie ihn leise.
»Und in beruflicher Hinsicht? Also zum Beispiel eure Kindergarten-Homepage.«
»Da sind zwar alle Erzieherinnen mit Foto und vollem Namen aufgeführt, aber ohne privates Telefon.«
Er nickte, als stimme er zu, sagte aber dann: »Überleg doch noch mal genauer.«
Auf einmal rollte Hanna kurz mit den Augen. »Mensch, klar. Auf einer der Unterseiten, da steht noch mein Vorname.« Sie machte eine Pause. »Mit meiner Handynummer. Das war für einen Ausflug, damit die Eltern mich am Wochenende davor anrufen konnten, falls ihre Kinder krank...« Sie winkte ab. »Das kann da eigentlich längst raus, aber so was vergisst man eben. Jetzt hat vielleicht diejenige, die mich ange...«
Als sie verstummte, nickte er. »Ja, das ist möglich.«
Er sah ihr an, dass sie stutzte.
»Sie haben es gewusst? Das mit meiner Handynummer auf der Homepage des Kindergartens?«
Wieder folgte sein Nicken.
»Sie sind sehr gut informiert. Wenn ich das sagen darf.«
Es entging ihm nicht, wie sie das betonte: einerseits respektvoll, aber auch verwundert angesichts seiner Akribie. »Sonst gibt es für einen Fremden keine Möglichkeit, deine Handynummer herauszubekommen?«
»Ich glaube nicht.«
»Und für jemanden, der dir nicht fremd ist? Wer hat deine Handynummer?«
»Na ja, Freunde, die Familie. Hm. Kolleginnen vom Kindergarten. Auch ein paar von den Eltern, deren Kinder in meiner Gruppe sind.«
»Kannst du mir eine Liste anfertigen?«
»Eine Liste?« Sie stutzte. »Sie oder Ihre Kollegen werden doch sowieso mein Handy überprüfen.«
»Richtig.« Er fuhr sich durch sein kurz geschnittenes graues Haar. »Ich bin nur ein wenig... altmodisch. Ich schreibe ständig

Listen. Mit diesem, mit jenem. Ich finde, wenn man etwas aufschreibt, öffnet das den Kopf. Dann fängt man erst an, richtig zu denken. Und es fallen einem die seltsamsten Dinge ein. Dinge, an die man seit Jahren nicht mehr gedacht hat.«

»Okay«, sagte sie, ohne dass er ihren Ausdruck deuten konnte. »Ich kann das gern für Sie machen.«

»Die Stimme der Anruferin. Sie kam dir überhaupt nicht bekannt vor?«

»Das haben Sie mich doch schon gefragt.«

Sein Lächeln wurde entspannter. »Du weißt ja, wie oft ich ein und dieselbe Frage stelle.«

»Und ob ich das weiß.« Auch Hanna schmunzelte jetzt, jedoch nur ganz kurz. »Nein, nie gehört, diese Stimme. Nie. Eine eher junge Stimme. Möglicherweise mit Akzent.«

»Ja, das sagtest du mir schon. Also eine Ausländerin?«

»Kann sein, ja. Sie klang auch ein wenig … als würde sie nuscheln.«

»Vielleicht angetrunken?«

»Eher sehr müde.«

»Schlafmittel?«, mutmaßte er weiter und betonte dabei unbewusst jede einzelne Silbe deutlich. Wie früher, bei Verhören.

»Ich bin mir überhaupt nicht sicher. Es ging so unglaublich schnell. Ein paar Worte, und dann hat sie die Verbindung unterbrochen.«

»Warum so schnell? Was denkst du?«

»Weiß nicht.«

»Vielleicht als wäre ihr nicht wohl in ihrer Haut? Als würde sie etwas tun, von dem sie nicht wusste, ob es eine gute Idee war?«

Hanna senkte den Blick. »Wirklich: Ich habe keine Ahnung.«

»Neulich habe ich mir mal wieder eure Sina-Website angesehen. Da hat sich nichts mehr getan, stimmt's?«

»Was sollte sich auch getan haben?«, erwiderte sie. »Vor allem ihre Freundin Melanie hat sich darum gekümmert.« Hannas Gesicht wurde nachdenklich. »Na ja, und natürlich Benny Laux.«

»Ich erinnere mich an ihn.«

»Benny kennt sich mit dem ganzen Computerzeug aus. Er hat sich richtig reingehängt, aber dann …« Sie presste die Lippen aufeinander. »Na ja, irgendwann lässt das nach. Der Eifer, die Kraft … die Hoffnung. Ist ja auch normal. Was sollte man auf der Website posten, wenn es nicht das Geringste zu posten gibt?«

Darold schob die Hände in die Taschen seiner abgewetzten Cargohose. »Kommst du immer allein hierher?«

»Ja, immer. Früher, also in den ersten ein, zwei Jahren, wäre mir das nicht möglich gewesen. Wenn ich hier vorbeifuhr, habe ich die Augen zugedrückt. Beim Fahren. Ganz unbewusst. Meine Augen gingen einfach zu, blieben sekundenlang zu, bis ich vorbei war, dann konzentrierte ich mich wieder aufs Fahren, als wäre nichts passiert.« Sie stockte einen langen Moment. »Und auf einmal habe ich hier gestoppt. Bin ausgestiegen. Habe die Luft eingeatmet. Und manchmal, in ganz verrückten Augenblicken, ist mir beinahe so, als könnte ich Sinas Gegenwart spüren.« Peinlich berührt, senkte sie den Blick. »Na ja. Ich weiß auch nicht …«

»Woran denkst du, wenn du hier bist?«

»Hm. Wahrscheinlich an gar nichts.« Ein Seufzen von ihr, wie zuvor schon einmal. »Und zugleich an vieles. Vermutlich an das, was damals geschehen ist. Ein Sexualverbrecher fährt zufällig vorbei, hält an. Es ist saukalt, Sina macht den Fehler ihres Lebens und steigt zu ihm ins Auto. Und wird nie wieder gesehen. Das ist wohl das, was die meisten annehmen, richtig?«

Darold erwiderte nichts. Der große Unbekannte, dachte er. Unweigerlich landete man bei ihm. Jedes Mal.

»Oder es war ein Mädchenhändler«, fuhr Hanna unterdessen fort. »So was gibt's doch, stimmt's? Oder sonst wer.«

»Wer könnte dieser *Sonst wer* sein?«

Hanna lachte leise. Traurig, in sich gekehrt, grüblerisch. »Das haben Sie mich damals gefragt. Immer wieder.«

»Jeden habe ich das gefragt.« Er sah sie an. »Auch mich selbst.«

»Warum kommen *Sie* manchmal hierher?«

»Ich habe mit deinem Vater gesprochen«, überging er ihre Frage.

»Mit Papa? Sicher auch mit Mama?«

»Nur kurz am Telefon. Sie hat mir erzählt, dass du bei ihr warst.«
Hanna nickte, sagte nichts.

»Sie wollte wissen, ob wir schon irgendetwas über die Anruferin sagen können. Aber …«

»Das ist natürlich noch zu früh«, vervollständigte sie seinen Satz.

»Erst ein paar Stunden.« Darold starrte auf die im Dunkeln funkelnden Zeiger seiner Armbanduhr. 18 Uhr 12. Exakt drei Stunden und 22 Minuten seit dem Anruf. Er hockte sich auf die Motorhaube seines Alfas, einen gebraucht gekauften Flitzer, noch sehr gut in Schuss und ein bisschen aufgemotzt, praktisch das erstbeste Angebot damals, als er seinen Dienstwagen abgeben musste.

»Ich habe deiner Mutter vorgeschlagen, bei ihr vorbeizufahren. Damit wir uns unterhalten können. Sie war einverstanden, aber nicht mehr heute Abend. Sie wollte, dass ich morgen früh zu ihr komme. Ehe sie zur Arbeit muss. Heute Abend wollte sie sich noch einmal mit dir treffen, hat sie gesagt.«

»Ich fahre nachher zu ihr. Vorher musste ich einiges erledigen. Ich habe mir heute extra frei genommen. Ich musste aufs Amt, endlich mal wieder richtig einkaufen – am Wochenende hatte ich Volleyballturnier und überhaupt keine Zeit …« Sie stoppte mitten im Satz – als wäre das alles unwichtig, völlig bedeutungslos geworden durch den Anruf. Und das war es wohl auch für Hanna. »Ja, nachher fahre ich zu Mama. Dann besprechen wir uns, in aller Ruhe.«

»Nur ihr beide? Nicht dein Vater, nicht dein Bruder?«

Sie sah auf den Boden. »Mama und Papa reden nicht mehr miteinander. Und Micha ist mal wieder nicht zu erreichen. Oder er nimmt einfach seine Anrufe nicht entgegen. Sie kennen ihn ja noch.«

»Ja, klar.« Darold musterte sie abwartend. »Ich war etwas überrascht, dass deine Mutter nicht einverstanden war mit meinem Besuch. Also, dass sie ihn auf morgen verschoben hat. Früher hätte sie keine Sekunde gezögert. Wir hätten uns sofort zusammengesetzt und die Einzelheiten …«

Hanna rollte erneut mit den Augen, diesmal abfällig. Oder enttäuscht. »Mama ist ziemlich ...« Sie wägte ab. »Ziemlich *cool* geworden. Um es mal so zu sagen.«

»Eigentlich hat sie ja recht. Ich kann ihr nicht mehr erzählen, als sie bereits von dir weiß. Vielleicht will sie diesen Anruf erst einmal für sich selbst verarbeiten. Und eben nur mit dir darüber sprechen, mit jemandem aus der Familie. Gerade nach der langen Zeit der Ereignislosigkeit.«

Sie erwiderte nichts. Schweigen entstand zwischen ihnen. Das eine oder andere Auto passierte nun doch die Haltestelle. Die Dunkelheit nahm zu.

Vage deutete Hanna auf das Haltestellenhäuschen. »Wie trostlos, nicht wahr?« Sie saugte hörbar Luft ein. »Ich meine, hier zu stehen. An diesem erbärmlichen Ort. Eine Bushaltestelle. Leblos. Langweilig. Nichtig.«

»Es ist bestimmt hart, wenn man kein Grab hat, an dem man trauern kann«, kam es ihm über die Lippen. »'tschuldige«, fügte er rasch an. »So habe ich das nicht gemeint.«

»Warum nicht?«, fragte Hanna lapidar. Trotz der Finsternis erkannte er schimmernde Tränen in ihren Augen. »Das denken doch alle. Dass sie tot ist. Meine Schwester. Tot. Was sollte man auch sonst denken?«

»Ich habe eigentlich nur gemeint, keinen würdevolleren Platz, um sich zu erinnern und ...« Er beendete den Satz nicht.

»Ist schon gut«, meinte sie gleichmütig. Zumindest klang es so. Oder *sollte* so klingen.

»Wie wär's, wollen wir woanders hingehen?«, schlug er vor und überraschte sich selbst damit. »Und ganz in Ruhe sprechen? In ein Café? Oder besser einfach ein Stückweit zusammen spazieren gehen.«

Auch Hanna wirkte verdutzt. »Sprechen? Noch mehr sprechen?«
»Wenn du das möchtest, meine ich.«

Sie schien zu überlegen. »Ich bin ja mit Mama verabredet.«
»Vielleicht nur eine Dreiviertelstunde. Eine halbe. Ihr habt ja noch den ganzen Abend zusammen.«

Auf ihrem Gesicht, nur zum Teil erfasst vom Strahl einer Straßenlaterne, machte sich Unsicherheit breit.

Während er auf ihre Antwort wartete, kam er sich hinterhältig vor. Er verschwieg ihr etwas, in vollem Bewusstsein. Und er kam sich feige vor. Ein Gefühl, das er immer schon gehasst hatte.

8

Die ganze Welt in Wolken getaucht. Riesige grauweiße Gebilde, die alles verschluckten. Konturlos, schwebend, sanft, ein einziges endloses Nichts. Das Leben unwirklich, nur eine Täuschung, ein Witz, nicht von Belang, ohne Bedeutung. Alles weich, alles miteinander verbunden, alles in Zeitlupe. Jeder Blick, jeder Atemzug, das Zurückschlagen der Decke, das Strecken der Arme, das Gähnen, das Heben des Kopfes, das Wiedererkennen des üblichen Durcheinanders.

Nein, das Leben war keine Täuschung, kein Witz. Es war echt, verdammt echt, viel zu echt!

Und trotzdem ohne Bedeutung.

Der nächste Blick aus den trägen müden Augen. Schwer die Lider, trocken der Mund und die Kehle, der Körper taub. Lautlosigkeit. Fast. Nur die ganz leisen, regelmäßigen Atemzüge, die von dem Deckenhaufen in der anderen Zimmerecke kamen.

Mühsam schob Monica die Beine über den Rand der am Boden liegenden Matratze. Mühsam erhob sie sich. Mühsam warf sie ein T-Shirt über ihren nackten Oberkörper. Weiterhin wie taub. Die Stille wurde durchlässiger. Geräusche von draußen zwängten sich durch das schlecht isolierte Fenster. Autolärm, Kinderstimmen. Wahrscheinlich war die Schule gerade vorbei. Also Mittagszeit. Aber wen scherte das schon?

Monica schnappte sich eine Cola-Flasche und nahm einen Schluck von der klebrigen Flüssigkeit, dann noch einen und noch einen. Der Ballen aus Watte, der ihren Schädel füllte, begann sich aufzulösen. Erneut ein Blick zu dem Bündel aus Decken, das sich hob und senkte. Nicht einmal eine Haarspitze war zu sehen.

Sie ging quer durch den Raum und musste dabei über Kleidungsstücke, Chipstüten, Zigarettenschachteln hinwegsteigen. Am Waschbecken spritzte sie sich ein paar Tropfen Wasser ins Gesicht. Fast nichts mehr übrig von der Watte, von dem Gefühl der Taubheit, das Leben kroch zurück in ihre Glieder. Erneut der Griff zur Cola-Flasche. Sie stellte sich ans Fenster. Was für ein miefiges Loch, in das Fatmir sie und Mausi gesteckt hatte. Eine schäbige Dachkammer in einem schäbigen Wohnklotz in einer schäbigen Straße. Niedrig durch die Dachschräge. Eng. Kalt. Draußen gingen die Schüler in Gruppen an dem Haus vorbei. Sie klappte das Fenster auf, sog die frische Luft ein.

Dösen, Zigaretten qualmen, die Wand anstarren. Regen, Sonne, Nebel, Tag, Nacht vor dem Viereck des Fensters. Stillstand. Auch ihr Herz schien nicht mehr zu schlagen, ihre Lungen keine Luft mehr zu pumpen. Ein dumpfes, leeres Ohnmachtsgefühl, nur hin und wieder durchzuckt von Erinnerungsblitzen, einem kurzen Flackern längst verdrängter, vergessen geglaubter Lebensschnipsel. Die ausrangierte Küchenkommode im Kinderzimmer, die sie mit ihrer Schwester als Theke benutzt hatte, um Einkaufsladen zu spielen. Die geflickten Puppen und Teddybären. Der Geruch nach Land und Gülle, wenn man das Fenster öffnete. Dieses kleine Zimmer im kleinen Haus im kleinen Dorf in einem kleinen Land, um das sich die Welt nicht scherte. Dreihundert Kilometer von Bukarest entfernt, so weit wie vom Mond. Dieses Dorf – ein Gefängnis, ein Kerker. Erst recht für eine Jugendliche, der langsam Brüste wuchsen, die begann, sich für Make-up zu interessieren. Im ganzen Leben nichts anderes gesehen als die paar engen Gassen, das Wohnzimmer der Eltern, die Schulräume des ebenso trostlosen Nachbarorts sowie Tanten und Onkel, denen das Blut der geschlachteten Schweine für immer unter den Fingernägeln klebte. Zahllose Samstagnachmittage am Rande des Fußballplatzes, wo grobknochige Jungen hinter dem Lederball herrannten, ein erster Zungenkuss mit einem von ihnen. Hier und da ein angestaubter Film im Fernsehen der einzigen Kneipe des Dorfs als flüchtiger Farbtupfer einer weiteren lahmen Woche. Anzeigen für

Parfüm, Lippenstift und Kleidung in irgendwelchen Zeitschriften. Sechzehn Jahre alt, das Leben so nichtig, dass es auf der Rückseite einer Briefmarke Platz hatte. Siebzehn Jahre. Nächtliche Streifzüge in zusammengeflickten Autos. Fusel, Zigaretten, Klebstoff schnüffeln. Die ersten Rücksitzerfahrungen und die ersten Kater am Morgen darauf.

Die beste Freundin verschwand nach Bukarest, eine ganze Weile, tauchte wieder auf. Im Schlepptau zwei Männer. Freunde aus der Hauptstadt, wie es hieß. Silbermetallic glänzender Benz, Seidenhemden. Ausfahrten, Einladungen zum Essen, kleine Geschenke. Der erste *richtige* Sex, der Abschied. Noch mehr Einsamkeit als früher. Ein Anruf, die Sonne ging auf. Lust auf Bukarest? Äh, na klar. Hier gibt's einen Job, der wär genau das Richtige für dich. Ach, ehrlich? Ja, nichts Weltbewegendes, aber gar nicht so übel. Tasche packen, los geht's, endlich fängt das Leben an. Abgeholt vom Bahnhof, zum Hintereingang eines Nachtclubs gebracht. Ein verkommenes Treppenhaus, hoch in den zweiten Stock, eine Tür am Ende des Flurs.

»Geh einfach rein, mein Engel.«

Zwei Männer auf Stühlen, ausdruckslose Mienen.

Unsicheres Lächeln, Tasche abstellen.

»Also gut«, sagte einer von den beiden. »Zieh dich aus.«

Grapschende Hände, das Wegreißen der Kleidung, Vergewaltigung.

Irgendwann später, ein muffiger Kellerraum. Dort lag sie auf einer ausgeleierten Matratze, nichts als nackte kalte Wände und Angst um sie herum. Als man sie nach Tagen aus ihrem Gefängnis herausließ, fühlte sie sich wie eine lebende Tote. Hinein in ein schäbiges Zimmer – ihre Heimat, ein ganzes Jahr lang. Den Raum teilte sie mit vier anderen Mädchen. Strippen, Gäste zum Trinken animieren, mit ihnen Sex haben. Immer wieder Schläge und Vergewaltigungen, damit sie gefügig blieben, ängstlich, eingeschüchtert, willenlos. Die ganze Zeit über, die sie in Bukarest verbrachte, sollte sie das Gebäude nicht einmal für eine einzige Minute verlassen.

Ein leises Stöhnen von Mausi brachte Monica zurück in die Gegenwart. Noch ein Stöhnen, aber das Mädchen wachte nicht auf, das Deckenbündel blieb nahezu reglos. *Mausi.* Monica hasste diesen Namen. Fatmir hatte ihn dem Mädchen gegeben. Immer nannte er die Mädchen so. Mausi. Katze. Biene. Monica war Häschen gewesen. Jahrelang. *Häß-schen*, wie das bei Fatmir klang. Aber mittlerweile rief er sie bei ihrem Namen. Weil sie schon so lange bei ihm war? Sie wusste es nicht, wahrscheinlich einfach nur ein Zufall, wahrscheinlich war es Fatmir gar nicht bewusst.

Über eine Woche hatten Monica und Mausi nicht mehr gearbeitet. Eine derart lange Pause hatte es nie zuvor gegeben. Fatmir musste Stress haben. In der Scheiße stecken. Sie versteckten sich, ohne dass es eine von ihnen so ausgedrückt hätte. Aber es war offensichtlich. Und Fatmir? Seit zwei Tagen keine Spur, kein Lebenszeichen von ihm.

Monica nahm etwas Abstand von dem Fenster und stellte die Flasche auf dem Boden ab. Sie schob das T-Shirt nach oben, den Slip nach unten. Ein Ausschlag. Zwischen den Beinen. Doch der ging zurück. Die Rötung nahm ab, die Haut war wieder trockener. Wenigstens das. Sie richtete ihre Kleidung und kniete sich neben eine der beiden großen Reisetaschen. Wühlte in mit den Händen darin. Zellophantütchen, kleine Fläschchen aus braunem Glas, Medikamentenschachteln. Sie fand, was sie suchte, setzte sich auf den Laminatboden und zog die Flasche zu sich her. Xanor bekam sie nur mit Cola runter. Einmal hatte sie Xanor bei Wikipedia eingegeben. Warum auch immer. Ein angstlösendes Beruhigungsmittel, das unter das Betäubungsgesetz fiel, zu den Benzodiazepinen zählte und bekannt dafür war, Wahnvorstellungen auszulösen und etliche schwere Nebenwirkungen zu haben. Danach hatte sie es gelassen – das Nachlesen jedenfalls.

Mausi brummte schläfrig. Ihr Kopf kam inmitten der Decken zum Vorschein.

»Alles klar, Süße?« Monica schenkte ihr ein schmales Lächeln.

»Hm.« Der Kopf verschwand wieder.

Monica starrte auf das Xanor in ihrer Handfläche, und plötzlich durchfuhr sie ein Schock. Was hatte sie getan? Gestern Abend? Verwirrt von den Pillen, von Cola-Rum, von dem jämmerlich wenigen Essen der letzten Tage? Hatte sie angerufen? *An-ge-rufen?* Nein, versuchte sie sich sofort zu beruhigen. Was für ein Schwachsinn. Totaler Quatsch. Das hätte sie nie getan, ganz egal, was sie sich alles reingepfiffen haben mochte. Sie musste den Anruf geträumt haben. Sie hatte eine ganze Menge geträumt. Von ihren Eltern. Von den Häusern in ihrem Heimatdorf. Von ihrer kleinen Schwester, immer wieder das Gesicht ihrer Schwester. Eine Million wirrer, wilder Träume.

# Kapitel 2

Das Labyrinth

*Manchmal schaue ich in den Spiegel,
und niemand schaut zurück.*

Aus einem Tagebucheintrag von Sina Falke

I

»Sie haben uns nie von oben herab behandelt, waren immer sehr ehrlich, geradeheraus.« Susanne Reitzammer betonte die Worte deutlich. »Und wir haben immer großes Vertrauen zu Ihnen gehabt, das wissen Sie, Herr Hauptkommissar. Das haben wir noch.«

»Natürlich weiß ich das«, antwortete Darold dumpf, erfüllt von dem gleichen jämmerlichen Gefühl wie bei dem Gespräch mit Hanna.

»Dann mal Hand aufs Herz: Was halten Sie von dem Anruf?« Ernst taxierte sie ihn, ganz konzentriert, ihre Augen hatten etwas Bohrendes.

Früher Morgen, draußen der Nebel, Geräusche von vorbeifahrenden Autos. Darold erwiderte ihren Blick. Obwohl er natürlich mit der Frage gerechnet hatte, kam ihm die Antwort zögernd über die Lippen. »Es ist … na ja, besser als gar nichts.«

Wiederum eine recht kleine, einfache Wohnung. Dennoch hätten die Unterschiede zu Reinhold Falkes Behausung nicht größer sein können. Kein Staubkorn, keine Spuren von Alkohol. Alles aufgeräumt, alles an seinem Platz. Gehäkelte Untersetzer auf dem Tisch, Orchideen, die Möbel nicht kostspielig, aber geschmackvoll. Was Darold am meisten auffiel, war die Tatsache, dass es – anders als in sonstigen Wohnungen – kein einziges Foto gab. Keine Familienschnappschüsse, keine Kommunionsfotos der Kinder, nichts dergleichen.

Sie nahmen in den Wohnzimmersesseln Platz.

»Besser als nichts?«, wiederholte Frau Reitzammer mit gerunzelter Stirn. »Das klingt … vorsichtig. Klar, ich kann Sie verstehen.« Nachdenklich blickte sie vor sich hin. »Als mir Hanna davon erzählt hat, da war dieser Moment der Euphorie. Aber dann ...« Ihre Stimme wurde härter. »Dann dachte ich nur, wie kann man ihr das antun? Ich meine Hanna. Ich dachte, wie kann man nur so grausam sein?« Nicht nur die Wohnung war anders, auch das Gespräch würde ein völlig anderes sein.

»Ihr Gedanke war also«, sagte Darold, »der Anruf wäre nichts als ein böser Scherz. Wer würde so etwas ...«

»Ich weiß auch nicht, wer«, schnitt sie ihm das Wort ab. »Aber den meisten Menschen fällt es nicht schwer, gemein zu sein. Mit der Faust oder mit einem Anruf. Ein Bekannter, ein Fremder, wer auch immer. Es würde mich nicht wundern, wenn jemand einfach nur fies sein wollte.« Um ihre Augen und Mundwinkel waren messerscharfe Fältchen zu sehen. Eher Zeichen dessen, was sie erlebt hatte, als einfach nur Alterserscheinungen. »Ich frage mich wirklich«, fuhr sie fort, »ob das Ganze, na ja ...«

»Ob die Aufregung wirklich angebracht ist?«

»Was für ein bizarrer Anruf«, entfuhr es ihr. Sie lenkte die Augen wieder auf ihn. »Mal ehrlich: Da kann doch nichts dran sein, oder?« Ihre Stimme verlor nichts von dieser demonstrativen Festigkeit. »Sagen Sie es, wenn Sie genau das denken. Geben Sie es zu, wenn da für Sie nichts dran ist.«

Darold räusperte sich. »Betrachten wir diesen Anruf doch mal ganz nüchtern. *Deine Schwester, Auto aus Frankfurt, schwarzes Auto.*«

»Das finde ich ja so komisch«, warf sie voller Ungeduld ein. »Das ist, als wenn jemand etwas preisgeben will, ohne etwas preiszugeben. Was soll man davon halten? Gar nichts. Oder?«

Darold hob kaum merklich die Schultern. »Vielleicht hatte die Anruferin Angst.«

»Sie können schließlich nicht«, redete Frau Reitzammer weiter, anscheinend ohne seine Bemerkung aufzunehmen, »jedes einzelne Auto mit Frankfurter Kennzeichen überprüfen. Was sollte das auch bringen?«

»Genau genommen, hat die Anruferin auch nichts von einem Frankfurter Kennzeichen gesagt. Nur dass das Auto aus Frankfurt kommt.«
»Ganz bestimmt hat sie damit auch das Kennzeichen gemeint.« Sie nickte überzeugt.
»Was hat Ihre Familie mit Frankfurt zu tun?«
Ein ratloses Ausbreiten der Arme. »Nichts.«
»Ich habe Hanna dieselbe Frage gestellt. Und dieselbe Antwort erhalten.«
»Gestern?« Susanne Reitzammer sah auf. »Sie hat mir erzählt, sie wäre auf eine halbe Stunde ein paar Schritte mit Ihnen gegangen. Um sich zu unterhalten.«
»Wir sind uns zufällig über den Weg gelaufen.«
»Wo?«, wollte sie sofort wissen, wachsam, als hätte sie bereits eine Vermutung.
»An der Haltestelle.«
Sie schüttelte leicht den Kopf. »Ich wusste nicht, dass sie immer noch hingeht.«
»Ich glaube, sie war schon länger nicht mehr dort. Aber dann – der Anruf.«
»Das ist es ja«, rief sie mit lauter Stimme. »Er reißt alles wieder auf. Das ganze Narbengewebe. Es blutet wieder.« Ein wildes Kopfschütteln. »Ich gehe nicht zur Haltestelle, nie. Und wenn ich daran vorbeifahre, schaue ich stur geradeaus. Als wäre sie gar nicht da. Anfangs hat es mir das Herz gebrochen. Jetzt nicht mehr.« Und sie wiederholte: »Ich schaue gar nicht hin.«

Damit war das Gespräch wie abgestorben, es kam nicht mehr in Gang. Darold verabschiedete sich und fuhr nach Donaueschingen. Große Kreisstadt, über 20.000 Einwohner, 18 Kilometer von Blaubach entfernt, eine ruhige Stadt, wie es im ganzen Umkreis ohnehin nur ruhige Ortschaften gab.

Er hielt an einer Autowerkstatt. Doch der Kfz-Mechaniker, von dem er wusste, dass er hier arbeitete, war nicht anzutreffen. Darold erhielt die Auskunft, der Mann käme heute aufgrund eines Zahnarztbesuches später. Um welchen Zahnarzt es sich handelte, konnte man ihm nicht mitteilen. Er entschied sich dagegen zu warten und fuhr zu der Adresse, die sich in seinen Notizen befand, ebenso wie die der Werkstatt, bei der der betreffende Mann seit über vier Jahren angestellt war.

Ein Wohngebiet, nicht sonderlich schön oder gepflegt; hier lebten einfache Arbeiter, Hilfskräfte, Arbeitslose. Blöcke, einer wie der andere, keine Gärten, keine Geschäfte. Darold parkte den Wagen. Aus dem geöffneten Fahrerfenster beobachtete er einen jener grauen Bauten. Acht Mietparteien, abblätternder Putz, keine Passanten.

Als Darold den Motor gerade wieder starten wollte, wurde die Haustür geöffnet. Ein junger Mann, einen Helm in der Hand, kam heraus: groß gewachsen, sportlich, kurz geschnittenes schwarzes, gegeltes Haar, Dreitagebart. Er schlenderte auf eine geparkte Suzuki zu. Darold glitt aus dem Alfa, erleichtert darüber, in Bewegung sein zu können, den Mann unentwegt im Auge.

Lukas Bellwanger hielt inne. Sein Blick erfasste Darold. Abrupt blieb er stehen, Verblüffung im Gesicht, der Mund ein harter Strich.

Zuerst hatte Darold vage angenommen, Bellwanger gönne sich einen freien Morgen oder Tag, aber eine deutlich angeschwollene Wange ließ keinen Zweifel daran, wo der junge Mann den Vormittag verbracht hatte. Wahrscheinlich war er gerade im Begriff, zur Werkstatt aufzubrechen.

»Guten Tag, Herr Bellwanger.«

Darold stand zwischen ihm und dem Motorrad.

»Sie?« In Bellwangers Gesicht zuckte etwas. Fünfundzwanzig Jahre alt war er mittlerweile. Eltern geschieden, zwei ältere Brüder, von denen keiner mehr in der Umgebung wohnte. Bellwanger war kein Krimineller, aber mehrfach polizeilich aufgefallen, unter anderem durch Randalieren und Kneipenschlägereien.

»Wie war's beim Zahnarzt?«

Ein unwilliges Schnaufen. »Was wollen Sie?«

»Nur kurz mit Ihnen reden.«

»Keine Zeit. Muss arbeiten.« Bellwanger machte Anstalten, sich an Darold vorbeizudrängen, hielt sich dann aber doch zurück. Wachsam, nervös, Darold konnte es förmlich riechen.

»Wirklich nur ganz kurz«, wiederholte er. »Lassen Sie uns doch in Ihre Wohnung …«

»Nein«, fiel Bellwanger ihm ins Wort.

»Worüber haben Sie sich gestritten? Damals? Sie und Sina Falke?«

Erneut Verblüffung, eine noch größere als zuvor. Kaum hörbar kam es über die schmalen Lippen: »Ist das Ihr Ernst?«

»Der Streit. Worüber?«

»Ist. Das. Ihr. Ernst?« Jedes Wort ein Satz für sich. »Nach 100 Jahren? Die gleiche Frage?«

»Nach sechs Jahren«, berichtigte Darold trocken.

»Fuck«, keuchte Bellwanger, »ich hab's Ihnen doch damals schon mindestens tausendmal gesagt.«

»Sie haben mir nie einen Grund oder Auslöser für den Streit genannt«, behielt Darold seinen staubtrockenen Ton bei. »Nachdem Sie und Sina sich die beiden DVDs angesehen hatten …«

»Hört das denn nie auf?«, entfuhr es Bellwangers Kehle, heiser und laut. »Verflucht noch mal … Wieso können Sie mich nicht in Ruhe lassen?«

Darold musterte ihn. Flatternde Lider, geblähte Nasenflügel, Speichel auf den Lippen. Als vor sechs Jahren die Ermittlungen eingesetzt hatten, war Bellwanger zunächst der Dreh- und Angelpunkt gewesen. Darold hatte sich an ihm festgebissen, unerbittlich, geduldig. Bellwanger war abwechselnd aggressiv und weinerlich geworden. Bis heute tat sich Darold mit einer endgültigen Einschätzung dieses Menschen schwer. Rührte die zeitweilige Aggressivität daher, weil er in ein Verbrechen verwickelt war? Oder wurde er einfach von Schuldgefühlen geplagt? Hätte Lukas Bellwanger an jenem Abend seine Freundin wie versprochen nach Hause gefahren, hätte es vielleicht nie einen Fall Sina Falke gegeben.

»Der Streit«, wiederholte Darold ungerührt. »Ich möchte wissen, wie es dazu gekommen ist. Ihre Erklärungen waren nicht ausreichend. Und das wissen Sie genau.«

»Nicht aus-rei-chend? Bin ich hier in der Schule, oder was?« Es war kühl, aber auf Bellwangers Stirn stand Schweiß. »Wir haben nur ...« Er suchte nach Worten. »Es war gar kein richtiger Streit. Himmelarsch, das klingt, als hätten wir uns mit Tellern beworfen. Wir haben uns nur ein bisschen gezankt.« Er fuhr sich übers Gesicht. »Wie tausend andere Paare auch. Mensch, das war alles.«
»So sehr gezankt, dass Sie die Entscheidung trafen, Sina nicht nach Hause zu fahren.«
»Das war keine *Entscheidung*«, gab Bellwanger aufgebracht zurück. »Sie ist einfach abgezischt. Hoch vom Sofa und ab durch die Mitte. Wenn es eine Entscheidung war, dann *ihre*. Sinas Entscheidung. Das habe ich alles schon gesagt. Eine Million Mal, verfluchte Scheiße.« Plötzlich sprudelten ihm die Worte geradezu aus dem Mund: »Das kommt doch überall vor. Ich meine, dass man sich mal angiftet. Seit sie weg ist, sagt das keiner, aber ... Aber Sina konnte auch echt eine Zicke sein. Wirklich. Wenn der was quer gekommen ist, dann ... meine Fresse. Seit sie weg ist, denkt jeder, sie war eine Heilige oder irgendwas, aber sie war halt ein Mädchen, und manchmal war sie eben eine Zicke und ...« So jäh wie der Redeschwall über Bellwanger gekommen war, so schlagartig ebbte er ab. Sein Blick veränderte sich, er sammelte sich. Ohne Darold anzusehen, fügte er gepresst an: »Das geht nicht, verflucht. Das geht echt nicht.«

»Was meinen Sie?«

»Na, dass Sie mich hier überfallen. Wenn Sie was von mir wollen, wenn Sie was in der Hand haben gegen mich, dann können Sie mich in Ihr Scheißbüro schleifen. Aber überfallen Sie mich hier nicht noch einmal.« Ruckartig lief er los, rempelte dabei gegen Darolds Schulter. Die Berührung reizte Darold, wie es auch beabsichtigt gewesen war, aber er hatte sich in der Gewalt. Reglos verfolgte er, wie Bellwanger den Helm aufsetzte, sich auf die Suzuki schwang, den Motor aufheulen ließ und davonjagte.

Was war damals passiert?, fragte sich Darold. In Bellwangers früherer Wohnung am Ortsrand von Blaubach? In den letzten Stunden oder gar Minuten, ehe Sina Falke verschwand? Bellwangers Aussage: Lüge oder Wahrheit? War Sina tatsächlich einfach *abgerauscht*? Und selbst wenn? Konnte es nicht sein, dass Bellwanger ihr gefolgt war? Um ihr noch einmal so richtig die Meinung zu sagen?

2

Touristengruppen, Dealer, Junkies, Spießer, Junggesellenabschiede, Taschendiebe. Fatmir ließ sich vom üblichen Gewimmel verschlucken. Gegröle, Gelächter, Streitereien. Musik, die aus den Gebäuden nach draußen quoll. Taunusstraße, Elbestraße, Niddastraße, Münchener Straße. Er kannte jeden Mülleimer hier, jeden Laternenpfahl, die einzige Gegend, die ihm in seinem Leben vertraut geworden war.

Doch zum ersten Mal fühlte er sich unwohl in dieser Umgebung, jeder Schritt wie ein Tanz auf dem Seil.

Er hatte zu viel gewagt, zu viel gewollt. Sie hatten ihn im Visier. Die großen Macher, denen das Revier gehörte. Und er war nur ein kleiner Fisch, der ihnen zu dicht vor der Nase herumschwamm. Aber noch war nicht alles verloren. Er war untergetaucht, eine ganze Weile, hatte sich in einem jämmerlichen Loch verkrochen, gemeinsam mit zweien seiner Nutten. Vielleicht war genügend Gras über die Sache gewachsen. Igli würde einen Rat wissen, eine Idee haben, auf Igli war Verlass. Dort vorn waren sie verabredet. An der Straßenecke.

Unwillkürlich spannte sich Fatmir an. Er war pünktlich. Von Igli nichts zu sehen. Eine Zigarette anzünden, den Blick kreisen lassen, cool bleiben. Fünf Minuten, zehn Minuten.

Dann entdeckte er den penibel glattrasierten Schädel zwischen anderen Köpfen. Igli schälte sich aus der Menge, lächelnd, lässig wiegender Gang, und Fatmir verspürte Erleichterung. Handschlag, Umarmung. »Komm zu meinem Wagen.«

Fatmir folgte ihm. Eine Seitenstraße, der Lärm wurde sofort gedämpft. Ein schwarzer Porsche Cayenne. Igli schon hinter dem

Steuer, immer noch lächelnd. Fatmir glitt auf den Beifahrersitz. Im selben Sekundenbruchteil fühlte er die Mündung einer Pistole, die in sein dichtes schwarzes Haar gedrückt wurde. Sie waren nicht allein im Auto – zwei Männer hatten sie erwartet. Mit einem Seitenblick vergewisserte sich Fatmir, dass an Iglis Schädel keine Waffe war.

Du bist ein Idiot, sagte sich Fatmir, und es dauerte eine Weile, bis er das Gefühl, das sich in seinem Innern wie eine ätzende Flüssigkeit ausbreitete, richtig einzuschätzen vermochte. Angst. Eine Angst wie nie zuvor im Leben. Bösartig, fressend, ätzend. Er glaubte, sich übergeben zu müssen, und presste die Lippen hart aufeinander.

»Man sagt, du bist zu weitgegangen, Fatmir.« Iglis Stimme klang unverändert. Gelassen, entspannt. »Man sagt, jemand sollte sich mal mit dir unterhalten.«

Fatmir schluckte. »Hätte nicht gedacht«, presste er hervor, »dass du der Jemand sein würdest.«

Die Fahrt führte durch Straßen und Gassen, die immer leerer wurden. Die Angst verbiss sich in seine Eingeweide, nahm zu, wurde immer stärker. Eine unvermittelte Bremsung, der Motor verstummte. Schweiß brach aus jeder einzelne Pore Fatmirs. Die jähe Stille zerriss die milde Hoffnung, die er beim Warten auf Igli noch verspürt hatte. Nicht genügend Gras über die Sache gewachsen. Der Tod war ganz nahe. Alles vorbei, alles zu Ende. Die Autotüren gingen auf. Dann stand er da, hinter ihm Igli und die beiden anderen Kerle, deren Gesichter er noch nicht gesehen hatte.

Das träge, in der Dunkelheit geradezu schwarz wirkende Wasser des Flusses blubberte seitlich von innen. Industriebauten, die leer standen, Abfall, eine verlassene Straße. Kaum Laternen, ein toter Fleck inmitten der Stadt, die anderswo ihren üblichen Lärm produzierte.

Mit der Pistole im Rücken dirigierten sie ihn vor sich her, durch das halb offen stehende Tor eines eingezäunten Schrottplatzes. Von Rost zerfressene Autowracks, Berge aus niemals wieder benötigten Ersatzteilen. Im Hintergrund eine alte Autopresse, die schon lange keine Karosserie mehr zerquetscht hatte. Dunkelheit. Bis einer der Männer eine Taschenlampe einschaltete, deren Strahl den Weg zu einem Schuppen wies. Die Tür wurde aufgemacht, sie waren in dem Schuppen. Die Taschenlampe wurde auf einen Stuhl gelegt, ihr Licht nackt und gelb.

Fatmir verfolgte, wie Igli die Pistole entgegennahm und auf ihn richtete. Die beiden Männer zogen etwas aus ihren Jackentaschen. Auf den ersten Blick waren es lange dünne Seile oder Schnüre. Fatmirs Schweiß strömte an ihm herab, tränkte seine Kleidung. Bei den Schnüren handelte es sich um Elektrokabel. Und plötzlich keimte Hoffnung auf. Bedeutete das, dass man ihm nur eine Abreibung verpassen würde?

Ansatzlos schlug ihm Igli mit der Pistole auf die Nase. Er fiel zu Boden. Ein Tritt ins Gesicht, noch einer und noch einer. Dann prasselten die Schläge mit den Kabeln auf ihn ein, verbrannten ihn, zerschnitten ihn, immer noch weitere Schläge, immer mehr, immer mehr.

Nein, nein, keine Abreibung, das war der Tod, konnte nur der Tod sein, das war das Ende. Fatmir schrie, kreischte wie von Sinnen, die Kabel zerfetzten ihn, ließen nichts von ihm übrig.

3

Der übliche Lärm aus Kinderstimmen. Gelächter, Geschrei, Zankereien.

Gemeinsam mit Greta, Paul, Ramazan und Eileen, alle drei Jahre alt, kniete Hanna im Rollenspielbereich, einem Raum, in dem sich die Kinder verkleiden konnten. Ein Durcheinander aus Umhängen, Überwürfen, Tiermasken und Mützen. 14 Uhr 35. Noch ein paar Minuten, und der Anruf läge exakt zwei volle Tage zurück. Hanna wurde es bewusst, wie sehr dieser Anruf zu einem Fixpunkt geworden war, und das machte ihr Angst.

Angst vor Enttäuschungen, vor jener tiefen Verzweiflung. Längst hatte sie geglaubt, diese Furcht abgeschüttelt zu haben.

Adelheid Burlach, die Leiterin des Kindergartens kam herein, um Hanna darauf hinzuweisen, dass sie Besuch von zwei Kriminalbeamten habe. Hanna stand sofort wortlos auf und verließ den Raum, während Adelheid bei den Kindern blieb. Mit der Zungenspitze fuhr Hanna sich über die trockenen Lippen. Was hatte das zu bedeuten? Dass sie unangekündigt erschienen, hierher zu den Blaubachfröschen, das musste doch etwas *bedeuten*.

Am Eingang wurde Hanna von den beiden Männern erwartet. Sie schätzte sie auf Mitte oder eher Ende dreißig, jeder von ihnen war unauffällig, aber gut gekleidet. Als sie ihr Handy abgegeben hatte, war keiner von ihnen zugegen gewesen. Wo war Darold?, fragte sie sich. Warum war er nicht dabei?

»Guten Tag. Ich bin Hanna Falke.«

»Freut mich, Sie kennenzulernen«, entgegnete einer von ihnen. Er war gut aussehend, sportlich, vertrauenerweckend. Schmales Gesicht, Grübchen in den Wangen, gewelltes Haar. »Leider war ich bei Ihrem Besuch auf dem Präsidium verhindert.« Er deutete auf seinen Kollegen. »Das ist Kommissar Dieckmann. Ich bin Hauptkommissar Leitner.«

Beide hielten kurz ihre Dienstausweise hoch. Für einen verwirrenden Augenblick musste Hanna an Fernsehkrimis denken, dann gewann die Unmittelbarkeit der Situation die Oberhand. Zu dritt standen sie vor der Eingangstür. Die kühle Luft fraß sich durch den Stoff von Hannas V-Pullover. Sie verschränkte die Arme vor der Brust und konnte fühlen, wie sich ihre Züge anspannten. »Haben Sie schon Neuigkeiten?«

Der Mann, der sich als Leitner vorgestellt hatte, nickte bedächtig. »Ja, wir haben Neuigkeiten.« Neutral sein Tonfall. »Gibt es vielleicht ein Zimmer, in dem wir uns ungestört unterhalten können?«

»Natürlich.« Sie nickte hastig. »Entschuldigung. Wir können bestimmt ins Büro der Leiterin.«

»Sehr gut.« Leitner nickte knapp.

Ungestört unterhalten, wiederholte Hanna nervös in Gedanken, die einzelnen Silben der zwei Worte hallten in ihrem Kopf wie Hammerschläge. Das musste einfach etwas zu *bedeuten* haben.

4

Monica betrachtete Mausi, die am Waschbecken stand und sich die Haare kämmte. Tolle Figur. Lange, gerade Beine. Fester, runder Po. Hübsch war Mausi. Fatmirs Mädchen waren immer hübsch. Trotzdem brachte er es auf keinen grünen Zweig. Obwohl Monica ihn schon Jahre kannte, wusste sie nicht so recht, ob sie ihn nun für besonders clever oder besonders dämlich halten sollte. Sie selbst war auch hübsch gewesen. Irgendwann einmal. Jetzt nicht mehr. Sie hatte Ringe unter den Augen wie eine alte Frau. Ihre Haut war spröde, unrein, ihr Haar stumpf, dünn, strähnig. Aber das Schlimmste daran war, dass ihr das völlig egal war.

Ihr Blick glitt durch das Zimmer. Wie viel Geld hatten sie noch? Fünfzehn Euro? Zwanzig? Höchstens. Sie traute sich kaum, es nachzuprüfen. Cola. Chips. Butterkekse. Zigaretten. Davon hatten sie sich ernährt. Wenn man das so nennen konnte. Und von den Inhalten der Fläschchen und Zellophantütchen und Schächtelchen aus einer der beiden Reisetaschen. Der Vorrat neigte sich zu Ende.

Mausi ließ sich auf ihre Decken plumpsen, die Augen leer, ein flüchtiges Gähnen in dem schmalen hübschen Gesichtchen.

Monicas Lider schlossen sich. Und erneut tauchten Erinnerungsfetzen auf. An das, was ihr Leben gewesen war. Das tote Dorf der Eltern, anschließend das Grauen in Bukarest. Ein Jahr lang, scheinbar endlos. Doch auf einmal hieß es Tasche packen, raus aus dem Puff, rein in einen rostigen Lieferwagen, gemeinsam mit den übrigen Mädchen. Wie Tiere im Laderaum kauern. Unendlich lange. Etwas zu trinken, eigenartig bitterer Geschmack, tiefe Bewusstlosigkeit. Erwachen in einem Raum wie jener in Bukarest, vollgestellt mit Betten. Es dauerte eine Weile, bis Monica sich sicher war, in Deutschland zu sein, im Bahnhofsviertel von Frankfurt am Main. Das neue Leben war das alte Leben. Sich auf einer Bühne ausziehen und mit Freiern ins Bett gehen, mit Einheimischen, Geschäftsleuten, Touristen, allen möglichen Knallköpfen. Keine Papiere, keine Freiheit, keine Rechte, keine Würde, kein Leben.

Das große Gebäude mit den klischeehaft rot beleuchteten Zimmern war ihr Zuhause für ein paar Wochen, ein paar Monate. Die Strip- und Bumsschuppen und Kontakthöfe der Stadt, das war ihr Universum. Die Mädchen wurden von Haus zu Haus weitergereicht, von der Nidda- zur Elbe- zur Moselstraße, von Besitzer zu Besitzer. Der dritte und bislang letzte von ihnen: Fatmir. Bei ihm blieb sie hängen. Jahre krochen vorbei, rasten vorbei. Anfangs machte Fatmir seinen Schnitt, er fuhr dicke Schlitten, tätigte *Geschäfte*, wie er es nannte, in Frankfurt, in Offenbach, in Zürich, wohin er oft unterwegs war, er trug eine Rolex. Dann lief's nicht mehr so gut; er hatte wohl den einen oder anderen Fehler gemacht, der oberschlaue Fatmir, der Straßenstrich ersetzte die Bordelle. Und noch mehr Ärger für Fatmir.

Und jetzt also die Dachkammer.

Wieder ein Tag vorbei. Ein Tag ohne Ereignis. Und ohne Fatmir. Monica würde ihn anrufen müssen, auch wenn sie keine Lust darauf hatte. Keine Lust auf seine Stimme, seinen Anblick. Andererseits ... was wäre ohne ihn? Was würde sein, wenn ihm etwas zugestoßen wäre? Diese Möglichkeit hatte immer bestanden – und immer hatte Monica das verdrängt. Was wäre wenn? *Was wäre wenn?*

Cola und Xanor. Seither hatte sie nichts mehr zu sich genommen. Trotzdem – nicht das kleinste Hungergefühl. Nichts. Alles in ihr wie tot. Auf den Knien rutschte sie zu den Reisetaschen. Fläschchen, Tütchen, Schächtelchen. Ja, kaum noch etwas da.

Was wäre wenn?

Es hatte keinen Zweck, sie musste ihn anrufen, musste wenigstens versuchen, ihn zu erreichen. Er war ihre Verbindung zur

Welt – ihre einzige. Eigentlich war *er* ihre Welt. Eine Tatsache, bei der ihr fast das Kotzen kam. Auch wenn sie doch daran gewöhnt war. An diese Tatsache. An Fatmir. An das, was von ihrem Leben übrig geblieben war.

Aus der Tasche zog sie eine von etlichen Plastiktüten. Die mit den Handys und Akkus und USB-Sticks und Kopfhörern. Wo war das verdammte Handy, das sie zuletzt immer benutzt hatte? Nicht hier. Wie eine Motte flatterte kurz der Gedanke an den Traum durch ihren Kopf. Der Traum von dem Anruf.

Sie wühlte in den verstreut im Raum liegenden Klamotten. In ihren Jeanshosen, in der roten Satinjacke, die sie in dem türkischen Ramschladen am Hauptbahnhof geklaut hatte. Das Handy war nicht zu finden. Und da kamen die Erinnerungen, schnell, schemenhaft, wieder diese Motte. Das Handy an ihrem Ohr. Ihre Stimme, die Wortfetzen ausstieß. Die Panik danach. Was hatte sie nur getan? Das Handy in ihren klammen Fingern. Ein Gegenstand, der ihr plötzlich Angst einjagte. Es musste weg, es musste verschwinden. Fatmir sagte immer, Handys sind gefährlich. Man kann durch sie verfolgt werden. Geschnappt werden. Deswegen benutzte er so viele. Deswegen klaute er so viele. Man durfte keine Spuren hinterlassen, niemals, nirgendwo. Deswegen klaute er auch immer einen neuen Laptop, auch so ein Ding, das offenbar unsichtbare Spuren hinterlassen konnte.

Schemenhafte Bilder, noch mehr davon, Blitzstrahlen in ihrem Kopf. Zwei Tage zuvor. Das verdammte Handy. Verfolgt werden. *Geschnappt* werden. Es musste weg.

Sie hatte es zerstört? Natürlich. Oder? Ihr Gedächtnis – durchlässig, schwach, trügerisch, perforiert von der Kraft der Pillen und anderem Dreck. Dieses Bild, das sie wie durch Schleier vor sich sah. Wie sie die SIM-Karte mit einem Stein zertrümmerte und zur Sicherheit das Handy auf dem rissigen Asphalt einer leeren Seitengasse zerschmetterte. Oder war es eine Prepaid-Karte? Wie war das? Dann das Bild von ihr, wie sie das Handy in einen Fluss warf – dabei war kein Fluss in der Nähe. Und das Bild, wie sie einen Kaugummi aus ihrem Mund nahm und die weiche Masse auf das Handy drückte, um es auf der S-Bahnbrücke auf einen Schienenstrang zu kleben. Träume, Einbildungen, Erinnerungen. Was auch immer, das Handy war fort.

Der Anruf?

Kein Traum.

Sie hatte angerufen. Ja, sie hatte angerufen, hatte diese verdammte Nummer getippt, die sie sich irgendwann in das Innenfutter ihrer abgewetzten Schminktasche notiert hatte. Aber was hatte sie gesagt? War der Anruf überhaupt entgegengenommen worden? Und falls ja, von wem? Sie wusste es nicht mehr, wusste gar nichts mehr, und während sie sich noch das Hirn zermarterte, sprang die Tür auf.

Fatmir schob sich ins Zimmer.

Monica und Mausi starrten ihn an, er starrte düster zurück, den Rücken an die Tür gepresst. Er sah aus wie eine Leiche. Sein Gesicht eine fürchterliche blutige Grimasse, ein Auge halb zugeschwollen. Zerfetzt die Jacke, das Hemd, die Jeans. Monica konnte ihn riechen. Seinen Schweiß, die ungewaschene Kleidung, vor allem seine Angst, die konnte sie riechen. Diese nackte Furcht, die ihm entströmte.

»Was ist passiert?«, hörte Monica ihre eigene vorsichtige Stimme.

Fatmir hockte sich auf den Boden.

Sie näherte sich ihm, wiederum auf Knien, als würde die enge niedrige Dachkammer kein anderes Fortbewegen zulassen. Sie half ihm, die Reste von Jacke, Hemd, T-Shirt abzustreifen, die Hose auszuziehen. Und wechselte rasch einen entsetzten Blick mit Mausi.

Fatmirs Lider senkten sich. Blutkrusten auf den Wangen, in den Haaren. Er atmete schwer, als wäre er eine weite Strecke gerannt. Seine Nase war ganz dick, das Nasenbein wahrscheinlich gebrochen, Rotz und Blut schorfig über der Oberlippe, die einen Riss hatte. Schwellungen an seinem gesamten Oberkörper, vorn und hinten, an seinen Armen und Beinen: lange schnurgerade Würmer in Violett und Dunkelrot und Grün. Die Haut darüber gespannt, als würde sie bei der sanftesten Berührung aufplatzen.

Monica setzte die geöffnete, fast leere Colaflasche behutsam an seinen Mund. Er trank, sein Adamsapfel regte sich. Rum wäre jetzt nicht schlecht, dachte sie, aber den hatte sie mit Mausi bis auf den letzten Tropfen zunichte gemacht.

»Was haben sie mit dir gemacht, Fatmir?« Beiläufig wurde ihr klar, wie selten sie es immer noch wagte, ihm ganz offen Fragen zu stellen, ihn auch nur anzusprechen.

Er grinste, eine Grimasse wie ein bösartiges Zähnefletschen.

»Diese Schweinehunde«, sagte sie, nur um ihm endlich mal ein Wort zu entlocken.

Er schnaufte laut. »Sie waren sehr, sehr nett. Wirklich nett.« Normalerweise war sie es, die diesen Sarkasmus abbekam, der in seiner Stimme schwang, und dann fürchtete sie Fatmir am meisten. Wenn er so sprach, war er immer am brutalsten. »Immerhin«, wieder sein hässliches Grinsen, »haben sie mir mein Leben gelassen.«

Aber sonst nichts, dachte sie. Und jetzt? Was sollte aus ihnen werden? Die Abreibung, die er erhalten hatte, war offensichtlich so schlimm, dass das die letzte Warnung sein würde. Monica wusste nicht genau, was los war, Fatmir gab ja nie etwas preis, aber sie hatte auch so spitzgekriegt, dass er in die eigene Tasche gearbeitet hatte, seine Bosse übers Ohr hauen wollte.

Deshalb waren sie so unvermittelt abgetaucht, von einer Sekunde zur nächsten. Fatmir hatte sie nicht einmal mehr zum Arbeiten geschickt. Wohin auch? Auf dem Straßenstrich in Nähe der Messe, dem letzten Ausweichplatz, waren sie, Mausi und Tigerlady von anderen Huren vertrieben worden. Bespuckt, angeschrien, beinahe verprügelt hatten sie diese Furien. Alle schienen zu wissen, dass Fatmirs Mädchen Freiwild waren. Tigerlady, die eigentlich Tania hieß, war dann verschwunden, und Monica wusste nicht, ob sie tot war oder für diesen Igli und die anderen Albaner anschaffte.

Sie starrte Fatmir an, stumm, abwartend. Was sollte aus ihnen werden?, bohrte sich erneut die Frage in ihren Kopf. Was konnten Fatmir und sie und Mausi jetzt noch anfangen?

Zum ersten Mal seit seinem Eintreffen erwiderte er ihren Blick ganz direkt. »Mir fällt schon was ein«, murmelte er, als hätte er ihre Gedanken gelesen. »Mir fällt ja immer was ein.«
Doch seine Furcht war immer noch zu riechen, sie verklebte die Luft, verteilte sich im Zimmer.
Erst jetzt fiel Monica wieder der Anruf ein. Aber das Handy war zerstört, ja, sie konnte sich nicht irren. Zerstört, kaputt. Der Anruf löste auf einmal nichts mehr in ihr aus, sie verdrängte ihn, er war unwichtig. Es gab anderes, auf das sie sich konzentrieren musste. Aufs Überleben. Wie immer.

5

Zu Hause, kurz nach 15 Uhr 30. Stille. Der Vorhang war zugezogen, damit sich das Tageslicht nicht im Bildschirm des Laptops spiegeln konnte. Mausklick für Mausklick scrollte Darold durch die Fotos, die er damals an der Bushaltestelle gemacht hatte. Klick für Klick durch die Fotos, die er in Sinas und Hannas Zimmer aufgenommen hatte. Sinas Bett, darüber keine Boybandposter, sondern die grimmigen Gesichter der *Metal*-Band *Metallica*. Sinas Schreibtisch. Nichts Auffälliges darauf, nichts Auffälliges in den Schubladen. Keine Notizen. Kein Tagebuch. »Sie war nicht der Tagebuch-Typ«, hatte ihre Mutter gesagt. Klick für Klick durch die Websites der Regionalzeitungen, durch die alten Berichte.

Darunter befand sich der zwei Jahre alte Artikel des *Südkuriers* mit drei verschiedenen Abbildungen, die zeigen sollten, wie Sina Falke, vorausgesetzt sie wäre noch am Leben, inzwischen aussehen könnte. Daneben die Aufnahme, die bei den Ermittlungen eingesetzt worden war, aufgenommen im Herbst vor ihrem Verschwinden. Die drei Abbildungen, erstellt von Spezialisten der Karlsruher Kriminalpolizei, wirkten wie einfache Zeichnungen, aber auch durchaus glaubhaft. Spitzer das Kinn, etwas breiter, dominanter die Wangenknochen, weniger Babyspeck eben, eine leicht veränderte Stirnpartie. Sina Falkes dunkle Augen blieben dieselben, die Augen jener Sechzehnjährigen, die zu einem Rätsel geworden war.

Darold scrollte durch den Artikel, las einige Zeilen aufmerksam, andere überflog er nur. Bisher war es ein Tag des Wartens gewesen. Des Lauerns. Genau wie früher immer. Genau wie gestern.

Am Vortag war er nach dem Besuch bei Lukas Bellwanger zurück nach Blaubach gefahren. Lange hatte er sich in unmittelbarer Nähe des Doppelhauses aufgehalten, in dem Michael Falke lebte. Bereits einen Abend zuvor, nachdem er und Hanna Falke das Café verlassen hatten, war er dort gewesen. Aber die ganze Zeit über: keine Spur von Michael. Als wäre er verschwunden, wie seine Schwester vor sechs Jahren. Außerdem hatte er versucht, ihn telefonisch zu erreichen, jedoch ohne Erfolg.

Darold rief sich die Gespräche mit Michael in Erinnerung. Ein schlanker, hoch aufgeschossener junger Mann. Zurückhaltend bis schüchtern. Eigenbrötlerisch. Bleiches schmales Gesicht, blaue Augen, die denen von Hanna ähnelten. Eine hohe Stirn, fast wie bei einem älteren Herrn. Er war für Darold nicht zu *greifen* gewesen, er drang nicht zu ihm vor. Michael gab Auskunft, versuchte alle Fragen zu beantworten, er strengte sich an, sich auch an Kleinigkeiten zu erinnern. Doch zugleich setzte er alles daran, den Schmerz über Sinas Verschwinden, falls er Schmerz darüber empfand, zu verbergen. Sich selbst zu verbergen, seine Gedanken, seine Vermutungen. Beinahe war es, als hätte er eine Maske aufgesetzt. *Maskenhaft.* Diesen Begriff hatte Darold nach einer der ersten Unterhaltungen mit Michael notiert.

Heute, um die Mittagszeit, hatte Darold der Versuchung nicht widerstehen können, zu Sina Falkes früherer Schule zu fahren, dem Kepler Gymnasium. Ihre einstige Klassenlehrerin, Inge Böhm, wohnte nicht mehr in Blaubach. Sie unterrichtete mittlerweile an einem Gymnasium am Bodensee. Darold hatte darüber einen kurzen Artikel auf der Lokalseite der Zeitung gelesen und sich eine Notiz gemacht.

Er blieb im parkenden Auto sitzen, warf einen Blick auf die Rektorin – die gleiche wie damals. Hildegard Frank-Kehrrich. Und auch der Vertrauenslehrer der Schule war ihm noch vertraut. Meinhard Gabel. Die damaligen Gespräche mit beiden waren Darold sehr präsent, als lägen sie nur Tage zurück.

Das war seine Welt gewesen. Abwarten, beobachten, befragen, Überlegungen anstellen. An diesem Tag allerdings, in der Nähe des Schulgebäudes, war er sich wie ein Eindringling vorgekommen, wie jemand, der in fremden Revieren wilderte. Und genau das tat er ja auch. Der Anruf, den Hanna Falke erhalten hatte, war wie eine Injektion direkt in sein Nervenzentrum gewesen. Er hatte keinen Schlaf mehr gebraucht, kein Essen, sein Gehirn war die ganze Zeit auf Hochtouren gelaufen, sein Gedächtnis lieferte ihm ohne Unterlass die alten Bilder.

Und dennoch war er nicht aus dem Wagen gestiegen, um mit der Rektorin oder dem Vertrauenslehrer zu sprechen, die beide immer sehr hilfsbereit gewesen waren. Diese Grenze hatte er dann doch nicht überschritten. Eindringling, Wilderer. Es war, wie es war. Und bald würde es vorbei sein. Bald? Wohl eher schnell. Dann würde er wieder jeden einzelnen Tag, jede einzelne Stunde nutzlos vor sich herschieben.

Der Klingelton seines Handys zerschnitt die Lautlosigkeit des Zimmers. Darold betrachtete das Display. Er selbst hatte diese Nummer vor einer halben Stunde angewählt – ohne jemanden zu erreichen. »Hier Darold.«

»Äh ... ja, hallo?« Verwunderung in der Stimme. »Hier ist Benjamin Laux.«

»Guten Tag, Herr Laux. Ich habe Sie vorhin angerufen. Sie wissen noch, wer ich bin?«

»Natürlich weiß ich das.« Ein kurzes Zögern. »Was kann ich für Sie tun?«

»Ich will Sie nicht lange aufhalten.«

»Äh, arbeiten Sie wieder an dem Fall?« Es klang, als wäre es ihm herausgerutscht. »Ich meine, Sie rufen wegen Sina an, nicht wahr?«

»Wegen Sina, richtig.«

»Das finde ich klasse, dass Sie da noch dran sind. Also, dass Sie nicht aufgeben.«

»Ich habe nur ein paar Fragen«, überging Darold die Bemerkungen. »Und zwar zur Sina-Website. Sie haben doch sehr viel daran gearbeitet?«

»Ja, habe ich.«

Darold sah ihn vor sich, Benny Laux, ein Computerfreak, aber kein Nerd. Einfach ein gescheiter Junge – inzwischen ein junger Mann, der in Donaueschingen für ein IT-Unternehmen tätig war.

»Seit etwa drei Jahren gab es keine Aktualisierungen mehr auf der Website. Richtig?«

»Hm. Ja, kann schon sein. Es gab nichts mehr ... wie soll ich sagen? Also, nichts Neues halt. Wirklich, ich hätte gern weitergemacht, aber dann ... Na ja, Melanie hat gesagt, ich soll aufhören damit.«

»Melanie Dosenbach?«

»Klar, sie hat gemeint, das bringt doch sowieso nix, das ist eh alles umsonst.«

»Sie war wahrscheinlich deprimiert?«

»Sicher, das war sie. Wir alle. Merkwürdig fand ich nur, dass das so plötzlich kam. Von einem Tag auf den nächsten. Da dachte ich, jetzt ist es also zu Ende, jetzt haben wir Sina aufgegeben.« Nach einer Pause setzte er zögerlich hinzu: »Und dann wurde es ja etwas ... unappetitlich.«

»Unappetitlich?« Darold stutzte.

»Ach.« Ein kurzes verlegenes Schweigen. »Ich hab nix gesagt.«

»Wie haben Sie das gemeint?«

»Ich hab nix gesagt«, wiederholte Laux, immer noch verlegen.

Im Anschluss an das Gespräch grübelte Darold unentwegt nach. Der letzte Eintrag vor drei Jahren. Was war sonst noch vor drei Jahren passiert, das irgendwie damit zu tun haben könnte? Die Antwort war einfach. Etwa zur gleichen Zeit kamen die Belästigungsgerüchte über Reinhold Falke auf. Das war also gemeint mit *unappetitlich*. Darold zermarterte sich das Hirn. Diese zeitliche Übereinstimmung war ihm schon einmal bewusst geworden. Doch es war wie immer, wenn sich etwas eventuell Beachtenswertes aufzutun schien: Alles verlief im Nichts, es ließen sich keine Zusammenhänge herstellen. Die Internetseite wurde nicht mehr bearbeitet. Im Ort wucherten Gerüchte, für die es keine Belege gab. Und das war's.

Noch in Gedanken suchte er nach der Nummer von Melanie

Dosenbach und stieß neben ihrer privaten auch auf die berufliche, die er irgendwann nachträglich notiert hatte. Er rief mit seinem Festnetzapparat bei Melanie an und erreichte sie sofort. Sie unterhielten sich ganz kurz. Gleich darauf verließ er die Wohnung.

6

So schlimm hatte es ihn noch nie erwischt. Weniger die äußerlichen Wunden, eher das, was die Schläge in seinem Inneren angerichtet hatten. Wehrlos wirkte er. Schwächer. Angreifbarer.
Fatmir war abhängiger von ihr. Sagte zwar niemals Danke, aber ließ hin und wieder einen Blick auf sie fallen, der so etwas wie Dankbarkeit ausdrückte. Oder zumindest eine Verbundenheit. Nein, sie war nicht auf Augenhöhe mit ihm. Doch es war anders als zuvor.
Die ersten zwei oder drei Tage war Fatmir kaum aufgestanden. Immer auf der Matratze gelegen. Nur ganz selten mal auf den Beinen, um auf den Gang zu huschen und das Klo neben der Kammer zu benutzen. Es gab eine enge Toilettenkabine mit einer widerlich hässlichen Schüssel, allerdings keine Dusche. Mausi und sie hatten oft in Freibändern geduscht und Fatmir – das wusste sie nicht. Es war ihr immer so vorgekommen, dass sie alles von ihm wüsste, aber das stimmte nicht. Die Einzelheiten, die Hintergründe, seine Gedanken, seine Pläne, das alles hielt er vor ihr geheim. Seine unvorhersehbare Brutalität – vor allem die kannte Monica.
Mit ihren letzten Scheinen kaufte sie etwas zu essen. Fatmir, Monica, Mausi, da kauerten sie in der Dachkammer, kauend, stumm. Nur noch ein paar Cent in Monicas Hosentasche.
Und jetzt?
Der Tag ging, ein neuer kam. Und mit ihm Geld. Monica wusste erst nicht, wo Fatmir die Scheine herbekommen hatte. Sie war überzeugt gewesen, er wäre pleite. Aber da waren diese zerknitterten Scheine, vielleicht Fatmirs Notgroschen. Also noch

mehr Essbares. Und Zigaretten. Aber kein Alkohol. Fatmir verbot Alkohol. Sie wusste, dass er sich vornahm, einen klaren Kopf zu behalten, in jeder Minute, jeder Sekunde. Das tat er immer, wenn es eng wurde, wenn ihm das Wasser bis zum Kragen stand.

Als er einmal tief eingeschlafen war, suchte Monica die Klokabine ab, leise, vorsichtig. Dort konnte man nichts verstecken. Sie öffnete die winzige Dachluke, tastete auf den Ziegeln herum. Einer ließ sich anheben. Darunter eine blecherne Tabaksdose, umhüllt von einer Plastiktüte. In der Dose: Zwanziger, Zehner, ein paar Fünfziger, vier Hunderter. Rasch verstaute sie alles, wie sie es vorgefunden hatte. Nichts davon nahm sie an sich. Sie malte sich erst gar nicht aus, was er mit ihr machen würde, wenn er es herausfinden würde. Nicht umbringen. Aber ihr solche Schmerzen zufügen, dass sie sich wünschen würde, tot zu sein.

7

Die schwere, mit Gusseisen verzierte Eingangstür öffnete sich, und die junge Frau sah ihm schon entgegen, als er sich von seinem Auto näherte. Darold grüßte sie, sie antwortete mit einem Nicken. Eine kurze Geste wies ihm den Weg ins Innere des großen Gebäudes.

In der Wohnküche bot sie ihm einen Kaffee an, den er ablehnte. Am Telefon hatte er nicht lange um dieses Treffen bitten müssen, trotzdem hatte er nicht das Gefühl, es würde ihr leicht fallen, ihn zu sehen. Und das war verständlich. Nicht in den weichen, teuer wirkenden Polstern der Sessel, sondern auf den schlichteren, aber ebenso hochwertigen Küchenstühlen saßen sie einander gegenüber. Das Gespräch kam schwerfällig in Gang.

Melanie Dosenbach war noch immer etwas unscheinbar. Rötlichblondes Haar, keine unattraktiven, aber unauffällige Gesichtszüge, eine normale Figur: nicht dick, nicht dünn. Sie war nicht hässlich, aber eben auch nicht verführerisch. Sina Falkes beste Freundin. Sie lebte bei ihren Eltern, nach wie vor, wohlhabende Leute, im Ort und in der Umgebung bestens bekannt. Klaus Dosenbach gehörte eine Baufirma, ein Mann, der etwas aus sich gemacht hatte, obwohl er aus einem kleinen Bauernhof stammte, der ihm immer noch gehörte und den er seit Jahren umbaute, verschönerte, verschnörkelte. Das Hobby eines Menschen, der sich so manches im Leben leisten konnte. Seine Frau Renate engagierte sich im Kirchenverein und organisierte im Winter Skiausflüge für die Blaubacher Alpinfans.

Ihre Tochter arbeitete im Büro der Familienfirma, anscheinend nur halbtags, obwohl sie das Abitur mit sehr gutem Notendurchschnitt abgeschlossen hatte und mehr hätte erreichen können. Aber irgendwie war sie wohl nicht so richtig in Tritt gekommen. Einen Freund hatte sie auch, Florian Sichlinger, schon seit über vier Jahren. Er war im Rathaus angestellt und überall beliebt. Die ganze Gemeinde fragte sich, wann die beiden endlich heiraten würden. Eines Abends hatte sich Darold in einer der Blaubacher Kneipen mit einem Mann unterhalten, der schon lange für Dosenbach arbeitete, und so einige Einzelheiten erfahren.

Über einen vollkommen leeren Tisch hinweg musterte Darold Melanie eingehend. Ihre Antworten kamen schleppend, sie überlegte lange. Früher hatte er oft mit ihr gesprochen, selbstverständlich, die beste Freundin war normalerweise eine Fundgrube an vertraulichen Informationen. Immer wieder hatte Darold sie damals nach ihrer Meinung zu Lukas Bellwanger gefragt. Mochte sie Lukas? Nein. Warum nicht? Schwer zu sagen. Neigte Lukas zu Gewalttätigkeit? Nein, das nicht. Neigte er zu Drogen. Nein, auch nicht. Wann immer Darold es wünschte, hatte Melanie damals Rede und Antwort gestanden, doch genau wie bei allen anderen, die er befragte, kam nichts ans Tageslicht, was auch nur den schwächsten Lichtschein in irgendeine Ecke dieses Dunkels geworfen hätte. Alles war so *verdammt normal*. Ein Mädchen war verschwunden. Und vorher war es zu keinen besonderen Komplikationen gekommen, zu keinen Auffälligkeiten oder Unregelmäßigkeiten, zu keinem Streit, zu keiner Drohung, zu keinem sonderbaren Vorfall.

»Ich weiß wirklich nicht«, sagte Melanie Dosenbach jetzt, »was ich Ihnen noch erzählen könnte. So viel Zeit ist vergangen.«

»Sie haben Benjamin Laux geraten, die Arbeit an der Internetseite für Sina einzustellen, nicht wahr?«

Ein Stirnrunzeln. »Äh, ja, schon möglich. Was sollte das alles noch?«

»Haben Sie von den Gerüchten gehört, die Sinas Vater betrafen? Er hätte Sina belästigt, sich ihr auf unsittliche Weise genähert?«

»Gehört? Na ja, jeder hat irgendwie davon gehört?«

»Glauben Sie, dass da was dran war?«

»Ich?«
»Was denken Sie?«
»Also, ich habe wirklich keine Ahnung.«
»Gab es vor Sinas Verschwinden irgendwelche Anzeichen, dass an solchen Gerüchten etwas dran sein könnte? Im Nachhinein?«
»Nein.«
»Woher kamen die Gerüchte? Ich meine, Sina war ja schon drei Jahre lang verschwunden, als zum ersten Mal ...«
»Keine Ahnung«, fiel sie ihm ins Wort, jetzt unwillig. »Echt. Absolut keine Ahnung.«

Darold brachte das Gespräch auf Frankfurt, erkundigte sich, ob Sina diese Stadt jemals erwähnt hätte, in welchem Zusammenhang auch immer.

Melanie schüttelte den Kopf. »Nein.«

Es gab nichts mehr zu fragen, er spürte es. Melanie hatte ihn wohl nur aus einem Pflichtgefühl heraus empfangen. Sie schien mit der Angelegenheit abgeschlossen zu haben, und das konnte er ihr nicht verdenken. Er wollte sich gerade verabschieden, als Geräusche am Eingang erklangen. Jemand betrat das Haus, gleich darauf die Wohnküche.

Darold stand auf. »Guten Tag, Herr Dosenbach.«

Ein fester Händedruck.

»Herr Hauptkommissar.«

Dosenbach war einige Jahre älter als Darold, wirkte dennoch jünger. Groß und breitschultrig, ein Mann mit klarem, gescheitem Ausdruck in den Augen. Ordentlich gestutzter Schnurr- und Kinnbart, der grau war, während das dunkle, noch sehr volle Haupthaar nur von vereinzelten Silbersträhnen durchzogen wurde. Dosenbach verkörperte die seltene Mischung aus kühler Intelligenz und anpackender Kraft.

»Ich wollte gerade gehen.« Darold reichte die Hand auch Melanie, die sich nicht erhob. »Vielen Dank für Ihre Zeit.«

Sie nickte ihm nur zu.

»Ich begleite Sie nach draußen, Herr Hauptkommissar«, sagte Dosenbach.

An der Tür wollte er dann ohne Umschweife wissen, welchen Grund es für den Besuch gebe.

Darold erklärte wenig aussagekräftig, dass der Fall Sina Falke zwar lange vorbei sei, jedoch immer noch in ihm gäre.

»Gibt es etwa neue Erkenntnisse? Das wäre ja ein Wunder.«

»Ich kann Ihnen nichts Genaues mitteilen.« Darold blieb einsilbig.

Dosenbach nickte. »Es ist aller Ehren wert, einen langen Atem zu haben. Niemand wüsste das besser als ich.« In seinem Blick blitzte etwas auf. »Allerdings muss ich Sie darum bitten, Rücksicht auf meine Tochter zu nehmen. Sie wird jederzeit Ihre Fragen beantworten. Aber nur, falls es einen konkreten Anlass dazu gibt. Wenn Sie wissen, was ich meine.«

»Ich weiß, was Sie meinen.«

»Das hoffe ich«, erwiderte Dosenbach mit Schärfe. »Sehen Sie, die Sache hat sie damals ziemlich mitgenommen. 16 Jahre alt, die beste Freundin plötzlich weg. Medieninteresse, Polizeibefragungen. Mit ihrer Clique hat Melanie selbst versucht, Spuren zu finden. Handzettel gedruckt und überall aufgehängt. Diese Internetseite gemacht. Und so weiter.«

»Ich weiß.«

»Mir geht es um meine Tochter. Reißen Sie keine alten Wunden auf. Erst recht, wenn es nicht nötig ist. Und zwar *un-be-dingt* nötig. Sie verstehen mich sicher.«

»Auf Wiedersehen, Herr Dosenbach.«

Natürlich verstand Darold ihn. An Dosenbachs Stelle hätte er sich wohl kaum anders verhalten.

8

Er schien sich zu erholen. Sie merkte es vor allem daran, dass er wieder mit ihr schlief. Schnell, wortlos, ein Keuchen, dann war es vorüber. Mal mit ihr, mal mit Mausi, während die jeweils andere nur ein paar Schritte entfernt lag und die Zimmerdecke anstarrte. Und doch fühlte sie immer noch, dass etwas verändert war zwischen ihnen. Nicht zwischen Fatmir und Mausi, die ja praktisch noch ein Kind war. Aber verändert zwischen Fatmir und Monica. Und es weckte etwas in ihr, was längst abgestorben zu sein schien. So etwas wie Zuversicht. Ja. Verändert. Sie nahm sich vor, aufmerksam zu bleiben, alles wahrzunehmen, jede Geste, jede hingeworfene Silbe von ihm.

9

16 Uhr 50. Keine Radiomusik, keine Fernsehergeräusche. Außer dem Ticken der Wanduhr kein Laut. Er saß vor seinem Laptop. Die Unterhaltungen mit Melanie Dosenbach und ihrem Vater lagen eine Viertelstunde zurück. Kurzer Blick zum Handy. Erneut hatte Andrea sich gemeldet, erneut hatte er den Anruf nicht entgegengenommen. Eine Nachricht hatte sie hinterlassen. Ihre Stimme in seinem Ohr: »Hier ist Andrea. Gut, ich hab kapiert, dass du mich nicht sehen willst. Aber ich muss mich trotzdem noch mal melden. Die reden über dich. Hier auf dem Revier. Mach keinen Quatsch.« Eine kurze Pause, er dachte, das war alles, da setzte sie noch einmal an: »Wenn du mal mit jemandem sprechen willst, also, du weißt ja, ich kann ganz gut zuhören. Tschüss.«

Darold löschte die Nachricht.

Gleich darauf schloss er Klick für Klick die Websites der Zeitungen, um dann einen seiner vielen Desktop-Ordner zu öffnen, die sich mit dem Fall Sina Falke beschäftigten: einen nicht sonderlich großen. Weil es wieder einmal fast nichts zu finden, also auch nichts einzutragen und festzuhalten gab. Es handelte sich um den Ordner mit vergleichbaren Fällen. Wie mühsam das immer war: Zeitungen durchforsten, Polizeicomputer suchen lassen, Archive umpflügen, mit Kollegen an unterschiedlichsten Standorten telefonieren. So viele Stunden. So viel Energie. Er wusste noch alles – als wäre es erst ein paar Wochen her. Erst der Kreis, dann der Bezirk, dann das Land, dann über die Landesgrenzen hinaus in die benachbarten Bundesländer. Und sogar in die Schweiz, deren Grenze nicht weit entfernt war: Schaffhausen konnte in gut zwanzig Autominuten erreicht werden. Irgendwo, irgendwann musste sich doch etwas Vergleichbares ereignet haben. Das war eigentlich immer ein Ansatzpunkt. Aber – nicht im Fall Sina Falke. Kaum eine Vermisstenmeldung in ganz Baden-Württemberg schien Parallelen aufzuweisen. Die Jahre 2003 bis 2008 hatte er überprüft. Später auch die Jahre 2009 und 2010 und 2011. Konnte es sein, dass der Täter/die Täter nie zuvor und nie danach das Verlangen verspürt hatten, sich einer jungen Frau/einem Mädchen auf verbotene Weise zu nähern? Ein absoluter Einzelfall eines absoluten Einzeltäters? Das war nicht vorstellbar, so etwas gab es nicht, nirgendwo auf der Welt. Triebtäter waren Gewohnheitstäter, der Trieb ließ sich nicht ausknipsen, und wenn es nicht der Trieb gewesen war – was käme sonst für ein Motiv in Frage? Nein, es musste das Verlangen/der Zwang/das Muss sein, dieser unerbittliche, gewissenlose Drang, der zu stark war. Also ein Triebtäter. Einer, der angehalten hatte, um Sina anzusprechen – ob bewusst oder noch im Unterbewussten mit grausamen Absichten. Verbrechen waren Verbrechen. Sie ereigneten sich, wie sich anderes ereignete. Es gab selten aufsehenerregende Ausnahmen in Sachen Ablauf, Muster, Hintergrund, Motiv. Jemand tat einem anderen etwas an. Aus Hass. Aus Geldgier. Aus einer Notsituation. Oder aus seinem übermächtigen Trieb.

So war es doch immer. Immer dasselbe. Also auch im Fall Sina Falke: der Trieb.

Und dennoch: keine Serie, keine Wiederholungsfälle. Oder war eben das der Beleg dafür, dass der Täter auf der Durchreise gewesen war? Dass es sich um einen simplen Zufall gehandelt hatte? Einen für Sina entsetzlichen Zufall? Einfach ein Mann, der sich an Jugendlichen und/oder jungen Frauen verging und der nur ein einziges Mal durch diese Gegend gekommen war? Der womöglich aus dem Norden, Osten oder Westen der Republik stammte? Eine Nadel in einem riesigen Heuhaufen? Also hatte Darold auch bundesweit Fälle abgeglichen. Und sich im Dickicht unzähliger verschwundener/getöteter/missbrauchter junger Menschen verloren. Hunderte Fälle, Hunderte Akten, Hunderte Protokolle. Tausende Informationen. Tausende Namen, Gesichter,

Adressen, Fragezeichen, Lücken, Leerstellen. Ein unentwirrbarer Dschungel.

Also Kommando zurück. Baden-Württemberg. Der Schwarzwald. Schweizer Grenzgebiet. Die Baar. Nicht allzu weit über deren Grenzen hinaus.

Zwei Fälle.

Zwei Fälle waren übrig geblieben.

Zwei Fälle, die sich nicht in unmittelbarer Nähe, aber auch nicht allzu weit entfernt zugetragen hatten.

Fall 1:

Katja Bendow. 6. September 2006, zwischen 17 und 17 Uhr 30, Sigmaringen, Schwäbische Alb, gut eine Autostunde von Blaubach entfernt. Katja war mit dem Fahrrad auf dem Weg von der Jazztanzgruppe nach Hause. Nie dort eingetroffen. 14 Jahre alt, blaue Augen, 1,55 Meter groß, sehr schlank, sommersprossig, schulterlanges hellblondes Haar. Pinkfarbene Windjacke, rotes T-Shirt mit der weißen Aufschrift *LOVE*, Jeans-Shorts, weißes Trägertop, weißer Slip, blau-gelbe Sportschuhe. Ohrringe, Halskette, zwei Fingerringe, rot-weiße Sporttasche.

Vom Erdboden verschluckt. Spurlos. Kein Leichnam, keine Kleidungsstücke, keine Hinweise von Zeugen. Nichts. Bis auf das Fahrrad, das in einer Wiese neben dem Radweg gefunden wurde. Mit einem platten Vorderreifen. *Eine Panne – ein Auto stoppt – der Fahrer bietet Hilfe an – Vergewaltigung – Mord – Vergraben der Toten.* Hatte es sich so zugetragen? Katja Bendow. Ein Mensch, innerhalb von Minuten nicht mehr greifbar, nicht mehr da.

Fall 2:

Alicia Grüninger. 17. März 2011, zwischen 7 Uhr 30 und 8 Uhr 30, Hinterzarten bei Freiburg, gut eine Autostunde von Blaubach entfernt (in die entgegengesetzte Richtung von Sigmaringen). Alicia war beim Joggen auf einem Feldweg, der parallel zu einer Landstraße verlief. Nie wieder nach Hause zurückgekehrt. 17 Jahre alt, braune Augen, 1,64 Meter groß, frauliche Figur, langes gewelltes, dunkelbraunes Haar, Narbe am Kinn von einem Fahrradunfall. Grünes Nylonoberteil mit Kapuze, grau-rot quer gestreiftes T-Shirt, schwarze Jogginghose, schwarzer Sport-BH, schwarzer Slip, weiße Sportsocken, weiße Laufschuhe. Nasenflügel-Piercing, Ohrringe, zwei Armreifen, drei Fingerringe, schwarze Swatch-Armbanduhr.

Vom Erdboden verschluckt. Spurlos. Kein Leichnam, keine Kleidungsstücke, keine Hinweise von Zeugen. Nichts. *Autofahrer sieht das Mädchen – einsame Gegend – einbiegen auf den Feldweg – anhalten – Vergewaltigung – Mord – Vergraben der Toten.* War das Alicias Grüningers Geschichte? Noch ein Mensch, innerhalb kürzester Zeit nicht mehr greifbar, nicht mehr da, verschwunden, scheinbar in Luft aufgelöst.

Zwei Fälle, die so leer aus den Akten starrten wie der Fall Sina Falke. Zwei Ansatzpunkte, die keine waren. Zwei weitere Sackgassen. Zwei weitere Belege dafür, dass alles sinnlos war, jede Kraftanstrengung, das ganze Leben. Dass alles nur Vergeudung war. Darold hasste sich, wenn ihn solche Gefühle überkamen, hasste die Wehrlosigkeit, mit der er ihnen seit Langem gegenüberstand. Was hatte ihn früher nur dazu gebracht, weiterzumachen, den Mut nicht sinken, sich nicht unterkriegen zu lassen?

Er saß da und dachte mit einem Kopfschütteln an seine Vergangenheit als Ermittler zurück. Nur um gleich weiterzuklicken, weiter durch das Labyrinth, zu dem der Fall Sina Falke in seinem Laptop angewachsen war. Nacheinander nahm er sich mehrere Word-Dokumente vor: nachträglich vervollständigte und kommentierte Mit- und Abschriften der Gespräche, die er mit Personen an Sina Falkes Schule geführt hatte, manchmal mit Aufnahmegerät, manchmal ohne.

Eines davon mit Frau Frank-Kehrrich, der Rektorin. Gemeinsam mit ihrem Mann, einem Beamten, in der CDU von Donaueschingen aktiv, außerdem im Vorstand eines Tennis-Clubs. Eine selbstsichere, nicht unattraktive Dame mittleren Alters, die es verstand, präzise Antworten zu geben.

Frage: »Wie würden Sie Sina beschreiben? Was für ein Mensch ist sie?«
Antwort: »Ein aufgewecktes Mädchen. Nicht die fleißigste Schüle-

rin, aber auch nicht faul. Durchschnittliche Leistungen. Sina Falke hat Temperament. Ich würde sie als schlagfertig bezeichnen, aber nicht als frech.«

Frage: »Hatten Sie den Eindruck, dass Sina Sorgen hatte? Gab es etwas, mit dem Sina vor ihrem Verschwinden ganz besonders zu kämpfen hatte?«

Antwort: »Das kann ich nicht beantworten. Dazu kenne ich sie zu wenig. Ich unterrichte nicht mehr selbst und so habe ich weniger direkten Kontakt zu den Schülern als die Lehrer.«

So ging es weiter, über drei Seiten hinweg. Darold sprang per Klick zum nächsten Dokument, das eine längere Befragung mit Vertrauenslehrer Meinhard Gabel wiedergab: ein alleinstehender, geschiedener Mann mit Brille und welligem Haar. Freundlich, intelligent, sehr betroffen über Sinas Verschwinden, manchmal etwas weitschweifig. Fuhr Rad, spielte Badminton. Ein durch und durch sportlicher Typ, ein Autonarr, aber zugleich jemand, dem man den Geisteswissenschaftler ansah, die Belesenheit, das angehäufte Wissen.

Ähnliche Fragen wie bei der Rektorin. Und Antworten, die in die gleiche Richtung gingen wie bei ihr.

Frage: »Sina ist kein stilles Mäuschen, oder?«

Antwort: »Nein, ganz und gar nicht. Sie ist freundlich, selbstbewusst, sie lacht gerne. Sie ist, wenn ich das so ausdrücken darf, um keine Antwort verlegen. Verstehen Sie mich bitte nicht falsch, sie ist keine freche Göre, aber sie ist auch nicht schüchtern.«

Frage: »Man kann sie also nicht gerade, wie soll ich sagen, als das typische wehrlose Opferlamm bezeichnen?«

Antwort: »Nein, das kann man wohl nicht. Aber ... andererseits ... Also, das mit dem ›um keine Antwort verlegen‹ bitte nicht missverstehen. Mein Eindruck ist, dass Sina durchaus eine verletzliche Seite hat. Und dass sie die ganz gerne durch ihre kecke Art versteckt.«

Frage: »Hatten Sie einen starken persönlichen Kontakt zu Sina?«

Antwort: »Ich bilde mir ein, Sina recht gut einschätzen zu können.

Wie die meisten meiner Schülerinnen und Schüler. Aber ich hatte zu ihr nicht mehr Kontakt als zu anderen, wir haben uns nur zwei- oder dreimal allein unterhalten.«

Frage: »Hat Sina jemals gezielt das Gespräch mit Ihnen gesucht? Sie sind Vertrauenslehrer. Hat sie sich Ihnen einmal anvertraut?«
Antwort: »Nein, das hat sie nicht.«
Frage: »Gibt es irgendeinen Hinweis darauf, dass Sina Probleme hatte? Kummer? Schwierigkeiten?«
Antwort: »Nein, nicht für mich.«
Frage: »War sie gut integriert?«
Antwort: »Für mich sah es immer danach aus.«
Frage: »Im Großen und Ganzen nichts Auffälliges?«
Antwort: »Nein, gar nichts. Rechnen Sie etwa doch damit, dass Sina freiwillig verschwunden ist? Man kann ja nie wissen, was sich wirklich im Kopf eines Menschen abspielt, finden Sie nicht? Ich habe Ihnen geschildert, welches Bild von ihr sich für mich ergibt. Doch andererseits – womöglich ist das ja nur ein Ausschnitt der Wahrheit. Es ist furchtbar schwer, sich ein Urteil zu erlauben. Selbst für mich. Gut integriert? Ja, klar, für mich schon. Ein ausgeglichenes Wesen? Ja, meiner Ansicht nach auch. Und dennoch – wer weiß, was einen anderen Menschen tatsächlich bewegt, wie er sich fühlt? Wie es in ihm aussieht?«

Nur ein paar Minuten später befand sich Darold wieder im Auto. Er fuhr am Gymnasium vorbei, warf einen Blick auf den Parkplatz, der leer war, kein einziges Auto. Er überlegte, ob er sich zunächst mit einem Anruf ankündigen sollte, entschied sich aber dagegen. Als er die Neubaugegend erreichte, in der sich schicke, geschmackvolle Eigenheime aneinanderreihten, parkte er. Er näherte sich einem der Häuser. Der Besitzer wohnte erst seit Kurzem hier, aber Darold kannte die Adresse, wusste sogar, dass der Wagen vor der Garage noch neu war: ein silberner Porsche Cayman. Damals war es ein silberner BMW Z3 gewesen, Darold erinnerte sich genau.

Er klingelte.

Als die Eingangstür geöffnet wurde, starrte ihn ein verblüfftes Augenpaar an.

»Tut mir leid, dass ich Sie überfalle«, sagte Darold. »Hätten Sie ein paar Minuten Zeit für mich?«

»Also, ich stecke mitten in einer Klausurkorrektur.« Der Mann, der ihm gegenüberstand, schien in den letzten Jahren kaum gealtert zu sein. Kein graues Härchen, kaum ein Fältchen, die vertraute sportliche Figur.

»Wirklich, es wird nicht lange dauern.«

»Sie ermitteln wieder? Ich meine, sind Sie etwa hier wegen …« Meinhard Gabel brach den Satz ab und trat zur Seite, um den Besucher hereinzulassen.

Das Haus war nicht nur neu, es roch auch so, fast wie ein Ausstellungsheim für potenzielle Käufer. Sie gingen an der offenen Tür eines Büros mit überfülltem Schreibtisch vorbei. Das Wohnzimmer war groß, öffnete sich zu einer Küche hin, die über einen frei stehenden Herd verfügte. Sie nahmen in Sesseln Platz, die einen intensiven Lederduft verströmten.

»Ehrlich, ich bin sehr überrascht.« Gabel rückte sich die Brille zurecht, ein anderes Modell als das, das Darold an ihm kannte.

»Natürlich.«

»Gibt es eine neue Spur? Arbeiten Sie tatsächlich noch an dem Fall? Oder *wieder*?«

»Klar, dass Ihnen das merkwürdig vorkommt. Aber wir versuchen immer, dranzubleiben. Um es mal so auszudrücken.«

»Bewundernswert.« Gabel nickte vor sich hin. »Ich habe immer bereitwillig Auskunft gegeben über Sina Falke.«

Chrom, Parkett, viel Glas, offener Kamin, hohe Decken, weiße Wände, hier und da geschmückt von moderner Kunst. Ein großes Bücherregal mit etlichen Bänden. Geschnitzte Figuren, wohl aus Afrika, Wandteppich aus Südamerika oder Mexiko, dänische Designerlampe. Ein Gestell mit Weinflaschen. Laptop, Tablet, Smartphone, der übliche technische Schnickschnack, überall verteilt. Neben dem Durchgang zur Küche eine riesige Collage aus

Fotografien: Gabel beim Mountainbiking, Bergsteigen, Tauchen, Badmintonspielen, Kitesurfen.

»Leider gibt es keine konkrete neue Spur«, eröffnete Darold, der es plötzlich bereute, hierhergekommen zu sein. *Was willst du bloß von ihm?*, pochte es hinter seiner Stirn. *Warum tust du das?* »Aber wie gesagt, wir versuchen, niemals aufzugeben, immer wieder alte Spuren neu zu überprüfen.«

»Hat sich daraus denn etwas ergeben?« Der Lehrer maß ihn mit prüfendem Blick, als beginne er plötzlich, an Darolds Worten zu zweifeln.

»Nun ja, ich würde einfach gern wissen, ob Ihnen noch etwas eingefallen ist?«

»Etwas eingefallen?«, echote Gabel, ein verdutztes Lächeln um die Mundwinkel. »Jetzt noch? Nach dieser langen Zeit? Bei allem Respekt, aber wir haben doch damals häufig miteinander gesprochen. Und ...«

»Sicher«, unterbrach Darold, der sich immer unwohler fühlte. *Was tust du hier?* »Gerade der zeitliche Abstand ist nicht ganz unwichtig. Manchmal sieht man die Dinge anders, wenn Gras über eine Sache gewachsen ist. Dann erscheinen alte Erinnerungen oft in einem anderen Licht.«

Ein entschiedenes Kopfschütteln. »Nicht bei mir, wie ich leider sagen muss. Ich habe mir immer wieder den Kopf über diese Geschichte zerbrochen, das wissen Sie. Aber – da ist einfach nichts, was ich Ihnen mitteilen könnte. Eine ganz gewöhnliche Schülerin. Es gab rein gar nichts, was in irgendeiner Richtung ...«

Während der Lehrer ein Wort ans andere fügte, musste Darold darüber nachdenken, wie stark sie beide sich unterschieden. Obwohl sie gar nicht einmal so viele Lebensjahre trennten, schien Gabel beinahe einer anderen Spezies anzugehören. Wortgewandt, weltgewandt, liberal, tolerant, nicht feminin, aber beileibe nicht so männlich wie die Vorbilder, an denen Darold sich orientiert hatte, wer immer sie gewesen sein mochten. Gabel konnte man sich nicht betrunken oder aggressiv oder gar gewalttätig vorstellen. Jemand, der bei einer Diskussion gewiss immer noch ein Argument nachschieben konnte. Jemand, der sich stets im Griff hatte. Darolds Blick strich unauffällig über die seidig glänzende Nike-Sporthose, das makellos weiße Adidas-T-Shirt, das grazile Armbändchen aus Silber.

Er roch den teuren Herrenduft des Mannes, und sein eigener üblicher Aufzug wurde ihm schmerzhaft bewusst, die abgewetzte Lederjacke, das karierte Holzfällerhemd mit den verblichenen Farben, die Cargohose.

Auf einmal kam er sich noch älter vor als sonst, und es war ihm zum ersten Mal peinlich, was er tat. Erst der Besuch bei Lukas Bellwanger, dann bei Melanie Dosenbach, jetzt bei Gabel. Sein Schweigen gegenüber den Falkes, die in ihm nach wie vor den aktiven Polizisten sahen.

Eilig erhob er sich, murmelte seinen Dank für die Zeit, seine Entschuldigung für die Störung.

Gabel hielt ihm die Hand hin, bemühte sich zu verbergen, dass er froh über das Ende des Gesprächs war. »Bewundernswert«, wiederholte er pflichtschuldig, »dass Sie einfach nicht aufgeben.«

»Wir bleiben dran.« Darold sah ein, wie hohl er klang.

»Sie wissen ja«, sagte Gabel, als sie an der Haustür waren, »dass ich immer bereitwillig Auskunft gegeben habe über Sina Falke. Und falls mir tatsächlich noch etwas einfallen sollte …«

»Vielen Dank«, unterbrach Darold ihn gepresst.

Hinter ihm schloss sich die Tür, er holte Luft. Die Unterhaltung hatte nicht einmal zehn Minuten gedauert. Es war ein Witz, *er* war ein Witz.

Zu Hause angekommen, ließ er sich aufs Sofa fallen, schaltete aber nicht den Laptop, sondern den Fernseher ein.

Sein Telefon klingelte. Unwillig erhob er sich und griff nach dem mobilen Telefonhörer, der in der Ladestation steckte. Die im Display angezeigte Nummer kannte er. Jahrelang war es seine Dienstnummer gewesen.

Und wieder dieses kleine Wort irgendwo in seinem Schädel: vorbei.

Vorbei. Jedenfalls für ihn.

Gerade als er die grüne Taste drücken wollte, um den Anruf

entgegenzunehmen, läutete jemand an der Haustür. Überrascht drehte er den Kopf. Normalerweise tauchte niemand bei ihm auf. Er bekam keine Pakete zugestellt, keinen Besuch, und es erschienen auch keine Nachbarn, um sich etwas auszuleihen oder ein bisschen zu schwatzen.

Das Telefon klingelte weiter; er legte es auf den Wohnzimmertisch und durchquerte die Wohnung. Als er öffnete, konnte er seine Verblüffung nicht verbergen, er merkte es.

Hanna.

Ihre Augen waren anders als sonst, ihre Wangen fleckig, auf ihrer Stirn zeigten sich kleine feine Furchen. Sie wirkte niedergeschlagen. Vielleicht auch unsicher, vielleicht betrübt, Darold hätte es nicht genau ausdrücken können.

»Ich hatte keine Ahnung, dass du weißt, wo ich wohne. Kommst du wegen der Liste mit den Leuten, die deine Handynummer haben? Oder ...« Er unterbrach sich selbst. »Irgendetwas Neues?«

»Warum haben Sie uns nichts gesagt?«

Die Frage war ein einziger Vorwurf. Es war, als würde all seine Kraft aus ihm weichen, sein Leben, als wäre er nur noch seine eigene Hülle. Er hatte gewusst, dass es so kommen würde. Aber er hatte nichts dagegen getan.

»Warum haben Sie nicht einfach gesagt, dass Sie nicht mehr ...« Jetzt war sie es, die nicht weitersprach.

Er wollte etwas vorbringen, doch er konnte sie nur ansehen.

»Mama ist enttäuscht«, meinte Hanna dann, irgendwie tonlos.

»Natürlich. Und sie hat auch allen Grund dazu. Genau wie du.« Er nickte. Und konnte sich nicht daran erinnern, wann er sich je befangen gefühlt hatte. Jetzt war es der Fall. Er wich sogar Hannas Blick aus, dem Blick dieser traurigen, ernsten, verletzlichen Augen, die er so gut kannte. »Es war ein Fehler«, sagte er dann, und ihm war bewusst, wie lahm es sich anhörte. »Es war nie meine Absicht gewesen, euch etwas vorzumachen. Es kam automatisch, es kam einfach so. Ich war immer der verdammte Hauptkommissar gewesen. *Euer* Hauptkommissar, wenn du es so willst.«

Schweigend starrte sie ihn an.

»Manche Fehler begeht man aus Dummheit, manche aus Nachlässigkeit. Und manche«, seine Stimme wurde endlich fester, »macht man in vollem Bewusstsein. Man macht sie einfach. Obwohl einem der Verstand und das Herz etwas anderes sagen. Ich weiß, das sind die dümmsten Fehler. Die schlimmsten. Die, für die es keine Entschuldigung gibt.« Er konnte sich nicht erinnern, wann er zuletzt derart viele Worte an jemanden gerichtet hatte. »Es tut mir leid.«

»Wir hätten ja trotzdem mit Ihnen über die Sache geredet. Über den Anruf und alles. Ihr Rat war uns immer wichtig, das wissen Sie doch. Sie hätten einfach …«

»Hanna«, unterbrach er sie behutsam, »das ist mir klar. Wirklich. Umso schlimmer, dass ich euer Vertrauen …«

Aus der Wohnung drang ein Klingelton zu ihnen. Sein Handy.

»Wollen Sie nicht drangehen?«

»Nein.« Er wusste, wer anrief. Mit Sicherheit Leitner, der es bereits zuvor auf seinem Festnetzanschluss versucht hatte. Das Klingeln erstarb.

»Dieser andere Hauptkommissar, dieser neue …«

»Leitner.«

»Er hat gemeint …« Sie überlegte, und dann kam etwas offensichtlich ganz unvermittelt über ihre Lippen: »Das macht Ihnen ganz schön zu schaffen, was?«

»Was?«

»Na ja, dass Sie kein Polizist mehr sind.«

Er brachte ein Lächeln zustande. »Kann schon sein.« Ein Moment unbehaglicher Stille. »Also, was wolltest du sagen? Was hat Leitner gemeint?«

»Dass wir ab jetzt alles ihm mitteilen sollen. Alles, was Sina betrifft.«

Wiederum Schweigen. Von drinnen erneut der Klingelton, diesmal nur ganz kurz.

»Und sonst nichts? Der Anruf?«

Hanna blickte kurz auf ihre Ballerinas. »Ich wollte es Ihnen persönlich sagen. Dass wir wissen, dass Sie kein Polizist mehr sind. Nicht einfach nur anrufen.«

»Okay, Hanna.«

»Ich muss jetzt gehen.« Einen Moment schien sie unsicher zu sein, ob sie ihm die Hand reichen sollte.

»Du weißt, wenn ich helfen kann, dir und deiner Familie, dann ...«

Sie schob die Hände in die Taschen ihrer Jeans. »Er hat gemeint, Sie haben keine Befugnisse mehr. Oder wie immer er das ausgedrückt hat.«

»Schon klar, Hanna, aber ...«

So unvermittelt wie zuvor sagte sie: »Sie glauben nicht, dass Sina noch lebt. Oder?«

»Nein.« Da war es draußen, dieses kurze und doch so gewaltige Wort. Hätte er es ebenso einfach ausgesprochen, wäre er noch im Dienst gewesen? »Willst du mir nicht doch erzählen, was Leitner noch zu dir gesagt hat?«

Hanna seufzte fast unhörbar. Ohne eine weitere Bemerkung drehte sie sich um. Sie ging zu ihrem Fiesta, setzte sich hinein und fuhr davon, ohne ihn noch einmal anzusehen.

Als er wieder im Wohnzimmer war, klingelte das Handy zum dritten Mal.

»Ja?« Er betrachtete nicht einmal die im Display angezeigte Nummer.

»Hier ist Leitner.«

Darold erwiderte nichts.

»Hören Sie zu, Darold, ich will mit Ihnen ganz sachlich reden. Wir alle hier, also das ganze Revier, uns allen ist klar, wie sehr Sie sich damals in diesen Fall reingehängt haben. Und sicher, Sie können weiterhin privaten Kontakt zur Familie Falke halten. Wie gesagt, als Privatmann. Falls die Familie das wünscht. Aber Frau Falke hat ziemlich irritiert reagiert, als herauskam, dass Sie längst nicht mehr im Dienst sind. Mann, Darold, was ich sagen will, ist doch ganz einfach. Sie wissen es, ich weiß es. Sie können nicht so tun, als wären Sie noch ...«

»Ja, ich weiß.« Darolds Mund war trocken, seine Kehle, sein Hals. Staubtrocken.

»Wie hätte die Sache denn weitergehen sollen? Es wäre doch in jeden Fall herausgekommen, dass Sie nicht mehr … dass Sie nicht mehr im Spiel sind. Also echt, das ist ein starkes Stück. Was hat Sie überhaupt auf diese aberwitzige Idee gebracht?«

Darold schwieg. Er hörte nicht zu, starrte vor sich hin und sah, was er nicht sehen wollte. Sich selbst. Abend für Abend aufs Sofa geklebt, als hätte er keine Knochen. Den Blick stoisch auf den Fernseher gerichtet. Mal ein Spaziergang, mal ein Besuch in der Kneipe, aber die Menschen und Gespräche am Tresen widerten ihn an. Keine Frauengeschichten mehr, seit Andrea. Fernsehen ausschalten, ins Bett gehen, mehr oder weniger stark betäubt vom Nichtstun und von einer Ladung Scotch.

»Ein starkes Stück«, wiederholte Leitner gerade. »Komplett schleierhaft für mich. Was Sie sich dabei nur gedacht haben. Und …«

»Sonst noch was?«, schnitt Darold ihm das Wort ab.

»Ja«, erwiderte Leitner betont nüchtern. »Halten Sie sich da raus. Das ist jetzt unsere Aufgabe.«

»Dann erledigen Sie Ihre Aufgabe.«

»Das brauchen Sie mir nicht zu sagen, Darold. Das ist frech und dumm und anmaßend. Haben Sie so etwas nötig? Ich sage es Ihnen noch einmal in aller Deutlichkeit: Halten Sie sich da raus.«

Das Gespräch war beendet. Leitner hatte recht gehabt. Natürlich hatte er das.

Darold spürte, wie es in ihm brodelte. Es war vorbei. Er hatte sich verhalten wie ein Trottel. Warum war er nur so ein verdammter Dickschädel? Warum hatte er sich immer schon so wenig um bestimmte Realitäten geschert? Dinge, die ihm nicht passten, einfach ausgeblendet?

Der Fernseher stumm, wieder vor dem Laptop. Ordner mit Gesprächsaufzeichnungen, Angaben über Uhrzeiten und Alibis, seine eigenen Überlegungen, stichwortartig festgehalten. Da waren sie, die alten Sackgassen. Dieser ganze Fall war ein einziges Labyrinth aus Sackgassen.

Wie nutzlos, wie sinnlos, das alles!

Plötzlich ließ Darold das Gesicht in die Hände sinken. So saß er da, die Ellbogen links und rechts neben der Tastatur auf dem von Notizen übersäten Tisch, die Lider geschlossen, reglos. Ganz langsam atmete er ein und aus. Was immer die Überprüfung der Anruferin ergeben haben mochte, auf einmal übermannte ihn die gleiche Ahnung wie damals: dass Hanna Falke nie erfahren würde, was mit ihrer Schwester am Neujahrstag 2008 geschehen war. Ein ungelöster Fall, irgendwann vergessen. Darold hatte sich niemals leerer gefühlt, niemals müder, kraftloser, einsamer.

Kapitel 3

Der Park

*Manchmal kommt mir mein Leben vor
wie eine einzige lange Sonnenfinsternis.*

Aus einem Tagebucheintrag von Sina Falke

I

Zum ersten Mal verließ Fatmir wieder die Dachkammer. Verschwand ohne ein Wort, machte sich auf in das Dunkel der Stadt. Erst nur kurz, dann immer länger und vor allem öfter. Und auch Monica machte sich auf. Die übliche Flucht. Sie floh in Fatmirs Laptop hinein, immer tiefer, immer weiter in die Welt, die ihr dennoch verschlossen blieb, in das Land, in dem sie lebte, das ihr trotzdem so fremd war wie der Mars. Das Land, das sie nur durch Zuhälter und Freier kannte, durch fremde verängstigte Mädchen wie sie selbst, durch wechselnde Laptops, durchs Internet, in dem sie die Fernsehkanäle absuchte. Seit einigen Jahren konnte man im Netz alles sehen, was im Fernsehen lief. Spielfilme, Reiseberichte, Dokumentationen, Musikclips, bunt wie Fatmirs Pillen. Berieselung für eine oder zwei dumpfe Stunden.

Als Fatmir einmal in den frühen Morgenstunden in die Kammer zurückkehrte, wirkte er plötzlich zuversichtlicher. Oder bildete sie es sich nur ein? Fatmirs Abstecher wurden zahlreicher, länger. Und wenn er in der Kammer war, telefonierte er viel. Immer mit einem anderen Handy, wie üblich. Dass eines fehlte, war ihm nicht aufgefallen. Er quatschte drauflos in seiner Muttersprache, schien bemüht, gefällig zu klingen. Monica kannte diesen Tonfall.

Sie träumte viel. Von zu Hause, von ihrer kleinen Schwester. An den Anruf dachte sie überhaupt nicht mehr, er lag so weit zurück, so weit wie die Nachmittage, an denen sie und ihre Schwester mit kaputten Puppen gespielt hatten.

Irgendwo in ihr glomm die vage Hoffnung, dass sie nie wieder würde arbeiten müssen: die Arbeit, zu der Fatmir sie zwang, zu der andere Männer sie gezwungen hatten, schon bevor sie bei

Fatmir gelandet war. War er nicht auch anders? Zu ihr? Ja, *verändert*, noch immer fühlte sie es, das Verhältnis zwischen ihm und ihr war verändert. Sie war nicht mehr nur eine Sklavin. Eher eine Verbündete.

Als er von einem weiteren seiner Abstecher zurückkam, grinste er breit. »Ich hab euch was mitgebracht.«

Sie saßen auf den Matratzen und starrten stumm zu ihm nach oben.

Fatmir leerte die Taschen einer neuen Jacke, die er irgendwo aufgetrieben haben musste. Zellophantütchen und Schächtelchen fielen auf den Boden.

Er setzte sich zu ihnen, in die Mitte, in der Hand ein Briefchen aus Folie mit einem weißen Pulver darin. »Für dich.« Breit grinste er Monica an, routiniert öffnete er die Folie. Mausi hockte schweigend daneben, wartete auf ihr eigenes Geschenk, wahrscheinlich Sobril, ein Beruhigungs- und Schlafmittel, auf das sie ganz versessen war.

Monica beobachtete, wie Fatmir seinen Zeigefinger mit der Zunge anfeuchtete und das Briefchen sorgfältig leerte. Er führte den Finger zu ihrem Mund, zwischen ihre Lippen und presste die bittere Masse an ihren Gaumen. Sie lehnte sich zurück und schloss die Augen. Ja, es musste sich etwas geändert haben. Fatmir musste sich geändert haben. Alles würde anders werden. Sie hielt die Augen geschlossen und wartete auf die Wirkung. Amphetamine waren zu ihrer Lieblingsdroge geworden – Monica hatte die seltene Angewohnheit, dass sie sogar ihren bitteren Geschmack irgendwie mochte.

Alles würde anders werden, dachte sie.

Alles.

Irgendwie.

2

Zehn Tage nach dem Anruf. Später Nachmittag, vor den Fenstern graues Wetter, die ersten Tropfen eines weiteren kalten Schauers auf den Fensterscheiben.
Sie fühlte sich nicht lebendig, sie funktionierte einfach. Alles lief mechanisch ab, jede einzelne Bewegung. Schon während des Vormittags im Kindergarten. Das Spielen mit den Kleinen, die Aufsicht nach dem Mittagessen.
Nach der Arbeit zu Hause. Allein. Stille.
Zum ersten Mal seit Wochen ein Gedanke an Paul Marx, ihren Ex-Freund. Nachdem er mit ihr Schluss gemacht hatte, dachte sie, es müsste eine Welt für sie zusammenbrechen. Doch das tat es nicht. Und allmählich wurde ihr klar, dass Pauls Rolle in ihrem Leben viel kleiner, viel unbedeutender gewesen war, als sie immer angenommen hatte. Paul war Vergangenheit. Wenigstens eine Vergangenheit, mit der man abschließen konnte.
Zu Hause. Allein. Stille. In dem ganzen Mehrfamilienhaus kein einziges Geräusch. Außer Hanna waren hier noch fünf weitere Mietparteien untergebracht, alles ordentliche, rechtschaffene Menschen, genau wie Hanna, Leute, die nie wilde Partys feierten, nie etwas im Treppenhaus stehen ließen.
Nur um nicht die Wand anstarren zu müssen, hatte Hanna angefangen, ihre Wohnung sauber zu machen. Sie schob den Staubsauger über den Laminatboden und die Teppiche, wischte die Regale in Wohn- und Schlafzimmer mit einem feuchten Lappen ab.
Die Bilder vom Vortag, immerzu bei ihr, auch die Worte. Erst der kurze Besuch bei der Polizei, dann das stundenlange Herum-

sitzen in der Wohnung ihrer Mutter. *Siehst du, das habe ich gemeint. Genau das. Als ich von Selbstschutz gesprochen habe.* Susanne Reitzammers Stimme schrillte noch in Hanna Kopf. *Nun ist es genau so gekommen, wie es von Anfang an zu erwarten war...* Aber sie haben gesagt, hatte Hanna zu widersprechen versucht, *dass das noch nichts heißen... Hanna, ich bitte dich. Denk doch mal nach! Du weißt doch ebenso gut wie ich...* Nein, sie wusste nichts, sie wusste überhaupt nichts. Gestern nicht, heute nicht. Ihr Kopf war so schwer, tonnenschwer, und sie hatte das Gefühl, in ihrem Leben nie wieder einen klaren, vernünftigen Gedanken fassen, nie wieder ein wenig Spaß haben zu können.

Weiterhin verlief alles mechanisch, bewegte sie sich wie ein Roboter. Sie räumte den Staubsauger auf, kam an dem Schreibtisch vorbei, der noch aus ihrem Kinderzimmer stammte und an dem sie so gut wie nie saß. Ihr Blick fiel auf die Liste. Das Din-A4-Blatt, auf dem sie in ihrer ordentlichen Handschrift sämtliche Namen mit dazugehörender Telefonnummer geschrieben hatte, die in ihrem Handy eingespeichert waren. Das hatte sie für Darold gemacht, ihm die Liste aber nie gegeben, weil... Jetzt spielte es ohnehin keine Rolle mehr. Sie nahm das Blatt an sich, zerknüllte es und warf es in den leeren Papierkorb neben dem Schreibtisch.

Nachdem sie den Fernseher eingeschaltet hatte, einen Musiksender, knallbunt, aufdringlich und laut, blieb es dennoch dabei: Stille. Tief in ihr eine Lautlosigkeit, die etwas Beängstigendes hatte. Als sie spät in der Nacht zuvor von der Wohnung ihrer Mutter nach Hause gekommen war, hatte sie sich einfach aufs Bett fallen lassen, auch wenn sie überhaupt nicht müde gewesen war. Und irgendwann war sie sogar eingeschlafen. Jetzt allerdings schien die Zimmerdecke sie zu erdrücken; sie hatte den Eindruck, die Wände kämen auf sie zu, würden sie jeden Moment zerquetschen. Es war noch nicht einmal fünf Uhr, sie konnte doch nicht alle Lichter ausmachen und sich hinlegen.

Alles war doch längst weg gewesen – und jetzt war es wieder da.

Alles. Dieses verdammte *Alles*. Der Schock, als Sina verschwunden war. Die Angst um ihre Schwester. Das Aufhängen der Blätter mit Sinas Gesicht. Überall diese Blätter, überall starrte man in Sinas Augen. Auf dem Weg zur Schule. Beim Einkaufen. Das endlose Diskutieren im Freundeskreis. Was kann man noch machen? Man muss doch irgendwas tun, verdammt noch mal. Noch mehr Blätter aufhängen? Flugblätter verteilen? Radiosender anrufen? Den regionalen Fernsehsender anrufen? Wieder die Zeitungen anrufen, dass sie weiter über den Fall Sina Falke berichten? Und die Website, na klar, die muss man pflegen, was kann man dort noch veröffentlichen? Weitere Fotos? Wem fällt noch was ein? Kann man dies und das und dann noch das, kann man nicht auch …

Hanna hörte die Stimmen von damals, blickte in die Gesichter von damals, sah *alles* wieder vor sich. Und dann die Familie. Je länger Sina verschwunden war, desto allgegenwärtiger wurde ihre Schwester. Ein riesiges Loch mitten in der Wohnung, ein dunkles Loch, um das man immer herumgehen musste. Und dann die Diskussionen. Papa zornig und gereizt und verzweifelt, mit einer Wut, wie sie nur bei Männern zum Ausbruch kommen konnte: rote zerfurchte Grimasse, geblähte Nasenflügel, derbe Sprache, geballte Fäuste, die auf die Tischplatte hämmerten, dass es in Hannas Kopf krachte, als wäre etwas explodiert. Und dann Micha. Stumm wie ein Fisch, hilflos wie ein Kleinkind, vor sich hin starrend. Und dann Mama. Schon damals presste sich aus ihrer Verzweiflung etwas Hartes hervor, in ihren Augen brannte es – und doch war ihr Blick gefasst. So gefasst, dass es mehr an Hannas Nerven fraß als Papas Geschrei. Und Hanna selbst? Sie wusste es nicht mehr. Wusste nicht mehr, was sie bei diesen Diskussionen und Gesprächen gesagt, was sie gefragt hatte. Sicher war sie nur, dass es ihr nicht möglich war, vor den anderen zu weinen. Dass sie sich immer im Bad verschanzt hatte, um ihren Tränen freien Lauf zu lassen.

Und dann die Mitschüler. Ihre Blicke. So tun, als wäre nichts gewesen, weil das Leben ja weitergehen musste. Irgendwie, Immer weiter.

Und dann Sinas Geburtstag. Das Anzünden der Kerze. Das Schweigen. Die Blicke, die keinen anderen Blicken begegnen wollten. Man war zusammen, *es ist schließlich Sinas Geburtstag*, und doch war jeder für sich allein. Dieses Schweigen, diese verfluchte Kerze, die Hanna nicht anzusehen vermochte. Jahr für Jahr das Gleiche, bis die Familie in ihre Einzelteile zerfiel.

Ja. Alles war doch längst weg gewesen – und jetzt war es wieder da. Auch die Gedanken. Diese Gedanken, die man einfach nicht stoppen konnte, die zu stark waren, die immer weiter krochen wie ein Wurm, weiter und weiter fraßen, tiefer in Hannas Kopf, der anzuschwellen schien, der zu platzen drohte. Diese grauenhaften Gedanken. An den Tod. An die letzten Minuten, die letzten Sekunden, den allerletzten Moment. Wenn alles schwarz wird. Oder wie hatte man sich den letzten Moment vorzustellen?

Und dann diese *Worte*. Worte wie Flammen. Ausdrücke, Begrifflichkeiten, Sätze aus Zeitungsartikeln und Fernsehberichten. Worte, die natürlich schon vor Sinas Verschwinden vertraut gewesen waren, die seither aber einen wahren Sog entwickelten. *Miss-han-delt. Ver-ge-wal-tigt. Mehrere Minuten/Stunden/Tage/ Wochen in der Gewalt des Täters. Verscharrt/liegengelassen/versenkt/ von Spaziergängern gefunden.* Worte, die auf Hannas Brustkorb drückten, wie Rasierklingen in sie hineinschnitten. In ihr Innerstes. In ihre Seele. Falls es so etwas wie eine Seele gab. Worte und Gedanken. Immer wieder. *Der allerletzte Moment.* Wie mochte der sein? Hilflosigkeit, Angst, Ungläubigkeit, Verzweiflung, Schmerzen. Die Frage: *warum ich?*

Und vorher? Vor diesem Moment? Wie war es, wenn deine Haut nicht mehr dir gehörte, sondern ein anderer damit machte, was er wollte? Wenn deine Seele – es musste sie doch geben – in tausend Scherben zersplitterte? Wenn alles, was dein Leben bislang ausgemacht hatte, auf einmal jegliche Bedeutung verlor. Wenn es nur noch das Grauen gab. Das Grauen vor diesem allerletzten Moment.

Worte und Gedanken, Gedanken und Worte. Bilder, schemenhaft, zerrissen, wie in Nebeln. Fremde Hände, die nach dir greifen,

Gestalten in der Dunkelheit, kämpfen, sich wehren, Schmerzen. *Der allerletzte Moment, bevor es vorbei ist.*

Sich jemand Fremden dabei vorzustellen, war bereits unerträglich. Aber die eigene Schwester... Was, wenn es nicht Sina erwischt hätte? Sondern *mich*? Wenn Sina es wäre, die für *mich* eine blöde Kerze hätte anglotzen müssen? Was würde Sina heute machen? Hätte sie einen Job? Ein Kind? Zwei Kinder? Einen Hund? Würde sie immer noch Metallica-Songs hören? Hätte sie immer noch mindestens zwölf Lieblingseissorten? Wie schön es immer gewesen war, mit Sina Quatsch zu machen. Mit ihr zu reden. Wie schön es gewesen war, Sina als Teil dieser Familie zu haben; sie war ein Fünftel der Unterhaltungen gewesen, ein Fünftel des Lachens. Und wie oft hatten sie gelacht! Sie waren eben eine ganz normale Familie gewesen, bis zu jenem Tag, als... *Diese verdammten, verdammten Gedanken. Wie Elektroschocks. Wie Schlingen um den Hals.*

Hanna war oft in ihrem Leben allein gewesen, erst recht nach dem Verschwinden ihrer Schwester, aber nie war ihr die Einsamkeit überwältigender vorgekommen als jetzt, in diesen seltsamen Tagen nach dem Anruf. Sie hatte Freundinnen, Kolleginnen aus dem Kindergarten, auch die Mädels aus der Volleyballtruppe – aber wirklich enge Freundschaften? Sie wollte niemanden sehen, doch gleichzeitig wünschte sie sich, mit jemandem zu reden. Nicht mit ihrem Vater, der nur noch ein trauriger Schatten früherer Tage war, auch nicht mit ihrer Mutter, deren rigorose Bestimmtheit ihr oft auf den Geist ging, und erst recht nicht mit Micha, der – schweigend und irgendwie der Welt entrückt – zu einem Geist geworden zu sein schien.

Sie schaltete den Fernseher aus und atmete durch. Schuhe, Jacke, Schlüsselbund. Und dann raus, nichts wie raus. Weiterhin Regen. Frühe Dunkelheit, eine bissige Luft, wie so oft in dieser Gegend. Als Hanna den Wagen startete, gestand sie sich noch nicht ein, wohin sie fahren würde.

Erster Gang, zweiter Gang, blinken, abbiegen, beschleunigen, dritter Gang. Radio an, Radio aus. Einatmen. Das Lenkrad fest in den Händen. Das Mechanische an ihr ließ nach, sie spürte wieder, dass Blut durch ihre Adern strömte, dass sie am Leben war. Aber sie dachte nicht nach, verbot es sich, gehorchte nur dem Impuls, der sie durch die Straßen Blaubachs führte, bis sie vor einem Einfamilienhaus parkte. Das letzte Brummen des Motors, das Zuknallen der Fahrertür, Regen in ihrem Gesicht. Sein Prasseln das einzige Geräusch in der unscheinbaren Wohngegend. Hanna klingelte. Es dauerte nicht lange. Die Tür wurde aufgezogen, ein Schwall abgestandener Luft drang zu ihr, der Geruch von Zigarettenqualm. Sie stand einfach da und hatte nicht die leiseste Ahnung, was sie sagen sollte.

3

Die Drogen wirkten. Wie immer.
Eine ganze Menge hatte er mitgebracht.
Und als es ihr und Mausi prächtig ging, verwandelte er sich blitzartig in den alten Fatmir. Er trieb sie an, sich anzuziehen: jene Sachen, die sie zuletzt vor Wochen getragen hatten. Sie verstanden nicht, starrten ihn ratlos an, aus ihren brennenden Drogenaugen.

»Arbeiten sollt ihr, ihr dummen Schlitze!«, kreischte er. Er schlug zweimal zu, eine fiel nach rechts, eine nach links.

Monica versuchte, ihm mit schwerer Zunge klarzumachen, dass die anderen Frauen sie verprügeln würden, wenn sie sich auf dem Strich sehen ließen. Sie würden ihnen die Gesichter zerschneiden, würden was auch immer anstellen, um sie ...

Er schlug noch härter zu, schwang seinen Gürtel, dass es nur so klatschte in der Dachkammer. »Alles geklärt mit Igli«, stieß er dabei wütend hervor. »Alles abgesprochen. Wir sind wieder im Rennen.«

Endlich hörten die Schläge auf. »Mit Igli. Mit Iglis Bossen. Alles geklärt, verdammt noch mal. Und jetzt schwingt die Hufe.«

Zitternd tastete Monica nach den hohen Stiefeln, dem kurzen Rock, der kleinen Schminktasche. Mausi wand sich auf dem Boden liegend aus der Jeans, griff nach einem anderen Rock, nach einem anderen Paar Stiefel.

Nichts änderte sich. Niemals würde sich etwas ändern. So einfach war das. So verdammt einfach. So erbarmungslos. So *normal*.
Und sie war so dumm. Ein *Schlitz*, wie Fatmir immer sagte, nicht mehr. Ein Nichts.

Sie zog den Reißverschluss des ersten Stiefels zu, ein flüchtiger Seitenblick zu Mausi, die schon fertig angezogen war.

Fatmir schob den Gürtel zurück in die Schlaufen seiner Hose. »Wir sind wieder im Rennen«, wiederholte er, jetzt mehr zu sich selbst. Er keuchte noch von der Anstrengung.

4

Das zweite Mal, dass sie bei ihm erschien. Und Darold war noch verblüffter als bei ihrem ersten Besuch. Hereinbitten, voran durch den Flur, hinein ins Wohnzimmer. Sie nahmen Platz.

Dass es unaufgeräumt und der Aschenbecher voller Kippen war, dass er schlabbrige Jogginghosen und ein fleckiges Shirt trug und sich tagelang nicht rasiert hatte, war ihm nicht peinlich. Um Konventionen hatte er sich noch nie sonderlich geschert.

»Wie kann ich dir helfen?«, fragte er, als Hanna Falke schweigend vor ihm stand und anscheinend vergeblich nach den richtigen Worten suchte.

»'Tschuldigung, wenn ich Sie störe.« Sie hielt die Lider gesenkt.

»Du störst mich nicht.« Er bemühte sich um einen lockeren Tonfall. »Sagen wir es so, ein bisschen Störung würde mir ganz guttun.«

Sie erwiderte sein Lächeln nicht. »Es ist nur ...«

»Ja?«

Hanna schien sich unbehaglich zu fühlen, bereute womöglich bereits die Entscheidung, ihn aufgesucht zu haben.

»Es ist nur so«, setzte sie von Neuem an, »dass ich das Gefühl habe, dass es mich auffrisst. Ich weiß auch nicht, wie ich es beschreiben soll. Die letzten ein, zwei Jahre hatte ich es eigentlich ganz gut im Griff. Aber jetzt ... Jetzt kommt es mir noch schlimmer vor als früher. Als würde ich eine Zentnerlast mit mir rumschleppen.«

»Die Ungewissheit. Das ist deine Zentnerlast.«

»Etwas Schlimmes zu erfahren und zu verarbeiten ... Ich denke, das schafft man, da ist man irgendwann durch damit. Aber etwas *nicht* zu wissen.« Sie schluckte und setzte hinzu: »Sogar wenn ich nicht daran denke, denke ich irgendwie daran.«

»Der Anruf«, sagte Darold leise.

»Mittlerweile wünsche ich mir fast, es hätte ihn nicht gegeben.«

»Keine Ergebnisse? Keine Spur?«

»Nein. Keine. Wie immer.« Ein Schulterzucken, nur eine flüchtige Bewegung, aber sie offenbarte Hannas ganzes Leid. »Na ja. *Fast* keine Spur.«

Unwillkürlich spannte sich etwas in Darold an. »Was soll das heißen?«

»Man konnte tatsächlich herausfinden, wo sich die Anruferin befunden haben muss, als sie mit mir telefoniert hat. In Frankfurt. In einem kleinen Park.«

»Von früher kenne ich Frankfurt ganz gut«, warf Darold ein. »Ist lange her, aber ich hab dort ein paar Jahre Dienst geschoben. Wie heißt denn der Park?«

»Es ist eine winzige Grünanlage. Sie hat keinen Namen. Das hat die Polizei uns gesagt.« Hanna biss sich ein wenig auf die Unterlippe. »Telefoniert wurde mit keinem besonderen Handy, also keinem iPhone oder so etwas. Und zwar über eine Prepaid-Karte.«

»Die Frau konnte demnach nicht ermittelt werden?«

Hanna hielt ihre Hände im Schoß, die Finger spielten miteinander. »Mehr hat die Polizei nicht herausgefunden. Es wird angenommen, dass das Handy seit dem Anruf an mich nicht mehr benutzt worden ist. Ja, nicht einmal eingeschaltet wurde. Womöglich hat man es sogar mitsamt der Prepaid-Karte zerstört. Jedenfalls lässt sich keine Verbindung herstellen.«

»Der jetzige Standort des Handys: den kann man also nicht …«

Ihr Kopfschütteln beendete rasch seine Frage. »Dieser Hauptkommissar … Leitner … «

»Ja?«

»Leitner hat gesagt, das ist leider alles, was er uns mitteilen kann: dieser kleine Park. Er hat uns Fotos davon gezeigt, die ihm die Kollegen aus Frankfurt per E-Mail geschickt haben. Und er hat noch erklärt, dass sich in unmittelbarer Nähe eine große S-Bahnhaltestelle befindet. Das heißt, die Anruferin kann sich rein zufällig dort aufgehalten haben, sie muss überhaupt nicht in der Nähe wohnen oder arbeiten oder was auch immer.«

»Was hat Leitner noch gemacht? Oder die Frankfurter Kollegen?«

»Man hat die Gegend rund um den Park unter die Lupe genommen. Hotels, Unternehmen, Restaurants. Vor allem die Wohnungen. Man hat die Bewohner überprüft. Aber da hat sich nichts ergeben. Außerdem hat man Fahndungsplakate mit Sinas Bild in den angrenzenden Straßen aufgehängt. Leitner hat versprochen, man würde nichts unversucht lassen. Aber gestern ...« Hanna holte Luft, wie um Anlauf zu nehmen. »Mama und ich waren noch einmal bei ihm. Er meinte, sie hätten seit Tagen die Gegend um den Park umgepflügt, jedes Steinchen umgedreht und ...«

»Sie stoppen das Ganze.«

»Genau. Leitner sagt, sie werden nicht aufgeben, aber sie können erst dann wieder einhaken, wenn sich ein neuer Ansatzpunkt ergibt.«

»Hm.« Darold suchte ihren Blick, aber sie wandte ihr Gesicht ab, in Gedanken versunken.

»Was für Möglichkeiten gibt es noch?«, kam es leise von ihr. »Was könnte die Polizei noch versuchen?

»Als Außenstehender kann ich das nur schwer beurteilen. Ich komme mir vor, als würde ich ständig versuchen, über eine viel zu hohe Mauer zu spähen.« Er wechselte das Thema: »Wie ist dein Eindruck von Leitner?«

Eine vage Geste. »Er kann wohl nicht viel mehr tun, als getan worden ist. Er hat uns angeboten, jederzeit für uns da zu sein: wenn wir eine Frage haben, einen Gedanken loswerden wollen, uns an irgendetwas erinnern, dem wir bisher keine Beachtung geschenkt haben. Aber da ist nichts, an was wir uns erinnern könnten.« Sie stieß hörbar die Luft aus. »Der Anruf war das Einzige seit Langem. Dass dabei so wenig rauskommt, ist ... Das ist einfach so enttäuschend. So niederschmetternd ... Es ist wie immer. Nichts als Leere. Eine riesige schwarze Leere.«

»Immerhin scheint die Anruferin großen Wert darauf gelegt zu haben, ihre telefonische Fährte zu verwischen.«

»Und das heißt in Ihren Augen?«

»Eben dass es noch Spuren gibt. Dass da draußen jemand herumläuft, der uns womöglich erklären kann, was sich am Neujahrstag 2008 ereignet hat. Und das ist vielleicht mehr, als ich zuletzt zu hoffen gewagt habe.«

»Sie waren uns immer eine große Hilfe. Deswegen wollte ich, dass Sie erfahren, was Leitner uns erzählt hat. Auch wenn es mal wieder nichts zu erzählen gibt.«

»Es bleibt immer noch Frankfurt.«

»Es bleibt nichts«, widersprach Hanna. »Gar nichts.«

»Ein kleiner Park, in dem sich jemand aufgehalten hat und deine Nummer gewählt hat.«

»Es ist aus. Aus und vorbei.«

»Ich könnte nach Frankfurt fahren, Hanna.«

»Nein«, entgegnete sie noch schneller, noch entschiedener als zuvor. »Das will ich nicht.«

»Ich könnte mich einfach ein wenig umsehen. Ein wenig umhören.«

5

Da war sie wieder. Mittendrin. Aufgesaugt vom Geruch der Straße. Nicht der klar definierbare Geruch von Asphalt oder die Abgase der vorbeifahrenden Autos, sondern dieser schwer zu fassende Gestank des Lebens auf der Straße. Mittendrin. Hochhackige Stiefel, knapper Minirock, Zigaretten qualmen, Warten, Quatschen mit den anderen Nutten, Regen, Sonne, Nebel, Kälte, Wärme, Wind.

Monica war zurück, und es war, als wäre sie nie fortgewesen. Mausi war auch noch da. Stumm, verloren, ein Roboterwesen, das machte, was man ihm sagte. Nur ab und zu ein paar freie Stunden. Ein bisschen herumlaufen, Schaufenster gucken, schlafen, dann kam schon wieder ein Anruf von Fatmir, der sie auf die Straße zwang. Sie hatten gehört, dass Tigerlady gestorben war. Drogen. Nur Gerüchte, aber vielleicht war etwas Wahres dran. Wen kümmerte es schon. Es gab so viele von ihnen. Aus so vielen verlausten Ecken der Welt.

Weitermachen. Hin- und hergehen. Mit dem Arsch wackeln. Autofahrern zuwinken. Verhandeln, schmeicheln, lächeln, weiter verhandeln, den Preis nicht drücken lassen, sonst würde Fatmir sauer werden. Einsteigen, mitfahren. Der Gestank des Lebens auf der Straße, der Gestank in den Autos. Duftbäume, Kippen und Asche, Motoröl, Essensreste in McDonald's-Tüten, Hundehaare. Der Schweiß der Männer, ihre Knoblauch- und Bier- und Schnapsfahnen, ihre schmierigen, ungewaschenen Pimmel, ihre billigen Aftershaves. Alles mit sich machen lassen, auch ohne Kondom. Aussteigen, *Tschau, Schnucki, bis zum nächsten Mal*. Wieder das Gequatsche mit den Nutten, das Hin- und Hergehen, ein Schokoriegel, eine bunte Pille, eine Zigarette. Winken, Kussmund machen. Alles beim Alten. An den Anruf dachte Monica nicht mehr, an kaum etwas dachte sie. Weitermachen. Mittendrin im Gestank der Straße, immer wieder winken und lächeln, lächeln und winken.

6

Ein kleines grünes Quadrat inmitten von Beton. Dürre Bäume, eine Rutschbahn, ein rostiges Schaukelgestell ohne Schaukel, Sitzbänke mit Schmierereien. Der Park lag leicht erhöht, man gelangte von zwei Seiten dorthin, jeweils über eine steinerne Treppe, nur ein paar Stufen. Die Trostlosigkeit der winzigen Grünanlage schlug auf Darolds Gemüt. Kein Wunder, nach mittlerweile vier Tagen. Vier ereignislosen, ergebnislosen Tagen. Wie lange wollte er hier noch seine Zeit totschlagen? Andererseits – Zeit war das Einzige, das er im Überfluss besaß.

Die S-Bahnhaltestelle, die Hauptkommissar Leitner Hanna Falke gegenüber erwähnt hatte, war der Westbahnhof – nicht einmal einen Steinwurf entfernt von einer der beiden Treppen. Zur Rush Hour morgens und abends wildes Gedränge. Große wuchtige Backsteingebäude, die früher, wie Darold im Internet herausgefunden hatte, der Deutschen Bahn gehört hatten. Inzwischen beheimateten sie viele unterschiedliche Firmen, darunter Werbeagenturen oder IT-Unternehmen. Immer wieder kamen Taxis an, um Fahrgäste aufzunehmen oder aussteigen zu lassen. Kuriere auf Fahrrädern. Etliche Menschen, die hier täglich ein und aus gingen. Viele, die Mittagspause machten, aber offenkundig nicht in dem hässlichen Park. Jenseits des Westbahnhofs gab es eine weitere, wesentlich größere, eher einladende Grünanlage. Und nur ein paar Fußminuten weiter erreichte man die Leipziger Straße mit Dönerbuden, Restaurants, Geschäften, Obst- und Gemüseverkäufern. Gewimmel, praktisch den ganzen Tag über.

Falls es in dieser Richtung noch irgendeine Spur von der unbekannten Anruferin geben mochte – es wäre hoffnungslos.

An die zweite Steintreppe, die zu dem kleinen Park führte, grenzte eine gleichermaßen trostlose, sehr kurze Wohnstraße, die Pfingstbrunnenstraße, auf die senkrecht die Voltastraße traf. Genau an der Kreuzung standen zwei Mittelklassehotels, die anscheinend vor allem von Geschäftsleuten genutzt wurden. Wohnblöcke, eine Schule, eine weitere Werbeagentur. Tagsüber eine endlose Schlange aus Autos in beiden Fahrtrichtungen. Abends und nachts ziemlich ausgestorben.

Der Park, immer wieder zog es ihn in diesen verdammten Park hinein. Immer wieder um den Park herum, in die Pfingstbrunnenstraße und zum Westbahnhof. Mal das Auto hier abstellen, mal dort, immer wieder auf den Bänken des Parks den Hintern platt drücken, dann zurück zum Wagen, auf dem Fahrersitz Notizen aufschreiben, den Blick kreisen lassen, sich unsichtbar machen. Passanten beobachten. Häuser beobachten. Autos beobachten.

Hoffnungslos, aussichtslos, sinnlos.

Fast zu jeder Tages- und Nachtzeit hielt er sich irgendwo rund um den Park auf, nur in den frühen Morgenstunden, zwischen drei und sechs Uhr, suchte er ein wenig Erholung und Schlaf. Er hatte sich in Nähe, in der Falkstraße, ein Zimmer genommen. Im Hotel Falk. Er war im Internet darauf gestoßen. Ein kleines, unscheinbares Hotel. Perfekt für ihn. Und dann von Neuem im Auto, der Fahrersitz klebte schon förmlich an ihm, Radiomusik, Zigaretten, das Summen der Lüftung, den Laptop auf dem Schoß.

Die immer gleichen Desktop-Ordner. Darunter der Ordner mit den letzten Wochen im Leben Sina Falkes, bevor sie sich in Luft aufgelöst hatte. Minutiös hatte Darold eine lange Zeitspanne rekonstruiert. Wo sich Sina an welchem Tag aufgehalten, was sie unternommen, wer sich in ihrer Gesellschaft befunden hatte.

Noch mehr Ordner hatte er angelegt. Viele Worddokumente, etliche Notizen. Manche hatten an Wichtigkeit verloren, andere vermochten es immer noch, ihm einen Stich zu versetzen. Wie etwa die Fakten zu den beiden vergleichbaren Fällen: Katja Bendow und Alicia Grüninger. Trostlose Dokumente. Ein paar rasch ausgefüllte Zeilen, hinter denen sich zwei menschliche Schicksale verbargen. Auch das Dokument, das er als Fahrzeug-/Alibi-Liste abgespeichert hatte, verfehlte nie diese trostlose Wirkung auf Darold. Alle Männer aus Sina Falkes Umfeld waren hier aufgeführt. Mit dem dazugehörenden Auto. Und zumeist mit einem Alibi. Das direkte Umfeld – wie oft fand sich hier die Lösung eines Verbrechens! Selten war der Täter ein völlig Fremder. Viel Aufwand, wenig Ertrag. Die Liste begann mit Lukas Bellwanger. Kein Alibi. Zur Tatzeit angeblich allein zu Hause. Schwarzer Golf V16. Auf beiden Fahrzeugseiten mit sehr auffälligen, leuchtend gelb-roten Flammen bemalt. Praktisch unmöglich, dass die Zeugin, die von einem schwarzen Auto gesprochen hatte, diese Flammen übersehen hätte. Die Liste ging weiter mit der Familie: Reinhold Falke (roter Passat; zur Tatzeit angeblich zu Hause) und Michael Falke (kein Kfz; zur Tatzeit angeblich zu Hause). Die Liste wurde fortgesetzt mit den direkten Verwandten: drei Onkel von Sina Falke lebten mit ihren Familien in umliegenden Ortschaften. Alle besaßen ein wasserdichtes Alibi. Es ging weiter mit den Lehrern. Angefangen mit Meinhard Gabel (silberner BMW Z3; zur Tatzeit in Freiburg, über eine Autostunde entfernt, bei einem Abendessen mit ehemaligen Studienkollegen – bestätigt durch sieben Zeugen). Dann Gabels Kollegen: Höfle, Siegmund, Jettkandt, Fürst, Niedenzu. Alle in Villingen-Schwenningen und Umgebung wohnhaft. Zwei von ihnen fuhren schwarze Autos – aber diese beiden hatten, wie auch die übrigen, ein Alibi. Dann die Väter der Mitglieder von Sinas Clique. Hermann Laux fuhr einen weißen Ford Focus, Klaus Dosenbach einen silbernen Mercedes S-Klasse – beide Männer hatten Gäste im Hause, die schon zu Silvester da gewesen waren und noch mehrere Nächte blieben. Bei Laux waren sein Bruder Norbert, dessen Frau und die beiden gemeinsamen Kinder zu Besuch gekommen. Das Auto, das Norbert Laux fuhr, war ein beigefarbener Renault Scenic mit Freudenstädter Kennzeichen. Bei den Dosenbachs hielten sich die Breyers auf, ein Ehepaar aus Meßkirch mit einem fast erwachsenen Sohn, der zu Hause geblieben war, um mit seinen Kumpels zu feiern. Bei Dieter Breyer handelte es sich um einen langjährigen Geschäftspartner Dosenbachs. Die Breyers waren in einem blauen Audi A4 angereist. Die weiteren Väter von Sinas Clique hatten ebenfalls Alibis. Es war nun mal der Abend nach Silvester, der Neujahrsabend, den man im Kreis der Angehörigen oder mit Freunden verbrachte.

Darold hatte sich sogar die Mitglieder des Wandervereins vorgenommen, dem Sinas Mutter einige Jahre lang angehört hatte – alle hatten sie ein Alibi. Er hatte die Männer überprüft, mit denen Reinhold Falke zu dieser Zeit noch regelmäßig auf Kneipentour gegangen war. Ebenfalls ohne Ergebnis. Alle hatten sie Alibis. Und wenn einer von ihnen zum Zeitpunkt von Sinas Verschwinden allein gewesen war, dann war er nicht im Besitz eines schwarzen Autos.

Darold hatte auch bei den Autoverleihfirmen in unmittelbarer Nähe Befragungen durchgeführt – ohne etwas Nennenswertes ermitteln zu können.

Etwa kein Mann? Der Täter eine Frau?

Wie ein Blitz war dieser Gedanke damals durch Darold gefahren.

Also hatte er auch die Frauen überprüft. Die Tanten. Die Gattinnen der anderen Väter und der Lehrer. Die Lehrerinnen. Im Grunde mit demselben Resultat. Alle hatten ein Alibi, keine von ihnen kam infrage, wegen Sina Falke an einer Bushaltestelle anzuhalten, um dem Mädchen etwas anzutun. Das war Unsinn. Aber man musste eben auch die unsinnigen Lösungswege abklappern, zumindest ein Stück weit.

Noch mehr Ordner, noch mehr Notizen. Klick für Klick sprangen sie auf. Manchmal wurde sein Kopf schwer von den nackten Fakten, und er ließ es zu, dass Erinnerungen ihn heimsuchten. Erinnerungen, die lange verschüttet gewesen waren. Etwa an das Nest, in dem er aufgewachsen war, eine winzige Ansammlung bescheidener Ein- und Zweifamilienhäuser mit ein paar locker darum verteilten Bauernhöfen. Es lag nicht weit entfernt von

Bielefeld, das im Grunde auch nicht mehr als ein Nest war, und für einen Jungen, der noch nicht alt genug war, den Führerschein zu machen, war es wie ein vergessenes Eiland in den Weiten des Ozeans.

Darold sah sich mit sechzehn, siebzehn Jahren, jede Woche lang Abend für Abend darauf wartend, dass endlich Freitag wäre, um ins Kino gehen zu können. Er sah sich im Halbdunkel sitzen, gar nicht einmal so sehr interessiert an den wechselnden, Kaugummi kauenden, nach 8x4 riechenden Begleitungen, sondern damit beschäftigt, die Krimihandlung auf der Leinwand einzusaugen, den abgebrühten Officer oder Detective zu studieren, der Entführer und Killer und Mafiosi zur Strecke brachte.

Er hatte nie etwas anderes werden wollen als Polizist. Es schien immer der einzige Ausweg zu sein, Aufregung in das eigene Leben bringen zu können. Er roch noch einmal die Flure der Polizeischule, er sah seine ersten Einsätze, Nächte, die für Observierungen draufgingen und nicht die geringsten Erkenntnisse einbrachten. In Bielefeld, dann in Dortmund, später in Frankfurt, irgendwann schließlich in der Provinz. Das waren seine Stationen. Er sah sich selbst, angespannt bis in die noch nicht grauen Haarspitzen, mitten in seinem ersten Schusswechsel, sah sich, wie er anschließend von einem Notarzt provisorisch auf einem Gehsteig zusammengeflickt wurde, sah noch einmal den Tod eines alten Kollegen namens Grünbach, sah dessen Gehirnfetzen, die sich bei der Schießerei auf seine Jacke und in sein Gesicht ergossen hatten. Er sah die über hundertfünfzig Autopsien, bei denen er zugegen war, die starren weißen Leichname, die aufgeschnitten wurden, als wären sie keine Menschen mehr, sondern irgendwelche Gegenstände. Er hörte die Knochen in der Fresse eines Crackdealers krachen, auf den er in blinder Raserei einprügelte – der Kerl hatte seinen Stoff an Schulkinder verschenkt, um sie *anzuspitzen*, wie man es nannte. Darolds Kollegen sorgten dafür, dass durch die zerschlagene Visage kein Staub aufgewirbelt wurde und er keine Schwierigkeiten bekam. Genauso glimpflich ging es aus, als er einem Zuhälter, der seine Nutten mit Stromstößen in die

Geschlechtsteile auf Spur hielt, mehrere Rippen brach und die Schulter auskugelte. Solche Geschichten hatte es öfter mal gegeben. Er erinnerte sich an jede einzelne davon: an Vergewaltiger, Kinderschänder, Mörder, Schläger, die ihn provozierten, angrinsten, ihm gönnerhaft vorhersagten, dass sie sowieso gleich wieder auf freiem Fuß wären – und es auch waren. Um Himmels willen, wofür das alles? Wofür? All die Jahre... Er fragte sich, wie viele Polizisten einmal Jungs gewesen sein mochten, die eine langweilige Jugend auf dem Land hinter sich hatten und deren einzige Abwechslung es war, im Dorfkino herumzuknutschen und dabei mit einem Auge auf die Hollywood-Actionstreifen zu schielen. Er hatte sich nie in einem anderen Beruf vorstellen können, und die Erkenntnis, dass er das auch heute noch nicht konnte, wehte als kleiner lakonischer Trosthauch durchs Fahrzeuginnere.

Darolds einzige Abwechslung in diesen Tagen in Frankfurt war eine Stimme: Hannas Stimme. Regelmäßig rief sie bei ihm an, offenkundig noch immer mit schlechtem Gewissen, weil er seine Freizeit opferte, sein Benzin, seine Energie, obwohl das doch gar nicht mehr sein Job war. Hanna blieb auch in Kontakt mit Leitner – Darold hatte sie darum gebeten –, aber ihre Anrufe beim Hauptkommissar führten zu nichts. Die Ermittlungen waren wieder einmal zum Stillstand gekommen, Darold und Hanna entschieden, dass sie sich fürs Erste nicht mehr bei Leitner melden würde.

Und weil auch Darold nichts Konkretes zu berichten hatte, beschrieb er ihr die örtlichen Gegebenheiten in Frankfurt. Wo genau er sich befand, was er sah, was er tat, die Leute, die rund um den Park unterwegs waren. Gespräche mit langen Pausen waren das, aber er spürte Hannas Aufmerksamkeit, fühlte durch das Telefon die Kraft, mit der sie sich dagegen wehrte, die Hoffnung für immer zu verlieren. Und manchmal verfiel sie selbst ins Reden. Sie sprach über Sina, über ihr Verhältnis zueinander, das ganz gewöhnlich gewesen war. Zwei Schwestern eben, ein paar Jahre auseinander, ab und zu gab's Knatsch, aber meistens verstanden sie sich hervorragend, wie Freundinnen. Überhaupt – eine recht ausgeglichene, zufriedene Familie, wie es Darold immer schon vorgekommen war, jedenfalls keine, in der sich nennenswerte Konflikte abgespielt hätten. Und plötzlich war etwas über diese Familie hereingebrochen, das sie alle aus ihren vertrauten Umlaufbahnen geworfen hatte.

Er saß da, auf dem Fahrersitz, in den Händen seine Notizen, zusammengefasst in einem Schreibblock. Kurzbeschreibungen von Personen, die er mindestens zweimal in dem Park bemerkt hatte:

– *2 Schülerinnen, etwa 15 od. 16., dt., kichernd, mit Smartphones rumspielen, über Jungs quatschen* – <u>*nichts Auffälliges*</u>
– *älterer Mann mit Cockerspaniel, ca. 3-mal pro Tag, wohnt in der Kreuznacher Str.* – <u>*nichts Auffälliges*</u>
– *eine Clique Jugendlicher, ca. zw. 15 u. 18, mittags u. am frühen Abend, rauchen, Alkopops, Musik* – <u>*nichts Auffälliges*</u>
– *2 Frauen, Anfang od. Mitte 20, wohl ausländ., 2- bis 3-mal am Tag, unterhalten sich, telefonieren, wohnen in der Pfingstbrunnenstraße* – <u>*evtl. Drogen ...*</u>
– *Mann, etwa 30, groß, blond, immer allein, Mini-Schnapsflaschen, eigenwilliger Typ* – <u>*aber an sich nichts Auffälliges*</u>

Darold steckte den Block weg. Das war nichts, gar nichts. Genauso gut hätten die Blätter unbeschrieben sein können. Also erneut den Laptop aufklappen, Ordner anklicken, Notizen, Gesprächsaufzeichnungen, Fragen ...

Ein Schatten fiel auf das Fahrerfenster, er sah auf – und blickte geradewegs in zwei Augen, die ihn unsicher, fast verschämt musterten.

Hanna.

Laptop weg, Türe auf und er stand vor ihr.

»Was machst du denn hier?«

Ein verlegenes Zucken ihrer schmalen Schultern. »Ich weiß auch nicht.«

»Hanna ...«

»Ich habe mir ein paar Tage frei genommen. Zu Hause, also, ich hab's einfach nicht mehr ausgehalten. Dann saß ich plötzlich in meinem klapprigen Fiesta und war auf der Autobahn nach Frankfurt. Und jetzt habe ich auch ein Zimmer im Hotel Falk genommen.«
Darold lächelte. »Dann mal herzlich willkommen.«
Sie brachte ihrerseits ein Lächeln zustande.
Um nicht länger so unschlüssig voreinander stehen zu müssen, brachen sie zu einem Spaziergang auf. Darold zeigte ihr den trostlosen Park, die angrenzenden Straßen, die S-Bahnhaltestelle, und Hanna erfasste alles mit stummem, schicksalsergebenem Blick. Regen setze ein, sie flüchteten sich ins Auto. Erneut Unschlüssigkeit, ein seltsames Gefühl der Verlegenheit. Darold klappte den Laptop auf, öffnete die immer gleichen Ordner, zum ersten Mal in Gesellschaft. Hanna tauchte ein in jenes sich stets weiter verzweigende Labyrinth, zu dem ihre Schwester geworden war, beeindruckt, erstaunt, vielleicht sogar irritiert angesichts dieser Vielzahl von Aufzeichnungen, Anmerkungen, Gedanken. Wiederum stumm, nahezu reaktionslos glitt sie tiefer und tiefer in das strukturierte Rätsel des Neujahrstages 2008 hinein.

Luft nur durch die einen Zentimeter weit geöffneten vorderen Autofenster, Regentropfen an den Scheiben, ihre Köpfe nah beisammen, ihre Schultern in Berührung, eher zurückhaltend die Erläuterungen Darolds, während Hanna weiterhin im Bann des Monitors stand, dessen Licht sich in ihren Augen widerspiegelte.

Der Regen hatte längst aufgehört, als im Auto wieder Worte fielen: »Meine Güte, das ist ja jeder einzelne Tag.« Hanna betrachtete eine umfangreiche Tabelle mit Daten und Anmerkungen. »Jeder einzelne Tag. Sina morgens, mittags, abends. Und zwar ... Moment ...«

»Drei Monate lang«, sagte Darold beinahe flüsternd. »Vom 1. Oktober 2007 bis zum 1. Januar 2008.«

Hannas Augen verengten sich. Die meisten Erläuterungen waren sehr ähnlich. Schule, Treffen bei Lukas, Treffen mit Lukas im *Schlappen*. Abends zu Hause mit der Familie, Kino in Donaueschingen (Film ...), Treffen mit Melanie Dosenbach, Treffen mit anderen Freundinnen, nachmittags einmal die Woche Mathematik-Nachhilfe. Eben das Leben einer Sechzehnjährigen.

»Da ist ein Wochenende offen«, merkte Hanna an, wohl immer noch erstaunt über den Umfang und die Genauigkeit von Darolds Aufzeichnungen.

»Das letzte Wochenende im November, der 24. und der 25.« Er nickte. Ihre Blicke trafen sich kurz, und sie rückten voneinander ab. »Ich habe mit dir früher schon über dieses Wochenende gesprochen.«

»Möglich.« Hanna grübelte. »Wir haben über so vieles geredet.«

»Dieses Wochenende verbrachte Sina allein daheim. Du und deine Eltern, ihr wart weggefahren. Michael war nicht bei euch, aber auch nicht zu Hause. Er hatte damals einen Kumpel. Frank Ullrich. Michael verbrachte das Wochenende bei diesem Frank Ullrich. In Schwenningen. Das habe ich überprüft, Ullrich hat es bestätigt.«

»Jetzt erinnere ich mich. Klar.« Hanna nickte. »Es gab Krach. Meine Eltern hielten es für eine tolle Idee, wenn wir alle gemeinsam ein paar Tage zusammen Urlaub machen würden. Nichts Großes. Von Donnerstag bis Sonntagabend ausspannen, quatschen, Karten spielen auf einem urigen Bauernhof mit Gästezimmern und Wirtshaus und so. Früher waren wir schon öfter mal dort gewesen, aber jedes Mal im Frühling oder Sommer, nicht so spät im Jahr. Eine Schnapsidee. Micha sagte gleich, dass er keinen Bock hat. Damals ist er öfters mit diesem Frank zusammengehockt. Von uns kannte den keiner so richtig. Und die Freundschaft war auch bald vorbei. Wie meistens bei Micha.« Jetzt stutzte sie. »Sie sagen, Sie haben das überprüft. Hatten Sie Micha denn irgendwie im Verdacht?«

»So richtig schlau bin ich nie aus ihm geworden. Das Überprüfen gehört einfach dazu, Hanna. Je mehr Angaben man mit einem Haken versehen kann, desto besser.« Eine knappe Geste. »Aber was hast du für einen Krach gemeint?«

»Na ja, erst hat Micha sich vor dem Familienwochenende gedrückt, und auf einmal platzte Sina raus, dass sie auch nicht mitkommen will. Von wegen lernen für Klausuren und so. Mama war sauer. Schließlich sind wir nur zu dritt gefahren. Unser letzter Urlaub als Familie, wenn man es so nennen kann.«

»Wie gesagt, wir haben darüber geredet, du und ich. Nur habe ich keine Notizen über einen Krach gefunden.« Sie hob die Schultern. »Schon möglich. Es war auch nichts Weltbewegendes.«

»Ich habe dich im Laufe der Ermittlungen gefragt, wie Sina deiner Meinung nach dieses bestimmte Wochenende verbracht hat. Und du hast vermutet, dass sie bei Lukas gewesen ist. Oder er bei ihr.«

»Sicher, wäre nicht gerade überraschend.«

»Ich hatte natürlich auch Lukas dazu befragt. Und er hat geschworen, dass er Sina an diesem Wochenende nicht gesehen hat. Sie hätte ihm ebenfalls was von Lernen erzählt. Mehrere Klausuren in den Folgewochen.«

»Was der schon schwört.« Hanna konnte den geringschätzigen Unterton in ihrer Stimme nicht verbergen.

»War Sina anders nach dem Wochenende?« Darold betrachtete von der Seite eingehend ihr Gesicht, das nach vorn gerichtet war. »Einfach irgendwie anders?«

»Nicht dass ich wüsste.« Jetzt erwiderte sie zum ersten Mal wieder seinen Blick. »Meinen Sie, dieses Wochenende ist von besonderer Bedeutung?«

»Keine Ahnung«, gab er rasch zurück. »In den letzten Tagen ist mir der Gedanke gekommen, ich hätte der Sache unter Umständen zu wenig Beachtung geschenkt. Aber andererseits ... Es gibt nicht den geringsten Hinweis darauf, dass sich in diesen drei Tagen irgendetwas ereignet hätte, das mit dem Neujahrstag 2008 in Beziehung stehen könnte.«

»Hm«, meinte sie nur.

»Du hast nie viel von Lukas gehalten, nicht wahr?«

»Nein, nicht besonders. Aber eigentlich war er auch nicht so schlimm. Seit Sina mit ihm zusammen war, hat sie plötzlich Hardrock-Musik gehört und immer ziemlich harte Gruselfilme geguckt.

Das ist aber auch schon alles. Ich mochte ihn nicht, doch ... Na ja, ich hatte Ihnen ja erzählt, dass ihre Beziehung typisch war.«

»Hast du das? Wie? Typisch?«

»Ja, irgendwie schon. Typisch für eine Sechzehnjährige, die zum ersten Mal richtig verknallt ist. Oder sich dafür hält.«

Darold fand, Hanna hörte sich bei diesen Worten älter an, als sie war.

»Mal waren Sina und Lukas ganz dick miteinander«, fuhr sie fort, »und am nächsten Tag hat sie Schluss gemacht mit ihm. Und dann hat sie ihn wieder angerufen und jeden Abend mit ihm verbracht.« Nach einer Pause setzte sie in verändertem Ton hinzu: »Nur: Hätte Lukas an dem Abend, wie er es versprochen hatte, Sina nach Hause gefahren und sie nicht einfach raus in die Kälte ...« Ihre Stimme versagte. Sie biss sich auf die Unterlippe. »Man kommt eben immer wieder darauf zurück.«

»Sollen wir«, schlug Darold vor, »noch mal ein paar Schritte gehen?«

»Warum nicht?«

Der gleiche Weg wie zuvor. An einem Imbiss bei der Haltestelle aßen sie eine Kleinigkeit. Darold reichte ihr sein Notizbuch mit den Vermerken zu verschiedenen Personen, die mehrfach den Park aufgesucht hatten. Hanna las alles durch, sagte aber nichts dazu. Zurück im Park trafen sie auf den älteren Mann mit dem Cockerspaniel und auch auf die Clique Jugendlicher. Sie hielten sich eine Weile in unmittelbarer Nähe auf, lauschten den Unterhaltungen über Popmusik, blöde Schullehrer und den neuen Porsche Cayman irgendeines Verwandten. Der Anblick der Gruppe, auch die Stimmen der Jugendlichen – es löste nichts in Hanna aus. Darold spürte die Ernüchterung in ihr, als ob er sie mit Händen greifen konnte. Wie vage ihre Zuversicht angesichts des Frankfurtbesuchs auch gewesen sein mag, jetzt wirkte sie wieder so untröstlich, so todtraurig wie in jenen Tagen, als er sie kennengelernt hatte.

Aus der Entfernung bemerkte Darold, wie aus einem der hässlichen Blöcke eine der beiden jungen Frauen, die er für drogensüchtig hielt, die Pfingstbrunnenstraße betrat.

Ein paar Passanten, zwei Jogger. Der Verkehr ringsum ließ nach, der Abend kam, der Park leerte sich. Darold und Hanna fuhren in die Falkstraße, parkten das Auto auf dem Hotelparkplatz und schlenderten in die Leipziger Straße, um in einer kleinen Pizzeria zu Abend zu essen. Es war halb neun. Sie unterhielten sich. »Eines der Mädchen im Park«, sagte Hanna unvermittelt, als sie sich nach der Pasta noch ein Dessert gönnten. »Es hat mich an Sina erinnert. Das Mädchen mit den dunklen Haaren und dem Piercing an der Lippe.«

Darold nickte.

»Sina hat so ähnlich gelacht. Sie konnte sehr ... lustig sein. War immer zu Streichen aufgelegt. Einmal hab ich in meinem Schulmäppchen eine eklige Spinne gefunden und losgekreischt. Die Spinne war aus Plastik. Und einmal hat sie mich gebeten, etwas aus ihrem Kleiderschrank zu holen. Vorher hat sich ihre Freundin Melanie darin versteckt: mit einer albernen Draculamaske. Da hab ich natürlich auch geschrien – und Sina hat vor Lachen auf dem Boden gelegen.«

Ganz kurz nur drückte Darold ihre Hand, eine rasche Berührung, und es gelang Hanna, die Tränen zu unterdrücken.

Anschließend unterhielten sie sich noch lange in der kleinen Lobby des Hotels, Stunden schmolzen dahin. Offener denn je redeten sie. An einem Punkt, eben war Hannas Vater erwähnt worden, sprach Darold das Gemunkel an, dass Reinhold Falke Sina *belästigt* haben könnte. Hanna entgegnete, die Blaubacher Gerüchteküche sei deswegen ganz plötzlich übergekocht, es wäre wie aus heiterem Himmel gekommen. Ohne Grundlage, ohne Beweise, ohne jegliche Bestätigung. Darold hatte das Telefonat mit Benjamin Laux genau in Erinnerung und fragte, wer Hannas Meinung nach das Gerede in Gang gesetzt haben könnte. Es folgte ein hilfloses Achselzucken ihrerseits. Er bohrte weiter, doch sie hatte offenkundig nicht die leiseste Ahnung. Als sie sich schließlich eine gute Nacht wünschten, war es nach drei Uhr.

Der nächste Tag: Spaziergänge rund um den Park, rund um den Westbahnhof, durch die Pfingstbrunnen-, Volta- und Kreuznacher Straße. Gespräche, Erinnerungen, Schweigen. Sonnenschein, plötzlich Nieselregen, dann erneut die Sonne. Ein paar Stunden in Darolds Wagen, die Köpfe dicht beisammen, das Flimmern des Laptops. Die Dämmerung setzte ein, die Straßenlaternen gingen an. Eine letzte Runde durch den Park. »Morgen früh…«, begann Hanna, schwieg dann allerdings.

»Morgen früh«, sagte Darold, »fahren wir nach Hause. Das wolltest du doch sagen.«

»Ja. Nach Hause.« Leiser setzte sie hinzu: »Ich werde nie damit abschließen können. Niemals.«

Darold erwiderte nichts darauf.

Die paar Stufen hoch zur Parkanlage, in ihrem Rücken die Haltestelle Westbahnhof. Der Park leer, der Himmel ein wilder Marmor aus Hell und Dunkel. Darold bemerkte, dass die beiden Frauen aus der Pfingstbrunnenstraße ihnen entgegenkamen, nur noch zehn, zwölf Meter entfernt.

Schweigen. Stille. Bis auf das gedämpfte Brummen des Verkehrs aus der Umgebung. Plötzlich ein Klingelton. Die beiden Frauen stoppten, genau unter einer der Laternen, eine zog etwas aus der Handtasche. Sie nahm den Anruf entgegen, begann leise zu sprechen, die andere zog an einer Zigarette und blickte gelangweilt ins Nichts.

Abrupt hielt Hanna an.

Gleich darauf auch Darold. »Was ist?«

Hannas Gesicht war wie eine Maske, wie aus Wachs, farblos, plötzlich fast konturenlos. Ihr Zeigefinger wies auf die Freuen.

»Was ist, Hanna?«

»In ihrer Hand.« Die Stimme wie erstickt.

»Das Handy? Was ist damit?«

»Nicht das Handy. Die andere Hand.«

Darold starrte verwirrt zu den Frauen.

»Das Etui. Sie hat ihr Handy aus einem Etui gezogen.«

»Und?« Er starrte immer noch, sah, dass die Fremde das Etui achtlos zwischen den Fingern hielt, und fragte sich, wann die Frauen bemerken würden, dass ihre Blicke sie taxierten.

»Das ist Sinas Handyhülle«, flüsterte Hanna tonlos. *Ein Unikat,* hämmerte es im Stakkato hinter Darolds Stirn, *gehäkelt von Sina Falkes Mutter, gelb, mit einem großen roten Herzen darauf, auf dem eine schwarze Spinne sitzt.*

Kapitel 4

Der Verdächtige

*Manchmal denke ich an nichts anderes als an Selbstmord.
Und dann fällt mir ein, dass ich ja schon tot bin.*

Aus einem Tagebucheintrag von Sina Falke

I

Instinktiv hatte sie sich verkrochen.
Hinter dieser Schutzmauer aus Schweigen.
Wie lange würde sie das durchhalten? Und ergab es überhaupt einen Sinn, einfach nur zu schweigen?
Sie wusste es nicht, sie war völlig durcheinander. Verloren. Allein. Da war dieses pausenlose dumpfe Pochen tief in ihr, eine tiefe schwarze Leere: Angst. Nackte Angst.
Verzweifelt dachte sie an kleine Zellophantütchen. An den bitteren Geschmack im Mund. An das Gefühl, das sich mit diesem Geschmack einstellte. Oder daran, dass sich eher alle Gefühle auflösten, nur noch etwas Flauschiges übrig blieb, das die Welt, das Leben ersetzte. Amphetamine. Monica hätte ihren linken Arm für ein Tütchen gegeben, das Sehnen danach war ein einziger Schmerz.
Sie fragte sich, wo Mausi steckte. Klar, in einer anderen dieser Vierecke aus Wänden und Leere. Aber was mochte Mausi denken, fühlen, wie erging es ihr? Die ganze Zeit über war das Mädchen immer in ihrer Nähe gewesen. Sie hatte sich ein wenig um sie gekümmert. Nun tat es ihr leid, dass sie sich nicht mehr für sie eingesetzt hatte. Für Mausi hätte sie eine große Schwester sein können. Zu spät. Auch für ihre richtige kleine Schwester war sie nie eine große Schwester gewesen.
Angst. Leere. Schlaflosigkeit. Die Gedanken kreisten um Zellophantütchen, um bunte Pillen. Und die Gespräche in immer demselben Verhörraum. Ständig diese Fragen. Nach Fatmir. Nach Freunden und Vertrauten von Fatmir. Nach anderen Mädchen. Erst ausschließlich in Deutsch. Dann die erste Dolmetscherin:

mehrere Sprachen. Dann die zweite, dann der dritte. Viele Sprachen. Aus dem Mund des männlichen Dolmetschers erklang Monicas Muttersprache, die sie zuletzt in einem anderen Leben in Bukarest gehört hatte. Er wirkte freundlich, doch sie misstraute ihm, misstraute allen. Sie schärfte sich ein, ganz besonders vorsichtig zu bleiben. Und sie tat weiterhin so, als verstehe sie kein Wort.

Jahrelang hatten Männer wie Fatmir ihr unentwegt eingebläut, dass die Deutschen sie ins Gefängnis stecken würden, wenn sie keine Papiere vorlegen könne, dass sie eine verdammte Illegale sei und dass sie im Knast verschimmeln würde, bis die Würmer sie aufgefressen hätten.

Und jetzt?

Fatmir hatte recht gehabt. Man hatte sie weggesperrt. Als hätte sie irgendwann irgendjemandem irgendetwas angetan. Ausgerechnet sie. Angst, Angst, Angst! Nicht nur vor den Deutschen, auch vor Fatmir, dessen Einschüchterungen in ihre Haut gebrannt waren wie unsichtbare Tätowierungen.

Sie schwieg und schwieg und schwieg.

2

Verdächtiger festgenommen.

Überraschende Wende im Vermisstenfall Sina Falke?
Blaubach – Ihr Schicksal bewegt die Menschen in der Region noch heute: Sina Falke, die am Neujahrstag 2008 spurlos verschwand. Im Rahmen einer Festnahme in Frankfurt am Main kam es jetzt zu einer unerwarteten Entdeckung. Bei einem Mann wurde ein Gegenstand gefunden, der sich womöglich am Tag ihres Verschwindens im Besitz von Sina Falke befunden hatte. Sollte sich diese Vermutung bewahrheiten, wäre das die erste Spur in diesem rätselhaften Fall. Nach wie vor deutet vieles darauf hin, dass Sina Falke Opfer eines Gewaltverbrechens wurde. Bei dem Festgenommenen, der wegen verschiedener Delikte auf der Fahndungsliste stand, handelt es sich um einen 33-jährigen Albaner. Von ihm wird angenommen, dass er Kontakte zum organisierten Verbrechen im Rhein-Main-Gebiet unterhält. Wie es zu der Verhaftung kam, darüber hüllt sich die Polizei noch in Schweigen. Derzeit wird der Verdächtige in Frankfurt verhört. Ob es zwischen ihm und der damals 16-jährigen Schülerin aus Blaubach eine Verbindung gibt, steht nicht mit endgültiger Sicherheit fest. »Wir können dazu noch keine genauen Angaben machen«, wird ein Ermittler der Frankfurter Kriminalpolizei zitiert.

Gewissenhaft heftete er den Artikel aus dem Südkurier, ordentlich ausgeschnitten und auf ein Din-A4-Blatt geklebt, in den dicken Ordner ein. Die Onlineversion des Berichts hatte er vorher schon in seinem Laptop gespeichert. Der Wortlaut erweckte den Eindruck, es handele sich eher um einen Zufall, dass eine Verbindung zum Fall Sina Falke hergestellt werden konnte. Und nicht, dass die Suche nach der Vermissten der Auslöser dafür war, dass der Albaner überhaupt erst von der Polizei gefasst werden konnte. Doch das spielte im Grunde keine Rolle, jedenfalls nicht für Darold. Es war ihm auch völlig egal, dass seine Beteiligung nicht erwähnt wurde. Ihm ging es nicht um Eitelkeiten. Er musste niemandem mehr etwas beweisen. Oder doch? Sich selbst vielleicht? Nein, was er wollte, waren handfeste Resultate. Und vielleicht bestand zum ersten Mal die Chance auf so etwas wie ein Ergebnis.

Sein Festnetzapparat läutete. Das Display zeigte eine Nummer, die er gut kannte – und die er lange nicht gewählt hatte. Er zögerte. Oft war er dem Gespräch aus dem Weg gegangen. Zu oft, wie er wusste. Das war nicht in Ordnung. Das war nicht fair ihr gegenüber. Warum bist du manchmal ein Arschloch, fragte er sich selbst.

Er nahm den Hörer und sagte: »Hallo, Andrea.«

»Ach?« Sie schnalzte mit der Zunge. »Ich wollte gerade auflegen.«

»Wie geht's dir, alles okay?«

»Lass den Small Talk, das passt nicht zu dir.« Andrea lachte auf. »Ich will dir auch wirklich nicht auf den Geist gehen. Aber eine Sache muss ich doch loswerden.«

»Und die wäre?«

»Echt, ich habe deinen Namen schon verdammt lange nicht mehr so oft gehört wie in den letzten Tagen. Ich meine bei uns, auf dem Präsidium.«

»Sieh mal an«, erwiderte er abwartend.

»Hat natürlich Staub aufgewirbelt, was du getan hast. Also, dass es auf dich zurückzuführen ist, dass der Fall Sina Falke wieder in aller Munde ist.«

»Das willst du also loswerden?« Da fehlte doch etwas, dachte Darold, da musste noch etwas kommen.

»Na ja, man spricht mit Respekt von dir. Von dir und deinem langen Atem.« Wieder ihr verhaltenes Auflachen »Oder deinem Dickschädel, wie ich es mal nennen würde. Andererseits ...«

»Ja?«

»Die Kollegen reden nicht nur gut von dir. Auch, wie soll ich sagen, ein bisschen spöttisch. Abwertend. Sie finden es irgendwie, na ja, eigenartig oder versponnen, dass ...«

»Andrea, du rufst mich an, weil die Kollegen spöttisch oder abwertend über mich sprechen? Was soll das?« Diesmal lachte er, und ihm war sofort bewusst, wie arrogant er sich anhörte. »Du weißt genau, wie egal es mir ist, ob sie über mich quatschen. Und erst recht, was sie über mich quatschen. Sollen sie. Mich schert das einen Dreck.«

»Und ob mir das klar ist. Trotzdem will ich dir sagen, dass du aufpassen solltest.«

»Aufpassen?« Er war irritiert. »Wieso? Weil die werten Kollegen mich verprügeln, wenn ich mich in ihre Arbeit dränge. Oder was?«

»Unsinn. Mensch, Darold, ich sage dir das doch nicht wegen der anderen.«

»Sondern?«

»Sondern wegen dir.« Eine leise Wut schlich sich in ihren Ton. »Allein wegen dir selber. Ich habe dich lange nicht gesehen, ich weiß nicht, wie du lebst, was du machst. Aber mal ehrlich, dass du diese alte Sache nicht ruhen lassen kannst, dass du immer noch da drinsteckst, dass du dich tagelang in Frankfurt rumtreibst – mal ganz unabhängig davon, was dabei rausgekommen ist. Also, wenn du mich fragst, klingt das ziemlich krank.«

»Ich frage dich ja nicht.« Wieder hörte er sich arrogant an, er konnte es nicht vermeiden. Und eigentlich wollte er es wohl auch nicht.

»Schon klar, du fragst nie jemanden. Hast du ja nicht nötig. Aber ich sag's dir trotzdem.« Ihre Wut war nicht mehr leise. »Du weißt genau, was ich meine. Nie die Fälle an sich heranlassen, nie die Fälle mit nach Hause nehmen. Dir und mir und jedem beknackten Bullen auf der Welt ist klar, dass man das nicht machen darf. Ich weiß, dass das der falsche Moment ist, um es dir aufs Brot zu schmieren. Gerade jetzt, wo du etwas erreicht hast in dem verdammten Fall. Aber nichtsdestotrotz habe ich recht: Es ist krank, sich das Leben von einem blöden Fall aufzwingen lassen.«

»Sicher hast du recht, du hast immer recht.« Nicht mehr arrogant, jetzt hörte er sich widerlich an, wie das Arschloch, das er sich vorgenommen hatte, nicht zu sein.

»Vergiss es«, meinte sie. Tonlos, genervt. »Vergiss meinen Anruf, vergiss alles.«

Ein Klicken. Sie hatte aufgelegt.

Darold ging zurück an den Tisch. Er verdrängte sie aus seine Gedanken, sie und die Tatsache, dass er sie einfach hatte fallen lassen, obwohl sie die Einzige war, die immer zu ihm gehalten, die ihm gegenüber nie die Geduld verloren hatte. Was vorbei war, war vorbei, sagte er sich, zündeten sich eine Zigarette an und überflog noch einmal den Zeitungsbericht. Die Worte des Artikels vermischten sich in seinem Kopf mit Gesprächsfetzen und Erinnerungen an die Tage in Frankfurt. Vor allem an den entscheidenden Moment. Hanna war beim Anblick des Handyetuis wie gelähmt gewesen, er hatte sie praktisch an den beiden jungen Frauen vorbeischleifen müssen, die wiederum sie überhaupt nicht beachtet hatten.

Anschließend waren er und Hanna zur Polizei gegangen. Während er sich den dortigen Beamten als ehemaliger Hauptkommissar vorstellte und das Wichtigste über den Fall Sina Falke zusammenfasste, hatte Hanna neben ihm gesessen, stumm, regungslos. Er informierte über den georteten Anruf, erwähnte die Frauen, die offensichtlich in der Pfingstbrunnenstraße wohnten, und die auffällige Handyhülle. Man hörte ihm aufmerksam zu, überprüfte, soweit möglich, seine Angaben, und daraufhin wurde gehandelt.

Wie sich herausstellte, waren die beiden Frauen nicht in einer regulären Wohnung gemeldet, sondern lebten in einem Unterschlupf, einer Kammer unter dem Dach. Gemeinsam mit einem

Mann, der anscheinend als ihr Zuhälter fungierte und bereits von den Behörden gesucht wurde. Die beiden Frauen verfügten über keine Papiere, weigerten sich, ihre Namen zu nennen – ihre Identität war nach wie vor unklar. Bei dem Mann verhielt es sich anders, er war polizeibekannt. Sein Name wurde Darold und Hanna mitgeteilt: Fatmir Rraklli. Man zeigte ihnen Fotos von ihm und den Frauen, doch weder er noch Hanna hatten jemals einen von den dreien gesehen.

Man spielte ihnen aufgenommene Stimmproben der Frauen vor. Bei der älteren Frau hatte Hanna eine Ähnlichkeit zu der Stimme der Anruferin festgestellt, war sich allerdings nicht hundertprozentig sicher gewesen.

Es wurden umfassende Vernehmungen angekündigt, das war alles. Darold und Hanna hatten ihren Aufenthalt in Frankfurt um 48 Stunden verlängert, dann reisten sie ab. Hannas Urlaub war vorüber, sie musste wieder zur Arbeit gehen.

Zwei Tage war es jetzt her, dass sie wieder zurück waren. Zwei Tage, in denen sie sich nicht getroffen, jedoch mehrmals miteinander telefoniert hatten. Abwarten. Hoffen auf eine Erkenntnis. Wieder einmal.

3

Diesmal war ein weiterer Kriminalbeamter dabei. Monica kannte ihn noch nicht. Er nannte seinen Namen, auf den sie nicht achtete, und erklärte ihr in behutsamen, langsam ausgesprochenen Worten, dass auch er noch einige Fragen hätte. Sie habe nichts zu befürchten, man wolle ihr lediglich helfen. Gegen ihren Willen fand Monica ihn nicht unsympathisch. Er hatte gewelltes Haar, ein schmales Gesicht, in seinen Wangen waren Grübchen.

Mit einem Lächeln legte er eine Klarsichttüte auf die nackte Tischplatte. Darin befand sich etwas Gelbes. Ein wenig schmutzig und zerfasert von den Jahren, die zurücklagen.

Monica zuckte zusammen, und ihr war bewusst, dass alle im Raum es mitbekamen.

Der Anruf!, schoss es durch ihren Kopf.

Der Kriminalbeamte sagte, er habe den Eindruck, sie könne doch recht gut Deutsch verstehen. Und er stellte Fragen nach dem Gegenstand in der Klarsichttüte.

Monica hätte sich am liebsten in sich selbst verkrochen. Sie wusste nicht, wohin sie sehen sollte; sie rutschte auf der Sitzfläche des Stuhls hin und her, ihre Finger zupften an den Ärmeln ihres Pullovers.

Dieselben Fragen noch einmal. Lächelnd, aufmunternd.

Sie sah auf die Grübchen des Kriminalbeamten, nicht in seine Augen, dann starrte sie wieder vor sich hin, vermied den Blick auf das gelbe Ding in der Tüte.

Handys hierließen Spuren, wie Fatmir immer sagte. Deshalb hatte sie es zerstört, auch wenn sie sich nicht ganz genau daran erinnern konnte. Das Handy gab es nicht mehr, natürlich nicht. Schließlich konnte man durch Handys gefunden werden.

Aber doch nicht durch *so etwas*.

Monica hatte gar nicht mehr daran gedacht, seit ihnen ihr ganzer Besitz abgenommen worden war, alles, was sich in der Dachkammer befunden hatte, dazu noch alles aus ihren Hosen- und Jackentaschen.

Was sollte das eigentlich alles? Hier ging es doch um Fatmir. Fatmir war der Verbrecher, nicht sie.

Die Gedanken wirbelten durcheinander, kreisten mit rasender Geschwindigkeit durch ihren Kopf.

Und wieder die Fragen, die Worte des Kriminalbeamten.

Was sollte das alles? Fatmir, es ging doch um Fatmir, Fatmir war der Verbrecher. Würde er erfahren, dass das ihre Schuld war... Dass möglicherweise ein dummer Anruf von ihr daran schuld war, dass das alles...

Und schon wieder dieselben Fragen. Lächelnd, aufmunternd.

Monica starrte vor sich hin.

Neben die Klarsichttüte legte der Mann mit den Grübchen eine Fotografie.

Monica wagte es kaum, zu dem abgebildeten Gesicht hinzuspähen; sie schwieg.

4

Das Klicken des Zippo-Feuerzeugs, ein tiefer Zug. Der dünne Qualm der nächsten Zigarette klebte in der abgestandenen Luft. Darold klickte sich am Laptop durch einige Online-Artikel, die er von den Websites mehrerer Frankfurter Zeitungen heruntergeladen hatte. In seinem Kopf speicherte er die Informationen, die für ihn abfielen. Demnach gehörte Fatmir Rraklli offenbar der albanischen Mafia an. Geboren in Tirana. Wohl ca. 2005 illegal über Italien nach Frankfurt am Main gekommen, wo er bei einem Cousin Unterschlupf fand, einem Drogenhändler, der mittlerweile im Gefängnis saß. Türsteher in Discotheken, in Stripteaseläden, mehrere Raubdelikte. Aufstieg in der Organisation: größere Jobs, gefährlichere Jobs. Verbindungen zu albanischen Verbrecherbanden in anderen Städten. Wenn alles der Wahrheit entsprach, dann hatte Rraklli mit Menschenhandel, Prostitution, Drogenhandel zu tun gehabt. Ein paar Festnahmen, ohne dass ihm die wirklich schwerwiegenden Straftaten nachgewiesen werden konnten. Aber auch immer wieder Ärger innerhalb der Gruppierung. Rrakllis Aufstieg erfuhr einen abrupten Stopp, und seitdem hatte er offenbar Mühe, sich über Wasser zu halten.

Darold hatte während seiner früheren Dienstjahre unliebsame Erfahrungen mit der albanischen Mafia gesammelt. Seit Anfang der Neunzigerjahre waren Mitglieder albanischer Clans ins westliche Ausland abgewandert, um dort Stützpunkte aufzubauen. Die besonders starken familiären Strukturen führten bei ihnen zu einer überaus großen Verschwiegenheit: Man konnte von einer totalen Abschottung gegen außen sprechen. Darold und seine Kollegen waren chancenlos gewesen, den Zusammenhalt der Banden auch nur leicht erschüttern zu können. An der Spitze standen für gewöhnlich der Chef des Clans und dessen Führungspersonal. Darunter gab es eine zweite Führungsebene und darunter wiederum die zahlenmäßig stärkste Ebene der Ausführenden. Zu ihnen wurde Rraklli gezählt.

War er der große Unbekannte im Fall Sina Falke? Hatte er Sina an der Bushaltestelle bemerkt? Hatte er angehalten und ihr angeboten, sie ein Stück mitzunehmen, damit sie der Kälte entfliehen konnte? Und dann? War er zudringlich geworden? Aus Machismo? Aus Gewohnheit? Oder hatte er die Chance gesehen, ein schutzloses Mädchen in seine Gewalt zu bekommen, das ihm im Rotlichtviertel Geld einbringen würde? Dadurch dass er sie für sich anschaffen ließ oder gegen Bares an seine Bosse oder an seine Geschäftspartner verscherbelte?

In den Berichten der Frankfurter Rundschau, der Frankfurter Allgemeinen Zeitung und der Bild-Zeitung ging es um Rraklii, die im Geheimen bezogene Wohnung und die beiden Frauen, die möglicherweise aus ihrer Heimat verschleppt und zur Prostitution gezwungen worden waren. Aber Sina Falke wurde mit keinem Wort erwähnt.

Mehrfach hatte Darold mit Frankfurter Kriminalbeamten telefoniert. Sie waren ihm dankbar wegen der Ergreifung Rrakllis, und sie gaben ihm Informationen weiter. Jedoch lediglich bis zu einem gewissen Punkt. Schließlich hatte er keine Befugnisse, er war ein Hauptkommissar a. D. Er hatte den Stein ins Rollen gebracht, durfte allerdings die Lawine nur aus der Ferne mitverfolgen … falls sich das Ganze zu einer Lawine entwickeln sollte.

Darolds Blick wanderte vom Bildschirm zu einer der zahlreichen Notizzettel, die einen Kreis um den Laptop bildeten:

Fatmir Rraklli (33).
Albanischer Staatsbürger. Ohne Aufenthaltsgenehmigung in Deutschland. Wegen mehrerer Vergehen polizeilich gesucht; Mitglied einer kriminellen Vereinigung.
Frau 1, ca. Anfang 20.

Vermutl. aus Osteuropa. Illegal in D.
Frau 2, ca. 17 bis 19 J.
Vermutl. aus Osteuropa. Illegal in D.

Erneut rief er in Frankfurt an. Doch keiner der Beamten war für ihn zu sprechen. Er spürte, dass weiteres Insistieren keinen Sinn ergab. Vielleicht hatte Darolds Nachfolger in Villingen-Schwenningen etwas damit zu tun, dass man ihn schnitt. Dem regionalen Fernsehsender hatte Jan Leitner bereits zwei Interviews gegeben. Dabei hatte er jedoch nicht mehr offenbart als das, was man im Südkurier lesen konnte.

Fatmir Rraklli. Lautlos formte Darold den Namen mit den Lippen.

Da war sie also. Die Spur. Nach all den Jahren. Sogar mehr als eine Spur? Die *Lösung* im Fall Sina Falke? Doch warum fühlte sich alles so seltsam nüchtern an? Weshalb kein Hochgefühl, kein Herzklopfen?

War Darold enttäuscht? Falls ja, worüber?

Etwa darüber, dass es vorbei sein könnte? *Enttäuscht?*

Da war nicht einmal ein bisschen Zufriedenheit in ihm. Es war vielmehr, als hätte er einen Bleiklumpen in seinen Eingeweiden. Und er ahnte, dass ihn etwas viel Schlimmeres als Enttäuschung erfasst hatte.

Nämlich die Angst vor dem großen schwarzen Loch.

Durchaus möglich, dass die Handyhülle jenes kleine Detail war, dass den großen Fall aufklärte. Endlich.

Aber was blieb ihm jetzt noch? Nur dieses schwarze Loch?

Ein Klingeln ließ ihn aus seinen Gedanken hochfahren.

Jemand war an der Tür.

Er erhob sich, um aufzumachen.

5

Da saß sie nun in ihrem parkenden Auto und starrte auf das Haus. Mit Absicht hatte sie die Dämmerung abgewartet. Damit sie nicht so auffallen würde. In diesem Nest konnte man ja nichts tun, ohne dass es irgendjemand spitzkriegte, ohne dass es sich in Windeseile verbreitete.

Vor allem, wenn *sie* etwas tat.

Sie wusste genau, dass man sie nicht mochte, dass sie alle irritierte. Zuerst diese riesige Welle aus Mitgefühl, diese eindringliche Vertrautheit, als wären alle Einwohner eine große Familie. Keinen Schritt mehr konnte sie durch den Ort gehen, ohne dass es ihr die Kehle zugeschnürt hatte. Immer diese mitleidigen Blicke.

Diese *Blicke*.

Mensch, das ist sie doch, oder? Na klar, das ist sie. Die *Mutter*. Die Mutter des *vermissten Mädchens*. Wie hieß die Kleine gleich? Tina? Nein, Sina. Na klar, Falke. Das war sie, die *Falke*. Die *Mutter*. Die *Ärmste*. Wie schlimm, wie grauenvoll, wie schrecklich, die arme Familie …

Diese ewigen Blicke.

Nein, Susanne hatte dagegen angehen, sich dagegen wehren müssen. Innerlich, mit ganzer Kraft. Und auch äußerlich – mit ihrer Körperhaltung, mit ihren Augen, von denen sie selbst noch erfahren sollte, wie stark sie waren, wie Waffen, mit denen man Menschen in Schach halten konnte.

Sie wollte wegziehen, mit der ganzen Familie, doch Reinhold war dagegen. Gegen alles war er. Geschlagen kauerte er im Sessel, erledigt, betrunken, ungewaschen, mal weinerlich, mal aggressiv. Bis sie es nicht mehr aushielt. Fort von ihm, bloß fort von ihm.

Und wieder war da der Drang, wegzuziehen. Doch sie verließ nur die gemeinsame Wohnung, nicht Blaubach. Je mehr Tratsch aufkam, desto größer wurde die Hartnäckigkeit in ihr. Jetzt erst recht nicht. Der Trotz, der Widerwille. Sie blieb. Suchte sich einen Job. Fand ihn bei einem Optiker in Donaueschingen, wo sie Brillen verkaufte. Dreißig Stunden die Woche, ganz gut bezahlt.

Abgesehen von den ersten Tagen nach Sinas Verschwinden war sie wohl niemals diejenige, die man von ihr zu sein erwartete. Sie konnte doch nicht für immer die *Mutter des vermissten Mädchens* bleiben. Warum konnten all die anderen nicht einsehen, dass Susanne Reitzammer, geschiedene Falke, ein Mensch war, der irgendwie weiterleben musste. Sie wollte nicht, dass ihre ganze Existenz einfach stehenblieb. Das wäre der Tod gewesen. Eine bestimmte Art von Tod. Warum verstand das niemand? Sie wollen dich weinen sehen, hatte sich Susanne immer gesagt, das ist es, sie wollen dich heulen sehen. Um sicherzugehen, dass es ihnen selbst gut geht, dass sie ein schönes, sicheres, verlässliches Leben haben. *Wie geht's?*, hatten die Leute ständig gefragt, *mir geht's gut*, hatte Susanne geantwortet, eisig, mit einem Lächeln, das wie mit einem Messer in ihr Gesicht geschnitten war.

Weiterhin betrachtete sie vom Auto aus dieses hässliche, trostlose Gebäude. Schon wieder zehn Minuten vorbei. Nach und nach wurden die Lichter angeknipst. Auch im zweiten Stock. Was machte er gerade? Einfach nur im Sessel hocken, wie früher oft? In sich zusammengesunken, brütend, brodelnd, mit finsterem Blick, der Fernseher eingeschaltet, der Ton auf stumm gestellt?

Sie stieß die Fahrertür auf und stieg aus. Vorsichtig näherte sie sich dem Hauseingang. Sie suchte das Klingelschild mit dem Namen Falke. Doch sie brachte es einfach nicht über sich, zu läuten. Sie betrachtete die Klingel, als hätte sie der Anblick paralysiert. Lange, sehr lange. Mit einer jäh aufwallenden Wut gelang es ihr, die Lähmung abzuschütteln; abrupt drehte sie sich um und eilte zurück zum Wagen.

Was sollte sie mit ihrem Ex-Mann bereden? Was sollte sie ihm sagen? Dem Mann, mit dem sie einmal ein gemeinsames Leben aufgebaut, den sie Tag für Tag gesehen, angesprochen, gerochen, berührt hatte. Der sie geschlagen hatte.

Über was, um alles in der Welt, sollte sie mit ihm reden?

Über eine Handyhülle, die aus den Tiefen der Vergangenheit wie ein winziges Wrackteil hervorgespült worden war?

Es war zu spät, viel zu spät; alles war zerstört, alles war nur noch Erinnerung.

Sie warf sich auf den Fahrersitz, ließ den Motor aufbrummen. Mit kreischenden Reifen fuhr sie davon.

6

Darold öffnete die Tür. Eine Welle der Erleichterung erfasste ihn bei ihrem Anblick, eine Erleichterung, die ihm sehr bewusst wurde – und die ihn verunsicherte. Sie lächelte ihn an. Schüchtern, wie so oft. Und doch auch anders, vielleicht selbstbewusster, gestärkter. Er konnte es nicht genau einschätzen.

»Hallo.«

»Hallo, Hanna.«

»Es ist ganz bestimmt nicht so leicht für Sie«, begann sie. »Also, eben noch mittendrin ...« Sie kam ins Stocken, suchte nach Worten. »Und dann wie abgeschnitten zu sein. Abgeschnitten von der ganzen Sache. Na ja, das dachte ich nur so für mich.«

Darold grinste schmal. »Du weißt immer genau, wie's mir geht, was?« Es sollte sich neckend anhören, aber das war ihm misslungen, wie er rasch merkte.

»Und ich dachte mir auch, Sie möchten sicher hören, was sich getan hat.«

Er trat einen Schritt zur Seite und ließ sie in seine Wohnung. Nebeneinander setzten sie sich im Wohnzimmer auf das Sofa.

»Die jungen Frauen schweigen«, berichtete Hanna, die kurz zuvor offenbar die neuesten Informationen bei einem Telefonat mit Jan Leitner erhalten hatte. »Sie sagen nichts, sie wirken verwirrt und misstrauisch, haben wohl auch Angst. Und sie sprechen womöglich gar nicht oder nur sehr schlecht Deutsch.« Eine kurze Pause. »Das Handy, mit dem ich angerufen wurde, hat man nicht bei ihnen gefunden.«

»Was ist mit dem Mann?«

»Der sagt offenbar auch kein einziges Wort. Sie haben ihn befragt. Zu Verbrechen, mit denen man ihn in Verbindung bringt. Verbrechen, die sich in Frankfurt zugetragen haben. Und sie haben ihn nach der Handyhülle gefragt. Er hat gesagt, sie würde einer der Frauen gehören. Man hat ihm ein Foto von Sina gezeigt. Auch den Frauen. Aber – keine Reaktion.« Wieder eine Pause. »Der Mann hat einen Pflichtverteidiger, doch wohl auch dem gegenüber – nichts als Schweigen.«

Darold musterte sie. »Sonst nichts Neues?«

Sie erzählte weiter, dass Leitner sich bereits seit Tagen in Frankfurt befinde, um den Mann und die Frauen persönlich zu vernehmen. »Anscheinend hat er die Kollegen in Frankfurt darum gebeten, und die hatten nichts dagegen.«

Darold überlegte kurz. Dann legte er Hanna nahe, nachzufragen, ob sie auch dabei sein dürfe.

»Ist das üblich?«, wollte sie erstaunt wissen. »Ich meine, dass Angehörige ...?«

»Üblich nicht. Aber du solltest Leitner darauf aufmerksam machen, dass du es warst, die angerufen worden ist.«

»Und bei dem Mann? Sollte ich da auch dabei sein?«

»Das ist wahrscheinlich ein hart gesottener Kerl. Ein Verbrecher eben. Nein, die Frauen – sie sind der Punkt, an dem man zuerst ansetzen muss. Deine Anwesenheit könnte womöglich etwas in ihnen auslösen.« Leiser setzte er hinzu: »So würde ich es zumindest machen.«

»Falls es überhaupt eine der Frauen war, die mich ...«

»Die Handyhülle«, unterbrach er sie. »Sie befand sich in ihrem Besitz. Und die beiden waren öfter in dem Park, von dem aus angerufen worden war.«

»Und die Stimme der Älteren der beiden ... Sie könnte die Frau am Telefon gewesen sein.«

Er sah Hanna in die Augen. »Es muss einfach eine von ihnen gewesen sein.« Unbewusst berührte er ihren Arm. »Erinnere Leitner ruhig noch mal daran: Du bist angerufen worden. Nicht deine Eltern. Obwohl es viel leichter wäre, an die Telefonnummer deiner

Mutter oder deines Vaters heranzukommen als an deine Handynummer.«

Später steckten sie die Köpfe vor dem Computer zusammen. Genau wie im Auto in Frankfurt. Notizen, Zeitabläufe, Berichte, Artikel. Er machte eine verstaubte Flasche Rotwein auf, sie nippten an ihren Gläsern, der Lichtstrahl des Bildschirms auf ihren Gesichtern.

»Ich mag nicht mehr reden«, entfuhr es Hanna jäh. »Jedenfalls nicht mehr darüber.« Sie lächelte müde, verletzlich, das Haar verstrubbelt, die Wangen vom Wein gerötet.

»Dann sollten wir uns über etwas anderes unterhalten.« Er trank noch einen Schluck. »Nur über was?«

Hannas Blick veränderte sich. »Über Sie.«

»Was?«, lachte er verdutzt auf.

»Ja«, sagte sie leise. »Über Sie.«

Und so erzählte er ihr von sich. Davon, Bulle zu sein. Junger Bulle in Bielefeld. Später in Hamburg. Später in Frankfurt. Noch später in Stuttgart. Immer noch Bulle, aber kein junger mehr. Sondern einer, der viel gesehen hatte, so viel, dass er nichts Neues mehr sehen wollte. Der keine Wurzeln mehr hatte, keine Bindungen, nur Probleme. Einsamkeit. Verlorenheit. Ziellosigkeit. Dickköpfigkeit. Er war gern auf Konfrontationskurs gegangen, auch mit Kollegen. In Stuttgart war ihm eine Versetzung dringend nahegelegt worden – ebenso wie Jahre später dann das endgültige Ausscheiden aus dem Polizeidienst. Eine Versetzung irgendwohin, wo es ruhiger zugehen würde. Am besten aufs Land, auf ein Präsidium, zu dem die großen Fälle niemals vordringen würden. Er war einverstanden – oder hatte es zumindest sein müssen.

Also irgendwann Villingen-Schwenningen. Eine kleine Wohnung in einem Block, dann der Umzug nach Blaubach, ganz in der Nähe. Dort war ein Einfamilienhaus günstig zu beziehen. Ausgerechnet Blaubach, wo sich kurz darauf ein Vermisstenfall vor ihm auftun sollte, der ihm den Rest geben würde – ihm und seiner Laufbahn, die längst zu einer trostlosen Einbahnstraße verkommen war.

Er war so tief in die Vergangenheit abgetaucht, hatte so viel gesprochen, dass ihm erst nach einer Weile auffiel, dass Hanna eingenickt war, den Mund leicht geöffnet, die Arme schlaff im Schoß, den Oberkörper in die Sofaecke gedrückt.

Lange Zeit ruhte sein Blick auf ihr. Er erinnerte sich daran, wie sie damals im Fernsehen in Tränen ausgebrochen war. Vorsichtig hob er ihre Beine an, streckte sie aus. Noch vorsichtiger zog er ihr die Schuhe aus. Mit einem Kloß im Hals wurde ihm bewusst, wie intim dieser Vorgang war, auf verrückte Art viel intimer als der schnelle Sex, den er früher oft mit irgendwelchen Frauen gehabt hatte, zumindest kam es ihm so vor.

Aus dem Schlafzimmer holte er eine Decke, um Hanna zuzudecken. Lautlos ging er vor dem Sofa auf die Knie. Er konnte nicht anders, er musste ihr mit der Hand durchs Haar streichen. Das war ihm peinlich, genau wie die Erleichterung, die er zuvor bei ihrem Erscheinen verspürt hatte. Sie schlief weiter, ihre Züge entspannt. Wie unter einem inneren Zwang küsste er seine Fingerspitzen und berührte damit ganz leicht ihre Wange, noch peinlicher berührt. Als würde er sich selbst nicht mehr kennen, als wäre er plötzlich ein anderer. Ihre Haut, weich und zart. So friedlich ihr Ausdruck.

Er wollte sie nicht anstarren, wollte sich dazu zwingen aufzustehen, wegzusehen. Doch wiederum: Er konnte nicht. Ein winziges Muttermal am Unterkiefer, eine verdrehte Haarsträhne auf ihrer Stirn, die feinen, kaum sichtbaren Härchen über ihrer Oberlippe. Jedes Detail schien sich ihm aufzudrängen, jedes Detail betrachtete er, als befürchte er, ihr nie wieder zu begegnen. Die Versuchung einer neuerlichen Berührung war übermächtig, so stark, dass er fast erschrak. Schon wieder fuhr seine Hand durch ihr Haar, über ihre Wange, ihr Kinn.

Armes Mädchen, dachte er wehrlos, armes Mädchen. Ihre Haut, so weich, so zart, so *unglaublich*. Ihm war, als hätte er nie zuvor einen anderen Menschen gefühlt, niemals in all den Jahren, die zuerst raketengleich an ihm vorbeigejagt, dann vorbeigeschlichen waren wie todmüde Gespenster.

Armes Mädchen, dachte er. Armes, armes Mädchen.

7

Tiefer hinein in dieses Gebäude. Ein langer Gang, ein weiterer Gang und noch einer.

Nach rechts, dann wieder nach links. Seit Darold den Vorschlag gemacht hatte, wollte Hanna unbedingt hier sein. *Dabei* sein. Die beiden Frauen ansehen, selbst wenn es nichts einbrachte, selbst wenn sie ihr stoisches Schweigen aufrechterhalten würden. *Un-be-dingt.*

Aber jetzt, da es so weit war ...

Irgendetwas drückte auf ihren Brustkorb, ihr war, als könne sie kaum noch atmen.

Eine Treppe hinunter, noch eine, wieder ein Gang, keine Fenster mehr. Büroräume, Türen, keine Bilder an den Wänden. Nüchternheit, Zweckdienlichkeit. Keine Farben. Kalter Schweiß auf ihrer Stirn, ein Kribbeln auf ihren Handflächen, jeder Atemzug eine Anstrengung, ein Vorgang, den sie bewusst durchführen musste. Vor ihr ein Frankfurter Kripobeamte namens Rennert und Hauptkommissar Jan Leitner, der die ganze Zeit sehr freundlich zu ihr gewesen war. Und dennoch wünschte sie sich, Darold könnte jetzt an ihrer Seite sein.

Ohne sich umzudrehen, eröffnete Leitner ihr eine Neuigkeit: Die ältere der beiden Frauen habe offenbar öfter im Schlaf gesprochen. Ein Beamter habe ihre Worte als Rumänisch eingestuft, ohne vollends sicher zu sein. Deshalb wäre heute wieder ein rumänisch-stämmiger Dolmetscher anwesend, der schon mehrfach versucht habe, den Frauen einen Ton zu entlocken.

»Aha«, sagte Hanna nur. Sie vermochte es kaum, die Information aufzunehmen, einzuordnen, so nervös war sie.

Eine dieser nackten Türen öffnete sich: dahinter ein ebenso nackter Raum.

Ein Tisch. Davor drei Stühle. Dahinter zwei Stühle, auf denen die jungen Frauen saßen, die Hanna erstmals in dem winzigen Park gesehen hatte. Ihre Köpfe waren gesenkt. Lange dunkle Haare, schmale Schultern, ungesund wirkende Haut, zusammengepresste Lippen. Die exakt gleiche Körperhaltung, wie bei einem Spiegelbild, nur dass die eine etwas größer war als die andere.

Hinter ihnen stand, scheinbar Schutz und Wachposten zugleich, eine Frau, die gewiss ebenfalls zur Frankfurter Kripo gehörte. Neben ihr wiederum befand sich ein junger Mann mit Brille: offenbar der Übersetzer. Rennert deutete auf die Stühle. Er, Leitner und Hanna nahmen Platz.

In Hannas Kopf drehte sich alles.

Rennert stellte den jungen Frauen Hanna vor. Keine Reaktion. Oder hatte eine der beiden kurz gezuckt? Hanna war sich nicht sicher, sie schwitzte noch stärker, fühlte sich noch unwohler, völlig fehl am Platz, nutzlos.

Leitner fing an, auf die Frauen einzureden, sanft, freundlich. Hanna versuchte, sich auf seine Worte zu konzentrieren; sie fand, dass er das gut machte; er klang vertrauenswürdig, ehrlich, vielleicht sogar väterlich.

Der Brillenträger übersetzte alles, leise, betont, melodisch.

Doch – wiederum keinerlei Reaktion.

Zwei Gesichter, die sich nicht zeigten, Lippen, die verschlossen blieben.

Die entstehende Stille begann zu nagen.

Hanna saß da und hätte sich am liebsten am anderen Ende der Welt befunden. Leitner redete ihnen zu, unverändert ruhig. Und unverändert erfolglos. Der Brillenträger übersetzte. Von den Frauen ging ein Schweigen aus, als wären sie stumm, als wäre es vollkommen undenkbar, dass sie jemals im Leben auch nur einen einzigen Ton geäußert hätten.

Leitner erwähnte zum wiederholten Mal die Handyhülle und legte die Kopie eines Fotos von Sina auf den Tisch. Sie sollten keine Furcht haben, weder vor der Polizei noch vor Fatmir Rraklli. Sie sollten sich bitte das Foto noch einmal ansehen.

Erneut die nagende Stille.

Dann besprach Leitner sich im Flüsterton mit Rennert. An Hanna gewandt, sagte er gleichfalls leise: »Es macht wohl einfach keinen Sinn. Wir belassen es für heute dabei und ...« Ein zögerliches Achselzucken. »Vielleicht versuchen wir es morgen noch einmal.«

Ratlos erwiderte Hanna seinen Blick. Ein Gefühl überwältigte sie, das sie nur zu gut kannte. Alles umsonst. Nichts. Gar nichts. Nicht das Geringste. Die ewige Ungewissheit. Das ewige Rätsel. Daran würde sich nie etwas ändern, niemals.

Leitner und Rennert erhoben sich. Hanna erhob sich. Nicht mehr mit dieser unerträglichen Anspannung, sondern wie betäubt.

»Tschüss«, sagte Leitner, und es klang in dieser Situation irgendwie albern. Sie gingen zur Tür, Hanna wollte es erst nicht, aber sie drehte sich noch einmal um.

Ihr Blick traf auf die starrenden Augen einer der Frauen – es war die größere, ältere.

»Ich habe dich gesehen.«

Die Stimme der Frau war leise, doch die Worte standen auf einmal in der Luft des Zimmers, gewaltig, als könnte man sie mit den Händen ergreifen.

»Mich gesehen?« Hanna war perplex, wie vom Blitz getroffen; sie verstand nicht, brachte die simple Aussage nicht in ihrem Kopf unter.

»Im Fernsehen. Lange her.« Einzeln kamen die Silben über die Lippen, als gehörten sie nicht zusammen. »Du hast geweint. Sehr geweint.«

»Hast du mich angerufen?«, fragte Hanna leise.

Leitner nickte Rennert zu, kurz und knapp. Sie nahmen wieder Platz, alle drei.

»Ja, ich habe angerufen«, erwiderte die Frau zögernd. »Und dann habe ich das Handy kaputtgemacht und weggeschmissen.«

Unüberhörbar der Akzent, doch ihr Deutsch war fehlerfrei und fließend. »Aber die Handyhülle. Ich … Ich konnte sie nicht wegschmeißen. Sie war mein … Wie heißt das? Mein Glücksbringer. Ich weiß, dass man feststellen kann … Also, dass man durch ein Handy herausfinden kann, wo sich jemand … Aber, na ja, die Handyhülle, die konnte ich einfach nicht …« Sie brach ab, schlagartig, als wäre ihr jetzt erst aufgefallen, dass sie überhaupt gesprochen hatte.

Leitner wollte etwas erwidern, Hanna kam ihm jedoch zuvor, was sie selbst überraschte: »Warum? Warum hast du mich angerufen?«

Sie und die Frau sahen einander an. Der Blick der Fremden wirkte zum ersten Mal nicht wie der eines eingeschüchterten Tieres, das in der Falle saß.

»Du musst deine Schwester sehr vermissen«, sagte die Frau, diesmal kaum hörbar. »So stark hast du geweint. Ich habe es nie vergessen.«

Hanna hatte einen Kloß im Hals, sie musste um die eigene Stimme kämpfen. »Ja, das tue ich«, erwiderte sie heiser, rau. »Ich vermisse meine Schwester.«

»Ich habe auch eine Schwester.« Die Fremde biss sich kurz auf die Unterlippe. Alle starrten sie an, auch die andere Frau, die zum ersten Mal das Haupt erhoben hatte. »Und ich vermisse sie auch. Ich vermisse sie so sehr, dass es wehtut.«

»Was weißt du über meine Schwester?«

Diesmal keine Antwort.

»Sind Sie Hanna Falkes Schwester begegnet?«, fragte Leitner.

Aber die Frau sah nur Hanna an, als wären sie beide allein. »Ich habe auch geweint. Geweint wie du. Oft. Sehr, sehr oft.«

Sekunden verstrichen, Hanna suchte nach Worten.

Leitner kam ihr zuvor: »Ihnen gehört die Handyhülle, nicht wahr?«

Ein Kopfschütteln.

»Nein? Aber Sie sagten, sie wäre Ihr Glücksbringer.«

Erneut das Kopfschütteln. Die Frau erwiderte seinen Blick nicht, als sie antwortete: »Fatmir. Ihm gehört die Handyhülle. Ich habe sie an mich genommen. Weil sie mir gefiel. Und weil sie ihm natürlich ganz egal war. Er merkte das gar nicht, dass ich sie benutzte.«

»Wann war das?« Leitner versuchte, sie zu fixieren, aber ihre dunklen Augen suchten wieder Hanna.

»Wann war das?«, wiederholte er. »Wann nahmen Sie sie an sich?«

»Das ist schon lange her.« Immer noch richtete sie den Blick auf Hanna, die eine Gänsehaut fühlte.

»Wie kam es«, Leitner beugte sich ein wenig nach vorn, »dass Sie ...«

»Ich möchte nur«, unterbrach ihn die Frau, ohne ihn anzusehen, »mit ihr reden. Und zwar allein.« Zaghaft deutete sie auf Hanna.

Leitner und Rennert wechselten einen Blick.

»Allein mit ihr«, bekräftigte die Frau mit festerer Stimme. »Oder ich sage gar nichts mehr.«

8

Die Unruhe breitete sich in ihm aus wie ein Fieber. So wie früher, wenn ein heikler Einsatz bevorstand und das Adrenalin in ihm pulsierte. Damals entlud sich seine Anspannung in dem Augenblick, wenn es losging. Die Unruhe war mit einem Mal wie weggeblasen. Handeln zu können bewirkte immer, dass er sich in den Griff bekam, dass sein Kopf auf einmal ganz klar wurde, dass er immer genau wusste, was zu tun war.

Und jetzt? Wie sollte sich jetzt etwas entladen können? Er war wie eingesperrt, wie gefesselt. Ein Gefühl, das schlimmer war als Todesangst, schlimmer als körperliche Schmerzen.

Er wusch das Geschirr ab, fahrig, nachlässig, klapperte unbeholfen mit Tellern und Gläsern und kam sich dabei vor wie ein Trottel. Es war kurz nach ein Uhr mittags, Sonnenlicht strömte durchs Küchenfenster. Immer wieder ertappte er sich bei dem Gedanken an Hanna. Ständig war er versucht, sie anzurufen. Nur um sich zu erkundigen, wie es ihr gehe, wie es da drüben so laufe.

Doch so weit ließ er sich nicht gehen. Ihm war klar, dass er sie stören würde. Genau in dem Moment, da sie eine Störung am allerwenigsten gebrauchen konnte.

Sie hatte ihm mitgeteilt, dass eine der beiden Frauen darauf bestanden habe, allein mit ihr zu reden. Von der Aussicht auf ein solches Gespräch war sie wie elektrisiert gewesen. Und zugleich wie paralysiert.

Zu gern hätte er ihr zur Seite gestanden, sie beruhigt, sie ermutigt, ihr Ratschläge gegeben. Doch das war eben nur am Telefon möglich gewesen. Und auch nicht allzu lange, weil Hanna wohl wieder von Jan Leitner und dessen Frankfurter Kollegen in Beschlag genommen wurde. Na klar, das war deren Sache. Nicht seine, nicht Darolds Sache, verfluchte Scheiße! Was für eine Qual es für ihn war, das konnte sich niemand vorstellen.

Er ließ das blöde Geschirrspülen sein, bevor er damit fertig war, tigerte von einem Zimmer ins nächste, starrte auf das Laptopdisplay, stellte sich ans Fenster, um mit einer Zigarette im Mundwinkel nach draußen zu sehen. Es kam ihm vor, als würde das Haus mit jeder Sekunde kleiner werden, als befände er sich in einer Zelle ohne Ausgang. Die Zimmerdecke schien nur Zentimeter über seinem Kopf zu verlaufen. Raus, er musste raus hier.

Er wusste, dass sie *nur ihren Job machten*, aber weder das noch der Abstand, den die Jahre im Ruhestand eigentlich bringen sollten, hatten seine Verachtung für die meisten Journalisten aufweichen lassen. Für Darold waren sie Schmeißfliegen, die der Kadavergestank mit sich brachte.

Nachdem er überprüft hatte, dass sein Handy aufgeladen war, fuhr er los, ohne Ziel, ohne Idee. Er hielt am Supermarkt, um einzukaufen, mechanisch, lustlos, ohne den Kopf frei dafür zu haben. Pasta, Zigaretten, Rotwein, Scotch. Er fühlte die Blicke der Leute, zum ersten Mal seit Langem. Als Sina Falke verschwand, stand er wesentlich mehr im Mittelpunkt des Interesses. Er war der Mann, der den Fall leitete. Der Mann, den man im Fernsehen gesehen hatte. Es kam häufig vor, dass die Leute ihn anstarrten.

Doch als sich die Ermittlungen hinzogen, ohne zu einem Ergebnis zu führen, änderte sich das. Der Fall Sina Falke setzte Staub an, und so war es auch mit dem leitenden Ermittler. Die Blaubacher beachteten ihn nicht mehr sonderlich, es hatte sich nicht einmal herumgesprochen, dass er nicht mehr bei der Polizei war. Sein Abgang wurde damals stillschweigend behandelt, kein Aufsehen, keine Pressemitteilung, nichts dergleichen. Es war niemandem wirklich bewusst, dass Darold nicht mehr *dabei* war. Und wenn, hätte es niemanden gekümmert. Den Fall Sina Falke gab es nicht mehr für die Leute. Und im Grunde auch nicht den Hauptkommissar namens Darold.

Erst die neuesten Ereignisse hatten daran etwas geändert.

Jetzt wusste man, dass durch sein Zutun der Verdächtige aufgespürt worden war. Und man wusste auch, dass er kein Polizist mehr war.

Mittlerweile war es halb drei. Nichts zog ihn zurück nach Hause. Er fuhr in eines der umliegenden Dörfer, in eines der Landgasthäuser, die nicht über die Nachmittagsstunden schlossen. Hier war er einmal Reinhold Falke über den Weg gelaufen, es musste über zwei Jahre her sein. Sie hatten sich verdutzt angesehen, gegrüßt, und Falke hatte sofort gezahlt, um sich aus dem Gasthof verdrücken zu können.

Auch jetzt bemerkte Darold wieder die Blicke. Der Wirt, die Stammtischvisagen. Und der Tisch mit den Arbeitern aus der Blaubacher Stahlkegelfabrik, die die Frühschicht hinter sich gebracht hatten. Keiner sagte etwas zu ihm, aber jeder glotzte ihn mindestens einmal an.

Ihm fiel auf, dass er sich nie Gedanken darüber gemacht hatte, wie er auf die Menschen der Gegend wirkte, was sie über ihn dachten. Schon früher hatte er über derartige Dinge niemals nachgegrübelt, egal, wo er sich gerade aufhielt. Es war ein einsames Leben, das er geführt und das ihn bis hierher in diesen abgelegenen Winkel des Landes gebracht hatte. Und er fragte sich, zu was es nutze gewesen sein mochte.

Ein letzter Schluck Bier aus seinem Glas. Er bestellte einen Kaffee.

Der Blick zur Uhr. Halb vier. Er sah schon wieder Hannas Gesicht vor sich, versuchte sich vorzustellen, wie es ihr in Frankfurt erging.

Nach dem Kaffee verließ er das Lokal. Ohne Eile fuhr er zurück nach Blaubach. Nach wie vor gab es nichts, was ihn nach Hause zog. Aber wohin hätte er gehen, was hätte er tun sollen? Er räumte seine Einkäufe ein und machte sich einen Espresso. Der Kaffee im Gasthaus hatte grauenhaft geschmeckt. Halb fünf. Er schaltete den Fernseher ein, aber gleich wieder aus. Und er mied den Laptop.

Gerade hatte er sich die nächste Zigarette angezündet, als sein Handy klingelte. Es war genau 16 Uhr 57.
Hanna?
Ja, sie war es.
Wie war das Gespräch verlaufen?

9

Ein anderer Raum. Die gleiche Nüchternheit, Leere, Zweckmäßigkeit. Nackte Wände, kaltes Neonröhrenlicht, schlechte Luft. Und da war die große Spiegelwand.

Hanna warf einen Seitenblick auf die glänzende Oberfläche, hinter der sie Leitner, Rennert und weitere Beamte wusste. Nur einen kurzen Moment hielt sie es aus, sich selbst zu sehen, ihre nervös flackernden Augen.

Sie setzte sich an den Tisch, auf dessen anderer Seite bereits die junge Frau Platz genommen hatte.

Unsicher fühlte sich Hanna, gehemmt, unter Druck. Noch mehr als bei ihrem ersten Zusammentreffen, das nicht einmal vierundzwanzig Stunden zurücklag.

»Hallo«, sagte sie eingeschüchtert. Kerzengerade saß sie da, angespannt bis in die kleinste Faser ihres Körpers.

Die Frau musterte sie stumm.

Hanna versuchte, ein Lächeln hinzubekommen. Tausend Fragen brannten auf ihren Lippen, doch sie musste sich erst einmal einfügen in das Ganze, ihren Platz finden in diesem Spiel, das ihr so fremd war, so unwirklich vorkam. Tausend Fragen nach Sina. Aber man musste es erst einmal schaffen, die richtige herauszupicken. Leitner hatte ihr Ratschläge gegeben, auch Rennert. Jede Menge Tipps. Aber nur ein einziger davon war ihr in diesem Moment gegenwärtig. Und der war von jemand anderem gekommen, bei einem kurzen Telefonat, das ihr Kraft geschenkt hatte; jedenfalls bildete sie sich das ein.

Hanna, für dich zählt nur Sina. Du willst nur über Sina sprechen. Aber vergiss nicht, dass die Frau eine eigene Geschichte hat. Vergiss nicht, nach ihr selbst zu fragen. Es darf nicht so aussehen, als ginge es einzig und allein um Sina.

Darold hatte das zu ihr gesagt.

Noch immer sahen sie einander an, schweigend. Hanna suchte fieberhaft nach einem Anfang.

Hilflos dachte sie an den Kindergarten, an zähe Unterhaltungen mit gehemmten, schüchternen, verstockten Kindern, an die Fragen, die sie dann immer stellte, aber auch das half ihr hier nicht weiter.

Die Anwesenheit der Männer hinter der Spiegelwand wurde einnehmender.

Die Frau taxierte sie weiterhin, und auf einmal beschlich Hanna das Gefühl, die Fremde hätte es sich anders überlegt und sich erneut in ihr Schweigen geflüchtet. Mit einer jähen, für sie selbst überraschenden und ungelenken Geste streckte Hanna ihr die Hand hin.

»So richtig haben wir uns ja noch gar nicht vorgestellt. Ich bin Hanna.«

Die Frau betrachtete die Hand. Hanna kam es unnatürlich lange vor, dann ergriff sie sie.

»Ich heiße Monica.«

Hanna fühlte Erleichterung. »Ich bin dir dankbar, dass du mit mir sprechen willst.« Sie lächelte.

Monica lächelte zurück.

Und weiterhin brannten die Fragen auf Hannas Lippen. *Hast du Sina gekannt, gesehen getroffen, etwas von ihr gehört? Jemanden gekannt, der sie gekannt hat? Die Handyhülle? Der Anruf? Dieser Rraklli?* Und vor allem: *Ist Sina tot? Tot? Tot?*

Doch Hanna strengte sich an, konzentriert zu bleiben, ihre Gedanken im Griff zu haben. Sie hörte Darolds beruhigende Stimme. *Sei geduldig, lass dir Zeit, lass ihr Zeit. Stelle einfache Fragen, benutzte einfache Wörter.*

»Hast du immer schon in Frankfurt gelebt?«, hörte Hanna wieder ihre eigene Stimme. Die Frage klang, erst einmal ausgesprochen, töricht. Aber sie versuchte, sich nicht aus dem Konzept bringen zu lassen. »Ich meine, wo kommst du her?«

Monica zögerte ein paar Sekunden, dann erwiderte sie schlicht: »Aus Rumänien.« Sie spähte kurz zu der verspiegelten Wand. »Ich weiß, dass die dahinter sind. Die Bullen. Und dass sie alles hören können. Aber das ist mir egal. Echt. Das ist mir egal.«

Die Art, mit der sie das Wort Bullen aussprach, beiläufig und verachtend zugleich, erinnerte Hanna daran, dass diese Frau ein völlig anderes Leben führte als das, das sie kannte.

»Du hast mir erzählt, du hast auch eine Schwester?«, versuchte sie, den Faden wieder aufzunehmen.

»Sie heißt Reka.« Erneut lächelte Monica, jedoch trauriger.

»Und deine heißt Sina. Ein schöner Name.«

Der Klang von Sinas Name – ein Stich in Hannas Seele. »Wie alt ist deine Schwester, Monica?«

»Einundzwanzig. Sie ist vier Jahre jünger als ich.«

»Du bist Fünfundzwanzig? Das sieht man dir gar nicht an.«

Nach einem Zögern sagte Monica: »Mir ist klar, dass du mich ganz andere Sachen fragen willst.«

Überrascht angesichts der plötzlichen Offenheit, vermochte Hanna nichts zu erwidern.

»Ach, so sehr hast du geweint«, bemerkte Monica sanfter. »Damals. Im Fernsehen. Ich hab zu der Zeit oft Fernsehen geguckt. Mit Fatmirs Laptop. Alles Mögliche habe ich geglotzt. Ich hab später dann immer wieder daran denken müssen, wie du geweint hast.«

Das muss die Sendung vor drei Jahren gewesen sein, versuchte Hanna ihre Gedanken zu ordnen. »Wieso hast du immer wieder daran gedacht? Wegen deiner eigenen Schwester?«

»Klar, wegen ihr auch. Ich hab sie vor mir gesehen, wie sie genauso heult wie du. Wie sie schluchzt und ihr die Tränen runterlaufen. Weil sie nicht weiß, was mit mir ist, weil meine Familie seit Jahren nichts von mir gehört hat. Wir mochten uns sehr gern, wir beide.«

»Meine Schwester und ich«, sagte Hanna leise, »wir mochten uns auch.«

»Deine Schwester hat mich an mich selbst erinnert«, bemerkte Monica nachdenklich. »Einfach nur ein Mädchen. Vollkommen unschuldig. Ein Opfer. Von einem Moment auf den anderen aus ihrem gewohnten Leben gerissen. Ja, oft habe ich an deine Sina gedacht. An eure Familie. Und daran, dass ausgerechnet ich Sinas Mörder kenne.«

Hanna hielt den Atem an. Sie hatte diesen Augenblick vorausgesehen, doch jetzt, da er eingetreten war, kam er ihr so machtvoll vor, so riesenhaft füllte er den Raum aus. Sie schluckte, ihre Kehle war trocken, ihre Lider flatterten ganz kurz.

»Damals, als ich das im Fernsehen sah«, fuhr Monica fort, »da traf mich fast der Schlag. Sie zeigten die Handyhülle, sagten, davon könne es keine zwei geben, das sei ein Einzelstück.« Sie holte tief Luft. »Fatmir. Er hatte einen Karton. Da waren Handys drin, natürlich alle geklaut, auch USB-Sticks und Autoschlüssel und so'n Zeug. Da war auch die Handyhülle.«

»Soviel ich weiß«, warf Hanna ein, »behauptet er, die Hülle würde einer von euch beiden gehören.«

Monica winkte ab. »Die Hülle war in dem Karton. In Fatmirs Karton. Jetzt hat er Plastiktüten, in denen er den ganzen Kram aufbewahrt. Die Hülle war bei seinen Sachen, als ich sie zum ersten Mal sah. Er hat Überfälle gemacht, und all so'n Zeug. Das ist die Wahrheit. Ich mochte die Hülle, steckte sie ein. Manchmal berührte ich sie in der Jackentasche mit meinen Fingern, einfach nur, um sie zu fühlen. Weißt du, meine Mutter hat auch gehäkelt und gestrickt und genäht und so.«

Hanna hatte das Gespür für Zeit völlig verloren. Sie hätte nicht einschätzen können, ob sie seit einer Minute oder einer Stunde hier saß. Ganz kurz, wie Blitze, schossen die Gesichter ihrer Mutter, ihres Vaters durch ihr Bewusstsein, aber sofort verdrängte Hanna die Bilder.

»Im Fernsehen«, sprach Monica weiter, »sagten sie was von einem dunklen oder schwarzen Auto. Fatmir benutzt immer schwarze Autos. *Im-mer.* Auf einer Landkarte zeigten sie, also in der Fernsehsendung, da zeigten sie, wo euer Dorf liegt. Dass da ein keiner Grenzübergang in die Schweiz ganz in der Nähe ist und Zürich nur eine Autostunde weit weg liegt. Und zu der Zeit, als

deine Schwester verschwunden ist, da ist Fatmir oft nach Zürich gefahren. Sehr oft. Jedes Mal war er ein paar Tage fort, dann war er wieder da. Hat da seine Drogengeschäfte gemacht.«
Wortlos starrte Hanna über den Tisch hinweg die Frau an.
»Ich kämpfte mit mir, das musst du mir glauben, es war ein ständiger Kampf. Die ganze Zeit wollte ich zu den Bullen gehen. Oder halt die Bullen anrufen. Einen Hinweis geben. Wegen der Handyhülle. Wegen dem schwarzen Auto. Wegen Zürich.« Monica senkte den Blick. »Aber ich hatte Angst. Eine Scheißangst. Vor Fatmir. Und auch vor den Bullen. Ich bin illegal hier. Ich habe keine Papiere. Ich bin ein Nichts.«
»Ich kann dich verstehen«, brachte Hanna heraus.
Monica bewegte sich abrupt; die Stuhlbeine kratzten über den Boden, ein plötzliches Geräusch, das die bedrückende Atmosphäre in dem Raum nur umso deutlicher machte.
»Ja, eine Scheißangst«, wiederholte Monica dumpf. »Und trotzdem: Die Sache hat mich einfach nicht losgelassen. Ich habe im Internet herumgesucht, habe den Namen deiner Schwester eingegeben, den Namen eurer Stadt. Ich fand eine Seite über deine Schwester. Und wollte mich dort melden.« Eine Pause. »Habe mich aber nie getraut.«
Hanna nickte ihr zu.
»Ich habe immer mal wieder gesucht. Ob es was Neues gibt. Aber es gab nie etwas Neues. Die Zeit ist vergangen. Ich behielt die Handyhülle. Und vor ein paar Wochen: wieder was im Fernsehen über euch. Auch die alten Szenen von dir – wie du weinst. Und wieder habe ich im Internet herumgesucht. Ich habe mir auch deinen Namen gemerkt. *Sina Falkes jüngere Schwester Hanna*, haben sie gesagt. Ich stieß auf die Seite von deinem Kindergarten. Da war deine Handynummer. Ich schrieb sie auf, ohne die Absicht, dich anzurufen, einfach so. Von eurer ganzen Familie hast du mir am meisten leidgetan. Ich musste an meine kleine Schwester denken.« Monicas Stimme erstarb, sie seufzte.
Hanna betrachtete sie unentwegt, ihre Worte waren um sie herumgeflogen.

»Und dann, eines Abends«, setzte Monica von Neuem an, »ich war voller Scheißzeug. Also, voller Pillen und so. Und ich habe deine Nummer angerufen.« Jäh wurde ihre Stimme lauter, eindringlicher: »Ich war zugedröhnt und trotzdem hatte ich wie verrückt Angst. Ich quatschte irgendwas ins Telefon, ganz schnell, und das war's. Eine Scheißangst. Sogar als ich zugedröhnt war. Eine Scheißangst.«

»Ich danke dir dafür«, erwiderte Hanna.

Dass ausgerechnet ich Sinas Mörder kenne – dieser Satz aus Monicas Mund hallte in ihrem Schädel wider. Er wurde immer lauter, größer, riesenhafter. Du hast es doch geahnt, sagte sie sich. Sie spürte, dass die Anspannung in ihr nachließ, dass sich zum ersten Mal überhaupt ihre Nerven etwas beruhigten. Erschöpfung machte sich breit.

»Weißt du, wo Mausi steckt?«, fragte Monica plötzlich. »Ich habe sie nicht mehr sehen dürfen.«

Hanna konnte kaum folgen. »Bitte?«

»Das Mädchen, das bei mir war. Bei mir und Fatmir.«

»Ich, äh, weiß es nicht, aber ich kann nachfragen.«

»Sie heißt Albena Denkowa.« Wie zuvor spielte ein zärtliches Lächeln um Monicas Lippen. »Mausi hab ich sie immer genannt. Das heißt, Fatmir hat sie so genannt. Sie ist 19. Und kommt aus Bulgarien. Aus Sofia. Sie sieht jünger aus, nicht wahr? Und gleichzeitig sehen wir älter aus, als wir sind, sie und ich. Viel älter. So ist das halt.« Das Lächeln verschwand. »Und mein Nachname ist Ponor. Ich habe ihn seit Jahren nicht mehr ausgesprochen. Po-nor.«

Hanna nickte, unfähig, eine Antwort zu geben. Sie dachte an Sina. An Monica. An Mädchen, die überlebten, und an Mädchen, die sterben mussten.

»Ich hoffe nur, dass Fatmir nie wieder aus dem Gefängnis kommt. Fatmir ist ein Schwein.« Monica blickte auf. »Aber was ist mit mir? Und mit Albena? Was denkst du, was mit uns passieren wird?«

»Mit euch? Ihr habt doch nichts getan. Man wird euch helfen.« Hanna bemühte sich zuversichtlich zu lächeln, wusste allerdings nicht, ob es ihr gelang. Ja, Erschöpfung. Sie verspürte eine seltsame Leere in sich. Ihr war, als würde sie nie wieder genügend Kraft haben, um sich auch nur von dem Stuhl erheben zu können. Sie ertappte sich dabei, wie sie zur Spiegelfläche sah. Und bemerkte, dass auch Monica dorthin spähte. Totenstille. Keine von ihnen gab einen Ton von sich. Und doch hörte Hanna Monicas Stimme: *dass ausgerechnet ich Sinas Mörder kenne*. Eine weitere Stimme erklang in Hannas Kopf, leise wie ein schwacher Windhauch: *Sei tapfer, Hanna*, raunte Darold, *sei tapfer*.

10

Rascher Blick auf die Armbanduhr. 16 Uhr 57. Dann ein versteckdes Spähen zu der jungen Frau, die am Ende des endlos lang erscheinenden Flurs vor dem Kaffeeautomaten stand. Hauptkommissar Leitner fand, dass sie es sehr gut gemacht hatte. Trotz des Dranges, endlich mehr über das Schicksal ihrer Schwester zu erfahren, hatte sie das Ganze einiges an Überwindung gekostet, keine Frage. Wie einschüchternd diese Situation, allein schon dieses Gebäude auf Hanna Falke wirken mochten. Aber nach und nach war es sehr gut gelaufen, sehr erfreulich.

In der Frühe war Hanna mit dem Zug angereist, noch am späten Abend würde sie zurückfahren, über drei Stunden lang. Im Kindergarten hatte man ihr, wie sie ihm erklärt hatte, den Tag freigegeben, ohne Urlaub anzurechnen – morgen jedoch stand schon wieder ein ganz normaler Arbeitstag für sie an.

Jetzt wollte sie allein sein – was er natürlich nachvollziehen konnte. Sie nippte an ihrem Kaffeebecher und zog ihr Mobiltelefon aus der Tasche. Leitner wandte sich ab, folgte dem Flur in die entgegengesetzte Richtung. Gewiss würde sie ihre Mutter anrufen. Oder ihren Vater? Womöglich auch nicht – nach allem, was Leitner über den Mann gehört hatte. Und Darold? Würde Hanna sich bei ihm melden? Leitner gestand sich ein, dass er es Darold nicht unbedingt gönnte. Den Triumph. Oder wie immer man es nennen wollte. Ohne den alten Starrkopf würde es jetzt keine Vernehmungen geben, ohne ihn befände sich ein Verbrecher und vermutlicher Mörder namens Fatmir Rraklli noch auf freiem Fuß.

Leitner ging weiter, es roch nach Putzmitteln, nach dem Kunststoffboden. Nach harter Polizeiarbeit und schlechtem Kaffee, nach

Routine, nach jäh ausbrechenden Stresssituationen. Nach Schwerverbrechen. Nach dem Schweiß der Menschen, guten wie weniger guten, die hier an einem entscheidenden Punkt ihres Lebens angelangt waren. Das war Frankfurt, und dieses Revier schien Lichtjahre von Leitners täglichem Arbeitsumfeld entfernt zu sein.

Rennert tauchte am anderen Ende des Flurs auf und winkte ihm zu.

»Schon auf dem Weg«, rief Leitner.

»Alles vorbereitet«, antwortete Rennert. »Er wartet. Besser gesagt, sie warten.«

Sie standen einander gegenüber.

»Übrigens, besten Dank, dass Sie mir das alles möglich machen, Rennert.«

»Kein Problem, Kollege. Und falls Sie eine Vernehmung vor Ort wünschen, also bei Ihnen da unten, ich hätte absolut nichts dagegen.«

»Wäre vielleicht keine schlechte Idee.« Leitner nickte. »Sicher, man kann ein Foto von Rraklli herumzeigen und allerlei Fragen stellen. Aber es wäre interessant zu beobachten, wie er auf die dortige Umgebung reagiert. Ist vielleicht einfacher, ihn bei uns zum Reden zu bringen.«

»Die Sache fällt ja auch in eure Zuständigkeit«, meinte Rennert. »Und seine hiesigen Geschichten kleben ihm ohnehin am Schuh wie Hundedreck, die kriegt er nicht mehr los. Ehrlich, mir wär's schnuppe, wo man den Mistkerl letztlich hinter Gittern bringt. Hauptsache, er sitzt.«

Bevor sie der Abzweigung des Flurs folgten, warf Leitner einen letzten Blick zurück auf Hanna, die mit dem Finger über ihr Display swipte. Zum ersten Mal wurde er sich der Traurigkeit bewusst, die von ihr ausging, die sie umgab wie ein Schleier. Sie legte das Mobiltelefon ans Ohr und begann gleich darauf zu sprechen.

Aus einem unerklärlichen Grund war sich Leitner auf einmal sicher, dass sie mit Darold telefonierte – und nicht mit ihrer Mutter. Er hatte Darold nie besonders leiden können. Sicher, die Konstellation damals war auch nicht gerade erfreulich für Darold.

Das erzwungene Ausscheiden aus dem Polizeidienst. Die Außenseiterrolle, in die er immer tiefer hinabsackte. Darold sollte ihn, Leitner, noch einarbeiten, ihm den Einstieg als Chef erleichtern – dazu allerdings war Darold nicht mehr fähig oder willens gewesen. Streitsüchtig, misstrauisch, eigenbrötlerisch, der Griff zur Flasche blieb auch nicht aus. Kein angenehmer Zeitgenosse, dieser Darold, keine angenehme Geschichte.

Leitner schüttelte die Erinnerung ab, als er und Rennert ein weiteres Verhörzimmer in einem anderen Trakt des verwinkelten Gebäudes betraten. Erwartet wurden sie von Fatmir Rraklli und dessen Pflichtverteidiger, einem unerfahren wirkenden Mann namens Ballwantz.

Egal, welche Frage Leitner stellte, welches Thema er ansprach – von Rraklli erntete er lediglich einen kalten, feindseligen Blick aus zusammengekniffenen Augen. Und Ballwantz wiederholte fortwährend: »Mein Mandant hat sich entschieden, dazu keine Aussage zu machen.«

Blaubach, Sina Falke, die Handyhülle, ein schwarzes Auto, der Grenzübergang zur Schweiz in der Nähe der Ortschaft, Fahrten nach Zürich.

Nichts als eisige Blicke.

Leitner fühlte die Gefahr, die Rraklli ausstrahlte, wie eine Windbö. In seiner Gegend, dort unten im Schwarzwald, bekam man es nicht mit solchen Typen zu tun, niemals. Rraklli wirkte wie jemand, der nie ein Gefühl verspürt, nie ein nettes Wort geäußert, nie eine freundschaftliche Geste gemacht hatte. Menschen mit seinem Werdegang werden zu Bestien, durchfuhr es Leitner, und zum ersten Mal wurde ihm wirklich klar, dass er im Grunde immer schon erleichtert darüber war, damals von Karlsruhe zu einer Provinzdienststelle wie Villingen-Schwenningen versetzt worden zu sein.

Mittlerweile hatte es Rennert übernommen, die Fragen an den Albaner zu richten. Doch es blieb bei eisigem Schweigen und dem stoisch vorgebrachten Satz des Anwalts.

Leitner und Rennert erhoben sich nach einer Weile. Sie wandten sich vom Tisch ab, an dem sie mit den beiden Männern gesessen hatten, und in diesem Moment ließ Rraklli doch noch etwas von sich hören: »Ich war nie in dem verfickten Kuhkaff. Ich war nie da. Und ich hab da niemanden kaltgemacht.«

Die beiden Kriminalbeamten sahen ihn wortlos an.

»Ihr wollt mir was anhängen, ihr Arschlöcher.«

»Ähm, Herr Rraklli«, meldete sich Ballwantz zu Wort, »ich denke nicht, dass es …«

Doch sein Mandant ließ ihn nicht ausreden: »Halt bloß die Fresse, du blöder Wichser.«

11

Sie traute dem Frieden nicht. Kein Wunder, die letzten Jahre hatte Monica nur Gewalt und Angst erlebt. Man war nett zu ihr. War das ein Trick? Man war freundlich, hilfsbereit, geduldig. Vor allem Leitner. Ausgerechnet ein Bulle – so verdammt nett. Mit seiner ruhigen Art, mit seinem Blick, mit den Grübchen in seinen Wangen. In einem anderen Leben wäre sie bestimmt ganz verknallt in ihn gewesen.

Sie bekam Medikamente. Irgendwelches Zeug, das die Sehnsucht, den Drang, die Lust abtöten sollte: diesen scheinbar übermächtigen Wunsch nach Drogen und Pillen und Pulvern, mit denen sie über Jahre hinweg wahllos, je nach Gelegenheit, ihren Körper, ihre Organe, ihre Sinne malträtiert hatte.

Nach dem Gespräch mit Hanna Falke erfolgte eine weitere Unterredung mit Leitner. Sie konnte sich diesmal kaum auf seine Worte konzentrieren, Hanna geisterte noch durch ihren Kopf. Das Treffen hatte Monica sehr bewegt, auch wenn sie diesen Umstand zu verbergen versucht hatte. Schließlich waren Gefühle etwas, das man tief in seinem Inneren vergrub, das einen schwächer werden ließ.

Erst als Leitner Rumänien erwähnte, ihr Zuhause, ihre Familie, wurde sie aufmerksam.

»Ja«, hörte sie sich antworten, »das ist es, was ich will. Nach Hause. Und auch Mausi. Also Albena. Sie will nach Hause. Am liebsten heute noch.«

Leitner antwortete in seinem üblichen verhaltenen Tonfall; seine Stimme klang angenehm, wurde niemals laut. Und Monica driftete schon wieder ab, sah in Gedanken ihre Schwester, ihre Eltern, das Haus, in dem sie aufgewachsen war. Bilder, die in den letzten Jahren ein Trost für sie waren, obwohl sie ihr für immer verloren schienen.

Ein bestimmtes Wort Leitners zerschnitt die Erinnerungen wie mit einer Schere.

Aussage.

Monica sah auf, suchte seinen Blick, um gleich wieder die Lider zu senken. Fing er also schon wieder davon an … Sie hatte sich gewunden, hatte sich um eine klare Antwort herumgedrückt.

»Es ist wichtig«, betonte Leitner. »Ohne Ihre Aussage wird es schwerer, Fatmir Rraklli ins Gefängnis zu bringen. Das wissen Sie doch, Monica, wir haben ja schon darüber gesprochen.«

Der Gedanke, Fatmir in die Augen zu sehen, mit ihm in ein und demselben Raum zu sein, war etwas, das ihr durch Mark und Bein ging.

»Sie brauchen keine Angst mehr vor ihm zu haben«, fuhr Leitner fort. »Hinter Gittern wird er ganz bestimmt kommen. Doch mit ihrer Aussage wird sich sein Strafmaß deutlich erhöhen.«

»Aber ich habe doch schon einiges gegen ihn ausgesagt. Was ich zum Beispiel Hanna …« Sie verstummte.

»Sicher, Monica. Sie haben gegenüber Hanna Falke sehr wichtige Details auf den Tisch gelegt. Aber Sie müssen *alles* im Auge behalten. Zugegeben, ich habe ein besonderes Interesse, was den Fall Sina Falke betrifft. Doch bei Fatmir Rraklli geht es um wesentlich mehr. Meine Kollegen hier in Frankfurt möchten unbedingt, dass Sie eine felsenfeste Aussage machen und alles berichten, was Sie über Rraklli wissen. Nicht nur darüber, was er Ihnen und Albena Denkowa angetan hat. In den letzten Jahren haben Sie gewiss Einblick erhalten. Inwiefern hat er sich noch schuldig gemacht? Mit wem hatte er Kontakt? Mit wem hat er Vereinbarungen getroffen? Wer hat ihm Befehle gegeben, wem hat er Befehle gegeben? Und so weiter.«

Schweigen.

»Monica? Bitte, sehen Sie mich an.«

Sie gehorchte, die Lippen zusammengepresst.

»Monica, es besteht die Möglichkeit, die Aussage als Videoeinspielung durchzuführen.«

Sie runzelte die Stirn, schwieg weiterhin.

»Wissen Sie, was das bedeutet? Sie müssen nicht vor Gericht anwesend sein, sondern Sie werden an einem neutralen Ort gefilmt, wenn man die Fragen an Sie richtet und Sie darauf antworten. Verstehen Sie das, Monica?«

Zaghaft nickte sie.

»Und wenn das Video bei der Gerichtsverhandlung gezeigt wird, sind Sie längst in Ihrer Heimat.«

»Aber«, widersprach sie leise, »was ist danach?«

»Danach?«

»Na ja, die Zeit nach der Gerichtsverhandlung. Was ist, wenn Fatmir ...«

»Fatmir Rraklli wird lange Zeit hinter Gittern sitzen, da bin ich sehr, sehr zuversichtlich.«

»Oder Fatmirs Freunde? Was ist, wenn sie mich suchen und ...«

»Wie ich das sehe, sind ihm kaum Freunde geblieben. Und die haben bestimmt anderes zu tun, als Ihnen oder Albena nachzustellen, um Ihnen etwas anzutun. Die werden sich um sich selbst kümmern müssen.«

»Aber ... wenn Fatmir gar nicht verurteilt wird? Er ist so oft davon gekommen, das weiß ich.«

»Monica, bitte, vertrauen Sie mir«, beschwor er sie. »Rraklli wird seinen Kopf nicht aus der Schlinge ziehen. Und wenn wir ihm auch noch zweifelsfrei einen Mord nachweisen können, dann erst recht nicht mehr.«

»Sie meinen Sina Falke.«

»Klar, Sina Falke.«

»Ihre Schwester ist so ... unschuldig. So nett.«

»Das ist sie, Monica. Und Sie sind ebenfalls sehr nett. Und Sie werden endlich wieder ein netteres Leben führen können. Sie werden Ihre Familie wiedersehen.«

»Was ist, wenn ich die Aussage nicht machen will?«

»Sie werden auf jeden Fall nach Hause kommen, Monica.«
»Aber – ich habe keine Papiere. Ich kann …«
»Machen Sie sich darüber keine Gedanken.« Ein gelassenes Lächeln umspielte seine Mundwinkel. »Sicher, Ihre Papiere – ebenso wie die von Albena Denkowa – sind nirgendwo aufgetaucht. Und ich wette, das werden sie auch nicht mehr. Aber für Ihre Heimreise werden Sie Dokumente erhalten, die Ihnen alles ganz leicht machen. Und zu Hause werden Sie einen neuen Pass beantragen müssen. Das wird kein Problem sein.«
»Hm«, machte sie skeptisch.
»Monica, Sie haben niemandem etwas getan. Im Gegenteil, Ihnen wurde Schlimmes angetan. Wir helfen Ihnen. Ihre Familie ist schon informiert, Sie können heute noch per Telefon mit Ihren Eltern sprechen.«
»Wirklich?« Sie erschrak beinahe, so konkret wurde plötzlich alles.
»Ja, heute noch.«
»Und die Aussage?«
»Niemand kann Sie dazu zwingen. Sehen Sie es als eine Bitte an. Eine sehr ernst gemeinte, sehr große Bitte von mir an Sie. Bitte vergessen Sie nicht: Ihre Aussage kann dazu beitragen, dass Fatmir Rranklli nie wieder die Chance erhält, Mädchen und jungen Frauen das Leid zuzufügen, das er Ihnen und Albena zugefügt hat.«
Monica überlegte fieberhaft. Die letzten Jahre flogen an ihr vorbei, Gesichter, Erlebnisse, Momente der Angst, der Verzweiflung, der Hoffnungslosigkeit.
»Eine Bitte habe ich auch an Sie«, sagte sie leise.
»Ja?«
»Ich möchte Mausi sehen. Äh, ich meine, Albena.«

Kapitel 5

Das Küchenmesser

*Manchmal spüre ich ganz stark,
wie sich unter meinen Füßen die Erde dreht.
Alles dreht sich. Die ganze Welt. Nur ich nicht.*

Aus einem Tagebucheintrag von Sina Falke

1

Das war das Gute. Hier, auf dem Land, am Arsch der Welt. Man konnte angeschickert herumfahren, den halben Tag lang, und kam praktisch nie in eine Polizeikontrolle; es gab kaum Verkehr, man konnte in Gedanken völlig abschalten. Reinhold Falke kurbelte das Fenster herunter und folgte in gemächlichem Tempo der Landstraße von Donaueschingen in Richtung Blaubach. Sein alter roter Passat keuchte, der Wagen war verbeult, mitgenommen von harten Jahren, genau wie Falke selbst. Mit halbem Ohr hörte er der Schlagermusik aus dem Radio zu, pfiff leise mit, den Blick leer auf den Asphalt gerichtet. Die frische Luft machte ihn wacher, er fuhr sich über die Augen, musste husten und steckte sich beiläufig die nächste Zigarette an. Ohne Ziel war er unterwegs, wie so oft, einfach nur fahren, auch wenn das Spritgeld schmerzte, die Ortschaften abklappern, je weiter weg von Blaubach, desto besser. Mal auf ein Bier in die eine, dann in die andere Dorfkneipe. Klar, auch dieses Geld reute ihn, aber es tat gut, für eine halbe Stunde in eine andere Wand einzutauchen als ständig nur die fleckige heimische Tapete anzustieren.

Die ganze Zeit über hatte er immer wieder mit der Idee gespielt, Susanne zu besuchen oder sie zumindest anzurufen. Jetzt wäre der Moment gekommen, jetzt, da die Sache mit Sina plötzlich wieder so viel Staub aufwirbelte: Berichte in der Zeitung und im Regionalradio, neu aufflammendes Getratsche in Blaubach.

Eine Spur. Ein Verdächtiger. Endlich.

Aber dann hatte er den Gedanken doch jedes Mal wieder verworfen. Es war sinnlos. Es war vorbei. Es war ein Jammer. Susanne und er, es war, als würden sie auf verschiedenen Kontinenten leben.

Da kam ihm ein anderer Einfall.

Es gab noch jemanden in der Familie, mit dem er sich überworfen hatte. Selbstverständlich ohne es zu wollen, sicher, er hatte sich nicht immer in der Gewalt, er hatte eben verdammt viel mitgemacht.

Am Ortseingang richtete er sich unbewusst im Fahrersitz auf und starrte schnurgerade an der Bushaltestelle vorbei, als gäbe es sie nicht; danach sackte er sofort wieder ab in das durchgehockte Polster. Kurz darauf erreichte er den westlichen Rand von Blaubach: eine kurze, schmale Straße. Und an deren Ende das Haus, in dem er zuletzt vor zwei oder drei Jahren gewesen war, er erinnerte sich nicht mehr genau, irgendwann halt, bei einem letzten Streit.

Falke parkte, stieg aus, ging auf den Eingang zu. Nein, bei Susanne hätte er es nicht geschafft, einfach mir nichts, dir nichts zu klingeln. Aber hier ...

Totenstille rund um das Haus. Er starrte die Klingel an, sekundenlang, dann drückte er auf den Knopf.

Nichts, keine Reaktion.

Noch einmal. Das Surren drang aus dem Inneren des Gebäudes zu ihm nach draußen. Noch einmal und noch einmal.

Eine alte Frau mit einem Dackel an der Leine ging vorbei, warf ihm einen Blick zu und verschwand in einem der ähnlich ungepflegten Nachbarhäuser.

Reinhold Falke machte eine wegwerfende Bewegung mit der Hand und stiefelte zurück zum Auto. Hättest eben doch anrufen sollen, sagte er sich. Ein letzter Blick zu einem der Fenster. Micha. Was mochte er gerade tun, wo mochte er sein? Falke hielt sich vor Augen, dass er nichts mehr von seinem Sohn wusste, dass ihm der Junge schon lange entglitten war.

Motor starten, losfahren, Radio einschalten, Zigarette anzünden. Er würde sich noch ein oder zwei Schachteln kaufen müssen, musste aber vorher unbedingt nachsehen, wie viel Geld er eigentlich einstecken hatte. Noch einige Zeit hin, bis die Überweisung vom Amt kommen würde. Erst mal zurück nach Hause, zu seinem Loch in einem der beiden Blöcke, den hässlichen Zwillingen Blaubachs.

Die Dämmerung setzte ein. Die Scheinwerfer der entgegenkommenden Autos stachen ihm in die Augen. In der Ortsmitte war etwas mehr Verkehr. Die Leute machten Einkäufe, fuhren zu ihren Sportvereinen, ihren Stammtischen. Ein auf der Hauptstraße fahrender Ford Fiesta, den er bestens kannte, fiel Falke auf.

Hanna.

Wenigstens sie war ihm nicht entglitten. Würde sie ein paar Worte für ihn übrig haben? Wohin war sie unterwegs? Aus einem Impuls und aus Langeweile heraus bog er in dieselbe Straße ein wie sie, folgte ihr noch ein ganzes Stück durch Blaubach, bis er sah, dass sie ihr Auto in eine Parklücke manövrierte. Er fuhr an den Fahrbahnrand, hielt an, der Motor röchelte leise.

Wen kannte sie in dieser Ecke der Ortschaft? Hatte sie etwa doch einen Freund? Er schmunzelte ein wenig, sich der Traurigkeit seiner Situation allzu bewusst. Sie war ausgestiegen und ging auf eines der Häuser zu. Ein Freund täte ihr gut, dachte Falke, die Beziehung mit Paul Marx lag ja doch schon eine ganze Weile hinter ihr.

Hanna klingelte an einer Haustür, und rasch wurde ihr von einem Mann geöffnet.

»*Der?*«, entfuhr es Falke verdutzt. Doch sofort verflüchtigte sich die Überraschung – nach der Geschichte in Frankfurt war es wohl kein Wunder, dass die beiden den Kontakt aufrechterhielten.

Hanna und Darold verschwanden im Inneren des Hauses, und Falke starrte aus der Entfernung auf die geschlossene Tür.

Der Hauptkommissar war in Ordnung, er war ihnen eine große Hilfe gewesen. Und ein zäher Bursche war er obendrein. Trotzdem hatte er sich auch als jämmerlicher Lügner entpuppt. Hatte nicht damit herausrücken können, dass er kein Polizist mehr war. Die ganze Stadt quatschte wahrscheinlich inzwischen darüber. Falke war immer noch nicht klar, warum der Mann das verschwiegen hatte. Verrückt, was die Leute umtreibt, was in ihren

Gehirnen los ist, dachte er, man kann eben in keinen von ihnen reinglotzen.

Falke machte den Motor aus. Ohne den Blick von dem Haus zu lassen, schob er sich eine weitere Zigarette zwischen die Lippen. Feuerzeugflamme, tiefes Inhalieren. Er gähnte, nahm noch einen Zug, musste schon wieder husten. Ganz kurz fielen ihm die Augen zu. Aus dem Handschuhfach holte er einen Flachmann hervor, der noch zu knapp zwei Dritteln mit Schnaps gefüllt war. Ein tiefer Schluck, ein Rülpsen. Die Schlagermusik dudelte. Er saß da und wartete. Ohne zu wissen, worauf.

2

»Wie geht es dir?«, fragte Darold.
»Eigentlich ganz gut.« Sie sah ihn geradenwegs an. »Klar, die Trauer wird immer bleiben. Aber zum ersten Mal habe ich das Gefühl, doch noch damit abschließen zu können.«
Aufmunternd nickte er ihr zu. »Du weißt, wie sehr ich dir das wünsche.«
Es war das dritte Mal, dass Hanna zu Gast bei ihm war, aber zum ersten Mal herrschte eine wirklich ungezwungene Atmosphäre. Sie hatte die Ballerinas ausgezogen, ihren nackten Fuß bequem auf dem Oberschenkel abgelegt, und der Anblick ließ Darold an den Moment denken, als er ihr die Schuhe ausgezogen hatte.
Er hatte eine Flasche Rotwein geöffnet, dieselbe Marke wie beim letzten Mal, sie tranken bereits das zweite Glas. Er saß im Sessel, sie auf dem Sofa. Es war kurz vor sechs Uhr abends, vom ausgekippten Fenster strömte eine angenehme Brise herein; die Luft war endlich wärmer geworden. Im Hintergrund liefen Songs von Steve Earle, die ruhigeren, die raue, knarzende Stimme nur von akustischer Gitarre begleitet. Hannas zweites Aufeinandertreffen mit Monica Ponor lag zwei Tage zurück.
Ein Klingeln an der Haustür ließ sie aufblicken.
Darold deutete ein Achselzucken an, stand auf und verließ das Zimmer, um zu öffnen.
Verblüfft sah er auf den gut einen Kopf kleineren Mann, der draußen wartete.
»Meine Tochter«, murmelte Reinhold Falke. »Sie ist hier. Also, Hanna. Ich meine natürlich Hanna.« Er schien zu schwanken zwi-

schen einer gewissen Forschheit und dem etwas unterwürfigen Respekt, den er bereits früher Darold gegenüber immer bekundet hatte.

»Möchten Sie hereinkommen?«

Falke stieß eine Wolke aus Alkoholdunst aus und schob sich an Darold vorbei. »Hab zufällig Hannas Auto gesehen, das hier parkt.«

»Einfach geradeaus weiter.« Darold fragte sich, was das Ganze sollte. Falke vorweg, er hintendran, betraten sie das Wohnzimmer.

»Papa!«, stieß Hanna erstaunt aus.

»Möchten Sie sich setzen, Herr Falke?«

Der Besucher tastete mit einem langen Blick den Raum ab, die Weinflasche, die Gläser, Hannas achtlos abgestellte Schuhe »Ist das ein Rendezvous?«, brachte er hervor, halb anzüglich, halb verunsichert.

»Eher eine Dienstbesprechung«, versuchte es Darold mit einem Scherz. Was allerdings daneben ging. Der starre Ausdruck in Falkes rotgeränderten Augen veränderte sich kein bisschen.

»Möchten Sie sich setzen?«, wiederholte Darold.

»Woher weißt du denn, dass ich hier bin?«, fragte Hanna, noch immer sichtlich irritiert. »Oder ist es ein Zufall, dass du hier bist?«

Falke sah sie an, dann schaute er zu Boden, gab aber keine Antwort.

»Ich hab dir doch schon am Telefon erzählt, was in Frankfurt passiert ist, Papa.«

»Am Telefon«, brummte ihr Vater, auf einmal fast wie ein kleiner beleidigter Junge. »Hättest ja auch mal vorbeikommen können.«

Sie nickte. »Das hätte ich auch bestimmt noch getan. Ich komme doch immer wieder zu dir, oder etwa nicht?«

»Und jetzt? Was wird jetzt?«, überging er ihre letzte Bemerkung.

»Was meinen Sie?«, schaltete sich Darold ein.

»Na ja, der Kerl ...« Falke schnaufte, wedelte mit der Hand in der Luft. »Der Verbrecher da in Frankfurt. Was passiert jetzt mit dem?« In seine Stimme schlich sich ein Zittern. »Der ist doch ihr Mörder. Der Mörder meiner ... meiner Kleinen.«

»Er wird zurzeit vernommen«, entgegnete Darold.

»Der muss angeklagt werden. An-ge-klagt.«

»Das wird auch sicher geschehen. Wenn die beiden Frauen, die sich bei ihm befanden, gegen ihn aussag...«

»Wegen Mordes«, fiel Falke ihm hastig ins Wort. »Wegen Mordes an Sina. Was denn sonst?«

»Es wird alles getan, Herr Falke, damit genau das passiert.«

»Was wissen Sie denn?«, blaffte Falke mit einer Art, die er sich früher niemals gegenüber Darold herausgenommen hätte. »Sie sind ja nicht mehr bei dem Verein.«

»Papa, Herr Leitner hat mir gesagt«, erklärte Hanna in bemüht beruhigendem Tonfall, »dass der Verdächtige nach Blaubach gebracht wird. Hier wird man ihn weiter befragen.«

»Verdächtiger. Befragen.« Falke spuckte die Worte aus. »Wie quatschst du denn daher, Mädchen? Ein Mörder ist das. Kannst es ruhig aussprechen. *Mör-der*. Ein jämmerlicher, feiger Mörder.« Seine Stimme überschlug sich jäh: »Was haben wir überhaupt für eine Rechtsprechung in diesem verdammten Land? Am Ende kommt der mit ein paar Jahren davon. Scheißland. Scheißrichter.«

»Papa ...«

»Wann wird der denn hierhergebracht? Also nach Blaubach?« Falke starrte seine Tochter an. Er wirkte nicht besoffen, ganz und gar nicht, eher leicht angetrunken, zudem müde und erschöpft, als hätte er vorher ein wenig gedöst und noch viel mehr Schlaf nötig. Man konnte riechen, dass er zu lange keine Dusche gehabt hatte.

»In ein paar Tagen, hat Leitner mir gesagt.« Hanna hob die Schultern. »Und das ist auch schon wieder zwei Tage her. Genau weiß ich das auch nicht.«

Falke erwiderte nichts, stand einfach da, mitten im Zimmer, in seiner abgewetzten beigen Reißverschlussjacke, seiner ausgebeulten Stoffhose, seinen ausgelatschten billigen Halbschuhen.

Skeptisch musterte Darold ihn und bot ihm zum dritten Mal an, Platz zu nehmen.

Falke beachtete ihn gar nicht, als hätte er vergessen, dass er anwesend war. »Mörder«, wiederholte er leise, vor sich hin stierend. Dann wandte er sich abrupt der Tür zu. »Ich hau ab.«

»Papa, du willst doch nicht etwa fahren? Du hast getrunken.« Darold legte ihm die Hand auf die Schulter. »Herr Falke ...«

Falke fuhr zu ihm herum, plötzlich flink und entschlossen. »Lassen Sie mich los«, knurrte er. Er schob Darolds Hand weg. »Ich will raus hier.« Ein kurzer Seitenblick auf Hanna. »Keine Sorge, ich hatte schon wesentlich mehr Sprit im Schädel – und bin immer sicher daheim angekommen.« Wieder schnaufte er. »Ich bin nicht blau. Hab mir nur einen Kummerschluck gegönnt. Das wird ja wohl noch drin sein, oder?«

Er verschwand in den angrenzenden Flur, seine Schritte gedämpft, die Tür ging auf, fiel ins Schloss, dann Stille.

»Ich kann ihn noch aufhalten, Hanna.«

Sie schüttelte den Kopf. »Lieber nicht. Er würde sonst durchdrehen. Und es ist wirklich nicht so weit bis zu seiner Wohnung.« Traurig lächelte sie. »Und er hat recht. Meistens ist er viel betrunkener – und fährt trotzdem durch die Gegend.«

»Das gefällt mir ganz und gar nicht.«

»Bitte.« Sie sah ihn beinahe flehend an. »Bitte, lassen Sie ihn gehen.«

»Okay.«

»Danke.«

Darold setzte sich wieder, diesmal nicht in den Sessel, sondern neben Hanna auf das Sofa.

Ein paar Minuten verstrichen.

»Ich hätte nicht zulassen sollen, dass er losfährt«, murmelte Darold leise vor sich hin.

»Doch, es war besser so. Er sitzt bestimmt schon fast wieder zu Hause vor dem Fernseher. Und trinkt weiter. Bitte nicht mehr von ihm sprechen, ja? Wir tun einfach so, als wäre er gar nicht da gewesen, okay?«

Darold nickte.

»Ich möchte noch etwas Wein, bitte«, sagte Hanna.

Ein leiser Klang, als ihre Gläser aufeinandertrafen.
Die Wirkung von Falkes Besuch ließ allmählich nach.

Sie unterhielten sich, ließen dabei Hannas Familie aus, redeten einfach über alles und nichts, über Allgemeines, das Wetter, das immer besser wurde, den Sommer, der nicht mehr fern war, über Hannas Urlaubspläne. Eigentlich hatte sie vorgehabt, mit zwei Volleyballfreundinnen nach Kroatien zu fahren. Jetzt allerdings, nach den Ereignissen, war sie sich unsicher, ob sie überhaupt aufbrechen sollte. Er redete ihr zu, die Reise auf jeden Fall anzutreten, und sie lächelte ihn an, auf eine Art, die er noch nie an ihr bemerkt hatte.

Es wurde dunkel, Darold schaltete eine Stehlampe ein, dimmte sie herunter, sodass sie einen dezenten Lichtstrahl warf.

Ein Schweigen entstand zwischen ihnen, eine ganze Weile wurde kein Wort gewechselt. Darold sah sie an, lange, und endlich streifte er den Panzer ab. Er überwand sich, rückte zu ihr, nahm sie in den Arm, drückte sie an sich, und sie ließ es geschehen, als hätte sie nichts anderes erwartet. Wange an Wange, seine rau und stopplig, ihre weich. Plötzlich sein Mund auf dieser weichen Haut, freundschaftlich, unverfänglich, wie er sich einredete, was natürlich Unsinn war, denn im nächsten Augenblick lagen seine Lippen auf ihren, ganz vorsichtig, und er wurde überrascht davon, wie heftig sie den Kuss erwiderte, wie ihre Zunge blitzschnell zu seiner glitt, sie einfing, sich an ihr festklebte, wie Hanna sich in Sekundenschnelle in jemand anderen verwandelte, in die Person, die sie sich vielleicht zu sein wünschte, zu der sie vielleicht geworden wäre.

Sie stöhnte, er zog den Kopf leicht zurück. »Hör auf«, flüsterte er, »hör auf, Hanna, sonst kann ich nicht aufhören.«

»Hör du auf«, flüsterte sie zurück, »sonst kann *ich* nicht aufhören.«

Ihr Mund suchte wieder seinen, ihre Hand in seinem Haar, seinem Nacken, auf seinem Rücken. Jäh ließ sie ihn los, sie streifte sich das Shirt über den Kopf, die Jeans von den Beinen. Ihre Haut so überwältigend, weiß, zart, unbeschreiblich, hellgrün der BH, von der gleichen Farbe der Slip. Darold war gefangen, wehrlos, er konnte sie gar nicht genug anstarren, nicht genug von ihr berühren, ganz nackt war sie jetzt, er küsste sie überall, sie zerrte an seiner Kleidung, und es war ihm peinlich, dass sie gleich sein borstiges Brusthaar, seinen Bauch, seine behaarten Beine sehen würde. Er tastete nach dem Lichtschalter, doch sofort stoppten ihre Finger seine Hand, und er gab auf, vergrub sein Gesicht zwischen ihren Brüsten, schloss die Augen, hörte nichts anderes als ihr Atmen.

3

Eine Polizistin begleitete Monica. Geräuschlose Schritte auf einem sauber geschrubbten Boden.

Der frühe Morgen nach einer weiteren schlaflosen Nacht. Die Sorgen um die Zukunft, die Ungewissheit der eigenen Situation hatten sie ständig von einer Seite auf die andere herumgewirbelt. Keine Minute Schlaf, hellwach, die ganze Zeit über.

Ein langer leerer Flur, viele Türen. Eine davon öffnete sich.

Und da war sie: Mausi.

Nein, *Albena*, wie sich Monica zwang, das Mädchen von jetzt an zu nennen.

Ein paar Sekunden lang standen sie einander gegenüber, vorsichtig lächelnd. Gestern hatten sie sich das erste Mal gesehen, um sich austauschen zu können.

Monica trat auf die junge zierliche Bulgarin zu und nahm sie in die Arme, genau wie am Vortag. Die Berührung war wiederum ein sehr inniger Moment, und dennoch wurde es Monica bewusst, dass sie nicht Schwestern oder beste Freundinnen waren, sondern Leidensgenossinnen.

Und jetzt war das Leid womöglich überstanden.

Dasselbe Zimmer wie vierundzwanzig Stunden zuvor. Weiße Wände, zwei Fenster, die Tageslicht hereinließen. Ein trüber Himmel, darunter die Dächer der Stadt, die für sie beide zu einem Gefängnis geworden war.

Erneut unterhielten sie sich lange. Monica berichtete von dem Gespräch mit Hanna Falke, auch davon, dass sie selbst Fatmir schon lange im Verdacht gehabt hatte, Sina Falke ermordet zu haben – seit ihr die Handyhülle im Fernsehen aufgefallen war und sie Zusammenhänge hergestellt hatte.

Sie saßen an einem Tisch, auf dem eine Thermoskanne Kaffee, Kekse und Fruchtsaftflaschen für sie bereitstanden. Die Sonne kam langsam durch und warf ihre Strahlen auf Frankfurt. Albena hörte die ganze Zeit zu, erst still und geduldig, dann zeigte sich auf einmal etwas Flehendes in ihrem Blick. Seit gestern wusste Monica, dass sie nicht an diesen Hintergründen interessiert war, sondern nur eine einzige Sache wissen wollte: Gab es eine Rückkehr zu dem Ort, an dem sie aufgewachsen war.

»Wir werden ganz sicher nach Hause kommen«, sagte Monica nachdrücklich. »Das hat Leitner mir versprochen.«

Albena hob die Augenbrauen. »Der nette Bulle?«

»Und wir müssen Fatmir nie wieder treffen«, fügte Monica hinzu. »Nie wieder.«

»Dieses Dreckschwein«, gab die junge Bulgarin dumpf zurück.

»Und weil er ein Dreckschwein ist, werde ich gegen ihn aussagen.« Monica nahm einen Schluck Kaffee, ihr Hals war trocken vom Reden. »Das kannst du auch. Und das musst du nicht vor Gericht machen, sondern nur vor einer Videokamera. Es wird gerade alles vorbereitet. Ich habe auch die Fragen gesehen, die man uns stellen wird. Sie bereiten uns gut darauf vor, sprechen vorher alles mit uns ab. Ich bin sicher, wir werden Fatmir nie mehr sehen.« Eine Ahnung erfasste sie, dass auch sie und Albena einander nach diesem Tag nicht wieder begegnen würden.

Albenas Blick verlor sich an der Wand. »Nie hätte ich geglaubt, dass ich einmal zurück nach Hause komme. Ich dachte, ich würde in diesem Dreck bleiben müssen, bis ich abkratze. Ohne dass meine Familie davon erfährt. Ohne dass es jemanden kümmert.« Tränen schimmerten in ihren Augen. »Manchmal hab ich geträumt, dass ich tot wäre. Die Träume waren so *echt*. Ich war tot und unsichtbar, und ich hab euch allen zugesehen. Ihr habt an der Straße gestanden und seid zu diesen Tieren in die Autos gestiegen.«

»Du lebst«, sagte Monica eindringlich. »Und wie du lebst.«

»Ich hoffe, das stimmt auch wirklich«, antwortete Albena, ohne den Blick von der Wand zu lösen. »Ich weiß nämlich gar nicht mehr, wie das ist. Wenn man lebt.«

4

Er stand am Wohnzimmerfenster, eine Tasse dampfenden Kaffee in der Hand, und dachte zurück an den vergangenen Abend, an die letzte Nacht. Es kam ihm vor, als wären sie beide nicht unbedingt wie Liebende übereinander hergefallen, eher wie Ertrinkende, die sich an irgendetwas, an irgendjemandem festhalten und hochziehen mussten, um den Kopf über Wasser halten, endlich mal wieder durchatmen, ein Stück Leben aufsaugen zu können. Wahrscheinlich sollte er sich schämen, er, der alte Bock, aber Darold empfand keine Spur von Scham. Wenn er sich jetzt noch einmal vor Augen hielt, wie er Hannas nackten Körper, ihren Herzschlag gefühlt hatte, dann gestand er sich ein, dass es das Beste war, was ihm seit Wochen, Monaten, Jahren passiert war. Das Schönste, das Intensivste. Endlich ein Moment der Befreiung.

Aber wie mochte es für sie gewesen sein?

Die Frage drängte sich ihm mit jäher Wucht auf, und plötzlich sah er die Sache anders. Das Schönste, das Intensivste? Wohl eher das Dümmste. Das Verantwortungsloseste. *Was hast du getan, du Idiot?*

Geräusche hinter ihm. Schritte. Das Rascheln von Kleidung. Er drehte sich um. Da stand sie. Er war sich seines Aufzugs bewusst, seiner nackten, knochigen Füße, der zerschlissenen Jogginghose, des Unterhemds, an dessen Ausschnitt sich das graue Brusthaar kräuselte. Doch im Gegensatz zum Vorabend war ihm das Bild, das er abgab, nicht mehr unangenehm. Hanna hatte ihm das Gefühl der Verlegenheit genommen, als sie ihn davon abgehalten hatte, das Licht auszuknipsen.

Das Schweigen füllte den gesamten Raum aus.

Er räusperte sich. »Hanna, ich weiß nicht, wie das gestern über mich gekommen ist. Ich, äh, ich hoffe, du verurteilst mich nicht. Falls du jetzt irgendwie ... na ja, *fies* über mich denken solltest, Hanna, dann ...«
»Ich muss los«, unterbrach sie ihn. »In den Kindergarten.«
Als er schon dachte, sie würde sich einfach umdrehen und aufbrechen, kam sie auf ihn zu. Erst jetzt war ihre Verlegenheit deutlich zu spüren, ihre Wangen überzogen sich mit einem hinreißenden Rot. Dennoch drückte sie sich plötzlich an ihn, ganz kurz, aber fest, dann wandte sie sich ab und verließ ohne ein weiteres Wort das Haus.

5

Kurz vor 16 Uhr, um die 20 Grad, eine dünne Wolkendecke, durch die hier und da die Sonne stach. Hanna hatte ihr Auto an derselben Stelle wie immer geparkt und ging, eine Einkaufstasche in der Hand, auf das Mehrfamilienhaus zu. Ihr Kopf schmerzte, jedoch nicht allzu stark.

Der Tag, der nun fast hinter ihr lag, war genau wie die vorangegangenen verlaufen. Die Kolleginnen im Kindergarten, auch die Eltern, die ihre Kleinen abholten, gaben sich alle Mühe, die Tatsache zu überspielen, dass es den Fall Sina Falke wieder gab. Sie grüßten, lächelten, unterhielten sich so betont ungezwungen mit ihr, dass es eben doch gezwungen wirkte.

Nach der Arbeit – Hanna war noch in den Supermarkt gefahren, um etwas zu essen einzukaufen – hatte sie die Blicke der Menschen gespürt. Seitlich, von hinten, auch direkt von vorn. Am Kühlregal, in den Warengängen, vor allem in der Schlange an der Kasse. Diese Blicke, die nicht auffällig sein sollten, und gerade deshalb nicht zu übersehen waren.

Und doch war es kein Tag wie die vorangegangenen. Die ganze Zeit über hatte Hanna an Darold gedacht – selbst wenn sie *nicht* an ihn dachte. Irgendwie war er bei ihr gewesen. In diesem Moment dachte sie wieder ganz bewusst an ihn, und sie kam zu dem Schluss, dass es ihr nicht leidtat. Nein, was immer auch kommen mochte, die letzte Nacht würde ihr niemals leidtun. Sie war ein seltener Moment tiefer Beruhigung gewesen, ein Moment, in dem sich Hanna endlich einmal hatte fallen lassen können, in dem sie nicht grübeln musste, in dem sie einfach nur irgendeine junge Frau irgendwo auf der Welt sein durfte.

Mit der freien Hand wühlte sie den Schlüsselbund aus der Tasche ihrer Jeans, als ihr ein in der Nähe geparktes Auto auffiel, das sie kannte. Es war ein metallicgrüner Opel Astra. Sofort hielt sie inne, das schwach pochende Kopfweh verspürte sie nicht mehr. Die Fahrertür sprang auf, eine Frau stieg aus, kam auf sie zu.

»Ich hab auf dich gewartet«, sagte Susanne Reitzammer. Kein Hallo, kein Lächeln.

»Das sehe ich.« Hanna wollte eigentlich noch die letzten Schritte bis zum Eingang zurücklegen, bewegte sich aber nicht weiter.

Ihre Mutter stellte sich neben sie, die Arme vor der Brust verschränkt. »Warum redest du nicht mehr mit mir?«

Hanna rollte mit den Augen. »Mama, was soll das jetzt wieder?«

»Ich frage *dich*, was das soll.«

»Du bist schon wieder so gereizt.« Hanna sagte das ziemlich vorsichtig, sie merkte es selbst.

»Gereizt?«, wiederholte Susanne. Deutlich lauter, als es Hannas Ansicht nach angebracht gewesen wäre. »Ich bin nicht *ge-reizt*.«

An den Fenstern bewegten sich Gardinen, hier und da erschienen die Umrisse von Köpfen.

»Lass uns lieber reingehen.« Hanna schob den Schlüssel ins Schloss.

Kaum in der Wohnung angekommen, fing Susanne gleich wieder an. »Du hättest mir was sagen können, die ganze Zeit schon.«

»Was denn?« Hanna betrat die Küche, gefolgt von ihrer Mutter.

»Das mit Frankfurt selbstverständlich. Was sonst? Dass du dieses … Mädchen oder diese Frau oder was immer sie ist, vernommen hast. Und dass …«

»Ich hab sie nicht *vernommen*«, warf Hanna genervt ein. »Außerdem hab ich dir doch davon erzählt. Papa habe ich ebenfalls angerufen, um ihm Bescheid zu geben.« Sie begann, Einkäufe aus der Jutetasche zu nehmen und im Kühlschrank zu verstauen.

»Ach, Papa, hör mir auf mit dem.« Susanne bohrte sich die Fäuste in die Hüften. »Du weißt genau, was ich meine. Von wegen *ich hab dir davon erzählt*. Danach hast du mich eingeweiht.

Danach, Hanna. Da hättest du es ja auch gleich bleiben lassen können.«

Hanna hängte die Tasche an einen Haken an der Seitenwand des Kühlschranks. »Das nächste Mal lasse ich es ganz bestimmt bleiben. Und sage dir gar nichts.« Ihr Kopfweh war wieder da. Sie schlüpfte aus ihrer leichten Jacke.

»Klar, lass es ruhig bleiben.« Ihre Mutter fuhr sich durch die Kurzhaarfrisur, in der die gefärbten Strähnchen immer mehr verblassten. Mit spitzen Lippen setzte sie hinzu: »Du hast ja jetzt den Herrn Hauptkommissar. Mit dem besprichst du ja alles.«

»Er hilft mir wenigstens und blockt nicht alles ab.«

»Er hat uns belogen. Vergiss das nicht. Er hätte ja wenigstens mal erwähnen können, dass er nicht mehr …«

»Es war eben schwer für ihn …«, fiel Hanna ihrer Mutter ins Wort und ließ sich auf einen der beiden Stühle sacken.

»Schwer? Für *ihn*? Dass ich nicht lache.«

»Er hat sich jahrelang damit beschäftigt, damit auseinandergesetzt, ist jedem Detail nachgegangen, hat mehr versucht als jeder …«

»Trotzdem hätte er nicht tun dürfen, was er getan hat«, beharrte Susanne. »Er hat uns mit voller Absicht getäuscht. Aus eigennützigen Gründen. Um weiterhin mitmischen zu können, oder warum auch immer. Wenn er ehrlich …«

»Das mag ja alles stimmen. Und das war auch wirklich dumm von ihm. Ein Fehler. Aber deswegen muss man ihn ja nicht für immer verurteilen.«

Susanne musterte sie mit diesem bohrenden Blick. »Du denkst, ich verurteile die Menschen zu schnell. Das ist es doch, oder?«

»Phhh«, machte Hanna. »Ich weiß wirklich nicht, warum du eigentlich mit mir streitest. Was soll das? Vielleicht hab ich dir ja genau aus dem Grund nicht Bescheid gesagt. Weil du immer sofort giftig wirst und alle kritisieren musst. Ich wollte das allein durchziehen, die Sache in Frankfurt.«

»Allein durchziehen«, wiederholte Susanne von oben herab.

»Ich bin eben nicht mehr die kleine Hanna.«

»Ich hab dich nie spüren lassen, dass ich dich für die kleine Hanna halte.«

»Doch, das hast du.« Lauter als gewollt kamen ihr die Worte über die Lippen. »Und ob du das hast.«

Etwas im Gesichtsausdruck ihrer Mutter veränderte sich. »Schon gut, vielleicht hast du ja recht, vielleicht hab ich das.« Susanne schien etwas zurückzurudern, sie klang auf einmal verhaltener, defensiver. »Aber doch nie aus böser Absicht. Du bist meine Tochter. Ich will nicht, dass dir ...«

»Ich weiß schon«, schnitt Hanna ihr das Wort ab. »Selbstschutz. Und so weiter.«

»Ja, zum Teufel noch mal. Selbstschutz. Wir werden das Rätsel nicht eigenhändig lösen. Wir können nie agieren, immer nur reagieren. Immer nur abwarten, was die polizeilichen Ermittlungen bringen. Oder nicht bringen. Aber bevor nicht mit hundertprozentiger Sicherheit ...«

»Für mich«, unterbrach Hanna sie erneut, »sieht das ziemlich hundertprozentig aus. Zum ersten Mal.«

»Schon möglich. Aber trotz allem bleibe ich bei meinem Rat: Steigere dich nicht zu sehr da rein. Mach nicht alles davon abhängig. Du hast ein eigenes Leben.«

»Da reinsteigern?«, blaffte Hanna. »Was soll denn das heißen. Wo *rein*? Sie war meine Schwester. Ich will doch nur wissen, was mit ihr geschehen ist.«

»Denk auch daran, was mit dir geschieht.«

»Mit mir? Es geht um Sina.«

»Nein«, entgegnete Susanne, plötzlich aufreizend beherrscht. »Es geht um uns alle.«

»Wir haben Sina doch längst vergessen«, sagte Hanna – jetzt wieder leiser, ohne die Angriffswut in ihrer Stimme.

»Vergessen? Unsinn«, gab Susanne unverändert beherrscht zurück.

»Wir haben sie vergessen«, ließ Hanna nicht locker.

»Das ist Quatsch, was du da behauptest. Und das weißt du genau.«

»Nein, wir haben sie vergessen.« Hanna saß auf dem Stuhl und starrte zu Boden. »Ich meine, wie sie wirklich war. Dass sie so lustige Fältchen bekam, wenn sie gelacht hat. Dass sie Ewigkeiten im Bad gebraucht hat. Dass sie als kleines Mädchen immer Heidi im Fernsehen geschaut hat. Dass sie manchmal ganz schön schnippisch sein konnte. Und richtig witzig. Und herrlich albern. Und …« Plötzlich waren wie aus dem Nichts Tränen auf ihren Wangen. »Für uns ist sie doch selbst nur noch ein Fall. Kein Mensch mehr, kein Mädchen mehr. Wir erinnern uns nie daran, wie sie wirklich war. Sie hat für uns gar keine Eigenschaften mehr. Sie besteht nur noch daraus, dass sie eines Tages verschwunden ist.«

Als ihre Mutter nichts erwiderte, schob sie hinterher: »Insgeheim hättest du dir doch gewünscht, nie wieder etwas von Sina – oder über Sina – zu hören.«

»Nein. Hätte ich nicht.«

»Weil du dich so schön eingerichtet hast, in deiner Wohnung, in deinem Leben. Für dich ist das alles doch nur eine Art Störung. Etwas, das nervt.«

»Ich bin ihre *Mutter*, Hanna.« Susannes Stimme bekam diesen stählernen Klang, der Hanna immer abgestoßen hatte. »Ihre Mutter. Pass langsam auf, was du von dir gibst.«

»Aufpassen? Ach komm, ich hab doch recht.«

»Nein, hast du nicht. Ich versuche nur, realistisch zu sein. Und zu bleiben.«

»Ich muss sagen, das gelingt dir ziemlich gut.«

Eine kurze Stille entstand.

»Hanna …« Susanne sah sie an, nicht mehr bohrend, sondern mit einem gefühlvollen Blick. Sie kam auf sie zu, streckte die Hand nach ihr aus, wahrscheinlich, um sie vom Stuhl hochzuziehen und sie an sich zu drücken.

Doch Hanna sagte entschieden: »Mama, lass mich jetzt bitte allein.«

Abrupt blieb Susanne stehen, kein Wort kam über ihre Lippen, ihr Arm senkte sich.

»Sorry, Mama, aber ich glaube, ich möchte jetzt für eine Weile allein sein.«

Ihre Mutter öffnete den Mund, setzte zu einer Antwort an, doch dann besann sie sich anders. Stumm nickte sie Hanna zu, ehe sie auf dem Absatz kehrtmachte und aus der Wohnung verschwand.

Hannas Kopfschmerzen waren stärker geworden. Sie erhob sich, füllte den Wasserkocher am Hahn, um sich Tee zu machen. Sie wollte nicht über den Schlagabtausch von gerade eben nachdenken, aber das war nicht so einfach. Es kam, wie sie es vermutete – nach einer Weile hatte sie ein schlechtes Gewissen, weil sie Susanne praktisch aus ihrer Wohnung geschmissen hatte. So etwas hatte sie sich nie zuvor herausgenommen, bei niemandem, erst recht nicht bei ihrer Mutter.

Ihre Gedanken sprangen zu Darold, sie vermisste seine Stimme, seinen Blick.

In diesem Moment klingelte ihr Handy.

Hatte er ihre Gedanken gelesen? Sie wühlte in den Taschen ihrer Jacke, die sie zuvor über die Stuhllehne gehängt hatte. Oder war es ihre Mutter, die anrief? Um über die unangenehme Unterhaltung zu sprechen, bevor davon allzu viel bei ihnen hängenblieb – bevor eine von ihnen nachtragend werden konnte?

Ein Blick aufs Display – Hannas Augenbrauen hoben sich vor Überraschung. Damit hätte sie ganz gewiss nicht gerechnet.

»Hallo, Hanna hier«, meinte sie rasch.

»Hi, Schwesterherz.«

»Micha ...« Sie wusste gar nicht, was sie sagen sollte. So oft hatte sie ihn angerufen, ihm auf die Mailbox gesprochen.

»Ja, äh, ich dachte, ich melde mich mal.«

»Guter Gedanke«, gab sie sarkastisch zurück, begleitet von einem Kopfschütteln. Er hatte es ausgesprochen, als wären sie entfernte Bekannte, die in unterschiedlichen Bundesländern wohnten.

»Ich weiß schon«, murmelte er, »wurde echt mal Zeit.«

»Wie geht's dir? Was treibst du denn die ganze Zeit?«

»Ach, alles Mögliche«, erwiderte er auf diese typische ausweichende, unbestimmte Micha-Art.
»Mensch, Micha, ich hab mir schon Sorgen um dich gemacht.«
»Brauchst du doch nicht. Bei mir ist alles beim Alten.«
»Na, du bist ja gut.«
Er lachte leise. »Ehrlich gesagt, ich hab mir Sorgen um *dich* gemacht. Ich habe von Bekannten erfahren, dass du diejenige warst, die die Sache mit Sina wieder vorangebracht hat.«
»Das ist übertrieben, glaub's mir.« Hanna wunderte sich beinahe, dass er so etwas wie Bekannte überhaupt hatte.
»Du weißt ja, was die Leute immer gleich quatschen. Aber auf jeden Fall scheinst du großen Anteil daran zu haben, dass es jetzt einen Verdächtigen gibt. Zum ersten Mal überhaupt. Echt kaum zu fassen.«
»Ja«, entgegnete sie nach kurzem Zögern. »Sieht ganz danach aus.«
»Ich weiß, ich bin ein Trottel.« Wieder sein Lachen, schüchtern, unsicher. »Aber du kennst mich ja, ich brauche das einfach. Also, dass ich manchmal die Birne auf Durchzug schalte. Dass ich einfach abtauche.«
»Ja, ich kenne dich.«
»Und jetzt habe ich natürlich ein schlechtes Gewissen. Dass ich dich nicht zurückgerufen habe, dass ich …« Er verstummte, einfach so, mitten im Satz. Auch das kannte sie von ihm.
»Wann treffen wir uns, Micha? Dann kann ich dir alles erzählen.«
»Ja, wir müssen uns unbedingt treffen.«
»Morgen? Oder noch besser: gleich heute Abend? Ich könnte zu dir rüberfahren. Du kannst auch zu mir kommen, wie du magst.«
»Äh, gute Idee«, stimmte er zu. Nur um anzufügen: »Aber lieber wäre es mir morgen. Ich fühle mich irgendwie kaputt.«
»Arbeitest du zurzeit was?«
»Jepp. Bei einer kleinen Firma in Donaueschingen helfe ich aus.«

»Bei welcher?«
»Keller KG.«
»Die Papierfabrik? Also was Offizielles, um es mal so zu sagen …«
»Klar, nicht schwarz. Nur ein Halbtagesjob. Ist aber ganz okay, was die zahlen.«
»Das klingt doch recht gut.«
»Hm«, machte er.
»Also morgen? Bei mir? So gegen Acht?«
»Ich werde da sein, Schwesterherz.«
»Ich freue mich«, erwiderte sie rasch – und meinte es auch so.
»Ich mich auch. Und sorry noch mal für die lange Sendepause.«
»Schon gut, Micha.«

Nachdem sie aufgelegt hatte, wurde ihr klar, dass es ihm bei dem Gespräch wieder gelungen war, nur an der Oberfläche zu kratzen, nie wirklich etwas von sich preiszugeben. Als Sina verschwand, hatte ihn das schwer mitgenommen. Nicht, dass er viele Worte um seinen Gefühlszustand gemacht hätte. Nicht, dass er ohnehin sonderlich viel geäußert hätte. Aber danach wurde er noch einsilbiger, verschlossener, geistesabwesender. Er tat ihr leid, und an diesem späten Nachmittag in ihrer Wohnung gestand sie sich zum ersten Mal ein, dass er ihr immer schon irgendwie leidgetan hatte. Bereits lange bevor Sina aus ihrer aller Leben verschwunden war.

6

Es war der dritte Morgen in Folge, an dem er den Wecker klingeln ließ, um früh aufzustehen. Früher noch als in der Zeit, da er zur Arbeit in die Stahlkegelfabrik gegangen war.
Wiederum hatte Reinhold Falke wenig geschlafen und viel getrunken. Sehr viel, noch mehr als sonst. Doch abgesehen von dem widerlich pelzigen Geschmack auf der Zunge fühlte er sich halbwegs gut. Sein Kopf war klar, er war gefasst, beim Anzünden der Zigarette zitterte seine Hand nur ganz leicht.
Gleich würde er losfahren und seinen Posten in Villingen-Schwenningen beziehen. Und beobachten. Und warten.
Vielleicht hatte Hanna ja falsche Informationen erhalten? Vielleicht hatte sich am Plan der Polizei etwas geändert? Egal, Falke wollte nicht darüber nachgrübeln, was womöglich sein könnte, er wollte an Ort und Stelle sein, wenn es so weit war – wenn sich die Gelegenheit bieten würde.
Ein Schluck Wasser aus dem Hahn, bloß nichts essen, er könnte sowieso keinen Bissen herunterkriegen. Also los. Die Jacke, die zusammengeknüllt auf dem Sofa lag. Der überprüfende Griff, ob das, was er drei Tage zuvor in die Innentasche gesteckt hatte, noch da war.
War es natürlich.
Er verschloss die Wohnungstür hinter sich, stiefelte steif die zwei Stockwerke nach unten zum Ausgang. Das Tageslicht ließ ihn blinzeln. Seine Sonnenbrille, wo war die? Er hatte keinen Schimmer. Nach einer Fahrt von zwei Minuten bemerkte er, dass die Tankfüllung zur Neige ging.
»Scheiße«, fluchte er fast lautlos in sich hinein. Hatte er noch

genügend Euro in der Tasche, um nach Villingen-Schwenningen und wieder nach Hause zu gelangen? Er kramte in den Jackentaschen, stieß auf einen 5-Euro-Schein und ein paar Münzen und atmete auf.

Falke machte den Umweg über die Tankstelle. Als er kurz darauf den Tankstutzen in die Öffnung schob, stellte er fest, dass ihn jemand anstarrte. Jemand, der bei einem der geparkten Autos stand.

Unauffällig spähte er dorthin. Er erkannte den jungen Mann sofort – auch wenn es eine ganze Weile zurücklag, dass er ihm zuletzt begegnet war: Benny Laux.

Damals war es noch ein Jungengesicht gewesen, inzwischen hatte er erwachsene Züge und ein Kinnbärtchen. Sinas Gesicht hingegen war immer das eines Kindes geblieben.

Falke stoppte den Tankvorgang, bevor es zu teuer wurde.

Hinter sich hörte er Schritte. Er drehte sich um.

Benny Laux, der den Kaffeebecher in der Hand hielt, den er hier gekauft hatte, stellte sich vor ihn. Zögerlich, etwas linkisch. »Hallo, Herr Falke.« Er hob die Hand, als traue er sich nicht, sie zum Handschlag anzubieten. Modische Klamotten, offensichtlich neue Sportschuhe.

Falke musterte ihn. »Hm«, brummte er nur.

»Ich habe Sie zufällig gesehen.«

»Ja ... und?«

»Äh, wollte nur mal fragen, wie's geht.«

Falke erwiderte nichts. Er war mit den Gedanken in Villingen-Schwenningen, auf seinem Wachposten, wie er es unbewusst für sich selbst nannte.

Laux trat unentschlossen von einem Fuß auf den anderen. »Tja, hat mich jedenfalls gefreut, Sie mal wieder zu treffen.«

Falke nickte. »Mich auch.« Er wandte sich von Laux ab, um in das Büro der Tankstelle davonzumarschieren und zu bezahlen.

»Auf Wiedersehen«, hörte er noch einmal Laux' Stimme.

Als er wieder im Auto saß, hatte er die Begegnung praktisch schon vergessen. Er beschleunigte, aber nur ganz leicht; auf keinen Fall wollte er auffallen, weil er zu schnell gefahren war. Das würde ihm noch fehlen. Mit starrem Blick übersah er absichtlich die Bushaltestelle am Ortausgang. Er beschleunigte noch ein wenig und schaltete das Radio ein. Die immer gleichen Schlager mit ihren dummen Refrains. Er pfiff leise mit.

7

Zeitiger als sonst hatten sie ihn geweckt. Noch bei Dunkelheit. Schnelles Frühstück, schnelles Durchsuchen seiner Zelle, seiner Klamotten. Dann die Handschellen. Dann nach draußen. Je ein Wachbulle links und rechts, der Oberbulle Rennert vornweg. Hinten rein in den gepanzerten Bullenwagen, Rennert auf dem Beifahrersitz, und los ging's. Fast zwei Stunden auf der Autobahn. Immer wieder eingenickt war er, die öde Landschaft flog vorbei, die Bullen hielten die Klappe.

Fatmir Rraklli hatte keine Angst. Schon zweimal hatte Igli Kontakt zu ihm aufgenommen, das war gut. Nein, er hatte sich nicht einschüchtern lassen. Was immer ihn am Ende der Fahrt erwarten mochte, er würde sein Ding durchziehen, keinen Ton sagen, sie anstarren, als könnten sie ihm gar nichts.

Igli hatte ihm versprochen, dass er einen neuen Anwalt bekäme, einen, den Igli persönlich kannte, der ihm mehrfach geholfen hätte. Ja, das war gut, verdammt gut. Denn das hieß, dass sie sich Sorgen machten, Igli und der Rest. Sorgen, Fatmir könnte doch noch klein beigeben und alles Mögliche ausposaunen. Aber das hatte er nicht vor, auf keinen Fall. Irgendwie würde Igli ihn schon rauskriegen aus der Scheiße. Und überhaupt – was konnten ihm die Bullen wirklich nachweisen? Unwiderruflich, Schwarz auf Weiß, wasserdicht? Nichts. Einen blöden Scheißdreck konnten sie. Ja, seit Igli ihn durch einen bestochenen Gefängnisbullen in Frankfurt Nachrichten zukommen ließ, war Fatmir wieder wesentlich zuversichtlicher.

Drei Stunden Autobahn. Dann Landstraßen, die sich zwischen Provinznestern hindurchschlängelten. Und jetzt mitten hinein in eines dieser Käffer, das Ortsschild hatte er verpasst, aber der Name war ihm sowieso scheißegal. Was konnten sie hier gegen ihn vorbringen, was nicht auch in Frankfurt schon auf den Tisch gelegt worden war? Über die beiden Weiber hatte er auch nichts mehr gehört. Ein gutes Zeichen? Wie auch immer, so wie er es sah, hatten sich die Bullen mit glasklaren Beweisen ziemlich zurückgehalten. Amateure waren das, Stümper. Immer mehr kam er zu diesem Schluss.

Der Kleinbus stoppte. Rennert sprang nach draußen und öffnete die seitliche Fahrzeugtür. Die Wachbullen kletterten ins Freie, Fatmir musste ihnen folgen. An der frischen Luft streckte er die von den Handschellen eng zusammengehaltenen Arme aus, er gähnte.

Vor ihnen ein nicht sonderlich beeindruckendes Polizeigebäude. Der Eingang öffnete sich, zwei weitere Bullen in Uniform tauchten auf, hinter ihnen der Zivilbulle, den Rraklli schon in Frankfurt getroffen hatte: Leitner.

Sonst niemand zu entdecken. Bis auf ein kleines, verloren aussehendes Männchen, das mit leicht schiefem Gang auf sie zukam. Sieht aus wie ein Penner, dachte Rraklli desinteressiert. Schäbige Kleidung, verhutzeltes Gesicht, Säufernase, das spärliche Haar fettig und strubblig.

Leitner und das Männchen wechselten ein paar Worte, Fatmir hörte kaum hin, die Witzfigur hatte nichts mit ihm zu tun. Doch dann zuckte es im Gesicht des Fremden. Ansatzlos rannte er plötzlich auf Fatmir zu, die Hand in der Jacke. Fatmir starrte ihn an, die Bullen starrten ihn an, er kreischte irgendetwas, für den verschlafenen Fatmir ging das alles viel zu schnell, auf einmal war das Männchen ganz nah bei ihm, eine lange Klinge blitzte auf: ein Sägemesser, wie Hausfrauen es in der Küche benutzten.

Die Bullen schrien etwas, stürzten sich auf den Fremden, packten ihn. Aber Fatmir fühlte, dass da etwas verdammt noch mal nicht stimmte. Er glotzte an sich herunter, sah das Blut, das ihm aus der Brust strömte, auch aus dem Bauch, da hing noch etwas, unterhalb des Bauchnabels, oberhalb der Handschellen mit seinen nutzlos herabbaumendeln Händen, und mit bestürzender Klarheit kapierte er, dass das irgendetwas von seinen Innereien war. Er fühlte, wie seine Beine nachgaben, immer weicher wurden, er geriet ins Wanken, fiel auf die Knie, dann nach vorn. Vor seinen Augen wurde alles schwarz, doch er konnte noch das merkwürdige Männchen hören, das – überwältigt von den Bullen – weiterhin wie am Spieß kreischte. *Du Mör-der! Du Mör-der! Du Mör-der!*

Kapitel 6

Die Pension am See

*Manchmal wünsche ich mir nichts sehnlicher,
als unsichtbar zu sein.
Und manchmal wünsche ich mir nichts sehnlicher,
als sichtbar zu sein.*

Aus einem Tagebucheintrag von Sina Falke

I

Zum zweiten Mal gewissenhaft die Sitznummer überprüfen. Die Reisetasche, die sie erhalten hatte, ordentlich über dem Kopf in dem Staufach unterbringen. Hinsetzen. Sorgfältig anschnallen. Monica achtete darauf, jede Kleinigkeit korrekt auszuführen. Ihr erster Flug. Nicht lange, nur etwa zwei Stunden. Und dann? Sie dachte an Mausi. Auch für Albena stand der erste Flug im Leben an. Zurück in das Vertraute. Und zugleich ins Ungewisse. Es war schwer zu begreifen, schwer zu verarbeiten. Es war verrückt.

Durch ihre Gedanken schwirrte noch die merkwürdige Begegnung, nur gut eine Stunde vor dem Abflug, als sie überhaupt keine Nerven dafür hatte. Es war in demselben Raum, in dem ihre letzte Begegnung mit Albena stattgefunden hatte. Leitner hatte ihr eine Frau vorgestellt, eine gut Vierzigjährige mit rotem Haar. Pagenschnitt, schmales Gesicht mit hervortretenden Wangenknochen. Leitner schien es wichtig zu sein, dass sie sie traf. Eine ganze Weile hatte die Frau auf sie eingeredet, ruhig, aber stetig, sanft die Stimme, konzentriert der Blick. Emma, hieß sie. Emma wie noch mal? Sie hatte ihr eine Visitenkarte zugesteckt, mit der Bitte, sich unbedingt zu melden.»Wenn es Ihnen nicht gut geht. Wenn Sie Sorgen haben. Wenn Sie einfach nur mal reden wollen.« Die Stimme war noch immer in Monicas Ohr.

Sie las die Buchstaben auf dem kleinen Stück kartonierten Papiers. Emma Prankwitz. Mitarbeiterin bei *Aufrecht stehen e. V.* »Wir sind ein e. V., ein eingetragener Verein. Wir unterstützen Mädchen und Frauen, die ein ähnliches Schicksal durchlitten haben wie Sie. Wir können *du* zueinander sagen, oder?« Monica hatte genickt und kaum einen Ton geäußert.»Bitte, besuch doch mal unsere Seite im Internet. Falls du Gelegenheit dazu hast. Und, wie gesagt, anrufen kannst du mich jederzeit. Es gibt nichts, was du tun müsstest, nichts, was du sagen müsstest. Aber vielleicht hilft es dir, einfach mal mit jemandem zu sprechen, der die Welt kennt, die du kennengelernt hast.«

So ging es noch eine Weile weiter, bis Leitner, der schweigend dabeistand, darauf aufmerksam machte, dass Monica zum Flughafen gefahren werden müsse. Auf dem Weg dorthin wurde Monica nicht von ihm, sondern von einer Mitarbeiterin der Polizei begleitet, die sich zuvor schon um sie und Albena gekümmert hatte.

Monica betrachtet die Visitenkarte noch einmal ratlos, ehe sie sie in die Gesäßtasche ihrer Jeans schob. Eine Stewardess huschte an ihrem Platz vorbei. Hellblond, dezent geschminkt, lächelnd, der Pferdeschwanz wippte. Eine attraktive junge Frau. Jemand, der nie mit Fäusten geschlagen, nie missbraucht, nie wie ein Stück Vieh behandelt worden war. Nie den Geschmack von Metamphetaminen auf der Zunge gehabt hatte. Und unwillkürlich ballte sich Hass in Monica. Hass auf die Stewardess, die in ihrem Blickfeld stehenblieb, um die Frage eines Passagiers zu beantworten.

Der Hass, kalt und schneidend wie ein eisiger Windzug, war eine weitere dieser unsichtbaren Narben, die ihr die zurückliegenden Jahre gebracht hatten.

Narben, die für immer bleiben würden, das wusste sie.

Das Flugzeug startete, beschleunigte, hob ab, ein mulmiges Gefühl im Magen, das aber gleich verschwand. Monica atmete durch. Das monotone Geräusch, ein Becher Orangensaft, der Blick auf dem Fenster, hinunter auf eine Spielzeuglandschaft, über die sich Wolken schoben, weich und weiß, fast unwirklich. Der jäh über sie gekommene Hass ließ nach, wurde so schwach, dass man fast vergessen konnte, dass es ihn gab. Nichts von Vergangenheit und Gegenwart war plötzlich noch spürbar; es schien, als wäre Monica nicht nur der Erde, sondern auch dem Lauf der Zeit und dem eigenen Leben für einen langen Moment entflohen.

Als sie den Flug zu genießen begann, war er auch schon beinahe vorüber. Die Spielzeuglandschaft unter ihr wurde wieder größer, kam auf sie zu, das mulmige Gefühl im Magen kehrte zurück. Sie versuchte, sich zu konzentrieren, sich auf das einzustellen, was nun folgen würde. Das Wiedersehen mit den Eltern, mit der Schwester. Später mit Onkeln und Tanten und Cousins und Cousinen. Sie versuchte, die Vorfreude darauf anzuknipsen wie eine Lampe, doch zu ihrer Verblüffung gelang das nicht.

Im Gegenteil, so rasch wie zuvor der Hass über sie geschwappt war, ereilte sie auf einmal eine beklemmende Furcht. Monica starrte nach draußen, und sie verstand einfach nicht, woher diese Panikattacke kam. Jetzt, da sie glücklich sein, da ihr Herz lächeln sollte – und sich nicht zusammenziehen wie bei einem Muskelkrampf.

Warum hatte die Aussicht auf das Ende des Fluges etwas geradezu Bestürzendes?

Angst, schon wieder Angst, eine neue Art von Angst in ihrem an Angst so reichen Leben. Ausgerechnet vor dem Moment, den sie all die Jahre herbeigesehnt hatte. Angst vor den Menschen, die sie erwarteten, vor den Häusern, den Straßen, der klaren Landluft, dem einfachen Essen. Plötzlich strömten die Erinnerungen auf sie ein, wild, unaufhaltsam, zerfranste Fetzen eines alten Lebens: der Matsch vor dem winzigen schiefen Häuschen ihrer Eltern, die alten, abgestoßenen Teller mit dem Blumenmuster, die Gardinen mit den Löchern, das durchgesessene Sofa, darüber das Kruzifix an der Wand.

Angst, sie bestand nur noch aus Angst. Ihr wurde übel, sie musste immer wieder schlucken, gegen ein Würgen ankämpfen.

Die Stimme des Piloten ertönte aus dem Lautsprecher, kurz darauf landete das Flugzeug, es rollte noch ein Stück, kam zum Stehen. Das Stakkato des Klickens etlicher Gurte, die gelöst wurden. Die Passagiere erhoben sich, schnappten sich Jacken und Handgepäck, strömten Sitzreihe für Sitzreihe nach vorn dem Ausgang entgegen.

Nur Monica saß noch auf ihrem Fensterplatz. Eine Stewardess, nicht die hübsche mit dem Pferdeschwanz, näherte sich mit einem Lächeln. »Alles in Ordnung mit Ihnen?«

Monica starrte sie nur an.

»Fühlen Sie sich nicht wohl?«

»Ich habe Angst«, hörte Monica sich antworten.

Die Stewardess lächelte weiter, jetzt allerdings irritiert. »Angst? Aber wovor denn?«

Monica kämpfte sich aus dem Sitz und drängte sich an der Frau vorbei, ohne ein weiteres Wort, ohne ihr noch einmal in die Augen zu sehen. Sie eilte den engen Gang entlang.

»Haben Sie kein Gepäck?«, rief ihr die Stewardess hinterher.

Monica hielt inne und drehte sich um. »Doch, natürlich«, antwortete sie kleinlaut mit gesenktem Blick. »Ich habe eine Tasche.«

Die Frau nahm die nagelneue Reisetasche aus dem Staufach und hielt sie Monica hin. »Bitte schön.«

»Danke.«

Erst in diesem Moment, als sie mit ihrer kalten Hand die Nylonhenkel ergriff, erkannte Monica, dass es nicht nur Angst war, die ihr die Begegnung mit der Familie so schwer werden ließ. Sondern auch Scham, eine abgrundtiefe, schier unerträgliche Scham.

2

Ein kleiner, verkümmerter Mann auf einem Stuhl.
Was immer Hanna sich vorgenommen haben mochte, ihm zu sagen: Jetzt, als sie vor ihm Platz nahm, war alles weg – sie konnte sich nicht daran erinnern. Was immer sie gefühlt, gedacht, geglaubt haben mochte – in diesem Moment löste sich alles auf.
Ein kleiner, verkümmerter Mann auf einem Stuhl.
Zerstört, endgültig besiegt, er zitterte nicht einmal mehr, und Hanna hätte nicht sagen können, wann sie ihn zuletzt mit derart ruhigen Fingern gesehen hatte. Wie zwei tote Gegenstände lagen seine Hände ineinandergefaltet auf der kahlen Tischplatte.
Sie warf einen Seitenblick auf ihre Mutter, die ihrerseits Reinhold mit einem betretenen Schweigen betrachtete. Zuvor, während der Fahrt nach Villingen-Schwenningen ins Gefängnis, wo er darauf wartete, dass gegen ihn Anklage erhoben wurde, hatte Susanne noch ohne Unterlass geredet. Sie hatte darauf hingewiesen, was sie und Hanna auf keinen Fall tun sollten, wenn sie ihm gegenübertraten. Nicht ständig nach dem Warum fragen. Nicht reizen, nicht verurteilen, nicht angreifen. Nicht an Fatales aus der Vergangenheit erinnern. Nicht dies, nicht jenes. Stattdessen sollten sie Verständnis zeigen, ermutigen, vielleicht sogar eine gewisse Zuversicht ausstrahlen.
Jetzt allerdings – nichts davon spürbar, weder bei Hanna noch bei ihrer Mutter. Die Situation war zu groß, zu mächtig, zu gewaltig, genau wie damals, nach dem Neujahrstag 2008.
Schweigen, unterbrochen von mühsamen Worten Susannes. *Wie geht's dir, was brauchst du, ich kann dir etwas bringen, hast du schon einen Anwalt, soll ich mich für dich um einen kümmern, hast*

du die Möglichkeit zu telefonieren, dann kannst du jederzeit... Sie klang zunehmend verbissener, ein Ton, den Hanna nur allzu gut an ihr kannte. Reinhold Falke rührte sich einfach nicht. Hatte man schon in den vergangenen Jahren gedacht, er wäre in eine bleierne Lethargie verfallen, dann wirkte er heute geradezu tot. Leer sein Blick, der immer auf den Tisch gerichtet blieb, sein Mund schmal wie ein Strich. Tiefe Falten in der Stirn, Krähenfüße an den Augen, die nicht mehr so wässrig waren wie in letzter Zeit. Es schien, als säße hier nur noch die Hülle eines Menschen.

Die dumpfe Stille und das bloße Zimmer mit nichts als dem Tisch und drei Stühlen erinnerten Hanna unwillkürlich an die Situation, als sie Monica Ponor und Albena Denkowa gegenübergesessen hatte.

»Können wir irgendetwas für dich tun?«, hörte sie wieder die Stimme ihrer Mutter, die gegen das Schweigen ankämpfte, gegen die Ratlosigkeit, gegen die Trostlosigkeit. »Sag doch mal bitte was, Reinhold.«

Endlich machte er den Mund auf: »Ich glaube, ich will einfach nur allein sein.«

»Reinhold, ich ...«

Doch er hörte gar nicht hin. Er stand auf, blickte hilfesuchend zu dem Wärter, der ihn hereingeführt hatte und an der Wand stehend wartete. Der Mann nickte knapp, öffnete die Tür. Reinhold schleppte sich dorthin, warf den beiden Besucherinnen noch ein leises, wehrloses, kapitulierendes *Danke* hin. Dann war er auch schon weg.

Und Hanna und Susanne blieben allein in dem Besucherraum zurück.

3

Ihre Stimme war kaum zu hören, ihre Worte kaum zu verstehen.
»Was hast du gesagt?«, fragte er.
Als Antwort kam nur ein Seufzen.
»Hanna, bitte sag mir, wie ich dir helfen kann«, betonte Darold eindringlich, das Mobiltelefon dicht an seinem Ohr.
Seit der gemeinsamen Nacht hatten sie sich nicht mehr gesehen. Darold hatte viel an sie gedacht, an sie und an dieses unberechenbare, undurchschaubare Etwas, das sich Leben nannte. Ihr Gesicht noch vor seinem inneren Auge, war er im Internet auf die Meldung gestoßen, dass es in Villingen-Schwenningen zu einem Mordversuch gekommen war. Es wurden keine Namen genannt, doch die Beschreibung der Einzelheiten und der beteiligten Personen ließ keinen Zweifel daran, was sich zugetragen und um wen es sich gehandelt hatte.
Sofort hatte Darold Hanna angerufen. Sie wusste es schon und bat ihn um Geduld – sie klang verhältnismäßig gefasst und versprach, sich bei ihm zu melden, sobald sie die Gelegenheit dazu hätte.
Doch erst heute Abend, fast zwei Tage nach der Tat, hatte sie ihn angerufen. Von ihrem Handy aus, nicht vom Festnetzapparat, wie er an der im Display angezeigten Nummer festgesellt hatte.
»Hört das denn nie auf?« Zum ersten Mal ertönte Hannas Stimme klarer, fester.
»Hanna, ich weiß, dass es nicht …«
»Geht es immer weiter?«, unterbrach sie ihn, als hätte er gar nichts gesagt. »Weiter mit dem Schmerz? Hört diese verdammte Wunde einfach nicht auf, zu bluten?«

»Hanna...«, setzte er an, doch die Worte gingen ihm aus. Wie weh es tat, Hanna so zu hören. Genau wie damals, als er sie kennenlernte, ein Kind, das von einem Tag auf den nächsten nie wieder Kind sein würde. Er hatte wohl in seinem ganzen Leben für niemanden so viel Mitgefühl empfunden wie für diese junge Frau. Und dabei hatte er das Leid vieler Menschen mitansehen müssen.

»Ist das nicht einfach unglaublich?« Jetzt konnte er hören, dass sie nicht mehr gegen die Tränen ankämpfte. »Fast könnte man lachen, so absurd ist das Ganze! Mein Gott, mein Vater... meine ganze Familie. Was ist nur aus uns geworden?« Sie weinte, ganz leise.

»Hat du ihn sehen können? Hast du mit deinem Vater reden können?« Endlich gelang es Darold besser, Ordnung in seine Gedanken, Klarheit in seine Worte zu bringen. »Und deine Mutter? Wie geht es ihr? Du hast sie doch bestimmt gesprochen.«

»Sicher, gestern schon«, antwortete sie, offenbar ebenfalls wieder ein wenig gefasster. »Sie hat gesagt... ach, ich weiß auch nicht.«

»Dein Vater. Hast du ihn...«

»Ja. Heute.« Sie räusperte sich, weinte nicht mehr. »Mama und ich durften ihn endlich besuchen.« Eine Pause. »Andererseits – ich glaube, ihm war es herzlich egal, dass wir da waren. Alles ist ihm egal. Mehr noch als früher. Er war regelrecht... apathisch. Er war... meine Güte, es war schlimm, einfach schlimm.«

»Wo bist du, Hanna? Zu Hause?«

»Im Kindergarten.«

Er war überrascht. »Du hast doch nicht etwa gearbeitet?«

»Hab ich auch nicht. Aber...« Sie suchte nach Worten. »Ich hab noch einen Generalschlüssel, weil ich vorgestern die Nachmittagsaufsicht hatte, und dann... Na ja, ich hab mich hierher geflüchtet. Sozusagen.«

»Was soll das heißen?«

»Da war dieser Typ. Er hockte in seinem Auto.«

»Wer?«, unterbrach er sie beunruhigt.

»Ja, ein Mann, hockte in seinem Auto, das vor meiner Wohnung geparkt war. Und ich weiß natürlich nicht mit Sicherheit, ob er so einer war, aber ich hatte so ein Gefühl …«

»Langsam, Hanna. Was willst du mir sagen?«

»Einer von diesen blöden Journalisten. Klar, das hätte ein völlig harmloser Kerl sein können, der da auf jemanden wartet. Aber seit damals, also als Sina verschwunden ist, da kann ich diese Typen beinahe schon riechen. Die sind immer um unser altes Zuhause rumgeschlichen, haben mich auf dem Schulweg angesprochen, mal harmlos, mal ganz schön dreist. Haben Mama jedes Mal angequatscht, wenn sie sich nur auf der Straße zeigte. Die haben auch oft angerufen, wollten Interviews.«

»Verstehe.« Darold nickte düster vor sich hin. Nach der Ergreifung Rrakllis war es noch relativ still geblieben, jedoch der Mordversuch des Vaters eines vermissten Mädchen an dessen mutmaßlichem Täter, das wirbelte natürlich noch mehr Staub auf. Er merkte, dass er seine freie Hand unbewusst zu einer Faust geballt hatte. Schon früher war er mit Journalisten ordentlich aneinandergeraten – einem hatte er mit einem ansatzlosen, trockenen Schlag die Nase gebrochen und Schmerzensgeld bezahlen müssen. Nicht zu reden von den enormen Schwierigkeiten, die er polizeiintern bekommen hatte. Journalisten widerten ihn an.

»Als ich den Kerl da im Auto entdeckt habe«, fuhr Hanna fort, »da konnte ich nicht anders. Da musste ich los, irgendwohin.«

»Warum bist du nicht zu mir gefahren?«

»Ich …«

Sie verstummte. Und er fragte sich unwillkürlich, ob er mit seiner Frage nicht zu weit vorgeprescht war. Als sie weiterhin schwieg, setzte er von Neuem an: »Also, falls es dir lieber ist, wenn wir uns eine Weile nicht sehen, dann ist das für mich vollkommen in Ordnung. Ehrlich, das könnte ich gut verstehen und …«

»Nein, nein«, unterbrach sie ihn leise. »So ist es nicht. Ganz und gar nicht. Ich würde dich sehr gern wiedersehen.«

»Sicher?«

»Sicher.«

»Sollen wir uns irgendwo treffen? Oder nein, warte, ich hol dich am Kindergarten ab, und wir fahren ...«

Erneut stoppte sie ihn, ihre Stimme ganz zerbrechlich: »Wäre es okay für dich, wenn ich einfach zu dir fahre?«

»Und ob das okay für mich wäre«, antwortete Darold ohne Zögern.

Eine Viertelstunde später klingelte es an seiner Tür. Er öffnete und ließ Hanna eintreten. Und erst hier, im Schutz des Hauses, nahm er sie in die Arme, um sie für einen langen Moment fest an sich zu drücken.

»Danke, dass du für mich da bist«, flüsterte sie.

Anschließend saßen sie im Wohnzimmer, sie auf dem Sofa, er im Sessel. Sehr bewusst hatte er dort Platz genommen. Keine ruhigen Steve-Earle-Songs, keine Rotweinflasche auf dem Tisch, es sollte nichts an das letzte Mal erinnern.

»Warum tut er uns das an? Warum tut er sich das an?« Völlig unvermittelt kamen die Worte aus Hannas Mund. »Ich verstehe das einfach nicht. Damit macht er doch alles nur noch schlimmer.«

»Dein Vater war einfach verzweifelt. Völlig verzweifelt.«

»Das sind wir alle.« Ihr Blick verlor sich irgendwo im Raum. »Und jetzt? Jetzt werden sie ihm den Prozess machen. Wegen Mordversuchs. Und psychologisch untersucht werden soll er auch. Er hat nicht mal einen Anwalt, wir wollten einen für ihn suchen, aber er hat gar nicht reagiert.«

Darold betrachtete sie, fand aber kein einziges halbwegs überzeugendes Wort des Trostes.

»Ich hatte das Gefühl«, sprach sie weiter, »endlich die Chance zu haben, da herauszukommen, aus diesem ganzen Sumpf. Wenn es auch kein schönes Ergebnis wäre: Aber endlich zu wissen, was mit Sina passiert ist, das wäre eine Erleichterung gewesen. Dass sie tot ist ... Klar, wenn man ehrlich ist, dann haben wir das doch alle irgendwie akzeptiert. Und alles deutet ja auf diesen Rraklli hin und ...« Sie verstummte.

»Er lebt noch, oder? Im Internet hieß es, er sei schwer verletzt worden.«

Hanna nickte bestätigend. »Wenn er Sina irgendetwas angetan hat, dann hoffe ich nur, es kommt raus – und dass er dafür bestraft wird.«

»Wir werden abwarten müssen«, bemerkte Darold zurückhaltend.

»Das ist mir schon klar. Aber wie gesagt, es spricht alles gegen Rraklli. Wer sollte es sonst gewesen sein? Nur er kommt infrage. Der erste und einzige Verdächtige – nach so vielen Jahren.«

Darold erwiderte nichts.

»Mein armer Papa. Irgendwie tut er mir ja auch verdammt leid … Aber wie soll ich es sagen? Es kommt immer noch etwas dazu. Zu dem Schmerz, den man ohnehin schon hat. Ich weiß wirklich nicht mehr, was ich noch denken soll, mein Kopf tut die ganze Zeit weh, ich bin hundemüde und kann trotzdem kaum schlafen.«

»Angesichts der Umstände, die zu der Tat führten, wird das Strafmaß für deinen Vater womöglich nicht allzu drastisch ausfallen. Mal sehen, was die psychologische Untersuchung ergibt. Das könnte sich auch vorteilhaft auswirken und …«

»Ja, ja«, warf sie erschöpft ein. »Ich hoffe natürlich auch, dass …« Hanna richtete sich abrupt auf, sah ihn geradewegs an. »Da fällt mir ein: Ich habe heute gewohnheitsmäßig meine Facebook-Seite angeklickt, wahrscheinlich um einfach mal ein paar Sekunden lang abzuschalten, und da waren Dutzende Kommentare und Nachrichten. Von Bekannten, von Fremden. Von allen möglichen Leuten aus der Gegend. Haben mir Mut zugesprochen, haben geschrieben, dass mein Vater das einzige Richtige getan hat. Dass ich stolz auf ihn sein soll.« Sie schüttelte ratlos den Kopf. »Was soll man dazu nur sagen? Sie wissen gar nicht, dass sie es dadurch nur noch furchtbarer machen.«

»Überrascht mich nicht, dass die Sache die Menschen bewegt. Und dass sie sich unbedingt dazu äußern müssen. Ich hab diesen ganzen Social-Community-Quatsch ja immer schon ziemlich …« Er hielt inne und schmunzelte. »Na ja, ich gehöre zum alten Eisen und bin misstrauisch. Kann eben mit dem Kram nichts anfangen.«

Trotz ihres unübersehbaren Kummers gelang es ihr, sein Lächeln zu erwidern. »Übrigens, Frau Burlach hat mich angerufen. Das ist ...«

»... die Kindergartenleiterin, ich weiß.«

»Sie war sehr nett, sehr diskret. Hat keine überflüssigen Worte gemacht, sondern nur gesagt, ich soll mir die Zeit nehmen, die ich brauche, und erst mal nicht im Kindergarten auftauchen. Ich sei nicht freigestellt, das wird auch nicht als Urlaub angerechnet. Ich soll mich einfach wieder melden, wenn ich einsatzbereit bin, wann immer das sein mag.«

»Das ist klasse von ihr.«

»Ich glaube«, sagte Hanna mit entschiedenerem Tonfall, »ich will nicht mehr darüber reden. Ich meine, über das alles. Je öfter wir darüber sprechen, desto mehr nagt es an mir.«

»Versuch durchzuatmen«, riet er. »Ich weiß, das hört sich albern an, aber ...«

»Nein, gar nicht. Ein Moment des Verschnaufens wäre tatsächlich ganz hilfreich.« In ihren Blick mischte sich etwas Zärtliches. »Ich danke dir, es tut so gut, bei dir zu sein.«

»Du hast noch nie ›du‹ zu mir gesagt. Beziehungsweise ›dir‹.«

»Doch, hab ich schon.«

»Ja. Einmal. An dem Abend, als ...« Er verstummte.

»Ich weiß, ich umgehe das immer irgendwie, das mit dem Du ... Ganz automatisch. Keine Ahnung, wieso. Ich hatte immer so viel Respekt vor dir.« Sie senkte verlegen den Blick. »Ich weiß natürlich, wie du mit Vornamen heißt, aber ich glaube, ich schaffe es einfach nicht, dich so anzusprechen.«

»Ich heiße Johann.«

»Johann oder Johannes?«

»Einfach nur Johann.«

»Wie nennen dich deine Freunde.« Sie wirkte entspannter, zumindest ein wenig. »Jo? Oder etwa Hans?«

Er hob die Schultern »Wenn ich welche hätte, würden sie mich wahrscheinlich Darold nennen.«

Hanna musste leise lachen, und das gefiel ihm.

»Stell dir vor, sogar meine letzte Freundin hat immer Darold zu mir gesagt.«
»Passt wohl auch am besten zu dir.«
»Hm.«
»Und sie hatte es bestimmt nicht leicht mit dir, deine letzte Freundin.«
»Hm.«
Sie lächelte. Dann wurde ihr Blick ernster. »Könntest du mir einen Gefallen tun?«
»Welchen?«
Sie senkte erneut die Lider. »Könntest du dich zu mir setzen?«
Darold glitt wortlos aufs Sofa, und sie schmiegte sich an ihn. Sie küssten sich.
»Du wirst kaum glauben«, sagte sie nach einer Weile, »wer sich bei mir gemeldet hat. Micha.«
»Ach?«
»Ja. Eigentlich wollten wir uns heute treffen, aber ich habe ihn angerufen und ihm gesagt, ich muss das mit Papa erst mal verdauen. Und allein sein.«
»Er wusste es sicher schon?«
»Jeder weiß davon, jeder in Blaubach.«
»Hat er sonst noch etwas gesagt? Oder gefragt?«
Hanna gab ihm einen Kuss. »Du klingst schon wieder wie der Hauptkommissar.«
»Sorry.«
»Lass uns nicht über Micha reden. Und auch über nichts anderes.« Sie presste sich an ihn, ihre Wange an seiner Brust. »Ich will nicht mehr reden. Ich will dich nur spüren.«
Er küsste sie aufs Haar.
»Moment, eine Sache muss ich noch loswerden.« Flüsternd fügte sie an: »Eher eine Bitte.«
»Ja?«
»Aber du darfst mich nicht auslachen.«
»Bestimmt nicht.«
»Könntest du mich in dein Schlafzimmer tragen?«

Verdutzt sah er auf. »Was?«

»Noch nie hat mich ein Mann auf Händen in ein Schlafzimmer getragen. Noch nie. Ich fand immer, das ist so ein schönes, altmodisches Bild. Und gerade jetzt ... Es würde mir sehr guttun.«

»Bist du sicher? Ausgerechnet heute?«

»Erst recht heute«, entgegnete sie fest. »Heute mehr denn je.«

Darold stand auf. Er hob sie empor, ihr Blick auf ihm, die blauen Augen, die immer so traurig aussahen. Im Schlafzimmer legte er sie behutsam auf das Bett. Er wollte die kleine Nachttischlampe anknipsen, doch Hannas Hand berührte seine, stoppte ihn. An diesem Abend bevorzugte sie die Dunkelheit. Sie zogen sich aus, sie drückten sich aneinander, sie liebten sich, geduldiger, zärtlicher als beim ersten Mal. Danach schlief Hanna bald ein, während Darold wach lag und zur Decke starrte, die Hände im Nacken verschränkt. Er grübelte nach, über alles, über gar nichts, lauschte Hannas gleichmäßigem Atmen und der Stille des Hauses.

Am Morgen, nach nur ein paar Stunden leichten Schlummerns, stand er auf, darauf bedacht, sie nicht zu wecken – so friedlich ihr Ausdruck, so entspannt ihre Züge. Er duschte, kleidete sich an, kochte Kaffee. Nach einigen Schlucken aus der Tasse machte er sich auf zum Briefkasten – den hatte er schon seit Tagen nicht mehr geleert, gleichgültig, wie er nun einmal geworden war.

Als er im Wohnzimmer war, hatte er jede Menge Reklame in der Hand, weil er es seit seinem Einzug vor Jahren nicht geschafft hatte, einen Keine-Werbung-Aufkleber anzubringen.

Das Telefon klingelte. Der Festnetzapparat. Er überprüfte die Nummer im Display. Dann erst nahm er ab.

»Hallo?«

Keine Reaktion. Das angespannte Schweigen des Anrufers. Oder der Anruferin. Genau wie gestern. Genau wie vorgestern. Sekundenlang. »Reden Sie«, beschwor Darold die Stille. »Sagen Sie, was Sie zu sagen haben.«

Dann war die Verbindung tot.

Er hatte die Nummer in eine Internetsuchmaschine eingegeben. Sie gehörte zu einem öffentlichen Telefon, einem Münzfernsprecher, wie man früher einmal gesagt hat – der letzte in ganz Blaubach, neben der Post gelegen.

»Wer bist du«, fragte Darold leise in die Geräuschlosigkeit seiner Wohnung. Er legte auf. Dachte nach. Erst ein paar verhaltene Laute aus dem Schlafzimmer machten ihm wieder gegenwärtig, dass er nicht allein war wie all die Jahre zuvor. Hanna war da. Vielleicht hatte das Telefon sie geweckt.

4

Ein Klopfen an seiner Bürotür.
Die Uhr zeigte kurz vor 19 Uhr.
Musste das jetzt noch sein?
Jan Leitner starrte zur Tür, als versuche er, den Besucher allein mit einem Blick zu vertreiben.
Erneutes Klopfen.
Er brachte es einfach nicht über sich, herein zu sagen, überhaupt etwas zu äußern.
Die Tür öffnete sich einen Spalt, Andrea Ritzig schob ihren Kopf ins Zimmer.
Ausgerechnet.
Die Ex-Freundin von Darold, der den Stein dieser Katastrophe ins Rollen gebracht hatte.
Die fehlte ihm jetzt gerade noch. Der Tag war auch so schon grauenhaft gewesen, schlimmer noch als der gestrige.
»'Tschuldigung, wenn ich störe«, sagte sie.
»Ja?«, erwiderte er, so knapp es ihm möglich war.
»Ich kann auch später noch mal reinschauen.«
»Äh...« Noch später?, dachte er genervt.
»Oder lieber morgen früh? Es eilt nicht.«
»Tja, dann eher morgen.«
»Okay.«
Sie zog sich zurück, schloss die Tür.
Was wollte die denn?, fragte er sich. Normalerweise hatten die beiden so gut wie nichts miteinander zu tun.
Jedenfalls war er froh, sie los zu sein. Er hatte heute schon genug geredet, genau wie am Vortag. Mit der halben Welt, wie

es ihm schien. Mit dem leitenden Staatsanwalt. Mit den hohen Tieren der Kripo. Dazu mit den Beamten, die in jenen Sekunden zugegen gewesen waren, als dieser Spinner Reinhold Falke auf Fatmir Rraklli losgegangen war. Genug geredet. Und dabei hatte er nichts zu sagen. Was konnte man schon vorbringen? Wie sollte man sich rechtfertigen? Es war ein Fiasko, ein einziges Fiasko. Der Verdächtige angegriffen und außer Gefecht gesetzt, womöglich getötet. Und das, als er in Polizeigewahrsam war. Bewacht von mehreren Beamten. Noch tanzte der Albaner auf einem dünnen Seil zwischen Leben und Tod.

Doch ganz egal, ob lebendig oder tot: Es änderte nichts an der Tatsache, dass geschehen war, was niemals hätte geschehen dürfen. Wer hätte auch schon mit so etwas Aberwitzigem rechnen können? Ein paar Sekunden der Unaufmerksamkeit.

Ein paar Sekunden konnten allerdings ausreichen, um eine Karriere zu zerstören. Oder zumindest langfristig mit Schmutz zu besudeln.

Leitner kamen die Gedanken in den Sinn, die ihm schon einmal in Frankfurt durch den Kopf gegangen waren. Die Erleichterung darüber, dass er in der Provinz seinen Dienst verrichtete. Dass er in der Regel nicht mit Typen wie Rraklli und Fällen wie diesem in Berührung kam. Und nun das.

Er schaltete den Computer aus, knipste die Schreibtischlampe aus, zog das leichte, elegante Jackett an. Alles war immer so gut gelaufen für ihn. Keine Karriere für die Polizeigeschichtsbücher, aber im Rahmen seiner Möglichkeiten hatte er doch einiges geleistet. Die Perspektiven stimmten. Und vom Beruflichen abgesehen: ebenfalls alles bestens. Eine Frau, die er auch nach neun Jahren Ehe noch liebte, zwei großartige Kinder, die sich prächtig entwickelten.

Und nun das. Das Fiasko.

Wenn es diesen Anruf von Monica Ponor nie gegeben ... wenn Darold nicht weiter im Dreck gewühlt ... Nein, solche Gedanken brachten nichts.

Er schob sich aus dem Büro, darauf bedacht, leise zu sein, niemandem zu begegnen, obgleich ohnehin niemand mehr hier sein dürfte. Die anderen hatten schon seit Stunden Feierabend, während er gedanklich nur noch im Dienst war. Nicht mehr schlief. Nicht mehr richtig aß. Er würde die Verantwortung übernehmen müssen. Wer sonst? Das war mehr als nur ein Fleck auf seiner ansonsten weißen Weste.

Er stellte sich vor den Aufzug, drückte die Taste, glitt in die Kabine hinein. Er war müde, verdammt müde. Die Türen waren im Begriff zu schließen, als sie von einer flinken Hand gestoppt wurden. Leitner verzog das Gesicht, und es war ihm egal, ob man es sehen würde.

Andrea Ritzig huschte hinein.

»Gerade noch«, sagte sie und nickte ihm zu. »Übrigens, ich wollte Sie vorhin nicht stören.«

»Kein Problem«, erwiderte er. Es klang pflichtschuldig, gereizt, wie auch immer.

Falls sie es bemerkte, schien es sie jedenfalls nicht zu kümmern.

»Ich wollte mich einfach nur nach Darold erkundigen.«

»Nach Darold?«, wiederholte er, nun doch überrascht, und das ärgerte ihn ein wenig.

»Ich habe mit ihm telefoniert. Also, das ist jetzt schon etwas her.«

Die Fahrstuhltüren öffneten sich, und sie stiegen aus.

»Na ja«, fuhr Andrea Ritzig fort, »ihm ist es in erster Linie zu verdanken, dass nach so vielen Jahren ... Sie wissen schon, was ich meine.«

Er nickte säuerlich und blieb bei ihr stehen. Warum hatte er nicht die Dreistigkeit, sich zu verabschieden und sie einfach stehen zu lassen, fragte er sich.

»Auch wenn Darold ein alter Dickschädel ist, seine Beharrlichkeit nötigt einen gewissen Respekt ab, finden Sie nicht?«

»Doch, sicher.«

»Deshalb fand ich es auch nicht gut, wie die Kollegen hier auf dem Revier über ihn geredet haben. Immer mit diesem spöttischen Unterton. Ich fand das einfach unfair.«

Leitner zwang sich zu einem Nicken. Er wollte nach Hause, einfach nur nach Hause; sie sah es ihm auch an, da war er sich sicher.

»Haben Sie ihm eigentlich gedankt?«

»Gedankt?«, wiederholte er lahm. »Nee, das habe ich wohl verschwitzt. War 'ne Menge zu tun. In Frankfurt, auch hier.«

»Schon klar. Tut mir auch leid, wie das gelaufen ist, das mit dem Albaner.« Wieder nur ein gezwungenes Nicken seinerseits. Er presste die Lippen aufeinander.

»Aber ich hatte Sie schon vorher darauf ansprechen wollen. Die ganze Zeit über. Also, auf Darold, meine ich. Ich weiß nicht, aber eine Erwähnung, eine Belobigung, irgend so etwas sollte doch drin sein, auch wenn er nicht mehr im Dienst ist, oder?«

»Ja, klar«, murmelte er. »Ich lass mir was einfallen.« Er hob entschuldigend die Schultern. »Sorry, Kollegin, ich muss jetzt wirklich los ...«

»Ich wollte Sie nicht aufhalten, tut mir leid.«

Er war schon losgegangen, hörte gar nicht mehr hin. Ein Lob für Darold. Als gäbe es nichts anderes, an das er jetzt denken musste.

5

Sie umarmten sich nicht, sie berührten sich nicht. Hanna ließ ihn einfach in ihre Wohnung eintreten, alles ganz normal, als käme er jede Woche bei ihr vorbei. Er ging voran, kannte ja den Weg, und in der Küche, nicht im Wohnzimmer, nahmen sie auf den beiden Stühlen Platz. Hier hatten sie früher oft beisammen gesessen, kurz nach Hannas Einzug. Micha hatte ihr geholfen. Kartons schleppen, Lampen anbringen, Waschmaschine anschließen. So was machte er gern, er legte immer bereitwillig Hand an, alles kein Problem, nur das Reden, das mochte er nicht.

Hanna schenkte Apfelschorle in zwei Gläser ein, reichte ihm eines. Unauffällig beobachtete sie ihn, die ganze Zeit schon. Sein Gang, die Art, wie er das Glas ansetzte, die Beine übereinanderschlug, die Ärmel seines einfachen einfarbigen Sweaters bis zu den Ellbogen nach oben zog. Alles an ihm war ihr so vertraut, und doch stellte sie mit kaltem Erstaunen fest, dass er zugleich ein Fremder geworden war. Lange nicht gesehen, lange kein Wort miteinander gewechselt, lange nur oberflächliche Gedanken füreinander gehabt. Es wurde ihr erst jetzt, in diesem Augenblick des Wiedersehens, richtig bewusst, dass ihr Bruder und sie sich irgendwie verloren hatten. Da schien es auch nichts zu nützen, dass sie sich beide große Mühe gaben, einander anzulächeln.

Zumindest bis sie über ihren Vater sprachen und sich Ratlosigkeit in ihre Züge mischte.

»Ich muss ihn unbedingt besuchen«, sagte Micha. Und wie immer, wenn er so etwas ankündigte, war man im Zweifel, ob er das Vorhaben auch wirklich in die Tat umsetzen würde. »Ich hätte das schon längst mal machen sollen«, fuhr er fort. »Wir hätten uns nicht streiten sollen.«

Hanna sah ihm in die Augen, die auf irgendeinen Punkt an der Wand gerichtet waren. Was konnte man darauf schon antworten?
Klar, das wird schon wieder mit euch.
Für eine Versöhnung ist es nie zu spät.
Papa wird sich freuen, da bin ich sicher.
Alles Mögliche lag ihr auf der Zunge, doch nichts konnte sie aussprechen.
Na, das fällt dir früh ein.
Jetzt brauchst du auch nicht mehr den netten Sohn zu spielen, der so tut, als kümmere ihn irgendwas auf der Welt.
Alles Mögliche hätte sie sagen wollen, können, sollen, aber sie äußerte nichts, trank stattdessen noch einen Schluck Apfelschorle.

»Wie war's denn bei Papa?«, wollte Micha wissen, als sie sich so schweigsam gab. »Du warst doch bei ihm, oder?«

»Zusammen mit Mama.«

Hanna begann, von dem traurigen Besuch zu berichten. Doch während es Darold gegenüber eine Erleichterung gewesen war, alles zu schildern, kam sie jetzt ständig ins Stocken, als könne sie sich kaum erinnern, als läge es viele Monate zurück.

Es irritierte sie, Micha so nahe zu sein, alles irritierte sie. Dass sich ein paar Fältchen in sein Gesicht geschlichen hatten, die sie nie bemerkt hatte, dass er Kleidung trug, die sie nicht kannte, dass er ihr trotz aller Vertrautheit so verdammt fremd war. Verloren. Sie hatten sich verloren. Und das lag nicht nur an der Zeitspanne, die sie getrennt gewesen waren, es hätte auch noch länger oder wesentlich kürzer sein können. Darauf kam es nicht an.

Es kam darauf an, dass sie sich nichts zu sagen hatten. Niemals etwas zu sagen hatten, bereits vorher nicht. Wieso war ihr das nie bewusst geworden?

Micha war immer ein Fremder gewesen, für sie alle, für die ganze Welt. Oder etwa nicht? Bildete sie sich das nur jetzt gerade ein, weil alles, was ihre Familie betraf, so unklar, so verflucht verwirrend, so schwierig war?

Er lächelte immer noch, bekundete sein Interesse am Zustand des Vaters, fragte nach der Mutter, nach Hannas Erlebnissen in Frankfurt. Hanna antwortete, reihte nun fließender Wort an Wort, doch insgeheim versuchte sie immer noch, damit fertig zu werden, dass eigentlich ein fremder Mensch vor ihr saß.

Irgendwann bemerkte Micha, wie erleichtert er darüber sei, dass jetzt Gewissheit herrsche. Erst verstand sie nicht, dann wurde ihr klar, dass er Sinas Schicksal meinte. »Jetzt wissen wir, wie es war, damals«, setzte er hinzu. »Jetzt wissen wir, dass ihr etwas Schreckliches angetan worden ist. Und wer ihr das angetan hat.« Er ließ zwei oder drei Sekunden verstreichen. »Das ist doch eine Erleichterung, findest du nicht? Für dich doch sicher auch, oder?«

»Na klar«, erwiderte Hanna, fast pflichtschuldig, und bekräftigte ihre Worte mit einem Nicken.

Schweigen setzte ein, bis sie anbot, für sie beide etwas zu essen herzurichten. Doch Micha winkte ab, sagte brav Nein, danke. Er war nie ein großer Esser gewesen, immer schon dünn und bleich und mit müden Augen. Sein Gesicht war noch schmaler geworden, fast hager, der Haaransatz noch ein Stück nach oben gerutscht. Es war leicht, sich ihn als alten Mann vorzustellen, als 60- oder 70-Jährigen.

Was würde dann mit ihnen allen sein?, wunderte sich Hanna, und ihre Gedanken schweiften ab. In 30 oder 35 Jahren?

Micha holte sie zurück ins Jetzt, als er eine Frage nach Darold stellte. Sofort war sie wieder aufmerksamer. Ob es stimme, dass Darold ihr und ihrer Mama vorgemacht hätte, noch bei der Polizei zu sein, während er in Wirklichkeit ...

Hanna gelang es, das Thema abzubügeln, indem sie kurz erwähnte, dass Darold in Frankfurt mehr als hilfreich gewesen sei, und gleich auf seinen Nachfolger Jan Leitner zu sprechen kam, der jetzt die Ermittlungen leite und das auch sehr, sehr gut mache. Sie mochte es nicht, wenn Micha über Darold sprach, und hoffte, dass er das nicht merkte.

Erneut brachte Micha das Thema auf den Albaner, und darauf, dass die Leute in den Kneipen von nichts anderem quatschten, auch in weiter entfernten Ortschaften, jetzt erst recht, da ihr Vater ja diesen Blackout gehabt hatte.

Das Wort blieb bei Hanna hängen. Blackout. So hätte sie es niemals ausgedrückt, aber sie sagte nichts. Micha verfiel in Schweigen, schien sich unsicher zu sein, wie er ihre immer offensichtlichere Einsilbigkeit deuten sollte. Sie beobachtete ihn verstohlen, als er sich noch etwas Schorle eingoss und das Glas mit ein paar schnellen Zügen leerte. Wochenlang kein Wort, kein Lebenszeichen von ihm. Und das, obwohl es in dem Vermisstenfall, in dem es um seine eigene Schwester ging, so unerwartete Neuigkeiten gegeben hatte. Kein Ton, kein Anruf, nichts. Das brachte wohl nur er fertig, dachte Hanna, und ihre Enttäuschung über sein Verhalten kam erst jetzt so richtig durch.

Als Micha wenig später sagte, dass er aufbrechen wolle, musste sie sich eingestehen, dass sie darüber erleichtert war. Sie begleitete ihn zur Wohnungstür und nickte überzeugend, als er sagte, sie sollten sich unbedingt wieder öfter treffen. Wie immer konnte man nicht sicher sein, wie ernst es ihm damit war.

Beim Abschied schickte er sich zu einer ungelenken Umarmung an, die sie ähnlich ungelenk erwiderte. Er winkte ihr kurz zu, dann war er weg.

Sie schloss die Tür und sah ihn immer noch vor sich. Das schmale Gesicht, die müden Augen. Ihr fremder Bruder Micha.

6

Der Albaner lebte noch. Allerdings war er nach wie vor nicht vernehmungsfähig, offenbar nicht einmal bei Bewusstsein. Darold hatte es von Hanna erfahren, die sich kurz bei ihm gemeldet hatte. »Ist schon irgendwie verrückt, oder?«, hatte sie ins Telefon geflüstert. »Dieser Kerl hat wahrscheinlich meine Schwester umgebracht. Und jetzt hoffe ich, dass er nicht stirbt. Ausgerechnet *ich*. Ausgerechnet *ich* hoffe für diesen Menschen. Mein Gott, das fühlt sich irgendwie pervers an, oder wie immer ich es nennen soll.«

»Wir wissen nicht, ob er Sina umgebracht hat«, hatte Darold so sanft wie möglich erwidert.

»Wenn er stirbt, werden wir womöglich nie erfahren, was …« Ihre Stimme stockte.

»Hanna …«

»Du weißt ja, er hat starke innere Blutungen gehabt.«

»Ich weiß.«

»Mehrere Organe sind von dem Messer …« Erneut hatte sie nicht weitersprechen können. Gleich darauf hatte sie sich verabschiedet. Nicht ohne das Versprechen, bald wieder anzurufen. Eigentlich hatte er sich noch erkundigen wollen, wie der Abend mit Micha verlaufen war, aber sie schien in Gedanken vertieft und beileibe nicht in der Stimmung zu sein, sich noch länger zu unterhalten.

Es war wie immer, die Decke fiel ihm auf den Kopf, der Tag kam nicht voran, genau wie gestern, es tat sich nichts. Abgesehen von den Anrufen. Zwei weitere. Anonym. Dieselbe Nummer, der Apparat bei der Post. Es war der vierte Tag. Inzwischen insgesamt sechs Anrufe. Und noch immer kein gesprochenes Wort, nur das angespannte Atmen. Sechs Versuche, sich zu überwinden und etwas zu äußern. Sechsmal nichts. Null. Das war zu viel, das war zu oft. Wenn es dem Anrufer oder der Anruferin bisher nicht gelungen war, das loszuwerden, was er oder sie loswerden wollte, dann würde da auch nichts mehr passieren. Darold spürte das, war sich dessen ganz sicher. Und das machte ihn nur noch unruhiger. Zumal die Anrufe ihn zwangen, in der Wohnung zu bleiben, die dadurch noch mehr zum Gefängnis für ihn wurde.

Er mied den Laptop nicht mehr, wohl aber die vielen Ordner mit seinen Aufzeichnungen über den Fall Sina Falke. Er durchsuchte das Netz nach Neuigkeiten zu Reinhold Falkes Mordversuch an dem Albaner und stieß auf jede Menge Artikel, die jedoch nichts erklärten, was er nicht bereits wusste. Mehrere E-Mails hatte er von verschiedenen Pressevertretern erhalten. Interviewwünsche. Als er die Anfragen unbeantwortet löschte, klingelte sein Telefon. Sofort sprang er auf.

Der Anrufer stellte sich als Journalist eines TV-Privatsenders vor und bat um die Erlaubnis, mit einem kleinen Kamerateam vorbeikommen und ein Interview führen zu dürfen. »Sie wissen, der Fall Sina Falke ist wieder in aller Munde.« Ja, er wusste. Bereits am nächsten Tag sollte das Team anrücken. Darold erwiderte, er könne nicht, aber zwei oder drei Tage später würde es ihm passen. Von Anfang an abzusagen brachte nichts, das kannte er. Sie fühlten, wenn man sich nicht mit ihnen einlassen wollte, wurden dann nur umso bedrängender, hartnäckiger. Hinhalten, Termine zwar zusagen, jedoch nicht endgültig, sich eine Hintertür offen lassen, das war besser. Bereits am Vortag hatte er Anrufe zweier Zeitungsredaktionen entgegengenommen. Ebenfalls Interviewanfragen. Auch darauf hatte er sich nicht eingelassen, sondern auf Hinhalten gespielt.

Natürlich, er wusste, dass sie *nur ihren Job machten*, aber weder das noch der Abstand, den die Jahre im Ruhestand eigentlich bringen sollten, hatten seine Verachtung für die meisten Journalisten aufweichen lassen. Für Darold waren sie Schmeißfliegen, die der Kadavergestank mit sich brachte. Er dachte an Hanna, an ihre offenkundige, mehr als nachvollziehbare Panik vor den Reportern, und das machte ihn gleich noch wütender. Der Mann, der sie vor ihrer Wohnung abpassen wollte, war nur der Anfang gewesen; sie würde ab jetzt noch mehr bedrängt werden, ebenso ihre Mutter.

Nur Michael Falke hatte es immer irgendwie geschafft, nicht wahrgenommen zu werden, sich herauszuhalten, wie immer man es ausdrücken mochte. Damals, als Sina verschwunden war, hatte sich Darold Gedanken über ihren Bruder gemacht, der immer rätselhaft geblieben war. Aber so sehr er ihn auch beschäftigte, es gab nichts, nicht den allerkleinsten Hinweis, der Michael in die Nähe eines Verbrechens an der eigenen Schwester gerückt hätte. Nur weil jemand merkwürdig war, musste er nicht unbedingt Dreck am Stecken haben.

Erneut überprüfte Darold den Eingang seiner E-Mails. Eine weitere Interviewanfrage, diesmal von einem regionalen Radiosender aus Freiburg. Er verließ die Wohnung, setzte sich in den Wagen, startete. Langsam fuhr er an dem Haus vorbei, in dem Hanna wohnte. Unauffällig glitt sein Blick über die abgestellten Autos. Alle leer. Niemand darin, der ihm aufgefallen wäre. Keine *Schmeißfliegen*.

Er fuhr herum, kehrte in einem der Nachbarorte auf ein Bier ein, fuhr weiter, immer weiter, auch auf die Gefahr hin, dass er einen weiteren anonymen Anruf verpassen würde. Sein Gefühl blieb: Der Anrufer oder die Anruferin würde den Mund doch nicht aufbekommen.

Zurück nach Blaubach. Feierabendzeit. Etwas mehr Verkehr auf den Straßen als sonst, mehr geparkte Autos vor den beiden großen Supermarktzentren gleich nach dem Ortseingang. Er hielt sogar kurz an, um zu dem öffentlichen Telefon zu gehen und es sich anzusehen, als wäre es vorstellbar, dass der anonyme Anrufer eine Nachricht für ihn hinterlassen hätte.

Dann kehrte er erneut ein, ein kleines, einfaches Gasthaus auf dem Land, ein ganzes Stück weg von Blaubach. Ein schnell zubereitetes und ebenso schnell verspeistes Schnitzel mit Bratkartoffeln. Den üppigen gemischten Salat ließ er unbeachtet stehen, wie schon sein ganzes Leben lang. Hanna hatte sich nicht gemeldet.

Er bestellte noch ein Bier, dachte an sie und ihre Hoffnung, der Albaner möge die Messerattacke auf jeden Fall überleben. Eine bizarre Situation. Was, wenn Fatmir Rraklli wirklich schuldig wäre, aber ihm die Tat nicht nachgewiesen werden könnte? Wie würde Hanna das aufnehmen? Und ihre Mutter? Die Handyhülle war ein Indiz, ein überaus belastendes, aber kein Beweis. Was, wenn Rraklli davonkäme? Was dann? Was, wenn er stürbe, ohne dass etwas Neues über den Neujahrstag 2008 und Sina Falkes Verschwinden in Erfahrung gebracht werden konnte? Wie viel mochte Hanna noch ertragen können?

Die Dunkelheit kam, das Lokal füllte sich langsam, Darold bezahlte seine Rechnung, ließ das halb volle Glas stehen und ging, ganz unauffällig; diesmal schenkte ihm niemand einen Blick. Wieder im Auto, eine Zigarette im Mund, das Fenster leicht geöffnet, über ihm der Sichelmond, um ihn herum Stille, die kaum beleuchtete Landstraße, erst nach einer Weile die Lichter Blaubachs, dieses unscheinbare, langweilige Nest, in das ihn die Zufälle des Lebens verschlagen hatten.

Darold umfuhr die Bushaltestelle, drehte ein paar gemächliche Runden durch die Ortschaft und hielt schließlich in der Straße, in der Hanna wohnte. In ihrer Wohnung brannte Licht. Er hielt sein Handy in der Hand, scrollte zu ihrer Nummer, wählte sie jedoch nicht an. Sein Blick musterte das Umfeld, die geparkten Autos, keine Spur von Schnüfflern, Schmeißfliegen, Dreckwühlern, wie immer er die Journalisten auch gerade nennen mochte. Das Handy verschwand wieder in der Brusttasche seines karierten Hemdes, das zu warm war für die Temperatur. Er wendete in einer Garageneinfahrt und nahm Kurs auf seine eigene Wohnung, jenes kleine Einfamilienhaus am anderen Ende Blaubachs.

In Gedanken noch bei Hanna, bei Sina, bei Rraklli, bei allen Falkes, stellte er den Alfa ab und schlenderte auf den Eingang zu.

Warm war es noch, eine tiefe Ruhe herrschte in der Straße, die Sichel des Mondes war weitergewandert. Ein Scotch würde ihm jetzt ganz guttun. Darold wühlte in der Hosentasche nach dem Hausschlüssel, als sich aus der Dunkelheit ein Schatten löste.

Er hielt inne, ließ den Schlüsselbund los, alles in ihm spannte sich an. Er fühlte, dass er sich nur schwer würde beherrschen können, sollte der Reporter die falsche Frage stellen oder eine unbedachte Bemerkung machen.

Der Mann versperrte ihm den Weg zur Eingangstür. Kräftig, hochgewachsen. Ein Stück größer als Darold.

Kein Wort fiel.

Darolds Augen gewöhnten sich besser an die diffuse Dunkelheit vor seinem Haus.

Nein, es war kein Reporter. Motorradlederjacke, trotz der Wärme. In der linken Hand ein Motorradhelm. Kurz geschnittenes, nach hinten gegeltes Haar, stechende Augen, in denen etwas loderte.

So viele Wochen und Monate hatte sich Darold damals, nachdem Sina verschwunden war, mit ihm beschäftigt, und erst jetzt wurde ihm bewusst, wie klein die Rolle war, die Lukas Bellwanger in den letzten Tagen in seinen Gedankengängen gespielt hatte.

»Was wollen Sie, Bellwanger?«

Der junge Mann starrte ihn an, die Lippen zusammengepresst, als überlege er noch, ob es die richtige Idee war, hier aufzutauchen.

»Bellwanger?«, wiederholte Darold. Mehr sagte er nicht.

Sekunden verstrichen.

Etwas Entschlossenes mischte sich in den Ausdruck des jungen Mannes. »Sie sind kein Bulle mehr«, stieß er hervor. Leise, Silbe für Silbe.

»Hat sich also herumgesprochen.«

»Sie können mir gar nichts mehr«, warf Bellwanger ihm jetzt mit kaum noch verhohlener Aggressivität an den Kopf.

»Ich will ja auch nichts von Ihnen.«

»Einen Scheiß wollen Sie«, blaffte Sina Falkes Ex-Freund.

»Die Frage ist eher, was Sie wollen.«

»Ihnen nur eine einzige Sache klarmachen.«

»Und die wäre?« Darolds Stimme blieb betont gelassen, unbeeindruckt.

»Dass Sie mich in Ruhe lassen sollen.«

»Ich habe Sie in Ruhe gelassen. Was soll das jetzt also? Zuletzt haben wir vor wie vielen Tage miteinander gesprochen?«

»Miteinander gesprochen«, äffte Bellwanger ihn nach. »Dass ich nicht lache. Sie sind mir schon damals ganz schön auf den Pelz gerückt.«

»Das ist wahr.«

»Wollten mir unbedingt den Mord an Sina anhängen. Monatelang haben Sie mich gequält. Dabei war es dieser Gangster, dieser Albaner.«

»Kann schon sein.«

»Und vor Kurzem haben Sie mich daheim abgepasst.«

»Na und«, meinte Darold lapidar. Er war dieses Geschwätzes überdrüssig, allem war er überdrüssig.

»Ich will nur klarstellen, dass Sie mir ab jetzt aus dem Weg gehen sollen.«

»Das hast du ja nun ausführlich klargestellt, Junge. Sonst noch was?«

»Arroganter Bullenarsch«, zischte Bellwanger.

»Sonst noch was?«, fragte Darold noch einmal, gelangweilt, die Augenbrauen abschätzig hochgezogen.

»Ja, das noch.«

Es ging so schnell, dass Darold die Bewegung kaum sah. Früher wäre er vorbereitet gewesen, hätte er anders reagiert – *überhaupt* reagiert. Der Schlag erwischte ihn genau auf dem rechten Auge und warf ihn nach hinten.

Bellwanger machte einen Schritt auf ihn zu, stand so dicht vor ihm, als wolle er ihn mit Tritten eindecken. Was er womöglich auch vorhatte.

Doch im letzten Moment beherrschte er sich.

»Sie sind kein Bulle mehr«, wiederholte er die Worte, mit denen er das Gespräch begonnen hatte. »Sie können mir gar nichts mehr.

Und das nächste Mal, wenn ich Sie sehe, hau ich Sie richtig zusammen.«

Damit stiefelte er an Darold vorbei, der sich aufrappelte, sich aber nicht nach Bellwanger umdrehte.

Bellwangers Schritte verklangen. Kurz darauf ertönte die Suzuki. Der Motorenlärm entfernte sich rasch.

Es war ein harter Schlag gewesen, Darolds Schädel pochte, schmerzte. Den hast du verdient, sagte er sich. Eigentlich mehr als den einen. Er betastete die Stelle, zog dann den Schlüsselbund aus der Tasche. Er kam sich vor wie ein Versager. Aber was hätte er anders machen sollen? Mit dem Fall Sina Falke? Mit seinem Leben? Er war immer seinen Weg gegangen, hatte nie eine Abzweigung genommen. Und das, was heute sein Alltag war, war die Quittung dafür. Oder?

Er schob den Schlüssel ins Schloss und dachte an Hanna. War auch sie ein Fehler? Hätte er sich zurückhalten sollen? Das hatte er nicht geschafft, nein, er war weit entfernt davon gewesen.

Wenn es ein Jenseits gäbe und Sina Falke ihnen allen zusehen könnte, was würde sie denken?

Darold betrat das Haus und machte die Tür hinter sich zu.

7

Die alten, abgestoßenen Teller mit dem Blumenmuster, die Gardinen mit den Löchern, das durchgesessene Sofa, darüber das Kruzifix an der Wand. Tatsächlich. Alles gleich, alles wie früher. Und doch alles anders. Auf einmal fühlte sie sich fremd hier. Fehl am Platze. Wie eine zugelaufene Katze. Alle waren freundlich zu ihr, zurückhaltend, ein bisschen vorsichtig. Und das war sie auch. Ihre Eltern schwankten. Zwischen übertriebener Aufmerksamkeit ihr gegenüber und so tun, als wäre alles gut, als hätte es die letzten Jahre nicht gegeben.

Manchmal spürte Monica, wie ihre jüngere Schwester sie unauffällig beobachtete, als versuche Reka festzustellen, ob die Erfahrungen in Frankfurt irgendwie im Gesicht ablesbar wären. Es war schwer, die alte Verbundenheit zwischen ihnen wieder aufleben zu lassen.

Nächte mit schlimmen Träumen. Doch es wurden weniger.

Tage ohne Zwischenfälle. Tage ohne Angst. Das war das einzige Gute. Es war nicht wie früher, als ihr die Angst ebenso in die Knochen gekrochen war wie heute die Scham. Und auch die Furcht, Rraklis Verbündete würden ihr möglicherweise bis in die Heimat nachstellen, hatte sich aufgelöst. Hier, zwischen den kleinen armseligen Häusern, auf den teilweise noch immer unbefestigten, matschigen Straßen, war das Böse kaum vorstellbar. *Nichts* war hier vorstellbar.

Keine Arbeit, keine Chance auf irgendeine Anstellung. Gäbe es nicht die Erinnerungen in ihr, hätte sie das Gefühl, unsichtbar zu sein. Sie schien nur aus Vergangenheit zu bestehen, aus den Jahren in Frankfurt. Kein Davor, kein Danach.

Spaziergänge zu einem Internetcafé. Der Besitzer kannte sie flüchtig von früher. Er stellte keine Fragen, gab keine lästigen Kommentare ab und ließ sie oft viel länger durch die Unendlichkeiten des Netzes schweben als die eine Stunde, für die sie bezahlt hatte – mit ein paar Münzen, die sie von ihrer Mutter erbettelt hatte. Für ein Smartphone hatte sie erst recht kein Geld, also saß sie immer wieder hier, den Monitor vor der Nase. Sie verbot sich, die Namen Fatmir Rraklli oder Sina Falke in eine Suchmaschine einzugeben, schließlich wollte sie mit allem abschließen. Und sie hielt sich auch daran, surfte und surfte und surfte immer weiter, ohne Ziel, ohne Erkenntnis, ohne Abwechslung.

Eines Tages hielt ihr die Mutter ein durchgeweichtes Stück Papier hin. Es hatte in der Tasche von Monicas Jeans gesteckt und war mitgewaschen worden. Monica nahm es entgegen, starrte es an, entzifferte eine E-Mail-Adresse und den Namen Prankwitz. Sie erinnerte sich erst nach gründlichem Nachdenken an die Begegnung mit der Frau mit dem Pagenschnitt. Achselzuckend reichte sie ihrer Mutter wieder die Karte.

»Was soll ich damit? Es ist doch deine.«

»Du kannst sie wegschmeißen.«

»Kannst du das nicht selber?«, fragte ihre Mutter mit mildem Kopfschütteln.

Ihre Mutter, ihr Vater, ihre Schwester. So fremd.

Kurz darauf besaß sie die Visitenkarte nicht mehr, sie musste sie verloren haben. Aber der Name darauf war Monica im Gedächtnis geblieben: Emma Prankwitz. Irgendwann, fast unbewusst, ging er im Internetcafé von ihren Gedanken direkt in ihre Finger, direkt in die Tastatur des Computers über. Sofort stieß sie auf *Aufrecht stehen e. V.*

Sie las alles, was es darüber zu finden gab. Abends dachte sie nach. Sie gestand sich ein, dass ihr das Respekt abnötigte, was Emma Prankwitz mit ihrer Organisation tat. Menschen, die anderen Menschen uneigennützig halfen. Was gab es Beeindruckenderes auf der Welt?

Auch an den nächsten Tagen suchte sie das Internet ab. Emma Prankwitz und *Aufrecht stehen e. V.* Zeitungsartikel. Berichte. Auch Statements auf der Website der Organisation las sie gründlich, abgegeben von Frauen, die ähnliche Erlebnisse hatten wie Monica. Die Statements blieben bei ihr, sie beschäftigten sie, sodass sie die Gespräche der Familie beim Abendessen überhörte, dass sie nicht einmal mitbekam, wenn sie direkt angesprochen wurde.

Dann kam der Regen, der die immer noch nicht asphaltierte Straße vor dem Haus der Ponors in einen knöcheltiefen Schlammgraben verwandelte. Ein Guss nach dem anderen, tagelang. Monica war abgeschnitten von der Welt, allein im Zimmer; sie lag da, döste vor sich hin, hörte im Halbschlaf die Elektromusik, die früher in den Frankfurter Strippschuppen lief.

Als die Sonne wieder schien, kehrte Monica zurück ins Internetcafé. Ohne dass sie es zuvor beschlossen hätte, schrieb sie eine E-Mail an *Aufrecht stehen*. Einen Tag darauf erhielt sie eine Antwort von Emma Prankwitz.

Selbstverständlich würde sie sich an Monica erinnern, schrieb Emma, wie es ihr denn ergangen sei, ob sie schon Pläne für die Zukunft habe, wie sehr die Vergangenheit noch auf ihr laste? Viele Fragen, freundlich, offen, ehrlich. Jeden Tag saß sie am Computer, zu Hause redete Monica noch weniger als zuvor. Der Nachrichtenaustausch setzte sich fort. Ob man nicht einmal telefonieren solle, schlug Frau Prankwitz vor, die von Monica schlicht Emma genannt werden wollte. Monica gab die Telefonnummer des Cafés durch und wies darauf hin, dass sie sich – wegen der Telefonkosten – nicht melden könne, sondern angerufen werden müsse.

Kurz darauf durchbrach ein Läuten die Stille des verschlafenen Gastraums mit den vier staubigen Computern. Der Betreiber des Cafés nahm ab und winkte Monica herbei. Am Apparat war Emma Prankwitz.

»Hallo?«, sagte Monica schüchtern in den Hörer. Ihr erstes deutsches Wort, seit sie aus dem Flugzeug gestiegen war.

»Hallo, Monica, freut mich, dass wir persönlich miteinander sprechen können.«

»Mich auch«, hörte sie sich antworten. Unsicher schaute sie nach unten auf ihre neuen Billig-Chucks, die von der Dorfstraße schon ganz schön viel Dreck abbekommen hatten.

Dem ersten Telefonat folgten viele weitere.

Warum konnte sie Emma Dinge sagen, die sie sonst niemandem sagen konnte? Erinnerungen aussprechen, Fragen stellen, ihren Gedanken freien Lauf lassen? Es tat ihr gut. Sie redeten über *Per-spek-tiven*, wie Emma es nannte. Monica lachte verlegen. Schilderte den Ort, an dem sie geboren und zu dem sie zurückgekommen war. Emma blieb unbeirrbar. *Per-spek-tiven*. Weiter sprach sie auf Monica ein, unaufdringlich, positiv, einfühlsam. Monica wurde zusehends offener, klagte ihr Leid, sagte, dass sie keine Zukunft sehe, dass alles irgendwie vorbei sei, worauf Emma jedes Mal energisch widersprach. »Du atmest, also ist gar nichts vorbei. Du bist jung, du bist stark. Wärst du nicht stark, hättest du nicht überstanden, was du durchmachen musstest. Vergiss das nie! Sei stolz darauf!«

»Stolz?«, wiederholte Monica verwundert, unsicher.

»Selbstverständlich. Sei stolz darauf, dass du da bist, wo du heute bist. So aussichtslos und ereignislos und deprimierend die Tage auch manchmal an dir vorüberziehen mögen. Sei stolz auf dich und deine Kraft.«

»Hm«, machte sie.

»Was denkst du, warum wir *Aufrecht stehen* heißen?« Emma ließ ein erfrischendes Lachen hören. »Und *wie* stolz du auf dich sein kannst.«

So hatte es Monica nie gesehen, ganz sicher nicht. Stolz? Scham hatte sie empfunden. Die demütigenden Erfahrungen klebten unter ihrer Haut, schwammen in ihrem Blut.

Stolz?

Es folgten weitere Gespräche mit Emma. Die einzigen wirklichen Fixpunkte in Monicas Leben: die Momente, auf die sie den Rest ihres Alltags abstimmte. Das Einzige, was ihr etwas Energie, einen gewissen Elan zu geben schien.

Emmas Stimme, ihre Anregungen, ihre Fragen.

»Sag mir«, drang Emmas Stimme nach einem Knacken in der Leitung zu ihr durch, »wie ich dir helfen kann. Was denkst du?«

»Ach, helfen«, rutschte es ihr rasch über die Lippen: genervt, was sie nicht wollte. »Ähm, ehrlich gesagt, ich möchte nicht, dass mir jemand helfen soll. Oder muss. Oder will. Meine Eltern fragen auch immer, wie sie mir helfen können. Sie geben mir ein Zimmer ganz für mich allein, obwohl im Haus nicht genug Platz ist. Sie geben mir Geld, das sie eigentlich für Wichtigeres bräuchten. Aber ich frage mich, wie soll ich mein Leben leben, wenn mir ständig jemand dabei hilft? Nein, das möchte ich nicht.«

»Das kann ich verstehen«, erwiderte Emma. »Aber – was möchtest du dann?« Sie wartete, ehe sie fortfuhr: »Jedes Mal, wenn ich konkreter werde, was du mit deinem Leben anstellen könntest, weichst du aus. Also, wir müssen uns fragen, was du wirklich möchtest.«

»Ich will keine Hilfe«, wiederholte Monica ratlos.

»Wenn du nicht willst, dass man dir hilft, möchtest du vielleicht lieber anderen helfen?« Es klang ganz spontan, wie so oft bei Emma.

»Ich?« Monica war überrascht. »Aber *wie*?«

»Mit deinen Erfahrungen. Mit allem, was du durchgemacht hast. Mit deiner Wut. Deiner Scham. Und vor allem: mit deinem Stolz.«

Schon wieder dieses Wort.

»Ich?« Monicas Stimme klang tonlos, als gäbe es sie gar nicht.

»Na klar.« Emma lachte, beinahe zärtlich hörte sich das an, selbst durchs Telefon. »Wer keine Hilfe nehmen will, muss Hilfe geben. Na, was sagst du?«

»Wem soll ich helfen?«

»Wem? Hm, das ist doch wohl einfach zu beantworten. Findest du nicht, Monica?«

»Aber ich sitze hier am Ende der Welt und ... Na ja, was soll ich hier schon groß anfangen? Hier?«
»Das ist ein Punkt. Klar, das müsste man noch diskutieren.« Emma machte eine Pause. »Sicher, man kann auch mit E-Mails und Telefon helfen. Unsere Gespräche sind dir vielleicht ja auch eine Hilfe?«
»Und ob, das weißt du ja.«
»Doch«, fuhr Emma fort, »das ist nicht dasselbe.«
»Dasselbe wie was?«
»Gib mir ein bisschen Zeit, lass mich überlegen.«
»Und dann?«
Emma lachte genau wie vorhin. »Und dann melde ich mich wieder bei dir.«
Monica schwieg.
»Einverstanden?«
»Äh, ja. Einverstanden.«

8

Er wartete auf sie. Ungeduldig, unruhig, wie eingesperrt in dem kleinen, sauberen, gemütlichen Zimmer der Pension. Eine Zigarette nach der anderen rauchte er, ohne wirklich zu wissen, warum er seine Gelassenheit verloren hatte.

Immer wieder der Blick durchs weit geöffnete Fenster, durch das die Wärme hereinströmte. Eine andere Luft als in Blaubach, ein anderer Himmel, ein anderes Gefühl. Als wäre er nicht eineinhalb Fahrstunden vom Schwarzwald-Baar-Kreis entfernt, sondern eine Million Kilometer.

Hanna hatte beiläufig erwähnt, wie gern sie ein paar Tage abtauchen würde. Weg von den Reportern, die sie anriefen, zu Hause abpassten, E-Mails schickten. Weg von der Enge der Ortschaft, die die einzige war, in der sie je gelebt hatte, die einzige, die sie kannte. Und auch weg von ihrem Vater, wie Hanna reumütig zugab, weit weg von diesem Besuchszimmer, in dem sie, allein oder begleitet von ihrer Mutter, dem stummen Reinhold Falke gegenübersaß, jenem Mann, zu dem sich keine Brücke schlagen ließ, der in sich in seiner eigenen Welt abgeschottet zu haben schien. Die Hülle eines Menschen, weiterhin.

Also hatte Darold vorgeschlagen, gemeinsam zu verschwinden, und den ersten Gedanken, der ihm in den Sinn kam, ausgesprochen: »Warum nicht an den Bodensee?«

Hanna hatte ebenso spontan zugstimmt, aber darauf bestanden, dass jeder für sich allein fahren sollte. Das war ihr wichtig gewesen, eindeutig, und Darold hatte genickt.

Er drückte die Kippe in einem Zahnputzglas aus, das er auf der Fensterbank postiert hatte. Natürlich Rauchverbot. Aber das war ihm egal. Als er noch einmal tief die neue Luft einatmete, dachte er daran, dass ihn kein weiterer anonymer Anruf erreicht hatte. Sein Gespür sagte ihm, dass es dabei bleiben würde. Sonst hätte er womöglich auch versucht, die Abfahrt zum Bodensee ein wenig hinauszuzögern. Doch er war sich einfach vollkommen sicher, dass auch die Anrufe – wie so vieles, was mit Sina Falke zusammenhing – ein Rätsel bleiben würden.

Gerade wollte er sich vom Fenster abwenden, da entdeckte er den Ford Fiesta, der die gepflegte Wohnstraße entlangschlich, schließlich vor der Pension stoppte und hinter einem Alfa einparkte. Als Hanna ausstieg, sah sie hinauf zu dem Fenster im ersten Stock. Sie lächelte. Er lächelte zurück. Zwei Minuten später schlossen sie einander in die Arme.

Doch sofort schreckte sie zurück. Mit rührender Bestürzung betrachte sie sein Gesicht, sanft betastete sie sein Veilchen. »Mein Gott«, flüsterte sie.

Zuerst war er versucht, ihr irgendeinen Quatsch zu erzählen. Ein Sturz die Treppe hinunter. Im Dunklen gegen den Kleiderschrank gelaufen. Etwas in der Art. Doch dann besann er sich. In knappen Worten beschrieb er den Zwischenfall mit Bellwanger, worauf sie noch bestürzter reagierte und erneut über sein Auge strich. »Wenn er noch nicht genug hat?«, stieß sie hervor. »Wenn Bellwanger meint, er muss dich noch einmal besuchen, um seiner Wut mal so richtig Luft zu machen? Er war nicht allein, sagst du, nicht wahr?«

Darold hob die Achseln. »Mach dir keine Gedanken um Bellwanger. Ich habe ihm damals ziemlich zugesetzt, sicher, aber dass er sich noch mal hinreißen lässt ... Also, das kannst du vergessen.«

»Anfangs hielt ich ihn für ... Na ja, ich habe ihm zugetraut, dass er Sina was angetan hat.«

»Er war mein Hauptverdächtiger. Na ja, eher der einzige Verdächtige.«

»Heute wissen wir, dass er nicht der Schuldige ist.« Rasch fügte sie an: »Nur dass er eine ganze Menge Schuld mit sich herumschleppt.«

»Ja, das sieht man ihm an. Aber: Jetzt denken wir nicht mehr an ihn. Okay?«

»Und ob.« Hanna brachte ein Lächeln zustande. »Schon gar nicht hier.«

Wieder umarmte er sie. Durch ihre Kleidung konnte er fühlten, wie erleichtert sie war, hier zu sein. Weg zu sein von allem anderen. Ein winziges Dorf in der Nähe von Lindau. Noch kleiner als Blaubach. Versteckt vor der Welt. Und damit ideal für sie. Die Pensionsinhaberin schien angesichts des offensichtlichen Altersunterschieds zu rätseln, in welcher Beziehung sie zueinander standen. Da sie ein gemeinsames Zimmer bezogen hatten, schien die Option Vater und Tochter wegzufallen. Und was dann noch übrig blieb, gefiel der rüstigen, gewiss konservativen Dame nicht so recht, wie ihr stets leicht verbissener Blick preisgab. Doch Darold und Hanna kümmerten sich nicht darum.

Wie schon am Telefon und bei ihrem letzten Wiedersehen berichtete Hanna mit bekümmerter Stimme von den Besuchen bei ihrem Vater. Und davon, wie sehr sich Susanne Reitzammer bemühte, irgendeinen Zugang zu ihm zu finden – und wie Hanna dennoch bemerkte, dass es ihrer Mutter eigentlich widerstrebte, genau das zu tun. Hanna hatte ihr gesagt, sie würde einige Tage Urlaub am Bodensee machen, um den Kopf freizukriegen, und Susanne hatte nicht gefragt, ob sie allein oder in Begleitung aufbrechen würde. Auch Hauptkommissar Leitner hatte sie diesbezüglich Bescheid gegeben. Er hatte versprochen, sich bei ihr zu melden, falls sich etwas Wichtiges ergeben sollte.

Sie fuhren die paar Kilometer nach Lindau, gingen Eis essen, schlenderten am See entlang, setzten sich auf Bänke, genossen den Blick aufs Wasser. Sie küssten sich nie, hielten niemals Händchen, berührten sich auf keine noch so unauffällige Weise. Hanna verschanzte sich hinter einer neuen Sonnenbrille mit großen schwarzen Gläsern und stülpte sich manchmal auch noch ein Basecap über ihr blondes Haar.

Darold erkundigte sich nach ihrem Bruder, und sie erwiderte, dass Micha sich nach dem ersten Treffen nicht wieder gemeldet hatte. Und dass sie keinerlei Lust verspüren würde, ihn anzurufen. »Unsere Familie«, meinte sie einmal beiläufig, »ist wie ein kleiner Haufen Puzzleteile, die nicht zusammenpassen. Oder nicht *mehr* zusammenpassen. Dabei hätte doch das einzig Positive an der Sache sein müssen, dass sie uns stärker zusammenschweißt, dass wir viel enger zusammenrücken.«

Der zweite Tag wie der erste. Pizzeria, Waffeleis, spazieren, reden, schweigen. Noch vor Einbruch der Dunkelheit zurück in die Pension. Abends ein Fernsehfilm, nachts liebten sie sich. Darold hatte seinen Laptop dabei, aber bislang noch kein einziges Mal eingeschaltet. Auch bei Anbruch der Dämmerung lag er noch wach, Hanna neben sich, der Duft ihrer jungen Haut in seiner Nase. Gelegentlich stöhnte sie im Schlaf, überfallen von Träumen, dann strich er ihr sanft über Stirn und Wangen, und das beruhigte sie sofort, ohne dass sie einmal aufgewacht wäre.

Der dritte Tag. Sonnenschein, chinesisch essen, die Bänke am See, noch mehr Waffeleis. Durchatmen, das Gesicht in die Sonne halten, die Augen schließen. Spaziergänger mit Hunden, Jungs mit Skateboards, Rentner, Jugendliche. »Weißt du noch in Frankfurt?«, bemerkte Hanna einmal unvermittelt. »Da hatte ich immer das Gefühl, wir wären Getriebene, Gefangene. Als würde ich kaum Luft zum Atmen kriegen. Es war so erdrückend.«

»Ich weiß genau, was du meinst.«

»Und hier erscheint alles so entspannt, so leicht. Es fühlt sich nach einem normalen Leben an. Nach den angenehmen Seiten des Lebens.«

»Wir sollten die Tage einfach genießen.«

»Ja, es war eine gute Idee, hierherzukommen, eine wirklich gute Idee.«

Sie befanden sich auf dem Rückweg vom See zu Darolds Alfa, als Hannas Handy zum ersten Mal seit ihrem Eintreffen klingelte. Sie gingen weiter, Hanna hatte das Telefon am Ohr. Darold merkte, wie sich ihre Haltung anspannte, ihre Schritte langsamer wurden. Alles, was sie sagte, waren ein paar Silben. *Ja? Wirklich? Wann?*

Beinahe unbewusst waren sie stehen geblieben, nur noch gut zwanzig Meter vom Auto entfernt.

»Danke«, sagte Hanna ins Telefon. »Auf Wiedersehen.« Sie steckte das Handy in die Tasche ihrer Jeans.

»Was ist los?«

»Das war Leitner«, erwiderte Hanna dumpf. »Du weißt ja, er wollte sich melden, falls etwas …« Sie ließ den Satz unvollendet.

»Was ist los, Hanna?«

»Erinnerst du dich, als ich sagte, wie pervers die Situation ist? Ich meine, dass ausgerechnet ich für diesen Menschen hoffen muss …«

Darold nickte.

»Meine Güte«, flüsterte sie.

Er wollte sie in den Arm nehmen, doch sie entwand sich seinem Griff. Zu gern hätte er ihre Augen gesehen. »Ist es also das, was ich denke?«

»Das ist es.«

Sofort war die Stimmung eine andere, alles war anders, obwohl der Himmel noch wolkenfrei, die Luft noch wunderbar war. Doch sie befanden sich eigentlich schon nicht mehr am Bodensee, sie waren wieder in Blaubach.

»Ich muss nach Hause«, sagte Hanna, fast wie zu sich selbst.

»Musst du?« Darolds Blick prallte an den Brillengläsern ab. »Was könntest du ändern, wenn du daheim wärst? Wem wäre damit geholfen?«

»Niemandem.«

»Dann gib dir noch etwas Zeit bis zur Rückfahrt. Nur zwei oder drei Tage.«

»Nein, lieber nicht.«

»Warum, Hanna?«

»Ich weiß nicht, warum.« Sie schüttelte ihren Kopf. »Ich weiß nur, dass ich zurück muss.« Mit einem raschen Griff zog sie ihr Handy wieder aus der Tasche. »Ich will Mama anrufen.«

»Klar.«

Er nahm ein paar Schritte Abstand, steckte sich eine Zigarette an, blies den Rauch in die Luft. Wie hatte Hanna nur Minuten zuvor gesagt? Gefangene? Sie waren alle zu Gefangenen geworden, schon seit Langem.

Kurze Zeit später stellte sich Hanna neben ihn. »Mama meint, ich solle Rraklli vergessen. Was immer mit ihm war, was immer er getan haben mag – Sina wird nie wieder bei uns sein. Das ist es, womit wir fertig werden müssen. Und sie sagt auch, dass wir das schaffen werden. Irgendwann werden wir darüber hinweg sein. Ich wollte fragen, wann das ihrer Meinung nach der Fall sein wird, aber ich habe es gelassen.«

Erneut nahm er sie in die Arme, und diesmal ließ sie es zu.

»Wieso nur ist alles so schlimm? Wieso nur trifft das ausgerechnet meine Familie?«

Stumm drückte er sie fester an sich.

»Weißt du«, fuhr sie fort, »was ich mir manchmal gewünscht habe? Dass es mich erwischt hätte.«

»Was?«, fragte er verblüfft.

»Dass das, was Sina zugestoßen ist, mir zugestoßen wäre. Was immer es gewesen ist. Dass ich nicht mehr lebe und Sina an meiner Stelle ihr Leben leben könnte.«

Es war, wie es immer war, wenn sie bei ihm war, wenn er sie sah, wenn er sie berührte: Ein tiefer Schmerz durchzuckte ihn. »Deine Mutter hat recht: Du wirst es schaffen, du wirst darüber hinwegkommen. Ich werde dir dabei helfen.«

Sie erwiderte nichts, und er machte sich einmal mehr bewusst, wie schwer alles für sie sein musste.

Und jetzt war also auch noch Fatmir Rraklli gestorben.

Was blieb, waren die alten Sackgassen, die alte Ungewissheit.

Hanna löste sich von ihm und starrte zu Boden. »Ich werde heute noch nach Hause fahren«, sagte sie leise.

Kapitel 7

Der Brief

Manchmal denke ich so viel, dass mein Kopf schmerzt.
Und manchmal denke ich so wenig, dass mein Kopf schmerzt.

Aus einem Tagebucheintrag von Sina Falke

1

»Der Verdächtige ist seinen Verletzungen erlegen.«
Das Gesicht auf dem Bildschirm blickte nicht direkt in die Kamera, sondern auf einen Punkt, der für den Zuschauer nicht einsehbar war. Es wirkte angespannt, konzentriert. Man merkte an jedem Blinzeln der Augen, an jeder wohlüberlegten Pause, dass der Mann darauf aus war, einen guten, integren Eindruck zu hinterlassen. Vor seinem Kinn befanden sich diverse Mikrofone, hinter ihm war eine Wand im Inneren des Polizeipräsidiums zu erkennen.

»Mit sehr hoher Wahrscheinlichkeit«, fuhr der Mann fort, den vorher zurechtgelegten Text Silbe für Silbe herunterspulend, »ist davon auszugehen, dass Fatmir Rraklli für das Verschwinden von Sina Falke aus Blaubach am Neujahrstag 2008 verantwortlich war.«

Aus dem Hintergrund kam von einem der anwesenden Journalisten die Frage, ob der Fall damit als abgeschlossen zu betrachten sei. Hauptkommissar Jan Leitner blinzelte erneut, benetzte sich die Lippen mit der Zungenspitze. »Wir überprüfen noch einmal sämtliche Fakten, erwarten aber nicht, dass es noch zu neuen Kenntnissen kommen kann. Wie gesagt, wir gehen mit sehr hoher Wahrscheinlichkeit davon aus, dass der verstorbene Fatmir…«

Darold schaltete den Fernseher auf stumm. Er hatte den Ausschnitt bereits in mehreren Nachrichtensendungen gesehen und kannte jedes einzelne Wort seines Nachfolgers. Früher war ihm Leitner immer geradezu makellos erschienen. Ein Saubermann. Einer, der seinen Weg macht, dem keine großen Fehler unterlaufen, der nie die Beherrschung verliert. Und obwohl Leitner auf dem Bildschirm aussah wie immer, wirkte er auf Darold doch verändert. Die inneren Faustschläge, die das Leben austeilte, die konnte man eben nicht mit einer professionellen Miene überspielen.

Zwei Tage, seit der Rückfahrt vom Bodensee. Zwei Tage, seit er Hanna nicht getroffen hatte. Tote Tage. Wieder einmal.

Leitners Gesicht verschwand, die Sendung sprang zum nächsten Thema. Darold schaltete den Ton nicht wieder ein. Er erhob sich und stand verloren da, umgeben von der Lautlosigkeit, die sein Heim, sein Leben im Griff hatte. Aus den Resten im Kühlschrank machte er sich eine Kleinigkeit zu essen, aß ohne Hunger, rauchte eine Zigarette. Er versuchte, sich daran zu erinnern, wann er zuletzt Sport getrieben, wann er zuletzt daran gedacht hatte, einen Urlaub zu machen.

Als sein Handy klingelte, war er erleichtert, dass seine ziellosen Gedanken gestoppt wurden.

»Leitner war im Fernsehen«, hörte er Hannas Stimme nach einem raschen Hallo. »Hast du ihn gesehen?«

»Klar.«

Sie schnaufte. »Es klang alles so ... endgültig.«

»Sicher«, erwiderte Darold, »Leitner will einen Schlussstrich unter die Sache ziehen. Jetzt erst recht, weil sie ihm Ärger eingebrockt hat. Und da es nun auch keinen Anknüpfungspunkt mehr gibt ...« Mitten im Satz brach er ab. Endlich begriff er, dass der Ausdruck *endgültig* bei Hanna positiv gemeint war. Er beeilte sich anzufügen: »Ja, es ist genau wie du sagst: endgültig.«

»Hoffentlich.«

»Sieht so aus, als müssten wir uns einfach mit dem zufriedengeben, was wir haben«, meinte er und wusste sofort, wie ungeschickt er formuliert hatte.

Einen langen Augenblick wurde kein Wort gesprochen. Dann bemerkte Hanna mit betont fester Stimme: »Mein Gefühl sagt mir, dass Rrakli es war. Dass er Sina aufgelesen hat, als er auf dem Weg nach Zürich war oder von Zürich zurückkam. Mein Gefühl sagt mir das schon die ganze Zeit. Seit ans Licht kam, was für ein

Mensch dieser Rraklli war. Wenn Papa nicht durchgedreht wäre, wüssten wir heute wahrscheinlich mit absoluter Sicherheit, dass Rraklli es gewesen ist.«

»Ja«, antwortete Darold.

»Und jetzt?« In ihre Stimme mischte sich ein tiefer Seufzer. »Jetzt muss ich das tun, was ich all die Jahre schon tun musste. Mich damit abfinden. Einfach *ab-fin-den*. Ich muss es so sehen: Wenigstens haben wir Fatmir Rraklli. Alles deutet auf ihn hin. Ohne ihn wäre da nur dieses verdammte schwarze Loch. Ohne ihn gäbe es nichts, gar nichts.«

»Ja.« Leise sprach Darold das Wort aus.

Hanna holte tief Luft. »Mein Gefühl sagt mir, dass es so war. Rraklli war es. Wie sollte es auch sonst gewesen sein? Nur eine Handyhülle, aber letzten Endes ist dieses kleine Ding eben doch mehr als nur ein Indiz, oder?«

»Ja«, wiederholte er zum dritten Mal, erneut leise, sanft.

Übergangslos sagte sie: »Möchtest du, dass ich zu dir komme? Später?«

Verdutzt zog er die Augenbrauen in die Höhe. »Na klar.« Sie hatte ihn überrascht damit – zuvor hatte sie sich angehört, als würde sie sich lieber in den eigenen vier Wänden eingraben.

»Gut«, sagte sie. »Dann bis nachher.«

War sie überhaupt nicht zu Hause?

»Wo bist du, Hanna?«

»Bei meiner Mama.«

»Ach so.«

»Bis nachher.«

»Bis nachher, Hanna.«

2

Nach einer kurzen, gewohnheitsmäßigen Umarmung machte Susanne Reitzammer die Tür hinter ihrer Tochter zu. Sie schloss ab, ging zurück ins Wohnzimmer und ließ sich in den Sessel fallen. Hannas Parfümduft schwebte noch dezent in der Luft.

Ohne Interesse überflog sie mit einem raschen Blick die Zeitschrift mit dem Fernsehprogramm, legte sie gleich darauf aber wieder weg, ohne das Gerät einzuschalten.

Hanna war zuvor extra in die Küche gegangen, um ihr Telefonat zu führen. Trotzdem hatte Susanne gehört, dass sich ihre Tochter noch mit jemandem verabredet hatte. Sie hatte sie nicht darauf angesprochen, wie Hanna ihrerseits nicht darauf eingegangen war. Aber Susanne wusste auch so, um wen es sich bei diesem Jemand handelte; das ganze Dorf wusste es, wie dieses Dorf immer alles wusste.

Nein, Susanne hatte sie nicht darauf angesprochen, natürlich nicht.

Es wäre unklug gewesen, das Thema auf den Tisch zu bringen, Hanna hätte es ihr gewiss übel genommen, und es wäre zu einem Streit gekommen. Darold. Seit Frankfurt traf sich Hanna wohl schon regelmäßig mit ihm. Alles tratschte darüber, dass sie sich nicht nur *trafen*, dass da mehr dahintersteckte.

Scheiße, dachte Susanne bitter. Das war doch die nächste Einbahnstraße. Schließlich stand Darold mehr als jeder andere außerhalb der Familie für die Sache mit Sina. Darold *war* Sina. Jedenfalls für die Falkes. Hanna brauchte alles, aber gewiss nicht jemanden, bei dessen Anblick sie automatisch nichts anderes sah, spürte, dachte als: Sina.

Sie starrte in das Viereck des Fensters, dessen Scheibe makellos sauber war. Wie alles in dieser Wohnung, auf die Susanne immer irgendwie stolz gewesen war. Die Ordnung, die geschmackvolle Einrichtung. Jeder einzelne der gehäkelten Untersetzer unterstrich die Tatsache, dass Susanne den Absprung geschafft, das alte Leben hinter sich gelassen hatte. Sich nach der schweren Zeit wiedergefunden hatte. Einen Job hatte. Auch einige neue Bekannte. Nicht aus Blaubach, sondern aus Donaueschingen. Leute, die erst lange nach dem Fall Sina Falke in die Gegend gezogen waren und mit denen sie sich traf, um bei einem Glas Rosé Canasta zu spielen.

Nein, sie hatte nicht alles richtig gemacht, aber sie hatte sich trotz allem nicht unterkriegen lassen.

Sie war immer sicher gewesen, dass es einmal aufhörte, dass man über alles hinwegkommen, dass man weiterleben konnte. *Über-leben* konnte.

Doch – es hörte nicht auf. Es blieb bei einem. Blieb unter der Haut.

Sie versuchte, die Gedanken zu verscheuchen, sich zu konzentrieren. Was musste erledigt, was musste eingekauft werden? Sie musste noch den Wagen tanken, morgen stand der nächste Besuch bei Reinhold an, eine Aufgabe, der sie sich eigentlich mit Eifer hatte widmen wollen, die aber schon jetzt zu einer unerträglichen Last geworden war. Immer wieder ertappte sie sich dabei, wie sie nach Ausreden suchte, um sich vor der Fahrt zu ihrem Ex-Mann zu drücken. Doch bis jetzt hatte sie sich nicht hinreißen lassen, noch war sie täglich bei ihm erschienen, bei dieser traurigen, stummen Hülle eines Menschen.

Weiterhin saß sie da, ohne sich zu irgendetwas aufraffen zu können, den Blick leer aufs Fenster gerichtet, hinter dem sich Blaubach ausbreitete, grau, schmucklos, träge, diese scheinbar unveränderliche Ansammlung von Beton, die man nicht lieben konnte, selbst wenn man hier geboren war, die einfach nur ein Stück Gewohnheit war. Sie schloss die Augen. Die Erinnerungen kamen, wie bei jeder Mutter auf der Welt: Sie sah Michael, Sina, Hanna, als Zwei-, Drei-, Vierjährige spielend auf dem Wohnzimmerteppich in ihrem früheren Haus. Ihre Kinder, zwei blond, eines dunkelhaarig. Zwei still, eines weniger still. Seltsam, man liebte alle Kinder gleich, doch es gab welche, um die machte man sich mehr Sorgen als um andere. Instinktiv, ohne darüber nachzudenken.

Sina war immer diejenige gewesen, um die Susanne sich am wenigsten gesorgt hatte, der man zutraute, sich durchzusetzen. Munter, aufgeweckt, neugierig. Michael war schon als Baby am stillsten gewesen. Man setzte ihn in eine Ecke, drückte ihm Spielsachen in die Hand, und da blieb er hocken, die Spielsachen in der Hand, der Blick ernst, der Mund geschlossen. Hanna war ihm ähnlich gewesen, allerdings ein wenig lebhafter, aufgeschlossener, anschmiegsamer.

Susanne schob die Bilder beiseite und befahl sich aufzustehen. Sie ging ins Bad, um eine Dusche zu nehmen und die Erinnerungen wegzuspülen. Doch das klappte nicht. Selbst Stunden später, als sie hellwach im Bett lag, waren ihre kleinen Kinder noch bei ihr. Michael, Sina, Hanna. Ein hübsches Kind war Sina gewesen. Wilder dunkler Haarschopf, funkelnde braune Augen, immer gut gelaunt. Einmal, Hanna war gerade einmal zwei Jahre alt, hatte sie aus Versehen Reinholds Lesebrille kaputtgemacht. Reinhold hatte geschimpft, wieder mal übertrieben heftig, die Kleine brach in Tränen aus. Und Sina, auch erst vier, stellte sich neben sie und sagte in erstaunlich erwachsenem Tonfall: »Wenn Papa wieder mit dir böse ist, kommst du zu mir. Ich schütz dich.« Susanne hatte das nie vergessen. Sina konnte stark sein, sich um andere kümmern, schon als Winzling. Und irgendwann, als sie Schutz am nötigsten gebraucht hatte, war sie allein gewesen. Verlassen von ihrer Mutter, verlassen von der Welt. Ganz allein.

Susanne lag noch lange wach. Wie immer seit dem anonymen Anruf, den Hanna eines Nachmittags erhalten hatte. Der wie ein Blitz aus heiterem Himmel über sie alle hereingebrochen war.

3

Zuvor, am Telefon, hatte sie gewirkt wie immer. Doch schon in dem Moment, als Darold ihr die Tür öffnete, merkte er, dass sie verändert war. Er maß sie mit unauffälligen Blicken, während sie sich die Schuhe abstreifte, sich setzte, die Beine anzog, das Kinn auf den Knien abstützte. Vielleicht war es lediglich Übermüdung, doch mit einer kalten Plötzlichkeit ahnte er, dass mehr hinter diesem abgespannten Gesichtsausdruck stecken musste. Er kannte sie nun eine ganze Weile, kannte sie auf intensive Weise. Er konnte in ihren Zügen lesen, in ihren Augen. War der Zeitpunkt gekommen, an dem sie nicht mehr zu ertragen vermochte? Der Moment, in dem sie zusammenbrechen würde? Und noch etwas las er in Hannas Miene. Etwas, das immer mal wieder durchgekommen war, in ganz unterschiedlichen Situationen. Etwas, das er auch auf sich bezog. Nämlich das Sehnen nach Normalität. Nach einer normalen Familie, in der es nie einen Fall Sina gegeben hätte. Nach einem Freund, der kein Ex-Hauptkommissar war und den man ganz offen den Eltern vorstellen, mit dem man sich ganz offen in Cafés und im Supermarkt zeigen konnte.

Und doch spürte er zugleich die Erleichterung, die von ihr ausging. Dann, wenn sie in seine Arme sank, wenn sie ihre Wange an seinen Bartstoppeln rieb. Oder glaubte er das nur zu spüren? Weil er es spüren wollte?

Sie gähnte ausgiebig.

»Möchtest du was trinken, Hanna? Oder was essen«

»Nein danke. Gar nichts.« Sie streckte die Beine aus auf seinem Sofa.

»Was beschäftigt dich?«
»Du meinst, was heute besonders?«
»Ja, genau das. Was beschäftigt dich heute besonders?«
»Das, was mich immer im Griff hat. Was mich nie loslässt. Was wie in Stein gemeißelt ist.« Hanna holte tief Luft. »Die Ungewissheit. Diese verfluchte Scheißungewissheit.«
Verdutzt hob er die Augenbrauen. Zuletzt schien sie doch recht sicher gewesen zu sein, dass Fatmir Rraklli die Antwort auf alles sein musste.
»Und das«, fuhr sie fort, »wird für immer das Schlimmste bleiben.«
»Sicher, all die Jahre nicht zu wissen«, begann Darold vorsichtig, »was genau mit Sina geschehen ist, ich denke, …«
»Oh, das meine ich nicht«, unterbrach Hanna ihn. »Jetzt, da wir von Rraklii wissen, sieht das alles doch ganz anders aus. Ich meine die Ungewissheit darüber, wie die Sache mit Sina uns alle beeinflusst hat. Unser aller Leben. Ich meine zum Beispiel Micha. Er war immer schon … hm, anders. Immer schon eigenwillig. Aber was mich beschäftigt, ist – wie sehr hat ihn die Sache noch stärker an den Rand getrieben? Dorthin, wo er sein einsames Leben lebt. Ich meine, wäre es in jedem Fall bei ihm darauf hinausgelaufen? Allein zu sein, ohne Hoffnung, ohne Antrieb im Alltag. Er kommt mir immer vor, als lebe er mit angezogener Handbremse. Oder in einer Art Sleepmodus. Er hat nie für etwas geschwärmt, er hat sich nie für etwas begeistert. Ich meine, er hat nicht mal irgendein noch so blödes Hobby angefangen. Sport, Kartenspielen, Briefmarken sammeln, gutes Essen, Computerspiele, Reisen, was auch immer. Jeder hat doch irgendetwas, das ihm Spaß mach. Nicht Micha.« Hanna holte Luft. »Er hat sich auch nie über etwas so richtig geärgert. War nie enttäuscht. Nein, er ist immer gleich. *Im-mer.* Ohne Temperament, ohne Neugier. Er hatte nur eine einzige Freundin. Kaum Freunde. Für mich ist er jemand, der sich dem Leben vollauf verweigert. Der sich duckt und versteckt, Tag für Tag.«
»Du fragst dich, inwieweit Sinas Schicksalsschlag es verstärkt hat, dass er zu einem Einzelgänger geworden ist.«

»Genau. Das hat ihm noch mehr Angst vor dem Leben eingejagt. Insgeheim ist er für mich, das hört sich jetzt albern an, wie eine Wolke. So sehe ich ihn. Auch heute noch. Jemand, der eine schwebende Wolke ist oder auf einer Wolke wohnt und, wenn er gerade mal Lust hat, auf uns andere herabsieht. Was wir tun, wohin wir gehen, vielleicht spricht er auch mal gern mit uns, aber er lässt sich nicht wirklich auf uns ein. Die meiste Zeit über liegt er einfach auf seiner Wolke, die Hände im Nacken, den Blick nach oben gerichtet, weg von uns und von dem, was das Leben ausmacht.« In Gedanken versunken nickte sie vor sich hin. »Er hat nie viel darüber geredet, aber gerade ihm hat das ganz besonders zugesetzt. Das mit Sina. Ich weiß es.«

»Wie deinem Vater.«

»Klar, zu einem Mörder wäre mein Vater ohne die Sache mit Sina wohl nicht geworden. Aber vielleicht hätte er sich in jedem Fall zu einem völligen Versager entwickelt. Das wäre doch möglich bei ihm, oder? Bei jemandem wie ihm. Er war ja nie ein Fels in der Brandung oder so was. Oder hat allein Sinas Verschwinden ihn dazu gebracht, den Halt zu verlieren? Nicht nur ihr Verschwinden. Auch die fiesen Gerüchte, die anschließend aufkamen. Wenn Micha eine Wolke ist, dann ist Papa eine Grube. Ein dunkles, schwarzes Loch, in das er gefallen ist und aus dem er nie wieder herauskommt.« Hanna schien wie in ein Selbstgespräch vertieft. »Überhaupt: meine Eltern! Wären sie in jedem Fall an dem Punkt angelangt, an dem es für sie keine gemeinsame Zukunft gegeben hätte? War Sinas Verschwinden der Auslöser für das, was folgte? Oder wären sie einander auch in einer weniger extremen Situation derart auf die Nerven gegangen, dass sie es nicht mehr miteinander ausgehalten hätten? Ich finde, Sina hin oder her, da spricht einiges dafür, wenn man bedenkt, wie verschieden sie sind und wie viele Paare sich scheiden lassen, die auf den ersten Blick wesentlich besser zueinander passen als meine Eltern.« Ein langer Seufzer unterbrach ihren Redefluss. »Und so geht das immer weiter. Ich meine, die Fragen. Wäre meine Mutter in jedem Fall zu der Person geworden, die sie heute ist? Selbstsicherer als früher?

Sie ist merkwürdig gestärkt aus der Sache mit Sina hervorgegangen, jedenfalls für mich. Sie ist wie ein Windstoß, der ganz plötzlich, wie aus dem Nichts, um die Häuser fegt. Früher war sie viel zurückhaltender, weniger selbstbewusst, weniger geradeaus.«
»Wolke, Loch und Windstoß«, sagte Darold nach einer Weile des Schweigens. »Und was bist du?
»Ich? Ach, ich bin traurig.« Ihr Blick verlor sich irgendwo im Nichts. »Meistens jedenfalls. Und ich stelle mir die gleiche blöde Frage: Wie wäre *ich*, wenn die Sache mit Sina nicht ... Würde ich auch so oft meinen Gedanken nachhängen? Nur eben *anderen* Gedanken? Wäre ich auch so misstrauisch anderen Leuten gegenüber? So oft niedergeschlagen?« Zum ersten Mal seit etlichen Minuten suchte sie den Augenkontakt mit Darold.

»Ich denke, das wärst du nicht«, erwiderte er ohne Zögern. »Ich denke, du wärst unbeschwerter, lebenslustiger, wenn das nicht passiert wäre. Natürlich wärst du das.«

Erneut wandte sie den Blick von ihm ab. »Wir sind wie Dominosteine in einer Reihe. Es kann niemals nur einer umfallen. Oder?«

»Genauso ist es, Hanna«, gab er zurück, in überzeugtem Tonfall, obwohl er genau wusste, dass seine Antwort früher, über viele, viele Jahre hinweg, wohl anders ausgefallen wäre.

Der Abend schritt voran, doch die Worte gingen ihnen aus. Hanna wirkte auf ihn weiterhin abwesend, müde, jedes Wort schien sie umgehen zu wollen. Früh zog sie sich zurück, vergrub sich regelrecht in sein Bett, ihr Gesicht ins Kissen gedrückt, verborgen von ihrem Haar.

Darold strich ihr leicht über den Kopf, und wieder überfiel ihn der Eindruck, dass etwas zwischen ihnen nicht mehr so war wie zuvor. Er fühlte sich alarmiert, und das gefiel ihm nicht. Er wollte doch eigentlich nicht an jemandem hängen, er war so lange allein gewesen, dass er sich gar nichts anderes vorstellen konnte. Und dann noch diese junge Frau, die für ihn immer ein *Mädchen* gewesen war. Ihm fiel ein, wie Hanna in der Pension am Bodensee sein Veilchen gestreichelt hatte, wie sie erschrocken war bei dem Anblick. Das war ihm nahegegangen, viel zu nahe, auf alberne, kindische Art hatte ihm das einen Schuss Wärme geschenkt, und er hätte sich beinahe vor sich selbst geschämt.

Jetzt lag sie da und schlief, ruhige gleichmäßige Atemzüge, er neben ihr, roch ihr Parfüm, ihre Haut. Vorsichtig, um sie nicht zu wecken, rückte er von ihr ab, und er fragte sich einmal mehr, worauf das alles hinauslaufen sollte.

Als er am Morgen aufstand, schlummerte sie immer noch, fast ohne sich bewegt zu haben, während er sich einmal mehr ständig von einer Seite auf die andere gewälzt hatte. Er brauchte immer weniger Schlaf, immer weniger Essen, und er fragte sich, ob es für jeden so war, der älter wurde.

Während er eine Tasse Kaffee trank, wanderten seine Gedanken zurück zu Hanna. Ihm wurde die Entschlossenheit bewusst, die sie oft an den Tag legte, diese neue Entschlossenheit, mit der sie versuchte, so unversehrt wie möglich aus der ganzen Sache herauszukommen. Die Beherztheit, mit der sie sich offenbar vornahm, Rraklis Auftauchen aus dem Nichts und seinen Tod als einen Schlussstrich zu verstehen. Ja, traurig war sie nach wie vor, wie sie es ja selbst zugegeben hatte, doch irgendwo in ihr schien es einen heimlichen Kampfgeist zu geben, fast unbemerkbar.

Aber Darold hatte ihn bemerkt. Auch gestern Abend, als er zum ersten Mal seit ihrer ersten Nacht eine gewisse Distanziertheit ihm gegenüber wahrgenommen hatte. Hanna hatte es Selbstvertrauen gegeben, dass sie damals allein nach Frankfurt gereist war, allein mit Monica Ponor gesprochen hatte. Dieses Selbstvertrauen versuchte sie jetzt anscheinend zu pflegen, zu kultivieren, ein Pflänzchen, das gegossen werden musste, damit es wuchs – und sich ein ganzes Leben lang halten konnte. Nichts hätte er ihr mehr gewünscht als Kraft, Mut, Selbstgewissheit. Sogar auf die Gefahr hin, dass sie genau das von ihm wegtreiben konnte.

Sein Blick fiel auf den Stapel Post, der in den letzten Wochen kaum beachtet auf dem Wohnzimmertisch angewachsen war. Er nahm ihn sich vor, gelangweilt, desinteressiert. Stromrechnung, Telefonrechnung, sonst kaum etwas. Außer jeder Menge Reklame.

Er musste jetzt endlich so einen verdammten Keine-Werbung-Aufkleber anbringen.

Ein unbeschrifteter Briefumschlag lag auf einmal in seiner Hand. Kein Absender, kein Empfänger, also nicht über den Postweg in seinem Briefkasten gelandet.

Er öffnete den Umschlag, zog ein gefaltetes Blatt Papier heraus, faltete es auf. Und las die mit blauem Kugelschreiber geschriebenen, bemüht schnörkellosen Großbuchstanden:

DIE GERÜCHTE ÜBER SINA FALKE UND IHREN VATER WURDEN VON MELANIE DOSENBACH VERBREITET.

Eine ganze Weile betrachtete er den Satz, ehe er das Schreiben zur Seite legte. Ein gewöhnliches DIN-A4-Blatt, ein gewöhnlicher Umschlag. Die Wanduhr tickte – das einzige Geräusch im Zimmer. Darold überlegte. Noch einmal nahm er den anonymen Brief zur Hand, noch einmal las er Wort für Wort.

4

Kurz vor acht Uhr morgens. Der ganze Tag lag vor ihr wir ein riesiger Berg, und sie wäre am liebsten wieder ins Bett gegangen. Die Kaffeetasse stand noch auf dem Tisch, ohne dass sie nur einmal genippt hätte, der Telefonhörer klebte an ihrem Ohr.

Sie hasste es, schwach zu sein.

»Es ist wirklich saudoof, echt…«, druckste sie herum, wie schon seit einigen Minuten. »Aber wie es aussieht, schaffe ich es heute einfach nicht.«

Sie war so lange nicht mehr schwach gewesen.

»Alles klar, schon gut, Mama.« Leise hörte sich Hannas Stimme durchs Telefon an. Unverbindlich, nüchtern.

»Wirklich, Hanna, ich muss länger arbeiten, und ich habe endlich den Zahnarzttermin, auf den ich schon so lange gewartet habe.«

Das stimmte alles, das waren keine Lügen, länger arbeiten, der Zahnarzt, und doch war es jämmerlich, wie sie sich gerade fühlte.

»Schon gut, Mama«, wiederholte Hanna mechanisch.

»Ich weiß nicht, wie ich es dann auch noch nach…« Susanne verstummte. *Jämmerlich.*

»Ich fahre allein zu ihm, das macht mir nichts aus. Ich hab genug Zeit.« Hanna machte eine Pause. »Ich arbeite ja nicht. Momentan zumindest.«

»Okay«, sagte Susanne zögerlich. »Ich habe bei dir zu Hause angerufen, auf dem Festnetz, aber du hast nicht abgenommen, deswegen hab ich's per Handy probiert.«

»Mmh.«

»Du bist also nicht zu Hause?« Sie hatte nicht fragen wollen, aber die Worte waren ihr so schnell herausgerutscht.
»Nicht jetzt gerade, aber ich bin praktisch auf dem Weg nach Hause.«
»Äh. Gut.« *Nicht fragen, nicht nachhaken*, ermahnte sich Susanne. *Lass sie.*
»Also dann, Mama. Vielleicht können wir ja morgen wieder zusammen zu Papa fahren. Bis dann.«
»Ja, äh, bis dann.«
Susanne setzte sich an den Tisch und trank einen Schluck kalt gewordenen Kaffee. Unverbindlich, nüchtern. Ja, so hatte Hanna sich angehört. So verletzlich war sie immer gewesen, manchmal war sie Susanne vorgekommen wie aus Watte, jemand, den man ständig vor der Welt beschützen, den man trösten, in den Arm nehmen wollte. Wahrscheinlich hatte sie Hanna viel zu selten in den Arme genommen.

Unverbindlich, nüchtern. Womöglich sogar *kalt*? Der Tonfall ihrer Tochter ging Susanne einfach nicht mehr aus dem Ohr, weder auf der Fahrt nach Donaueschingen noch in den Stunden im Brillengeschäft. Sie wollte nicht, dass Hanna sich ihr gegenüber kalt gab, ganz und gar nicht. Sie war darüber erschrocken darüber, wie ihr langsam klar wurde.

Gut eine Stunde vor Feierabend rief sie bei ihrem Zahnarzt an, um den Termin doch zu verschieben; dann fragte sie ihren Chef, ob sie heute etwas früher gehen könnte. Kein Problem, lautete die Antwort.

Als sie eine halbe Stunde später das Besuchszimmer betrat, saßen sich Hanna und Reinhold bereits gegenüber: Reinhold zeigte – wie erwartet – kaum eine Reaktion, doch auch Hanna blickte nur kurz auf, ließ nicht einmal ein bisschen Überraschung erkennen.

Was folgte, war die übliche Qual, das übliche groteske Kammerspiel, 60 Minuten lang. Schweigen. Reinholds abwesender, geschlagener Gesichtsausdruck. Mittlerweile fügte Susanne sich in diese Stille, gegen die sie sich anfangs gewehrt hatte. Fügte sich in alles. Und das mochte sie nicht. Sie hatte gelernt, zu kämpfen, sie wollte ihren Kampfgeist auf keinen Fall wieder einbüßen.

Als sie sich von Reinhold verabschiedeten, war Susanne ratloser denn je. »Was sollen wir nur tun?«, fragte sie, draußen, auf dem Parkplatz, und sie konnte es nicht vermeiden, dass die Wut angesichts der eigenen Hilflosigkeit durchkam.

»Ich weiß auch nicht, Mama.« Hanna hatte den Autoschlüssel aus ihrer kleinen Handtasche gezogen.

»So kann es doch nicht weitergehen. Mit ihm.«

»Nein, kann es nicht.« Da war es wieder, dieses Unverbindliche, dieses Nüchterne, genau wie am Morgen bei dem kurzen Telefonat. Nicht einmal eine Bemerkung darüber, dass Susanne nun doch hier erschienen war, gar nichts.

»Hanna, wir müssen unbedingt mal beratschlagen, was zu tun ist. Wie wir das alles, also die Besuche, in eine andere Richtung drehen können. Wie wir ihn *kriegen*.«

»Klar, Mama.« Hanna überprüfte flüchtig ihr Handy.

»Das findest du doch auch, oder? Dass es nicht so weitergehen kann?«

»Klar.«

»Wollen wir uns bei mir treffen? Und uns mal richtig darüber unterhalten?«

»Hm.« Noch ein Blick aufs Handy.

Wie Susanne das hasste, diese verfluchten Smartphones, Social Media, Apps, der ganze nutzlose Kram. Das lenkte die Menschen nur ab von dem, was wichtig war.

»Also, Hanna? Bei mir?«

»Bitte nicht heute, Mama. Ich bin zu erledigt.«

»Von was denn? Du hast doch nicht gearbeitet. Was hast du denn getrieben, dass du …«

»Ach, ich weiß auch nicht«, unterbrach Hanna sie. »Ich bin halt müde. Will nur noch was essen und mich vor den Fernseher legen. Einfach mal abschalten, den Kopf freibekommen. Vielleicht morgen? Okay? Wir können ja wieder zusammen herfahren. Lass uns telefonieren, ja?«

Schon ging sie los, ein kurzes beiläufiges Winken zum Abschied, und Susanne konnte ihr nur hinterherschauen. So hilflos, wie sie sich zuvor bei dem Besuch gefühlt hatte.

Nein, sie wollte Hanna nicht verlieren. Alle hatte sie verloren. Sina. Dann Reinhold, und schließlich auch Micha, der für die ganze Welt, für sein Leben verloren zu sein schien.

Nicht Hanna, auf keinen Fall Hanna, die zarte, schüchterne, verletzliche Hanna. Das durfte nicht sein, auf keinen Fall.

Sie durfte es nicht vermasseln, nicht bei Hanna, sie musste dafür sorgen, dass sie ihre Jüngste nicht auch noch verlor.

Die Sonne brannte auf den Parkplatz herunter. Hannas Wagen fuhr an ihr vorbei, Hanna winkte noch einmal kurz durchs Seitenfenster, allerdings ohne sie wirklich anzusehen.

Susanne durchwühlte ihre Handtasche fahrig nach dem Autoschlüssel. Wo war denn bloß das blöde Ding? Sie kämpfte gegen die Tränen an, die Lippen so fest zusammengepresst, dass es wehtat. Sie hatte sich doch verboten zu weinen. Nie wieder hatte sie weinen wollen.

5

Es war das zweite Mal in ihrem Leben, dass Monica sich in einem Flugzeug befand. Gewissenhaft die Sitznummer überprüfen. Die Reisetasche ordentlich über dem Kopf in dem Staufach unterbringen. Hinsetzen. Sorgfältig anschnallen. Wiederum hatte sie nur etwa zwei Stunden in der Luft vor sich. So wie damals lastete eine Frage auf ihr: Und dann? Was kommt dann?
 Es war verrückt, auf was Monica sich einließ. Ja, total verrückt. Sie kam sich vor wie jemand, der aus einem brennenden Haus gerettet worden war – und nun widersinnig zurück in die Flammen drängte.
 Emma Prankwitz hatte sich um alles gekümmert. Um Monicas Flugticket. Um Monicas halbwegs gutes Gefühl. Um Monicas Unterkunft: ein Zimmer in dem Gebäude, in dem *Aufrecht stehen e. V.* mit Unterstützung städtischer Gelder zwei Etagen gemietet hatte. Emma würde sie auch am Frankfurter Flughafen abholen.
 Während des Fluges gingen ihr die letzten Telefonate mit Emma noch einmal durch den Kopf. Manche Wörter Emmas schienen wie Insekten um sie herumzuschwirren. Manche Sätze legten sich um sie wie Stoff, sie konnte sie Silbe für Silbe im Gedächtnis abrufen: *Wir sind keine übliche Anlaufstelle für Prostituierte und Zwangsprostituierte. Unser Verein wurde von einer ehemaligen Prostituierten gegründet... Alle bei* Aufrecht stehen e. V. *kommen von da, wo du jahrelang warst. Das unterscheidet uns von allen anderen. Wir sind keine Sozialarbeiter, kein Sozialdienst katholischer Frauen, wir sind nicht die Caritas. Bitte nicht falsch verstehen. Ich will die anderen nicht kleinreden, ganz und gar nicht. Was die*

machen, ist großartig. Aber wir, wir waren alle selbst auf dem Strich. Das macht uns einzigartig. Wir verstehen die, die sich an uns wenden. Du wirst sehen, was für eine große Hilfe du für andere Frauen sein kannst. Und das wird auch dir helfen.

Monica hatte Angst. Wieder einmal. Diesmal jedoch handelte es sich um eine andere Art von Furcht. Oder bildete sie sich das nur ein?

Sie dachte an die verwirrten Gesichter ihrer Familie, als sie ihren Entschluss, ihre verrückte Idee, verkündet hatte. Es gab allerdings gar keine andere Möglichkeit, keine andere Chance für Monica. Sie musste zurückkehren, um vorwärtszukommen. Sie hatte versucht, ihnen das begreiflich zu machen. Doch sie konnten sie nicht verstehen, auch wenn sie irgendwann zustimmend genickt hatten.

Der Flug verging langsam. Sie versuchte, sich zu entspannen, aber das klappte nicht. Als die Maschine endlich zum Landen ansetzte, spürte Monica, dass da auf einmal etwas war, das sich ihr entgegendrängte und sich fremd anfühlte. Etwas Seltsames, groß und mächtig wie ein Berg. Einerseits schüchterte es Monica ein, andererseits erfüllte es sie mit einem ungekannten Kribbeln. Ja, es war da, unzweifelhaft, zum Greifen nah. Eine Aufgabe. Eine Herausforderung. Ein Ziel. Und sogar weit mehr als das. Etwas, das für andere Menschen normal, für Monica allerdings völlig neu war. Sie konnte kaum fassen, aber es lag einfach vor ihr: das Leben.

6

Ein Tag nach dem anderen stahl sich davon. Sonnenschein, die gesichtslosen Nachbarn mit Bier und Orangensaft in ihren Gärten, Radiomusik, die Gerüche des Sommers, die beim Öffnen der Fenster hereinströmten und die muffige Luft vertrieben.

Er hatte nachgedacht, hatte sich jedes Gespräch in Erinnerung gerufen, das er geführt hatte, seit Monica Ponor sich mit einem kurzen, rätselhaften, verwirrenden Anruf bei Hanna gemeldet hatte.

Auf Darolds Gedächtnis war Verlass, immer noch. Es war kaum nötig, auf seine Aufzeichnungen zurückzugreifen, auch wenn er das natürlich trotzdem tat. Jedes einzelne Gespräch, jede einzelne Begegnung. Wie früher hatte er sich alles notiert. Wie früher ratterte es in seinem Kopf: Bilder, Bemerkungen, Eindrücke.

Die anonymen Anrufe, die ihn zu Hause erreicht hatten. Sieben waren es gewesen. Danach Funkstille, nichts mehr. Dann der anonyme Brief, der sich in seinem Stapel Post versteckt hatte; unmöglich zu sagen, wann genau er eingeworfen worden war.

Anschließend erneut Funkstille, nichts mehr.

Hanna gegenüber hatte er das Schreiben nicht erwähnt. Warum auch? Sie hatte erstmals so gewirkt, als sehe sie nach jahrelangem Treiben auf offenem Meer wieder Land. Als bestände tatsächlich die Chance, mit allem abschließen zu können. Es gab immer noch keine Leiche, es waren immer noch viele große Fragezeichen, doch offenbar hatte man endlich den Täter, einen, der zwar nicht mehr aussagen konnte, aber der mehr war als alles, was sechs ganze Jahre davor zutage gefördert hatten.

Weshalb hätte er ihr den Brief vor die Nase halten sollen?

Wer konnte schon sagen, was dahintersteckte?

Ob überhaupt etwas dahintersteckte?

Ohnehin hatte er in den letzten Tagen weniger Kontakt mit Hanna gehabt. Ihr Vater beanspruchte nun mehr Zeit. Die Anklage wegen versuchten Mordes war in eine Mordanklage umgewandelt worden, nach wie vor war unklar, ob und – wenn ja – wie er in der Lage sein würde, das bevorstehende Verfahren durchzustehen. Immerhin hatte er eingewilligt, sich psychologisch betreuen zu lassen. Ein erstes Zeichen, dass er sich öffnete, dass er akzeptierte, was er getan hatte. Noch immer besuchte ihn Hanna täglich, mal in Begleitung ihrer Mutter, mal allein. Hanna hatte sich einmal Darold gegenüber etwas unklar ausgedrückt, aber anscheinend stritten die beiden öfter.

Also hatte er nachgedacht.

Über jedes einzelne Gespräch, jede Befragung.

Wen hatte er was gefragt? Wie waren die Antworten ausgefallen?

DIE GERÜCHTE ÜBER SINA FALKE UND IHREN VATER WURDEN VON MELANIE DOSENBACH VERBREITET.

So der Wortlaut des anonymen Schreibens. Früher hätte er den Umschlag und das Blatt Papier in die Spurensicherung geben können, heute stand er allein. Also blieb nichts anderes als nachzudenken.

Wen hatte er in den Tagen seit Monica Ponors Anruf gefragt, wann die Gerüchte über Sina und ihren Vater aufgekommen waren?

Nur eine Person hatte sich in seinen Gedankenspielen herauskristallisiert, mit der er sich eingehender über diese Angelegenheit ausgetauscht hatte. Und bei dieser Person hatte er angerufen. Mehrfach schon. Doch die Auskunft, die Darold schließlich erhielt, war enttäuschend: Die betreffende Person befinde sich auf einem Kurzurlaub in Italien. Darold hatte es natürlich auch unter der Mobilfunknummer versucht – doch seine Anrufe waren nicht entgegengenommen worden. Ein Anzeichen dafür, dass er auf der richtigen Fährte war?

Abwarten, Geduld haben. Wieder einmal.

Warum war der Brief abgeschickt worden? Mit welcher Absicht?

Der nächste Tag kam. Mit ihm nichts Neues. Hanna meldete sich, um mitzuteilen, dass ihr Vater endlich zugestimmt habe, sich einen Anwalt zu nehmen, dass er sich wohl so ganz allmählich in die Situation fügte, in die er sich selbst hineinmanövriert hatte. Sie unterhielten sich noch eine Weile. Hanna schlug vor, am Abend zu ihm zu kommen, und er willigte sofort ein.

Auch in den folgenden Tagen sahen sie sich wieder regelmäßig. Alles war wie zuvor, wie am Bodensee. Hanna sprach nicht mehr über Rraklli, nicht mehr über Vergangenes, nur darüber, dass ihr Vater tatsächlich zugänglicher geworden sei. Der Anwalt schien voller Tatendrang zu sein, die bestmögliche Ausgangsposition für seinen Mandanten herauszuarbeiten. Weiterhin war unklar, wann es zu einem Verfahren kommen würde. Die Schuldfähigkeit Reinhold Falkes war ein Punkt, der noch der endgültigen Klärung bedurfte. Mehrere Psychiater waren damit beschäftig, ihn und seinen Fall unter die Lupe zu nehmen.

Wiederum einen Tag später fuhr Darold nach Donaueschingen. Er parkte seinen Wagen vor dem kastenförmigen Gebäude, in dem das IT-Unternehmen seinen Sitz hatte. Lange hatte er überlegt, ob er es telefonisch oder mit einem Besuch zu Hause versuchen sollte. Letztendlich hatte er sich dafür entschieden, den Mann, den er treffen wollte, am Arbeitsplatz zu überraschen und um ein kurzes Gespräch zu bitten. Die Firma war eine Umgebung, die weniger Schutz bot als die eigenen vier Wände, in der man sich als Befragter weniger sicher fühlte als zu Hause.

Beim Empfang fragte er nach dem junge Mitarbeiter, der hier seit einigen Jahren beschäftigt war. Er erklärte, es ginge um eine Privatangelegenheit und würde nicht viel Zeit in Anspruch nehmen. Man bot ihm an, in einem Konferenzraum zu warten. Langer rechteckiger Tisch, viele Stühle, ein Bildschirm im Großformat. Drei riesige Fenster gaben den Blick frei auf Donaueschingen.

Die Tür ging auf, und Benny Laux trat ein. Er machte erst gar nicht den Versuch, seine Überraschung zu verbergen.

»Guten Tag«, sagte er leise. Er trug ein weißes Hemd, das lässig, über die Jeans fiel, und Sneakers.

Sie reichen sich die Hände.

»Es tut mir leid, Sie zu stören.« Rasch setzte Darold hinzu. »Umso dankbarer bin ich Ihnen, dass Sie sich die Zeit nehmen. Wir brauchen auch nicht lange, versprochen.«

»Ähm, Sie haben doch keine ...« Laux suchte nach Worten. »Also, wie soll ich sagen? Das ist keine offizielle Vernehmung, oder? Denn ...«

Darold sah ihn offen an. »Nein, nichts Offizielles. Sozusagen rein privat.«

»Äh, also, dass Sie hierherkommen, also, zu meiner Arbeitsstelle ...« Laux wusste einfach nicht, woran er war, hatte nicht die leiseste Ahnung, wie er reagieren sollte. Genau das war Darolds Hoffnung gewesen. Seine Absicht war es, geradeaus aufs Ziel zuzugehen. Kein Drumherumreden. Entweder seine Ahnung war richtig – oder er lag falsch.

Mit einer schnellen Bewegung zog er den anonymen Brief aus seiner Jacke.

»Wir können offen miteinander sprechen, oder?«

Benny starrte das Schreiben an, den Mund leicht geöffnet. Er erwiderte nichts.

»Sicher, ich bin kein Polizist mehr, Sie müssen nicht mit mir reden, Sie müssen gar nichts.« Sein Ton wurde schneidender: »Aber ehrlich gesagt, werden Sie mich heute nicht los, bis Sie mir eine Antwort gegeben haben.«

Laux schluckte, sein Adamsapfel hüpfte, er gab jedoch immer noch keinen Ton von sich.

»Der Brief. Er ist von Ihnen.«

Schweigen. Man konnte sehen, wie es hinter der Stirn des jungen Mannes ratterte.

»Er ist von Ihnen«, wiederholte Darold leiser, aber umso eindringlicher. »Und mehrmals haben Sie von einem öffentlichen Telefon bei mir angerufen.«

»Ich …« Abrupt schlossen sich die Lippen schon wieder.
»Mensch, Benny«, wechselte Darold mit Absicht ins vertrauliche Du. »Wenn du mir etwas mitteilen willst, dann solltest du das tun. Jetzt!«

»Ich …« Benny Laux' Augen flackerten, er sah sich gehetzt im Raim um, als könne er hier irgendwo eine Antwort finden.

»Benny.«

Benny Laux zog einen Stuhl zu sich heran und setzte sich darauf. Er seufzte. »Okay.«

»Okay – was?«

Eine Sekunde, zwei Sekunden, drei Sekunden.

»Das hat mir keine Ruhe gelassen.«

»Was, Benny?« Darold schnappte sich ebenfalls einen der Stühle und ließ sich dicht neben Laux nieder.

Plötzlich schossen die Worte aus seinem Mund: »Na ja, das alles. Ich habe ihn getroffen. Kurz davor.«

»Ganz ruhig, Benny. Wen getroffen? Kurz vor was?«

»Den alten Falke. Kurz bevor er diesen Typ abgemurkst hat. Also, äh, sorry.«

»Du hast also Reinhold Falke getroffen.«

»Eine rein zufällige Begegnung.« Er lachte auf, allerdings nicht belustigt, eher konsterniert. »An der Tankstelle. Wir haben zwei, drei Worte gewechselt. Und kurz darauf dreht er durch. Macht sich alles kaputt. Sein ganzes Leben. Er hat mir einfach so verdammt leidgetan.«

»Deshalb hast du mir den Brief geschrieben?«

»Ach, ich weiß auch nicht. Aber das war der Anfang. Ich meine, das hat den Untergang dieses armen Kerls besiegelt. Erst verschwindet Sina. Und dann diese Gerüchte.«

»Die unappetitlichen Gerüchte.«

»Bitte?« Laux sah Darold nicht an, nur nach unten, auf die eigenen Schuhspitzen.

»Unappetitlich. So hast du's bei einem unserer Gespräche ausgedrückt. Und das ist bei mir hängengeblieben.«

»Ja, das war Falkes Ende. Meiner Meinung nach. Mehr noch

als der Mord. Bei Falke waren doch vorher schon die Lichter aus, um es mal ganz deutlich zu sagen.«

»Über was habt ihr euch unterhalten? An der Tankstelle, meine ich.«

»Wie gesagt, das waren nur zwei, drei Worte. Hallo, auf Wiedersehen.« Zum ersten Mal seit seinem Eintreten sah Laux Darold wieder offen in die Augen. »Woher wussten Sie, dass der Brief von mir kam? Und auch das mit den Anrufen?«

»Ich wusste es nicht.« Darold erwiderte seinen Blick genauso offen. »Nicht mit Sicherheit. Aber manchmal funktioniert meine alte Nase noch ganz gut.«

Laux zeigte ein Kleiner-Ertappter-Junge-Gesicht. »Aber eigentlich …« Er stutzte kurz. Seine Stirn kräuselte sich. »Aber mir passiert doch nichts? Ich kann ja nicht mit irgendetwas – wie sagt man? – belangt werden?«

»Wegen des Briefs? Selbstverständlich nicht. Wieso auch?«

»Eben.«

»Und das hier, also das ist natürlich auch nur ein ganz normales Gespräch.«

»Ja.« Laux nickte. Er wirkte sichtlich beruhigter als zu Beginn.

»Benny, Hand aufs Herz, warum hast du das mitteilen wollen? Das mit Melanie Dosenbach.«

»Eher mitteilen *müssen*, würde ich sagen.« Ein Hauch von Verlegenheit überzog seine Miene. »Eigentlich hatte ich es ja ihm selbst sagen wollen.«

»Falke?«

»Nach der Begegnung an der Tankstelle dachte ich den ganzen Tag lang an ihn. An das, was aus ihm geworden ist. Also, äh, nicht, dass er früher eine eindrucksvolle Persönlichkeit gewesen wäre, bei allem Respekt. Aber wie er jetzt in den Seilen hängt … Ich meine, wenn man ihn sieht, weiß man, der ist fertig.« Ein kurzer Blick zu Darold. »Oder etwa nicht?«

Darold antwortete nur mit einem knappen Nicken.

»Ich dachte mir wirklich, ich sollte es *ihm* sagen. Wenn die Gerüchte nicht aufgekommen wären, dann … Na ja, egal. Andererseits war mir klar, dass ich es nicht fertigbringen würde, ihm ins Gesicht zu sagen, dass … Ach … Ich weiß auch nicht.«

»Also wolltest du den Brief eigentlich bei ihm einwerfen?«

»Nachdem ich ihm über den Weg gelaufen bin, habe ich mit dem Gedanken gespielt. Ja.«

»Aber dann war's zu spät. Weil Falke durchgedreht ist.«

»Richtig. Und da hab ich erst recht ein schlechtes Gewissen gekriegt. Ich sagte mir, ich hätte es ihm schon viel früher sagen sollen. So viel Zeit wäre gewesen, und ich hab sie nicht genutzt. Du meine Güte, ich hab ständig hin- und herüberlegt. Bevor er durchgedreht ist – und auch danach. Das ist eine Geschichte, die einen einfach nicht loslässt. Und manchmal … Manchmal ist es schwer zu erklären, also im Nachhinein, warum man wann was gemacht hat, finden Sie nicht?«

»Klar. Geht uns allen so.« Darold nickte ihm aufmunternd zu. »Also hab ich den Brief erhalten.«

»Es hatte sich ja herumgesprochen, dass Sie nicht mehr bei der Polizei sind. Na ja, wären Sie noch Polizist …« Er zögerte. »Na ja, direkt bei der Polizei hätte ich den Brief nicht eingeworfen. Was hätte irgendein Beamter mit der Information anfangen können? Was hätte er tun sollen? Es geht ja nicht direkt um eine Straftat. Es geht um Gerüchte. Aber Sie … Sie sind ein Insider, sozusagen. Und immer an der Sache drangeblieben. An der Sache mit Sina. Und wie gesagt, ich musste es einfach *loswerden*. Erst recht nach Falkes Tat. Ja. Deshalb die – ehrlich gesagt – bescheuerte Idee mit dem Brief.«

»Es ist genauso, wie du es vorhin ausgerückt hast. Die Geschichte lässt eine nicht los. Sinas Verschwinden. Und alles, was damit zusammenhängt, was es nach sich zieht.« Darold machte bewusst eine Pause, ehe er hinzusetzte: »Melanie Dosenbach.«

Laux verschränkte die Arme vor der Brust. »Ja?«

»Wie kannst du dir eigentlich so sicher sein, dass Melanie es war, die die Gerüchte über Falke und Sina in Umlauf gebracht hat?«

»Weil sie in meiner Gegenwart solche Sprüche rausgehauen hat.

Damals. Und außerdem habe ich nach und nach von Freunden erfahren, dass auch sie es direkt von Melanie wussten. Nie direkt, nie offensichtlich. Immer nur durch ein paar hingeworfene Bemerkungen – aber solche, die einen zum Nachdenken brachten.« Er hob ganz kurz die Augenbrauen. »Melanie. Sie war der Ausgangspunkt.«

»Was ist dran an den Gerüchten?«

»Tja, soviel ich weiß ... Also, genau *weiß* ich es natürlich nicht. Man hat gehört, dass Falke gewalttätig war.«

»Ich glaube eher, gewalttätig *wurde*. Und zwar erst nach Sinas Verschwinden. Jedenfalls gibt es keinen Beweis dafür, dass er sich Sina jemals auf unerlaubte Weise genähert hätte.«

»Jaja, wenn das Getratsche erst mal losgeht, dann ist es nicht aufzuhalten.«

»Die Frage ist: Wieso behauptet Melanie Dosenbach so etwas, wenn es völlig haltlos ist?«

»Hm. Sie war Sinas beste Freundin. Vielleicht weiß sie eben mehr über sie als alle anderen.«

»Du hältst es also doch für möglich?«

»Ich? Nein, mir kamen die Gerüchte immer irgendwie spanisch vor.«

»Was kann Melanie also dazu bewogen haben?«

»Das kann Ihnen wohl nur Melanie selbst beantworten.«

7

Dunkelheit, sie blinzelte, versuchte, sich zu orientieren. War das ihre Wohnung? Darolds Wohnung? Eine Gestalt huschte auf sie zu, aschfahle Umrisse in der Finsternis. Hanna erschrak, ihr Herz schlug auf einmal ganz wild, sie spürte es in der Brust wie einen Hammer. Sie wollte sich bewegen, sich aufsetzen, wollte irgendetwas *tun*, doch sie war wie gelähmt. Die Gestalt glitt auf die Bettkante, war jetzt ganz nah bei ihr, und seltsamerweise ließ die Furcht nach, löste sich auf.

Darold?

Nein, er war es nicht, denn obwohl es stockdunkel war im Zimmer, erkannte Hanna nun klar und deutlich die Gesichtszüge.

»Du?«, entfuhr es ihr.

Ein freudiges Nicken.

»Wo kommst du denn her? Wo warst du die ganze Zeit.«

Ein Kichern.

»Geht's dir gut?«

Wieder das Nicken.

Hanna sah das Lächeln im Gesicht, musste selbst lächeln, entspannte sich völlig. Ihr war so feierlich zumute, sie war so glücklich. Und sie war auch nicht mehr wie gelähmt, sondern streckte die Hand aus nach der Gestalt, wollte sie berühren, *musste* sie berühren, und als sie erwachte, brauchte sie erst einmal ein paar lange Sekunden, um zu verstehen.

Es war nicht mehr dunkel. Durch den Schlitz der beiden zugezogenen Vorhanghälften schien die Sonne. Das Schlafzimmer ihrer Wohnung. Sie lag da, auf dem Rücken, die Arme seitlich von sich gestreckt; ihre Gedanken gingen langsam, wie Räder im Matsch.

Erst nach einer Weile wurde ihr bewusst, dass sie sich früher – wenn sie von Sina geträumt hatte – immer zerfahren, verwirrt, unruhig gefühlt hatte, als hätte sie Ohrfeigen einstecken müssen. Jetzt war das nicht so. Irritiert stellte sie fest, dass der Moment, in dem der Traum am intensivsten, am schönsten gewesen war, auch jetzt noch vorhielt. Es war beinahe, als wäre sie gestreichelt, mit einem geheimnisvollen wohltuenden Balsam eingerieben worden.

Dieses Gefühl begleitete sie, als sie sich unter die Dusche stellte, sich anschließend abtrocknete, ihr Haar kämmte, die Zähne putzte.

Zum ersten Mal ließ sie ein Traum von Sina nicht aufgewühlt zurück. Warum?

Das fragte sie sich, während sie einen Instant-Cappuccino und eine Schüssel mit Müsli und Apfelstücken zubereitete, während sie aß, das Geschirr abspülte, es abtrocknete. Warum?

Weil sie etwa tatsächlich dabei war, ihren Frieden mit allem zu schließen? Eine Art von Frieden? Die Vergangenheit – jedenfalls die dunklen Seiten davon – abzustreifen? Sie fühlte sich gut an diesem Morgen, ja, sie fühlte sich gut.

Ein kurzes Telefonat mit ihrer Mutter. Eine Kollegin Susannes fiel krankheitsbedingt aus, schon seit zwei Tagen, und Susann würde in dieser Woche länger bei dem Optiker arbeiten müssen als ihre üblichen dreißig Stunden.

»Kein Ding«, sagte Hanna. »Lass mich nur allein zu ihm fahren. Du musst kein schlechtes Gewissen haben.«

»Meinst du?«, fragte Susanne unsicher, und dieser Ton der Unsicherheit, auch er tat Hanna gut. Sie war diejenige, die bestimmte, die den Dingen den Lauf gab. Ja, sie würde allein fahren, die Krankheit der Kollegin war keine billige Ausrede, das würde Susanne nicht tun, dazu war sie viel zu sehr Kämpferin, viel zu stolz.

Aber das war ein Umstand, über den Susanne andererseits auch nicht traurig war. Hanna wusste das. Susanne wusste, dass sie es wusste. Die Besuche, vor allem die, die sie allein erledigte, gaben Hanna mittlerweile Kraft – so sehr sie zu Beginn an ihrer Kraft gezehrt hatten.

Während sie darüber nachdachte, drängte sich ihr der Eindruck auf, als hätte sich das Kräfteverhältnis zwischen ihr und ihrer Mutter verändert, als wäre es ausgeglichener geworden. Konnte man das so sagen? Sie wusste es nicht, wollte auch nicht länger darüber nachgrübeln; sie saß schon wieder hinter dem Steuer, fuhr in Richtung Ortsausgang, war auf dem Weg zu ihrem Vater.

Es würde noch eine ganze Zeit dauern, bis es zum Prozess käme, das zog sich ja auch in eindeutigeren Fällen dahin, wie Dr. Fleckenschildt, der Anwalt ihres Vaters, erklärt hatte. Doch auf seltsame Weise schreckte sie das, was vor ihnen lag, nicht mehr so sehr wie am Anfang. Sie fühlte sich *gut*, immer noch, ja, sogar gestärkt. Sie hatte schon so viel Gegenwind überstanden, sie würde weiter kämpfen. Sie war nicht mehr die kleine Hanna.

Die Musik aus dem Radio wühlte sich in ihr Bewusstsein. Sie schaltete es aus, wollte klar bleiben, *fokussiert*, wie die Leute jetzt immer sagten, wollte sich auf den anstehenden Besuch konzentrieren.

Die letzten Gebäude Blaubachs, jene Wohnblöcke, in denen Lukas Bellwanger wohnte. Lange hatte Hanna das Gefühl gehabt, er hätte Sina etwas angetan. Sehr lange. Aber jetzt ... Egal, nicht abschweifen zu Bellwanger, er spielte keine Rolle mehr.

Dann die Bushaltestelle. Automatisch ging sie vom Gas herunter, wenig Verkehr, sie wendete mühelos, kam in der für die Busse vorgesehenen Parkbucht zum Stehen. Der Motor blubberte im Leerlauf leise vor sich hin, und sie ließ einige Sekunden verstreichen, bis sie ihn ausmachte. Verwundert fiel ihr auf, wie lange sie hier nicht mehr gestoppt hatte. Ausgerechnet in den letzten Wochen, als alles so sehr hochgekocht war, kein einziges Mal.

Sie stieg aus.

Manchmal, in ganz verrückten Augenblicken, ist mir beinahe so, als könnte ich Sinas Gegenwart spüren.

Das hatte sie zu Darold gesagt, genau diese Worte. Damals,

kurz nach dem anonymen Anruf, als sie ihm zum ersten Mal nach Jahren gegenübergestanden war. Wer hätte absehen können, was danach alles passieren würde?

Hanna sah sich um, ließ den Blick schweifen. Das Sonnenlicht glitt über die Wipfel des nicht weit entfernten Waldes. Ein weiterer warmer Tag. Sinas Anwesenheit. Sie spürte sie, das Gefühl des Traumes von heute Morgen, es war immer noch da.

Mit einem Kloß im Hals nahm Hanna auf dem Fahrersitz Platz. Sie startete den Motor. Ein letzter Blick an die Wand, an der das Foto ihrer Schwester so lange gehangen hatte, bis es ganz ausgebleicht war, dann fuhr sie los, um nur gut zwanzig Minuten später wieder in der Unmittelbarkeit des Jetzt angekommen zu sein, in einem kahlen Besuchsraum, gemeinsam mit ihrem Vater und einem der Männer vom Wachpersonal.

Ihr Vater hatte eine Frage gestellt, sie musste nachdenken. Es ging um den Urlaub, den sie unbedingt hatte nehmen wollen – und doch nicht genommen hatte. »Nein, daraus wird wohl nichts mehr«, meinte sie mit einem Lächeln und einem Abwinken.

»Ach, wie schade.«

Als er die lapidaren Worte aussprach, erwiderte er ihr Lächeln. Es war das erste Mal überhaupt, dass er eine solche Reaktion zeigte, und rasch bemühte sie sich weiterzuerzählen, von den vagen Reiseplänen, von Kroatien, von ihren Volleyballfreundinnen, die sie zu selten sah und mit denen sie deshalb nie Nägel mit Köpfen gemacht hatte, was einen Urlaub betraf.

Sein Lächeln blieb, er hörte zu, bemühte sich zu zeigen, dass sie sein Interesse auch ja bemerkte. Schon bei den vorangegangenen Besuchen – bei denen ohne Susanne – war ihr aufgefallen, dass gerade bei alltäglichen Themen, bei harmlosen Geplauder am ehesten Leben in ihn zu kommen schien. Nach all den Tagen, in denen er sich in sich selbst verkrochen hatte, schien jetzt wohl endlich die Sehnsucht nach so etwas wie Normalität in ihm zu erwachen, nach einem Leben, das er selbst viele Jahre lang geführt hatte. Auch die Gespräche mit den Psychologen und mit dem Anwalt, der einen recht feinfühligen, verständnisvollen Eindruck machte, mochten sich positiv auf Reinhold Falkes Gemütszustand auswirken. Ein Umstand, den Hanna kaum zu hoffen gewagt hatte.

»Ein Urlaub würde dir bestimmt guttun«, fügte er an, eine weitere Phrase, noch ein Lächeln, »das hättest du echt verdient. Vielleicht ergibt sich ja noch was.«

Sie seufzte auf, ein bisschen übertrieben. »Ach, das wär schön, klar.« Unwillkürlich strömten Erinnerungen auf sie ein, sie und Sina und der Rest der Familie in einem kleinen Hotel an der Adriaküste. Faul am Strand, ausgelassen in den Meereswellen, alberne Kissenschlachten im Hotelzimmer, Gedanken austauschen vorm Einschlafen.

»Wie sieht's denn mit der Arbeit aus?«, fragte er, und er klang beinahe wie früher, als sie noch alle zu Hause gelebt hatten, als sie noch ein Mädchen und er auch wirklich ihr *Vater* gewesen war, und nicht ein durchgedrehter Kerl, der mit einem Küchenmesser jemanden erstochen hatte.

»Ich habe Frau Burlach gesagt, dass meine Pause jetzt lange genug war. Dass ich wieder im Kindergarten anfangen will.«

»Sicher?« Besorgnis in seiner Miene.

Wieder fiel ihr auf, wie viel Mühe er sich gerade gab.

»Aber ja. Sie hat gemeint, ich solle noch abwarten, aber das möchte ich nicht. Mir fällt sonst irgendwann die Decke auf den Kopf.«

Er nickte eifrig. »Kann ich natürlich verstehen. Irgendwas muss man ja zu tun haben.« Sein Blick senkte sich. Sie sah ihn an, den kleinen Mann, der ihr gegenüber saß, mit dem kleinen Gesichtchen, den vielen Falten, jenen Mann, der deutlich älter wirkte, als er war, und der einer ungewissen – in jedem Fall unschönen – Zukunft entgegenblickte.

Kurz darauf verabschiedete sich Hanna, und zum ersten Mal drückten sie sich kurz.

Als sie sich wieder ins Auto setzte und die Tür schloss, spürte sie einen Kloß im Hals, genau wie vorhin an der Bushaltestelle. Erleichterung erfasste sie. Darüber, dass sie ihren Vater endlich wieder als menschliches Wesen betrachtet hatte. Als den Mann, der früher nie so streng hatte sein können wie die Mutter. Bei dem man sich auch mal ausweinen konnte. Und nicht als ein *Etwas*, das sie verstörte, ihren Alltag durcheinanderbrachte, alles noch schlimmer, noch komplizierter machte, als es ohnehin schon war. Als einen *Menschen*. Der unendlich litt. Der das Gefühl hatte, alles, aber auch wirklich alles falsch gemacht zu haben. Der alles bedauerte.

Wieso nur hatte sie so lange dazu gebraucht, wieso nur waren die Besuche anfangs so eine Belastung für sie gewesen? Nicht *sie* saß weggesperrt hinter Mauern, sondern er.

Erleichterung. Sie sog sie in sich auf, atmete sie ein, ließ sie noch auf sich wirken, bevor sie den Wagen startete.

8

Früher Nachmittag. Sie war schon zu Hause, wie gewohnt. Im ganzen Jahr hatte sie keine einzige Überstunde gemacht. Die vertraglich festgelegten vier Stunden pro Tag waren für ihren Job sogar noch recht großzügig bemessen. Die Arbeit bedeutete nicht *Arbeit*, sondern war dazu da, dass sie nicht zu viel Zeit totschlagen musste. Dass ihre grauen Zellen nicht einrosteten und sie einer Aufgabe nachging. Dass sie zu den *Berufstätigen* gehörte. Dass sie zeigen konnte, wie wichtig ihr das Familienunternehmen war, obwohl es ihr in der Tiefe ihres Wesens ziemlich gleichgültig war. Ja, eine Aufgabe. Jedenfalls so lange, bis die Kinder kommen würden, denn dazu gab es keine Alternative, auch wenn ihr der Gedanke, jemanden erziehen zu müssen, seltsam vorkam: einschüchternd, überwältigend, einfach verdammt *groß*. Sie hatte überhaupt keine Vorstellung davon, was sie dabei erwartete. Aber: keine Alternative.

Das Grundstück, auf dem sie den Rest ihres Lebens verbringen würde, war von ihrem Vater schon gekauft worden, nicht einmal zehn Autominuten vom Elternhaus entfernt. 300 stolze Quadratmeter. Der Bau des Eigenheims, das schick und eine Spur zu großzügig ausfallen würde, war bereits terminiert worden. Und den Mann, mit dem sie dieses Leben teilen würde, gab es auch schon: Florian Sichlinger.

Melanie Dosenbach hätte es schlechter treffen können, viel schlechter. Mit allem.

Sie stand am Küchenfenster und sah nach draußen aufs Nachbargrundstück, wo Kinder spielten, Acht-, Neun-Jährige, die ohne Unterlass herumtobten und die Aussicht auf eigenen Nachwuchs noch respekteinflößender wirken ließen.

Als sie den Kühlschrank öffnete, fiel ihr angesichts der Leere ein, dass sie ihrer Mutter versprochen hatte, diesmal den Einkauf zu übernehmen. Ihre Mutter Renate war noch in der Firma, um einige der nächsten Projekte auf den Weg zu bringen. Obwohl Renate gar keine offizielle Arbeitsstelle bekleidete und demzufolge keinen Lohn erhielt, leistete sie viel, war sie unablässig mit vollem Engagement dabei, mittendrin, die gute Seele des Geschäfts. Melanie schnappte sich die beiden Einkaufstaschen und verließ das Haus. Das am Ende der Straße geparkte Auto, in dem ein Mann regungslos hinter dem Steuer saß und zu ihr herübersah, bemerkte sie nicht. Sie glitt in ihren roten Mini und fuhr los, erst zum Metzger, dann zum Supermarkt. Dass sie dabei weiterhin beobachtet wurde, entging ihr. An der Fischtheke wurde sie gegrüßt, wie man sie seit Jahren überall im Ort grüßte, dieses *Hallo, Melanie*, das immer gleich klang, egal von wem es kam, in dem man den Respekt gegenüber ihrer Familie, ihrem Vater heraushörte. Manchmal hätte sie es vorgezogen, dass man sie nicht kennen würde, dass sie irgendwo anders wohnte, aber das verflog immer schnell. Die Käsetheke, *Hallo, Melanie*, dann die Verkaufsgänge. Der Filialleiter grüßte sie, *Hallo, Melanie*, und jedes Mal grüßte sie zurück, lächelnd, unverbindlich, gewohnheitsmäßig. Höflich, aber nicht freundlich.

Der Einkaufswagen war fast voll, noch etwas Süßes, Kekse, Schokolade, die Waffeln mit Nusscreme, die ihr Vater so gern mochte, und ab nach Hause. Eine Frau um die 50 griff nach den gleichen Waffeln, *Hallo, Melanie*, aber diesmal, aus einem Impuls der Überdrüssigkeit heraus, tat Melanie so, als hätte sie nichts gehört, sie schob den Wagen, ging weiter, bog aus dem Gang heraus, auf die Kassen zu. Die Frau war Benny Laux' Mutter gewesen. Melanie hatte nichts gegen sie, überhaupt nicht. Aber wenn sie Frau Laux sah, musste sie unwillkürlich an Benny denken, und musste sie an Benny denken, musste sie an Sina denken, aber das wollte sie nicht, das lag so lange zurück, das war *Ver-gan-gen-heit*, das war tot.

Hinaus auf den Parkplatz, eine Freundin ihrer Mutter aus

dem Kirchenverein grüßte im Vorbeigehen, Melanie lächelte kurz zurück, nickte mit dem Kopf, höflich, aber nicht freundlich. Den Einkauf ins Auto, den Einkaufswagen zurückschieben, die Münze einstecken, und schon saß sie wieder am Steuer des Wagens, den sie so liebte, den ihr Vater ihr geschenkt hatte. Sie fuhr los, und erneut bemerkte sie nicht, dass jemand sie beobachtete.

9

Nach längerer Zeit hatte er sich wieder einmal reingewühlt. In Ordner, Auflistungen, Aufzeichnungen, Artikel, Gesprächsprotokolle, Erinnerungen. Da lag es vor ihm, das Labyrinth, das der Fall Sina Falke war, starrte ihm vom Monitor des Laptops entgegen, unzählige geöffnete Dateien und Dokumente, ein dicker, unübersichtlicher virtueller Stapel, ein Monster.

Per Klick schloss er einiges davon, und zum ersten Mal spürte er den Drang, alles zu löschen, sich ein für alle Mal davon zu befreien.

Warum tust du es nicht?, fragte er sich, warum kannst du es nicht?

Weil Benjamin Laux einen albernen anonymen Brief geschrieben hat?

Weil ...

Er rieb sich die Augen, die vom langen Starren auf den Bildschirm brannten, vom vielen Lesen, Überfliegen, Herumstöbern. Die Worddatei mit den vergleichbaren Fällen. Er wollte auch sie schließen, zögerte allerdings noch.

Damals, als Sina verschwand, hatte es nur *einen* vergleichbaren Fall gegeben. Katja Bendow, 14, Sigmaringen, vermisst seit dem 6. September 2006. Sechzehn Monate vor dem Tag, an dem Sina zuletzt gesehen worden war. Darold erinnerte sich gut, dass die Sache mit Katja ihn durchaus beschäftigt hatte. Er hatte sogar begonnen, alle Männer, die Sina kannte und die in irgendeiner Verbindung zu ihr standen, auf diesen 6. September 2006 hin zu überprüfen. Lukas Bellwanger, der Hauptverdächtige, hatte an diesem Tag, einem Dienstag, gearbeitet. Das galt praktisch auch für die anderen Männer, die Darold überprüfte, allerdings konnte er nicht offen nach einem Alibi fragen in einem Fall, der sich einfach nicht in einen klaren Zusammenhang mit den Geschehnissen in Blaubach bringen ließ. Schließlich hatte er es sein lassen. Es war eine der etlichen Sackgassen. Genau wie der Fall Alicia Grüninger, 17, Hinterzarten, vermisst seit dem 17. März 2011, einem Donnerstag. Ihr Verschwinden war einer der letzten Punkte, die Darold seinem Sina-Falke-Labyrinth hinzugefügt hatte. Und er hatte sich wieder die Mühe gemacht, Lukas Bellwangers Aufenthaltsort am entsprechenden Tag zu überprüfen. Ein einziger Anruf war dazu notwendig gewesen: Bellwanger hatte gearbeitet. Urlaub, ein krankheitsbedingtes Fernbleiben oder eine Abwesenheit aus sonst einem Grund wäre vermerkt worden, das versicherte man ihm. Er bedankte sich und legte auf. Zu diesem Zeitpunkt hatte er ohnehin längst aufgegeben. Andere Personen aus Sinas Umfeld überprüfte er nicht mehr hinsichtlich des Tages, an dem Alicia Grüninger nicht nach Hause gekommen war.

Er schloss die Worddatei.

Und fragte sich von Neuem, weshalb es ihm nicht möglich war, einfach alles zu löschen. Weshalb er den Laptop überhaupt eingeschaltet hatte. Weshalb er in den vergangenen Tagen Melanie Dosenbach beobachtet hatte. Als hätte sie sich irgendetwas zuschulden kommen lassen. Als gäbe es irgendeinen auch nur halbwegs plausiblen Grund dafür. Ein anonymes Briefchen eines Jünglings, dem die ganze Geschichte richtig an die Nieren ging?

Und weshalb konnte Darold nicht einmal jetzt aufhören? Weshalb stiefelte er aus der Wohnung, weshalb setze er sich hinters Steuer?

Mit düsterer Miene fuhr er an, die Hände fest ums Lenkrad gelegt. Einmal quer durch die Ortschaft, dann auf einer kaum befahrenen Straße am Nordende aus Blaubach hinaus. Er beschleunigte leicht, vergewisserte sich noch einmal mit einem raschen Blick zur Uhr im Armaturenbrett.

In gemächlichem Tempo näherte er sich dem großen Besitz des Landwirts Herbert Faller, eines in der gesamten Gegend bestens bekannten Mannes. Ein großer Hof. Ringsum die eigenen Mais-, Weizen- und Zuckerrübenfelder. Mehrere Stallungen für Kühe, Ziegen, Hühner. Und für Pferde, um die sich Mädchen und junge Frauen mehrerer Blaubacher Generationen kümmerten. Ausritte, Trainingsstunden, Kutschausfahrten.

Seit einiger Zeit gehörte offenbar auch Melanie Dosenbach zu den Pferdefreundinnen. In der Zeit, nachdem Sina Falke verschwunden war, hatte Melanie noch keine Verbindung zum Faller-Hof gehabt.

Das war der beste Moment der Woche, um sie allein anzutreffen. Er parkte ein Stückweit entfernt, stieg aus und schritt über einen Trampelpfad auf den Hof zu. An der Hinterseite eines großen Kuhstalls ging er entlang, die Sonne brannte, er schwitzte unter dem T-Shirt und dem viel zu dicken karierten Hemd, das zerknittert auf die Cargohose fiel. Seine knöchelhohen Schnürschuhe sanken ins Gras ein. An der Ecke des Baus blieb er stehen. Mit der abgeflachten Hand schützte er die Augen vor dem grellen Tageslicht. Keine Wolke am Himmel, es roch nach Wiese und Vieh, nach Holz und Pferden, Bienen summten. Das rhythmische Zischen der Sprinkleranlagen, mit denen ein großflächiger Gemüsegarten bewässert wurde, war weithin zu hören.

Darold entdeckte sie, als sie aus dem östlich gelegenen Pferdestall herauskam. Sie führte ein klein gewachsenes, hellbraunes Pferd an den Zügeln und hielt nach ein paar Schritten inne, sodass der Schatten der Stallfront auf sie fiel. Sie steckte dem Tier eine Möhre ins Maul und begann es abzubürsten. Mit Sorgfalt widmete sie sich ihrer Tätigkeit. Sie trug T-Shirt, enge Reithosen, in deren rechter Tasche ein Handy steckte, und Reitstiefel. Ihr Profil drückte etwas Liebevolles aus. Darold sah es, er war nähergekommen, unbemerkt von ihr, und ließ noch einige Sekunden verstreichen, ehe er sie ansprach.

»Guten Tag, Melanie.«

Ruckartig hob sie den Kopf. Sie ließ von dem Pferd ab und drehte sich zu ihm herum.

»Ich bin eigentlich hier, um mich mit einer Flasche von Fallers selbstgebranntem Kirsch einzudecken, und da … sah ich Sie zufällig.«

Melanie machte nicht den Eindruck, als würde sie ihm glauben, und versuchte das auch gar nicht zu verbergen, wie ihr Gesichtsausdruck verriet. Darold hatte sich beim Vortragen seines Märchens auch nicht sonderlich Mühe gegeben.

»Vielleicht könnte ich«, fuhr er stoisch fort, »die Gelegenheit nutzen, Ihnen eine Frage zu stellen?«

Genervt verzog sie das Gesicht – und wiederum lag ihr nichts daran, das zu verbergen.

»Das ist nicht Ihr Ernst, oder?«

»Doch, das ist es«, erwiderte er trocken, als wäre ihre Frage gar keine rhetorische gewesen.

Sie blickte sich um, als würde sie von irgendwoher auf Hilfe hoffen.

»Nur eine einzige Frage.«

Sie schwieg, sah ihn an, mit diesen Augen, in denen schwer zu lesen war, die halb ängstlich, halb wütend wirkten.

»Wieso haben Sie damals mehreren Leuten gesagt, Reinhold Falke hätte sich Sina auf unsittliche Weise genähert? Auf sexuelle Weise. Belästigt.«

»Was?«, entfuhr es ihr. Und gleich noch mal: »Was!?«

»Das ist meine Frage, Melanie.«

»O Mann!« Sie schüttelte heftig den Kopf, warf die Arme in die Luft, fast wäre die Pferdebürste ihren Fingern entglitten. »Das kann doch wohl nicht wahr sein!«

»Wieso, Melanie?« Unverändert stoisch sein Ton.

»Wie kommen Sie denn da überhaupt drauf? Vor Kurzem haben Sie doch schon den Quatsch …«

»Wieso, Melanie?«

»Von wem haben Sie das?«

»Wenn Sie's nicht waren, von wem haben Sie die Gerüchte denn gehört?«

»Was weiß ich?«, schnarrte sie, das Blut war in ihre Wangen geschossen, wieder wedelte sie mit den Händen.

»Von niemanden. Weil Sie die Erste waren, die davon erzählt hat.«

»Nein.«

»Doch«, hielt er ihr entgegen, als wäre er sich einhundertprozentig sicher, dass es so war, als wüsste er es wirklich.

»Ich erzähle meinem Vater, dass Sie mich hier ...« Sie suchte verzweifelt nach einem Begriff, den sie für passend erachtete.

»Wieso, Melanie? Hat Sina Ihnen gegenüber jemals etwas erwähnt ...«

»Lassen Sie mich in Ruhe!«, schnitt sie ihm das Wort ab.

»Melanie, ich wundere mich nur, woher ...«

»Hauen Sie ab!« Sie hatte endgültig die Beherrschung verloren. Wild funkelte es in ihren Augen, ihr ganzes Gesicht glühte, die Bürste hatte sie achtlos fallen gelassen.

»Melanie ...«

Aus ihrer Hosentasche zog sie das Handy, fuhr flink über das Display.

»Melanie, es besteht kein Grund ...«

»Papa!« Das Telefon am Ohr starrte sie Darold an. »Kannst du schnell hierherkommen? Zum Faller-Hof?«

»Schon gut, Melanie, ich lasse Sie in Ruhe.«

Darold drehte sich um und ging davon. Ihre Stimme schwirrte noch um ihn herum, während sie weiter mit ihrem Vater redete, und schon wieder fragte er sich, warum er nicht aufhören konnte, warum um alles in der Welt er das tat, was er tat.

Er ließ sich in den Autositz fallen, startete den Motor und saß kurz darauf zu Hause in seinem Sessel fallen, einen dreifachen Scotch vor sich. In kleinen Schlucken trank er das Glas leer, schenkte sich noch einmal nach, nippte daran. Der Whisky brannte angenehm in seinem Magen. Er rauchte eine Zigarette, dann noch eine. Er stand auf, schaltete den Laptop ein, ließ sich davor nieder. Während des Startvorgangs zog er das Hemd aus und warf es aufs Sofa. Er war vollkommen verschwitzt, das T-Shirt klebte ihm auf der Brust.

Warum tust du das?

Er öffnete die vertrauten Dateien, war wiederum versucht, sie allesamt zu löschen, und tat es doch nicht. Noch eine Datei, noch eine, noch eine. Jetzt das Dokument, das er als Fahrzeug-/Alibi-Liste abgespeichert hatte. Mit allen Männern aus Sina Falkes Umfeld und ihren dazugehörenden Autos und Alibis. Er starrte die Liste an. Sehr lange. Er trank einen weiteren Scotch, rauchte die nächste Zigarette. Dann stand er wieder auf, briet sich ein Stück Fleisch in der Pfanne, aß es mit zu trockenem Brot und Gurken aus dem Glas vor dem Fernseher. Die Nachrichten liefen vor ihm ab, ohne dass er sonderlich viel davon wahrnahm. Er dachte eine Weile darüber nach, ob er Hanna anrufen sollte, ließ es aber sein. In den Tagen, in denen er törichterweise Melanie Dosenbach hinterhergeschnüffelt hatte, hatten sie sich kein einziges Mal getroffen und nur zweimal kurz miteinander telefoniert.

Er stellte den schmutzigen Teller in der Spüle ab, ließ die Pfanne auf dem Herd stehen und den Fernseher laufen. Erneut fand er sich vor dem Laptop wieder. Das Dokument mit der Liste war immer noch geöffnet, ein Name nach dem anderen, ein Fahrzeug nach dem anderen, ein Alibi nach dem anderen.

Es roch noch intensiv nach dem gebratenen Fleisch, er hatte kein Fenster offen, nach wie vor fühlte er Schweiß auf seiner Haut. Also stand er auf, lüftete ordentlich und nahm eine Dusche. Anschließend betrachtete er zum dritten Mal die Liste.

Er griff nach seinem Handy und wählte Andrea Ritzigs Nummer.

Warum tust du das?

»Duu?« Ihre Stimme ließ keinen Zweifel daran, wie verblüfft sie war.

»Ja«, sagte er. »Ich.«

Sie wartete, ihr Atem ging ganz leise.

»Ähm … ich …« Er räusperte sich, kam mit seinem Satz nicht voran, und es ärgerte ihn, dass er anfing zu stammeln wie ein kleiner Junge.

»Was ist los?«

»Ich wollte mich entschuldigen. Du weißt schon. Wegen letztem Mal...«
»Jaja, ich weiß schon«, machte sie es ihm leichter. Wie früher immer. »Kein Problem.«
»Vielleicht«, sagte er gedehnt, »könnten wir uns sehen?«
Wieder wartete sie schweigend ab.
»Ich meine, falls du mal Zeit hast.«
»Ich hatte es dir ja angeboten. Nur hätte ich jetzt nicht mehr mit einem Anruf von dir gerechnet, wenn ich ehrlich bin.«
»Bin eben immer für eine Überraschung gut«, versuchte er sich in billigen Humor zu flüchten.
»Hm, okay.« Sie ging nicht darauf ein. »Sag mir, wann es dir passt.«
»Wie wäre es mit heute Abend?«
»Hoppla, jetzt überraschst du mich noch mehr.« Andrea lachte, aber er konnte ihr Lachen nicht deuten. »So eilig hast du's auf einmal?«

Kapitel 8

Der Überfall

Manchmal lausche ich in die Stille, und alles, was ich höre, ist das Schlagen meines Herzens. Und dann verfluche ich es dafür, dass es schlägt und schlägt und schlägt.

Aus einem Tagebucheintrag von Sina Falke

I

Ein kleiner Zweiertisch in der Ecke, etwas abgeschirmt durch einen der wuchtigen Deckenpfeiler. Gedämpftes Kneipengeplauder und Radiomusik, leise eingestellt, dass sie nur ein Hintergrundsummen darstellte. Der Tresen etwa zur Hälfte gefüllt, die Stühle spärlich besetzt. Ein typisches Provinzgasthaus. Hüfthohe Wandtäfelung aus Holzimitat, Rüschengardinen, Mannschaftsfotos und Wimpel des örtlichen Fußballvereins, Bierdeckelbehälter aus Plastik auf den Tischen. Eine Ortschaft, fast 50 Kilometer von Blaubach entfernt, ganz bewusst von ihnen gewählt, um Ruhe zu haben und auf keinen Bekannten zu treffen.

Sie sah ihn an, mit diesen Augen, die ihn lesen konnten, so gut, dass es ihm manchmal unangenehm war, früher schon.

»Ich war echt perplex, als du dich gemeldet hast«, sagte Andrea, nachdem die Getränke gebracht worden waren, für sie Rotwein, für ihn Bier.

Ohne ihr zuzuprosten, nippte Darold am Glas. Er hatte ein schlechtes Gewissen.

»Ist schon eine Weile her, dass wir zusammen weg waren, stimmt's?«

»Richtig.« Jetzt erwiderte er ihren Blick.

»Ich habe überhaupt nichts mehr von dir gehört. Seit deinem Abgang.«

»Ich weiß, tut mir leid. Hätte mal anrufen sollen.«

»Muss dir nicht leidtun.« Sie lächelte schmal. »Viel gesprächiger bist du anscheinend nicht geworden.«

»Da hast du wohl recht.«

»Und wenn du früher mal mehr Worte gebraucht hast, dann immer sehr deutliche. Da musste man sich vorsehen.«

»Was du nicht sagst«, warf er ironisch ein.

»Du konntest ganz schön sauer werden.« Sie musterte ihn. »Hast ja auch im Revier ab und zu mal den wilden Mann gespielt.«

»Kann mich kaum an früher erinnern.«

»Oder du willst es nicht.«

»Oder das«, meinte er mit einer Gleichgültigkeit, die er nicht einmal zu verbergen versuchte.

In Andreas Tonfall mischte sich eine Spur Härte: »Du musst mich nicht für blöd verkaufen.«

»Das tue ich nicht.« Er betrachtete sie, während sie einen kurzen Blick auf ihr Mobiltelefon warf und am Glas nippte. Ein paar Falten mehr, auch das eine oder andere zusätzliche Pfund um die Hüften, die Haare etwas kürzer, ansonsten kaum verändert. Eine gute Frau. So albern das auch klingen mochte. Eine Frau, die *richtig* war. Für ihn richtig gewesen war. Die sich ihm angeboten hatte, ehrlich, offen. Mitte 40, vor etlichen Jahren geschieden, keine Kinder, attraktiv. Innendienst seit fast zwei Jahrzehnten. Hervorragende Sportschützin, Hundenärrin. Sie kannte das Leben, stellte keine unerfüllbaren Ansprüche, vor allem nicht an die Männer. Es war folgerichtig gewesen, dass sie beide zusammengekommen waren. Und es wäre folgerichtig gewesen, wenn sie zusammengeblieben wären. Aber Darold hatte sie verlassen, recht bald schon, von einem Tag auf den anderen.

»Doch, das tust du«, sagte Andrea entschieden. »Mich für blöd verkaufen.«

Er äußerte kein Wort.

»Du willst doch etwas, oder?« Ein weiterer Schluck Rotwein, die Zungenspitze fuhr über die Lippen. »Ich soll etwas für dich erledigen. Überprüfen. Abklopfen.«

»Ja«, gab er zu.

Obwohl sie es geahnt hatte, obwohl sie ihn wieder einmal *gelesen* hatte, schmerzte sie seine Antwort. Er merkte es ihr an, fühlte es. Er kam sich vor wie ein Schweinehund.

»Na los.« Rau ihre Stimme, übertrieben sachlich. »Um was geht es? Wenigstens kann es nichts mit Sina Falke zu tun haben. Die

Sache hat sich ja wohl – man kann's kaum glauben – doch noch aufgeklärt. Wenigstens das bleibt mir also erspart.«

»Es hat mit Sina Falke zu tun«, gab er leise zurück.

Über den Tisch hinweg starrte sie in sein Gesicht, völlig entgeistert, womöglich sogar entsetzt. »Was?«, fragte sie tonlos.

Er zuckte mit den Schultern, nahm noch einen Schluck Bier.

»Aber das sieht doch alles eindeutig aus. Ich hab mich mehrmals mit Leitner darüber unterhalten.« Sie fuhr fort, in einer Art, als lese sie ein Polizeiprotokoll vor: »Der Albaner nutzte den Grenzübergang in der Nähe von Blaubach, um über Schaffhausen nach Zürich zu fahren. Zum Zeitpunkt von Sina Falkes Verschwinden war er wohl regelmäßig auf seinen Touren unterwegs. Womöglich nicht immer mit demselben Auto – aber immer mit einem schwarzen Modell. Er konnte nicht angeben, wo er sich an dem Abend aufhielt, als Sina Falke zuletzt gesehen wurde, oder mit wem er diesen Abend verbrachte. Und in seinem Besitz befand sich ein Gegenstand, der unzweifelhaft Sina Falke gehört hat. Wie sollte ein Frankfurter Gangster sonst an einen solchen Gegenstand gekommen sein? Das Ganze sieht doch ziemlich eindeutig aus. Oder?«

»Kann schon sein«, murmelte er.

»Kann schon sein?«, wiederholte sie ungläubig. »Dir ist wirklich nicht zu helfen.«

»Ist tatsächlich erwiesen, dass er den Grenzübergang nach Schaffhausen genommen hat? Dass er am Neujahrstag 2008 durch Blaubach gekommen ist? Dass es sein Auto war, das an der Haltestelle gesehen worden ist?«

Sie lachte auf, freudlos, etwas lauter als wohl beabsichtigt.

»Darold, das alles kann nicht dein Ernst sein.«

Er schwieg.

»Ich hätte nicht gedacht, dir das mal sagen zu müssen, aber du machst dich zum Idioten. Das ist dir klar, hoffe ich.«

»Es ist nur eine Bitte«, kam er ungerührt zurück auf den Punkt.

»Du musst ihr ja nicht nachkommen.«

»Wie großzügig von dir.« Womöglich wollte sie es überspielen, aber ein Ton der Verbitterung, der tiefen Enttäuschung klang unzweifelhaft durch.

»Es würde nicht viel Zeit beanspruchen.«

»Nun red schon.«

»Kannst du dich noch an die Liste erinnern?«

Sie rollte mit den Augen. »Du hattest immer etliche Listen. Aber ich weiß, welche du meinst. Na klar. Die vielen Männernamen. Mit den Alibis. Und mit den Autos.«

»Ja. Nur dass es mir diesmal nicht um die Alibis und die Autos geht.«

»Sondern?«

»Um Frankfurt.«

Wieder lachte sie auf, plötzlich auch irgendwie müde, irgendwie leer. Jedenfalls hatte er den Eindruck.

»Du spinnst, Darold.« Wie damals immer schon nannte sie ihn beim Nachnamen.

»Ich habe dir die Liste vorhin per E-Mail geschickt. Kannst du für mich checken, ob der Computer irgendetwas über Frankfurt ausspuckt?«

»Das ergibt doch keinen Sinn.« Sie verdrehte die Augen. »Einfach nicht zu fassen. Darold, hör mir zu: Das ergibt nicht den geringsten Sinn.«

»Hat einer der Männer auf der Liste etwas mit Frankfurt zu tun?«, ging er nicht darauf ein. »Gibt es von einem von ihnen eine Spur nach Frankfurt? Irgendeine noch so banale Verbindung?«

»*Du* bist banal, Darold. Und vollkommen bekloppt.«

In Gedanken sah er sie vor sich: beim Kochen am Herd, lachend bei gemeinsamen Spaziergängen, auf der Couch schlummernd beim Fernsehen, beim Zähneputzen vor dem Badezimmerspiegel. Nackt unter der Dusche, nackt im Bett. Lange her. Zumindest kam es ihm so vor: Als liege die Zeit mit Andrea eine wahre Ewigkeit zurück, ein ganzes Leben, und nicht nur sieben, acht Jahre.

»Ich wäre dir dankbar, wenn du …«

»Spar dir die Worte, Darold«, unterbrach sie ihn und gab der Bedienung das Zeichen, dass sie zu zahlen beabsichtigte.

Gleich darauf ließ sie ihn mit einem knappen und frostigen *Tschüss* zurück. Ihren Wein hatte sie nicht einmal ausgetrunken.

Er kam sich schäbig vor, jämmerlich, schwach, und er fragte sich, was aus ihm geworden war. Niemals hätte er sie auf die Liste ansprechen dürfen. Andrea hatte endgültig genug von seinem hirnlosen Verrennen in diese Sache. Nichts in der Welt konnte sie dazu bringen, noch einmal etwas für ihn zu tun. Dieser abschließende Blick war eindeutig gewesen. Und sie hatte recht, hatte die ganze Zeit schon recht gehabt. Du bist ein Idiot, sagte er sich einmal mehr und leerte das Bierglas mit einem Zug.

2

Punkt 18 Uhr. Sie war spät dran. Wegen des Telefongesprächs, das sie gerade geführt hatte. Rasch in die neuen türkisfarbenen Ballerinas schlüpfen, dann zur Sicherheit in das Bolerojäckchen über das Trägertop. Es sah nach Regen aus, außerdem hatte es nach der Hitze der vergangenen Tage ein wenig abgekühlt.

Keine guten Nachrichten. Mehrere psychiatrische Gutachten lagen nun vor, und ihr Vater wurde als *normal* eingestuft, wie sein Anwalt Dr. Fleckenschildt es so simpel ausdrückt hatte. Das hieß, dass die eine Option, auf die er vor Gericht gern gesetzt hätte, nicht mehr viel versprach: verminderte Schuldfähigkeit, zeitweise Unzurechnungsfähigkeit. Das waren die Begriffe, die er immer wieder gebraucht hatte. In den Gutachten war man anscheinend zu dem Schluss gekommen, dass Reinhold Falke zum Zeitpunkt der Tat ganz genau wusste, was er machte und welche Konsequenzen sich daraus für ihn ergeben würden.

Dr. Fleckenschildt gab zu, ab jetzt erst einmal auf Zeit spielen zu wollen. Er dachte offenbar darüber nach, weitere Sachverständige ausfindig zu machen und zurate zu ziehen: Experten, die möglicherweise zu Urteilen kommen könnten, die für Reinhold Falke hilfreicher wären.

Hanna wusste nicht, was sie dazu sagen, ob sie einen Ratschlag geben oder Fragen stellen sollte. Sie musste sich auf Fleckenschildt verlassen, der ohnehin bei ihr einen guten, verlässlichen, vertrauensvollen Eindruck hinterlassen hatte. Sie alle mussten das, was blieb ihnen sonst übrig?

Hanna setzte sich hinters Steuer, in Gedanken noch beim letzten Telefonat mit dem Anwalt ihres Vaters, und fuhr los. Sie war mit ihrer Mutter zum Abendessen verabredet.

Weiterhin besuchte Hanna ihren Vater regelmäßig, auch wenn sie jetzt wieder arbeitete. Manchmal mit ihrer Mutter, aber auch ohne sie. Mit Unbehagen dachte sie daran, wie ihr Vater die Nachrichten von Dr. Fleckenschildt aufnehmen würde, gerade jetzt, da er einen fast nicht mehr für möglich gehaltenen Weg der Besserung eingeschlagen hatte, sich mehr öffnete, menschliche Regungen zeigte.

Vorbei an der Bushaltestelle, sie sah stur geradeaus, noch ein Stück weiter, dann bog sie in eine Landstraße ein, auf der außer ihrem Fiesta nur wenige andere Autos unterwegs waren.

Nach gut zwanzigminütiger Fahrt erreichte sie Erladingen, ein winziges Dorf unweit des Grenzüberganges zur Schweiz, den Fatmir Rraklli angeblich oft benutzt hatte. An der Hautstraße war der Gasthof gelegen, den sie als Treffpunkt bestimmt hatten. Erladingen war eine gute Wahl, hier kannte man sie nicht; es lag weit ab vom Schuss, wie man in Blaubach sagte, das für Hanna selbst weit ab von jedem Schuss der Welt lag.

Ihre Mutter erwartet sie bereits. Mit nachgefärbten Strähnchen, einem neuen, betont jugendlich wirkenden T-Shirt und diesem Lächeln, das für Hanna immer eine gewisse Entschlossenheit ausstrahlte. Eine kurze Umarmung, dann saßen sie einander gegenüber.

Sie bestellten bei einer gelangweilt aussehenden Bedienung. Apfelschorle und gebackener Camembert für Hanna, ein alkoholfreies Bier und einen griechischen Salat für Susanne.

»Wie läuft es im Kindergarten«, fragte Susanne nach einer Weile. »Kommst du gut rein?«

»Eigentlich schon.«

»Oder ist es eher … belastend?«

Die Frage kam, als hätte es zuvor keine Antwort gegeben. Das war typisch für Susanne.

»Nein, es ist echt okay.«

»Wirklich?«

»Aber ja. Alle bemühen sich sehr, ganz normal zu sein.« Ein flüchtiges Lächeln. »Du kennst das ja, sie geben sich so ungezwungen, dass es schon wieder fast gezwungen wirkt.«

»Ja, das kenne ich, kenne es zur Genüge.«

Erst jetzt, durch die paar Worte mit ihrer Mutter, fiel Hanna auf, dass ihr der Kindergarten tatsächlich guttat. Das Lachen, Singen, Streiten der Mädchen und Jungen. Die Spiele mit ihnen, das übliche Chaos während des Mittagessens, das alle gemeinsam auf den kleinen, aber stabilen Kinderstühlen einnahmen. Die Nachmittage auf dem Spielplatz hinter dem Kindergartengebäude.

Vielleicht reagierte Hanna manchmal empfindlicher, ungeduldiger, gereizter, wenn sich die Kinder gegenseitig ärgerten, aber alles war besser, als zu Hause zu sitzen und sich die Decke auf den Kopf fallen zu lassen.

Das Gespräch mit ihrer Mutter verlagerte sich weg vom Kindergarten, was ihr ganz recht war. Susanne arbeitete ebenfalls längst wieder ihre gewohnte Stundenzahl bei dem Optiker in Donaueschingen – daher begleitete sie Hanna auch öfter, wenn sie Reinhold besuchte. Noch immer kam es Hanna so vor, als würde Susanne die Stunde mit Reinhold wie eine trockene Pflichtübung angehen. Entschieden, konzentriert, ohne sonderlich mitfühlend zu wirken: eben ein Termin, den man hinter sich bringen musste. Doch womöglich war Hanna auch einfach nur ungerecht, was das anging; sie war sich nicht sicher.

Während der Unterhaltung gewann sie jedenfalls erneut den Eindruck, dass sich das Kräfteverhältnis zwischen ihnen ausgeglichen hätte, dass sie auf einer anderen Eben als früher miteinander umgingen.

Das Abendessen nahm einen entspannten Verlauf, was Hanna erleichterte – und wohl auch Susanne, wie sie in deren Zügen zu lesen glaubte. Ihre Mutter bestand darauf, für sie beide zu zahlen. »Das wäre ja noch schöner.« Hanna bedankte sich herzlich.

Gleich darauf wollte Susanne aufbrechen, nach Donaueschingen, wo sie sich zu einem Yoga-Kurs angemeldet hatte, wie sie mit betonter Heiterkeit erzählte.

Hanna hingegen begab sich wieder auf die Landstraße nach Blaubach, eine Hand am Lenkrad, in der anderen das Smartphone. Sie scrollte, betrachtete aus dem Augenwinkel das Display. Keine Anrufe, keine Nachrichten. Sie spielte mit dem Gedanken, sich bei Darold zu melden. Als sie etwas später die Bushaltestelle passierte, zu der sie erneut nicht hinsah, keinen einzigen kurzen Sekundenbruchteil, hatte sie das Telefon immer noch in der Hand. Nach wie vor unentschlossen legte sie es auf den Beifahrersitz. Sollte sie einfach so zu ihm hinfahren? Ihn überraschen?

Sie tat es nicht.

In der Straße, in der sie wohnte, stellte sie den Wagen ab. Ein paar Schritte bis zum Haus, ein paar tiefe Atemzüge der klaren Blaubacher Luft, in der es noch nach Sommerregen duftete. In den eigenen vier Wänden angekommen, schnippte sie die Ballerinas von den Füßen. Sie streifte Jacke und Jeans ab. In Slip und Top saß sie vor dem Fernseher, als ihr Handy klingelte.

Darold, dachte sie unwillkürlich, und sie wusste nicht, ob sich gerade ein schlechtes Gewissen bei ihr einstellte, weil sie sich nicht bei ihm gemeldet hatte.

Doch es war nicht Darold.

»Hallo, Schwesterherz.«

»Micha«, sagte sie.

In ihrer Stimme klang eine Überraschung auf, die sich freudig anfühlte, anhörte, und das ärgerte sie. Er hatte es gar nicht verdient, dass sie sich über seinen Anruf freute, befand sie, während sie versuchte, sich auf seine Worte zu konzentrieren, die er aneinanderreihte in seiner typischen Micha-Art. Emotionslos, verhalten, abwartend, nie so ganz zur Sache kommend.

»… und da dachte ich, es wird einfach mal wieder höchste Eisenbahn, dass ich mich melde. Na ja, wir hatten ja gesagt, dass wir uns wieder öfter sehen wollten.«

»Stimmt«, erwiderte sie. Wirklich? Hatten sie das so gesagt?

»Na ja, die Zeit haut einem manchmal ab, oder? Ist doch so. Und da … na ja, ich weiß auch nicht.«

Sie erinnerte sich an ihre letzte Begegnung. Seinen Besuch

bei ihr zu Hause, der damit geendet hatte, dass sie über Michas Abschied erleichtert gewesen war. Und sofort stellte sich wieder dasselbe Gefühl bei ihr ein, diese innere Abwehr ihm gegenüber, sie konnte – und wollte – sich nicht dagegen wehren, auch wenn sie es als unfair empfand.

»Hanna? Du bist doch noch dran, oder?«

»Klar«, murmelte sie, »klar.«

»Äh – ist was?«

»Was soll sein?«

»Na mit dir? Hast du Ärger, Kummer? Störe ich? Soll ich ein anderes Mal ...«

»Die Frage ist eher«, unterbrach sie ihn, selbst überrascht von ihrer Schroffheit, »was mit *dir* ist.«

»Mit mir?«, wiederholte er irritiert.

»Na klar.«

»Was ist der Punkt?«

Der Punkt, wiederholte Hanna in Gedanken. Nur Micha hätte das auf diese Weise aussprechen können, so nüchtern, so schlicht, so *gegenständlich*. »Der Punkt ist: Was ist los mit dir? Was denkst du? Was machst du? Was willst du?« Unwillkürlich kam ihr in den Sinn, was sie einmal zu Darold über Micha gesagt hatte. *Sleepmodus, ohne Antrieb, ein Leben wie mit angezogener Handbremse.*

»Was soll mit mir sein?«, fragte er, ein hilfloses, pikiertes Stimmchen am anderen Ende der Leitung, am anderen Ende des Universums.

»Das musst *du* wissen, Micha. Weder ich noch sonst wer wird es dir sagen können. Irgendwann muss man doch einmal anfangen.«

»Anfangen? Womit?«

»Mit leben, mit *irgendetwas*.«

»Hast du was Falsches gefrühstückt?« Er klang wie früher immer, wenn man ihm zu nahe rückte: abwehrend, mit einer plötzlichen Distanziertheit, die er anscheinend wie auf Knopfdruck hervorzubringen vermochte. »Ich weiß wirklich nicht, wovon du eigentlich redest.«

»Oder du willst es nicht wissen. Und ich habe keine Ahnung, was schlimmer ist. Ob du dich ganz bewusst allem verschließt – oder ob du es noch nicht einmal so richtig mitbekommst.«
Sie hatte die Worte kaum ausgesprochen, da regte sich in ihr der altbekannte Drang, irgendwie zurückzurudern, zu beschwichtigen, einzulenken. Wie sie es früher getan hätte. Doch etwas in ihr begehrte auf, sie spürte es wie einen Hitzeschauer, und sie legte sogar nach. »Du versteckst dich vor dem Leben«, sagte sie mit kristallklarer Stimme ins Telefon. »Du versteckst dich vor den Menschen, vor deiner eigenen Familie.«
»Hör mir auf mit Familie.«
»Aufhören? Wir sollten eher mal anfangen damit.«
»Ohne mich«, gab er genervt zurück.
»Natürlich.« Ein beißender, gnadenloser Spott stieg in ihr hoch, den sie nicht an sich kannte. »Genau das meine ich ja. Alles ist *ohne* dich. Das ganze Leben.« Hanna seufzte und fügte leiser, fast wie im Selbstgespräch hinzu: »Wir haben versagt. Wir alle.«
»Wir alle? Was meinst du jetzt schon wieder? Ich verstehe wirklich nicht …«
»Wir hätte zusammenrücken sollen«, fiel sie ihm gleich wieder lauter ins Wort. »Nach Sinas Tod. Wir hätten uns stützen und stärken sollen. Stattdessen sind wir auseinandergebrochen. Jeder von uns müsste sich das vorwerfen. Aber keiner von uns tut es. Ja. Nach Sinas Tod sind wir auseinandergebrochen.« Hatte sie nicht ihrer Mutter gegenüber dieselben Worte gebraucht?, fragte sie sich.
»Sinas Tod«, drang Michas Stimme leise zu ihr. Auch vorwurfsvoll?
»Was?«
»Du hast gesagt. Sinas Tod. Zum ersten Mal hat das einer gesagt.«
»Echt?« Es war ihr gar nicht aufgefallen. »Schon möglich«, murmelte sie betroffen. Und ärgerte sich sofort über diese Betroffenheit. »Vielleicht wurde es ja einfach mal Zeit, dass es einer von uns ausspricht.« Sie wartete auf eine Erwiderung, aber – nichts als Stille. Diese Micha-Stille. Hanna schüttelte den Kopf. Selbst jetzt,

selbst in dieser Sekunde, bei diesem Austausch zog er sich einfach in sich zurück. »Siehst du!«, fuhr sie ihn an. »Du kannst kein bisschen aus dir rauskommen. Du sitzt den ganzen Tag in deinem Schneckenhaus und lässt die Welt an dir vorbeiziehen.«
»Hanna«, meinte er mit abfälligem Ton. »Also wirklich, so kenne ich dich gar nicht.«
»Aber ich kenne dich so. Genau so. Nur so.«
»Vielleicht sprechen wir ein anderes Mal miteinander. Wenn du dich wieder besser im Griff...«
Sie hatte genug. Und unterbrach die Verbindung.
Noch einen langen Moment lauschte sie in die Stille, als wäre es möglich, dass er noch etwas äußern könnte. Hanna spürte, wie ihr Herz pochte; ihre Hand zitterte ein wenig. Sie wartete darauf, dass sich Gewissensbisse bei ihr einstellten, der Wunsch, ihn zurückzurufen, um die Wogen zu glätten. Doch erneut wehrte sie sich dagegen, ließ solche Gefühle gar nicht erst aufkommen. Nein, sie war nicht mehr die frühere Hanna, sie hatte genug von der früheren Hanna, und sie ließ diese Erkenntnis auf sich wirken, ließ zu, dass diese Erkenntnis die Atmosphäre in ihrer Wohnung auflud. Sie erinnerte sich daran, was sie kürzlich zu ihrer Mutter gesagt hatte: *Ich bin nicht mehr die kleine Hanna.*

3

Wieder verspürte Darold diesen Drang, diesen Impuls, jeden Ordner, jedes einzelne abgespeicherte Dokument zu löschen. In den Papierkorb verschieben, den Papierkorb leeren. Sekundenbruchteile, und alles wäre weg. Einfach weg. Es war später Abend. Auf das Fensterglas prasselten die ersten Regentropfen seit Tagen. Ansonsten die Stille, die wie eine zweite Haut für ihn geworden war.

Seine Hand legte sich auf die abgegriffene Computermaus, aber nur, um sie gleich wieder loszulassen.

Darold lehnte sich zurück, den Blick auf den Bildschirm gerichtet, ohne wirklich auf etwas zu sehen. Er nippte an dem Glas, der Scotch brannte auf den Lippen. Seine Gedanken wanderten dahin, dorthin. Er dachte an die letzte Begegnung mit Andrea zurück, zwei Tage zuvor, an ihren Blick, an die Enttäuschung darin. Wie verletzt sie gewesen war. Ein Gefühl erfasste ihn, als würde er sie nie wiedersehen.

Seine Gedanken sprangen weiter hin und her, gingen immer weiter zurück, bis zu jenem Moment, als Hanna sich bei ihm gemeldet hatte, um ihm von dem anonymen Anruf mit dem Hinweis auf Sina zu berichten. Wie hatte er die Neuigkeit aufgenommen, was war ihm durch den Kopf gegangen? Er wusste es noch genau. Es war wie eine Injektion gewesen, wie eine verbotene Substanz, die augenblicklich Wirkung zeigte und das Blut mit einer plötzlichen Urgewalt durch seine Adern rauschen ließ. Als wäre er wiederbelebt worden, als wäre er aus einem Koma erwacht.

Auch deshalb war es ihm nicht möglich gewesen, Hanna und ihrer Familie zu offenbaren, dass er nicht mehr im Dienst war.

Lange hatte die Wirkung dieser Nachricht angehalten, hatte ihn bis nach Frankfurt getrieben, ohne Aussicht auf einen Erfolg. Und nun? Fatmir Rraklli war auf der Bildfläche erschienen – und wieder auf spektakuläre Weise wieder abgetreten. Die einzige Spur, die es im Fall Sina Falke je gegeben hatte. Einem Fall, der – glaubte man der von Jan Leitner propagierten offiziellen Version – geöst war. Rraklli, der Täter. Sina, das Opfer. Und endlich wieder Ruhe. So einfach war alles.

Darold dachte an Hanna, verspürte den Willen, sie anzurufen, ihre Stimme zu hören, sie vielleicht sogar mal wieder an sich drücken zu können. Am Abend zuvor war er nach Singen gefahren, um einen kleines Bordell aufzusuchen. Um den Drang, Hanna zu berühren, mit fremder Haut bekämpfen zu können. Natürlich Schwachsinn. Er betrank sich, hatte Sex, ließ eine Stange Geld liegen, aber wieder zu Hause war alles unverändert.

Seit Tagen hatte er Hanna nicht mehr gesehen. Dieses Mädchen, das kein Mädchen mehr war, die junge Frau, mit der in Frankfurt gewesen war, der er mehr über sich erzählt hatte als jedem anderen Menschen. Früher, als er ein Dienstjahr aufs andere gestapelt hatte, war er überzeugt gewesen, dass mit dem Alter auch eine Art von Wissen oder gar Weisheit kommen würde, unweigerlich wie Regen im Herbst, doch je älter er wurde, desto weniger schien er manchmal zu wissen. Desto unsicher wurde sein Blick auf die Welt, die ihn umgab.

Darold nahm sein Handy, starrte es eine Weile an, sah im Geiste Hannas Gesicht vor sich, doch dann legte er das Telefon wieder weg. Anschließend wandte er sich dem Laptop zu, und in ein paar Sekunden war es passiert: alle Dateien gelöscht. Alle, die mit dem Fall Sina Falke zu tun hatten.

Er saß da und fühlte in sich hinein. Was spielte sich gerade in seinem Kopf ab, was dachte er? Doch da war nichts – nichts als Leere, nichts als Müdigkeit. Die Dateien. Sie waren weg. Kaum zu glauben, dass er diesen Schritt gemacht hatte. Jetzt wäre schon einer dieser Computerfreaks notwendig, um die Ordner und Dokumente aus den für Darold unergründlichen Tiefen des Lap-

topinneren wieder zutage zu fördern. Aber er kannte keinen Computerfreak. Er kannte gar niemanden, wie ihm bewusst wurde. Wie auch ihn niemand kannte. Nicht einmal Hanna.
Es klingelte an der Tür, der Laut schien die Stille förmlich zu zerfetzen.
Hanna, dachte er sofort.
Auf dem Weg zur Tür überlegte er, was er ihr sagen, wie er sich verhalten sollte.
Es war jedoch nicht Hanna. Nein.
Ganz und gar nicht.
»Sie?« Darold musterte ihn.
»Ja. Ich.« Jan Leitner starrte zurück, einen säuerlichen Zug um die Mundwinkel.
Darold schwieg, wartete mit aufreizender Gelassenheit ab, dass sein Besucher etwas sagte.
»Lassen Sie mich rein? Dürfte Sie interessieren, wer vor einer Stunde wegen Ihnen bei mir auf dem Revier war.«
Darold grinste. »Ein Anruf hätte es auch getan.« Einen solchen Satz hatte Leitner zu ihm gesagt, damals, als er wegen des anonymen Anrufs, den Hanna erhalten hatte, aufs Revier gekommen war.
Jan Leitner zeigte ebenfalls ein Grinsen, kurz und freudlos. »Ich wollte es Ihnen persönlich mitteilen.« Auch er verfügte über ein gutes Gedächtnis – das war damals Darolds Antwort gewesen.
Sie saßen einander im Wohnzimmer gegenüber. Leitner tat so, als würde er die traurige Unordnung ringsum nicht zur Kenntnis nehmen. »Tja, da stand doch vorhin ein Mann vor meinem Schreibtisch. Und zwar ziemlich sauer. Sauer auf Sie.«
»Ich kann kaum an mich halten vor Neugier«, entgegnete Darold ohne jegliche Betonung.
»Der Mann sagte, Sie hätten seine Tochter belästigt.«
»Ach?« Darold lehnte sich bequem zurück. »Und nun sind Sie hier, um mich zu verhaften und im Kerker verrotten zu lassen.«
»Er wollte Sie auf jede nur denkbare Art anzeigen.«
»Ach?«

»Wirklich, der Mann war sehr aufgebracht. Und in Blaubach weiß jeder, dass es nicht gut ist, wenn er zornig ist.« Leitner machte eine Pause. Er wirkte auf Darold anders als sonst. Niedergeschlagen? »Jedenfalls konnte ich ihn im letzten Moment davon abbringen, Anzeige zu erstatten.«

»Verstehe. Sie sind hier, um sich meinen Dank abzuholen.« Leitner grinste so freudlos wie zuvor. »Er sagt, Sie hätten seiner Tochter regelrecht aufgelauert. Und sie befragt, als hätten Sie noch eine polizeiliche Funktion. Amtsanmaßung, Nötigung. Wie gesagt, er war aufgebracht.«

»So, so.«

»Sie wissen, um wen es geht.«

»Dosenbach«, sagte Darold sofort.

»Es ist also wahr, was er erzählt hat?«

Darold lachte verächtlich auf. »Was wollen Sie jetzt von mir hören?«

»Ich verstehe Sie einfach nicht, Darold.«

»Keine Sorge, das tut niemand.«

»Haben Sie immer noch nicht genug von der Sache? Sie sind besessen davon, geben Sie's wenigstens zu.« Leitner schüttelte den Kopf. »Es ist doch alles offensichtlich. Rraklli. Wie sollte die Handyhülle denn sonst in seinen Besitz ...« Er ließ den Satz verklingen, als wäre ihm die Kraft zu reden ausgegangen. »Was soll's?«, fügte er leise an. »Ist doch sowieso alles scheißegal.«

Tatsächlich, das war ein anderer Leitner als sonst.

»Also, Leitner, wieso sind Sie hier?«

»Wirklich nur um Sie zu warnen. Lassen Sie das Detektivspielen. Wenn Sie noch einmal in Melanie Dosenbachs Nähe auftauchen, wird ihr Vater Sie persönlich vor Gericht schleifen.«

»Was kümmert Sie das?«

»Es kümmert mich eigentlich überhaupt nicht. Aber ich hab wirklich keine Lust darauf, dass das auf meinem Schreibtisch landet.« Leitner seufzte leise. »Lassen Sie's also endlich gut sein.«

Danach verabschiedete er sich.

Gleich darauf klingelte es erneut.

Was hatte Leitner vergessen?, fragte sich Darold automatisch. Hatte er noch etwas loswerden wollen?

Doch vor der Tür stand nicht Jan Leitner, sondern Andrea.

»Sicher, sicher«, fing sie an ohne Gruß, ohne Eröffnung, »ich hätte dich auch einfach anrufen können. Nicht die geringste Ahnung, warum ich den Umweg zu dir gemacht habe.«

»Andrea«, sagte er. Mehr nicht.

»Du hast immer so ausgesehen«, erwiderte sie, »als könnte dich nie irgendetwas überraschen.« In ihrer Stimme klang Ärger auf – wohl über sich selbst, darüber, dass sie zu ihm gekommen war. »Jetzt aber siehst du endlich mal überrascht aus.«

»Bin ich ja auch.«

»Das will ich hoffen.« Andrea schüttelte den Kopf. »Übrigens, ich habe gesehen, wie Leitner gerade in sein Auto gestiegen ist. Was wollte er von dir?«

»Mich warnen«, brummte Darold.

»Vor wem?«

»Unwichtig.«

Einige Sekunden verstrichen, ehe sie sagte: »Du und deine Scheißliste.« Sie roch nach ihrem Parfüm und nach Wein.

»Hast du dich etwa doch mit der alten Liste beschäftigt?«

»Das wolltest du doch.«

»Nur dachte ich nicht, dass du bereit dazu wärst. Als wir …«

»Das dachte ich auch nicht«, fiel sie ihm ins Wort. »Einer der Männer auf der Liste.«

Darold sah ihr in die Augen. »Ja?«

»Es gibt eine Verbindung von ihm nach Frankfurt. Aber eine winzige. Eine unwichtige, wie ich denke. Eine Verbindung, die nichts mit dem Fall Sina Falke zu tun hat. Die in keinem Zusammenhang mit Sina Falke steht.«

»Um welchen der Männer handelt es sich?«

»Es war außerdem, *bevor* Sina Falke verschwand.«

»Wann?«, fragte er nur, eine einzige Silbe, wie gebellt.

»Hörst du mir überhaupt zu? Ich sagte, *bevor* sie verschwand?«

»Wann?«, wiederholte er dumpf.

»Es geht um den November 2007. Aber wie gesagt...«
»Genauer, bitte. Welches Datum?«, unterbrach er sie.
»24. November.«
»Das letzte Wochenende im November 2007, der 24. und der 25.«, sagte Darold. Er brauchte den Computer nicht, um es zu überprüfen; es saß alles in seinem Kopf.
»Warum kommt das so aus der Pistole geschossen?«, fragte sie perplex.
»Andrea, um welchen Mann geht es?«
»Mensch, Darold, willst du mich nicht wenigstens mal hereinbitten?«, fuhr sie ihn an.

Er trat zur Seite, sie ging an ihm vorbei, und er spürte, wie sehr sie sich dafür hasste, dass sie sich die Liste vorgenommen hatte.

4

Wenn man unglücklich war, merkte man es sofort. Wenn man glücklich war, merkte man es nicht. Man nahm es einfach nicht wahr, man dachte, es müsse nur so, könne gar nicht anders sein. Glück wurde einem erst bewusst, wenn es vorbei war, verloren, wenn es plötzlich in der Erinnerung hervorstach und man einfach nicht verstehen konnte, warum man das Glück damals nicht hatte genießen können. Es nicht einmal als Glück empfunden hatte.

Er saß da, das Opfer der eigenen Gedanken, denen er eigentlich lieber aus dem Weg ging, denn Gedanken bereiteten ihm Kopfweh. Alles bereitete ihm Kopfweh. Sich bewegen, sich *nicht* bewegen. Nachdenken, *nicht* nachdenken. Alles strengte ihn an. Deshalb tat er überhaupt nichts. Er brauchte kein Bier mehr, keine Zigaretten, wer hätte das gedacht? Er nahm nur das Nötigste zu sich, sein Bauch war teigig geworden. Nichts tun, nichts denken. Er knipste sein Bewusstsein aus wie eine Lampe, duckte sich unter allen Gedanken hinweg, zog sich zurück in ein Nichts. Nur ab und zu wagte er sich wieder vor, eher zurück, weit zurück in die Erinnerungen, in jene Zeit, die er als seine glücklichste begriff. Jetzt, im Nachhinein, heute, in der Leere seines Zimmers, in der Gegenwart, in der er nichts mehr besaß, nicht einmal Schnürsenkel, weil man sich damit umbringen konnte. Angenehm warm waren die Erinnerungen, weich, weit weg und zugleich direkt vor seiner Nasenspitze, er musste nur die Augen aufmachen, dann sah er, wie sie alle um den Tisch herum saßen. Er am Kopfende, zu seiner Rechten Susanne, zu seiner Linken Hanna, ihm gegenüber Michael. Und Sina war natürlich auch da, das lebhafteste der Kinder. Mal saß sie neben ihrer Mutter, mal neben ihrer Schwester, weil sie Hummeln im Hintern hatte, wie er es immer genannt hatte. Es gab Kässpätzle oder Braten oder gebackenen Fleischkäse oder Zwiebelkuchen oder sonst etwas. Er hatte den Geschmack auf der Zunge, den Geruch in der Nase, er hörte die Stimmen. Es ging um Schulnoten und Taschengeld, es ging um irgendwelche Freundinnen und darum, wie lange Sina am Samstag ausbleiben durfte. Das war seine glücklichste Zeit gewesen, und er hatte es nicht einmal gewusst. Wenn die Erinnerungen ihren Zauber verloren, wenn sie dunkler wurden, rettete er sich wieder in die Leere, in der nichts und niemand existierte, nicht einmal er selbst.

War das Bewusstsein lange genug ausgeknipst gewesen, schaltete er es wieder ein. Dann hatte er ein wenig Kraft geschöpft. Dann war da auch wieder die Vorfreude auf die einzige Stunde des Tages, die ihm Vergnügen bereitete. Die Stunde, wenn Hanna kam. Gewiss, auch Susanne war oft dabei, doch sie war für ihn nur als Gesicht spürbar, ein Gesicht, das für die Vergangenheit stand, für die glückliche Zeit, ohne Bezug zum Jetzt, denn er fühlte in seinem Inneren, dass Susanne aus Pflichtgefühl erschien. Doch deswegen empfand er keine Wut auf sie, er hatte gar keine Lust mehr, auf irgendjemanden wütend zu sein. Er wollte sich freuen. Auf Hanna. Hanna lächelte ihn an. Sie erzählte. Sie war so rücksichtsvoll, kaum Fragen zu stellen. Sie gab ihm Kraft. Und die brauchte er für die Treffen mit Dr. Fleckenschildt. Denn da ging es um nackte, harte, unnachgiebige Fakten. Er musste sich dann immer so sehr konzentrieren, dass sein Schädel zu explodieren drohte.

Anschließend hieß es wieder, Kräfte sammeln, ausruhen, in Erinnerungen tauchen. Welches Kaffeeservice hatten sie damals benutzt? Welche Pullover getragen? Welche Fernsehsendungen verfolgt? Und dann war ja auch schon wieder Hanna da.

Reinhold Falke hatte sich vorgenommen, das Glück nun ganz bewusst zu spüren, es nicht unbeachtet vorbeirauschen zu lassen, auch wenn es nie ein solches Glück sein würde wie das, das seit Langem verloren war.

5

»Wenn ich so zurückdenke«, sagte Hanna grübelnd, »dann gab es kaum eine Phase, in der ich nicht liebend gern mit jemandem getauscht hätte.«

Darold war eigenen Gedanken nachgehangen, hatte nur die letzten Worte mitbekommen. »Getauscht?«, wiederholte er, etwas müde. »Mit wem?«

»Mit jedem, ganz egal mit wem.« Sie lächelte, ein wenig traurig, eben dieses typische Hanna-Lächeln. »Mein Leben war mir nie, na ja, *besonders* vorgekommen, immer nur wie eine Kleinigkeit, etwas Unwichtiges, Nebensächliches. Hm. Bei meiner Arbeit habe ich natürlich schon ab und zu das Gefühl, etwas Nützliches, Sinnvolles zu tun. Jemandem zu helfen, einen Beitrag zu liefern, oder wie man es nennen soll. Sicher, ich hatte auch Spaß, hatte tolle Momente. Mit Freundinnen. Beim Volleyballspielen. Mit meinem früheren Freund Paul. Und doch war es die ganze Zeit, als würde ich einen unsichtbaren Rucksack mit mir rumschleppen.« Sie machte eine Pause. »Keine Frage: Ich hätte tatsächlich mit *jedem* anderen Mädchen in Blaubach, Donaueschingen, Villingen oder wo auch immer getauscht.«

»Und heute? Was denkst du heute?« Er war wieder bei ihr, konzentrierter, aufmerksamer. »Oder besser: Was möchtest du heute?«

»Dasselbe wie in all den Jahren zuvor. Einfach nur ein ganz normales Leben. Ja. Ein normales Leben.« Hanna sah vor sich hin.

Darold betrachtete sie. »Ich weiß, was du meinst, aber …«

Jetzt erwiderte sie seinen Blick. »Aber?«

»So etwas wie ein normales Leben gibt es nicht. Es gibt nur das Leben.«

Sie senkte die Lider für einen langen Moment, dann suchten ihre Augen einen Fleck irgendwo an der Wand. »Schon klar, was du mir sagen willst.«

Er versuchte, etwas erwidern, aber sie fügte noch an: »Das war das erste Mal, dass du mir nicht gut zugeredet hast, Mut zugesprochen hast.«

Irritiert legte sich Darolds Stirn in Falten. »Was?«

»Na ja, in den letzten Wochen, da hast du immer versucht, mich aufzubauen, zu ermutigen. Nicht nur mit Worten. Das hat mir ja auch Kraft gegeben. Und: Es hat mir geschmeichelt.«

»Ach?«

»Ja. Du. Der Herr Hauptkommissar. Der Mann, der mich immer eingeschüchtert hat. Dem meine Mama immer so dankbar dafür gewesen ist, dass er ihr nichts vormacht, offen ist, klare Worte findet. Nicht herumdruckst. Nicht irgendwelche Hoffnungen macht, wenn es seiner Ansicht nach nichts gibt, auf das man hoffen könnte.«

»So hat mich deine Mutter gesehen?«

»Klar. Wir alle. Und deshalb hat es mir geschmeichelt, dass du dich so um mich gekümmert hast. Dass du mir ...« Ein Rot überzog plötzlich ihre Wangen. »Dass du mir so zugetan warst.« Ein verlegener Blick. »Äh, bist.«

»Zugetan?« Seine Stirn kräuselte sich noch mehr.

Sie musste lachen. »Ein doofes Wort, stimmt's?«

Auch er lachte. »Zu-ge-tan.« Das Lachen verschwand innerhalb eines Wimpernschlags aus seinem Gesicht. Ihm wurde bewusst, was ihr selbst womöglich noch gar nicht klar war. Dass etwas über ihnen schwebte, dass ein Einschnitt bevorstand. Und dass Hanna es war, die ihn vollziehen würde.

Sie war ebenfalls wieder ernst geworden. Leise bemerkte sie: »Aber du hast noch nie etwas zu mir gesagt wie gerade eben.«

»So?«

»Na klar. Das mit dem Leben. Von wegen, es gibt kein *normales* Leben.«

Er schwieg.

»So was wie: Du hast nur ein Leben«, sprach Hanna weiter. »Nämlich deines. Also lebe es. Und jammere nicht rum.«
»Das habe ich gesagt?«
»Das hast du gesagt.«
Erst jetzt sahen sie einander wieder an.
»Einmal allerdings«, sagte Hanna, »da warst du auch sehr ehrlich zu mir.«
»Was meinst du?«
»Damals, als der ganze Wahnsinn angefangen hat. Kurz nach dem Anruf.«
»Was meinst du?«, wiederholte er, die Stirn gerunzelt.
»Das war kurz nachdem wir, also Mama und Papa und ich, erfahren haben, dass du im Ruhestand bist.«
Darold äußerte nichts, wartete, dass sie fortfuhr.
»Ich habe zu dir gesagt, Sie glauben nicht, dass Sina noch lebt. Und was hast du geantwortet? *Nein.* Du hast einfach nur Nein gesagt.«
Spät war es geworden, sehr spät. Wie aus dem Nichts war sie irgendwann bei ihm aufgetaucht, wie am Vortag Leitner und danach Andrea. Die ganze Zeit über hatte er an sie gedacht, und erst als er sicher war, sie würde sich nicht mehr bei ihm melden, womöglich nie wieder bei ihm melden, hatte es an der Tür geläutet.
Sie hatten sich umarmt, sich aneinander gedrückt. Sie hatten sich nicht geküsst. Den ganzen Abend nicht, kein einziges Mal. Sie hatten Rotwein getrunken, aber keine Steve-Earle-Songs gehört. Das Radio war eingeschaltet, leise Musik, leise Stimmen, nur damit die Stille in den langen Pausen ihres Schweigens nicht zu groß, zu mächtig werden konnte.
Hanna gähnte. Er fragte, ob sie noch Hunger habe, da er ihr nichts zu essen angeboten hatte, aber sie lehnte mit einem Lächeln ab.
Ganz langsam schob sie sich vom Sofa herunter, hinauf auf den Sessel, auf dem er saß. Sie ließ sich von seinen Armen empfangen, wich aber seinen Lippen aus. So verharrten sie eine ganze Weile. Dann drückte Hanna ihm einen Kuss auf die stoppelige Wange.

Er wurde traurig, ein bitterer Zug um die Lippen, gegen den er nicht ankam. Es war ein Kuss gewesen, als wäre er ihr Onkel.

Und so flüchtete er sich in Gedanken wieder dorthin zurück, wo er vorhin schon gewesen war. Bei dem Gespräch mit Andrea Ritzig. Bei der Information, die sie ihm gegeben hatte. Der Polizeicomputer hatte etwas ausgespuckt: Einer der Männer von Darolds Liste hatte am Samstag, dem 24. November 2007, in Frankfurt am Main eine Anzeige erstattet. An jenem Wochenende hatte sich der Mann aufgrund eines beruflichen Seminars in der Stadt aufgehalten. Um im Laufe des Samstagabends war er während eines Spaziergangs entlang des Mains unterhalb einer Brücke überfallen worden. Ein Fremder hatte ihm aufgelauert, ihn mit einem Messer bedroht und ihn bestohlen. Kreditkarte, Bankkarte, Bargeld, Personalausweis und zwei Handys samt ihren Etuis – eines aus Leder, eines ein gehäkeltes – waren ihm abgenommen worden.

Warum hatte der Mann zwei Handys dabei gehabt? Das war das Erste, was sich Darold gefragt hatte. Und nur eine Antwort darauf gefunden.

Dieses Wochenende im November. All die Jahre war es wie ein winziger, aber störender Stachel unter Darolds Haut gewesen. Die letzten drei Monate im Leben Sina Falkes vor ihrem Verschwinden hatte er nachgezeichnet, so minutiös es möglich gewesen war. Sinas Familie war an jenem Wochenende zu einem gemeinsamen Kurzurlaub aufgebrochen – jedoch ohne Sina, die nach eigenen Angaben die Tage genutzt hatte, um für die Schule zu lernen. Allein, ohne Freundinnen, ohne ihren Freund Lukas Bellwanger zu treffen. Dieses Wochenende war immer wie ein roter Fleck gewesen, der Darold anstarrte.

»Ich bin echt müde«, flüsterte Hanna und holte ihn aus seinen Überlegungen. Gleich darauf zog sie sich zurück. Er hörte das Wasser im Badezimmer, anschließend Hannas Schritte, die Schlafzimmertür, die sich öffnete und schloss, und blitzartig hüllte ihn die vertraute Leere ein, der er nie wieder entkommen würde.

Er machte das Radio aus, schaltete den Fernseher ein, wechselte alle paar Minuten den Sender. Eine Stunde verging. Er setzte sich an den Schreibtisch und öffnete den dicken Ordner, der alles enthielt, was er an Papier zum Fall Sina Falke gesammelt hatte. Dann schaltete er den Laptop ein. Die Dateien waren gelöscht, aber auf der alten, seit Langem nicht aktualisierten Sina-Falke-Website konnte man immer noch die verwackelten Videoaufnahmen ansehen, die ein anderer Gast während der Silvesterfeier gemacht hatte: Sina Falke, die neben ihrer Mutter saß, das Samsung-Handy am Ohr, und nicht bemerkte, dass sie kurz von der Kamera eingefangen wurde.

Seit dem Gespräch mit Andrea hatte Darold mehrfach die Sequenz betrachtet, obwohl sie sich in sein Gedächtnis eingebrannt hatte. Die gelbe gehäkelte Handyhülle war auf diesen Aufnahmen nicht zu entdecken. Aber der Tisch, an dem Sina saß, war vollgestellt. Flaschen, Gläser, Schalen mit Kartoffelchips. Gut möglich, dass die Hülle davon verdeckt wurde. Personen huschten vorbei, ein Gesicht feixte direkt in die Kamera, und dann brach es ab.

War es möglich, dass sich die Handyhülle zum Zeitpunkt, als der Film entstand, gar nicht mehr in Sinas Besitz befunden hatte? Keiner der Falkes hatte diese Möglichkeit jemals angedeutet, aber Darold hatte auch nie danach gefragt. Es hatte ja keinen Hinweis darauf gegeben.

Den ganzen Abend hatte es ihm auf der Zunge gelegen, Hanna darauf anzusprechen, doch irgendetwas hatte ihn zurückgehalten. Was, wenn es doch nur wieder ein falscher Alarm wäre? Hanna wirkte gefestigt, sie schien mit sich gerade im Reinen zu sein – Darold wollte es nicht riskieren, dass sich daran etwas änderte. Jedenfalls nicht bevor er mit dem Mann gesprochen hätte, der damals die Anzeige wegen Raubüberfalls erstattet hatte.

Er war heute zu ihm nach Hause gefahren, doch auf Darolds Klingeln hatte niemand geöffnet. Und am Telefon wollte er den neuen Sachverhalt auf keinen Fall ansprechen. Nein, er hatte die Absicht, den Mann völlig unvermittelt und von Angesicht zu Angesicht nach dem lange zurückliegenden Wochenende in Frankfurt zu befragen. Morgen war Samstag. Dann würde er es erneut versuchen.

Plötzlich kam ihm Hannas Mutter in den Sinn. War Susanne Reitzammer eine Option? Er wollte das noch einmal überdenken. Als Darold ins Schlafzimmer glitt, schlief Hanna tief. Geräuschlos legte er sich neben sie. Sie war ihm ganz nah, sie war ihm ganz fern. Darold schloss die Augen. Es kam nicht der Schlaf, es kamen Erinnerungen, denen er sich wehrlos ausgeliefert fühlte, während neben ihm Hannas Atemzüge ihren sanften Rhythmus beibehielten.

6

Ihr Mund war wieder dieser Strich.

Sie hatte sich im Vorbeigehen im Garderobenspiegel gesehen, und die schmale Kerbe unter ihrer Nase war ihr sofort aufgefallen.

Sie kannte das an sich, kannte diesen Zug um die Lippen. Wusste, warum sich ihr ganzes Gesicht in diese Maske aus Zorn verwandelt hatte, die so charakteristisch für sie geworden war.

Sie selbst hatte beim Einkaufen mit niemanden getratscht, das tat sie ja nie, würde lieber sterben, als sie an diesen Schwatzereien zu beteiligen, aber Blaubach war Blaubach, man musste nur in paar Geschäfte gehen, und schon hörte man dies, hörte man das.

Susanne Reitzammer stellte ihre beiden prallen Einkaufstaschen auf dem kleinen Küchentisch ab.

Namen hatte sie aufgeschnappt. Manchmal erschien es ihr, als müsse sie es gar nicht tatsächlich hören, als könne sie das Gerede auf den Gesichtern geradezu *lesen*, als könne sie in die Gehirne hineinsehen.

Ja, Namen waren genannt worden. Oder ihr Klang hatte in der Luft gelegen. Im Supermarkt, in der Bäckerei Stichler und auch in der Metzgerei Dorn, der Traditionsmetzgerei, in der ganz Blaubach Rindsrouladen, Fleischkäse und Leberwurst einkaufte.

Darold. Melanie Dosenbach. Klaus Dosenbach. Eine Anzeige Dosenbachs gegen Darold. Oder *fast* eine Anzeige.

Sie spürte das Funkeln, das in ihren Augen lag, als sie begann, die Taschen auszupacken und alles in Kühl- und Küchenschrank einzuräumen. Und auch den harten Strich, zu dem ihr Mund geworden war, den fühlte sie in ihrem Gesicht, wie in Stein gemeißelt.

Was sollte das? Was war in Darold gefahren? Sie kannte diesen Menschen überhaupt nicht mehr. Achtung und Respekt hatte sie für ihn empfunden, all die Jahre. Davon war nichts übrig geblieben. Ein Verrückter, ein Sturkopf, einer, der im Laufe der Zeit offenbar zu einem wunderlichen Eigenbrötler geworden war. Auch der Flasche sollte er recht zugeneigt sein, wie man so hörte. Seit Reinhold Falkes zwanghaftem Griff zum Alkohol gab es kaum etwas, das ihr so zuwider war, das sie so sehr verachtete.

Und zu allem Überfluss das mit Hanna. Wie *konnte* er nur?

Susanne hatte ihren Mund halten wollen, hatte ihre Tochter nicht darauf ansprechen wollen, so schwer es ihr auch gefallen war. Die ganze Zeit über hatte ihr das Thema auf den Lippen gebrannt, in ihrem Herzen, sie hatte es einfach nicht verstanden, dass Hanna ... Eine Vaterfigur. War es das, was Hanna in Darold sah? War die Erklärung derart simpel?

Sie räumte die Taschen auf, überprüfte die Post, rauchte eine Zigarette. Und dann hatte sie das Handy in den Fingern. Sie *musste* Hanna anrufen. Und dennoch zögerte sie, ein Streit mit Hanna, das wäre das Letzte, was sie jetzt ...

Ihr Handy summte, sie erschrak fast durch den plötzlichen Laut. Und dann starrte sie ungläubig auf das Display.

Darold.

Er war es tatsächlich.

»Ja?«, sagte Susanne mit eisiger Betonung.

»Hallo Frau Reitzammer, hier ist Darold.«

Stille. Susanne spürte, wie ihr Kiefer hart wurde.

»Frau Reitzammer, kann ich Sie kurz stören? Ich hätte nur eine Frage, die mich die ganze Zeit über beschäftigt. Es geht um eine Kleinigkeit.«

Seine Stimme – wie immer. Nüchtern, stoisch, klar. Als wäre er eine Person ohne Eigenschaften, ohne Schwächen, ohne Emotionen.

Was dachte er sich eigentlich?

Susanne spürte, wie ein Vulkan in ihr zu brodeln begann.

Da sie nichts erwiderte, fuhr er fort, weiterhin ganz sachlich, als wäre er einfach ein Beamter im Dienst, der privat nichts mit der Sache zu tun hatte – der nichts mit ihrer Tochter angefangen hatte, die rund dreißig Jahre jünger war als er.

»Also, es geht tatsächlich noch einmal um die Handyhülle. Sinas Handyhülle, die Sie für sie angefertigt haben. Und die in Fatmir Rraklis Wohnung sichergestellt worden ist. Können Sie mit Sicherheit sagen, Frau Reitzammer, dass sich die Hülle zum Zeitpunkt von Sinas Verschwinden in ihrem Besitz befunden hat? Oder wäre es möglich, dass Sina die Hülle schon eine gewisse Zeit vorher abhandengekommen ist? Auf welche Weise auch immer.«

Das ist wirklich unglaublich, dachte Susanne und betrachtete unbewusst ihre versteinerte Miene, die sich in der Glastür des Wohnzimmerbuffets spiegelte.

»Was nehmen Sie sich eigentlich heraus?«, zischte sie ihn an.

»Frau Reitzammer, ich weiß …«

»Wirklich«, fiel sie ihm schneidend ins Wort, »ich habe immer viel von Ihnen gehalten. Früher. Damals. Aber noch einmal: Was nehmen Sie sich eigentlich heraus?«

»Ich …«

»Sind Sie verrückt geworden?«

»Frau Reitzammer …«

»Herr Darold«, stoppte sie ihn erneut. »Meine Tochter Sina lebt nicht mehr. Alle wissen das. Alle. Der Mann, der dafür verantwortlich war, hieß Fatmir Rrakli. Wir alle haben diese Tatsachen, so schwer es auch fällt, akzeptiert. Und was tun Sie?« Ihre Stimme wurde lauter, härter, gnadenloser. »Sie wagen es tatsächlich, mich heute mir nichts dir nichts anzurufen und nach der *beschissenen* Handyhülle zu fragen? Sind Sie von allen guten Geistern verlassen? *Sie* gehören in die Klapsmühle, niemand sonst.«

Er schwieg.

»Aber nicht nur das«, redete sie sich weiter in Rage, in blinde, brennende Rage, die ihr Gesicht glühen ließ. »Sie schrecken nicht davor zurück, eine junge Frau, die viel mitmachen musste, in ihr Bett zu zerren.«

»Frau Reitzammer …«

»Nein, Herr Darold, halten Sie Ihren Mund, ich kann es nicht mehr ertragen, Ihnen zuhören zu müssen, mit Ihnen sprechen zu müssen. *Was erlauben Sie sich?* Was, um alles in der Welt, geht in Ihrem Schädel vor? Wie können Sie nur so rücksichtslos sein?« Tief holte sie Luft. »Lassen Sie Hanna in Ruhe, lassen Sie sie in Frieden, und zwar ab sofort, von dieser Sekunde an. Ich verstehe gar nicht, warum ich Ihnen das alles nicht schon früher an den Kopf geworfen habe ...« Plötzlich war sie leer, die Worte gingen ihr aus, die Kraft war einfach weg. Sie schloss die Augen, dann beendete sie die Verbindung.

Und noch einmal atmete sie tief, ganz tief durch.

Sie ließ sich in den Sessel fallen, wartete noch kurz ab, bis sich wieder etwas Ruhe in ihr ausbreitete.

Dann rief sie Hanna an. In betont sachlichen Worten berichtete sie ihr davon, was sie beim Einkaufen aufgeschnappt hatte. Dass Darold nicht locker ließ, dass er Melanie aufgelauert habe, dass Dosenbach wegen ihm zur Polizei gegangen sei.

»Aufgelauert?« Hanna lachte. »Ach, Mama, was die Leute immer quatschen, das kennen wir doch zur Genüge.« Dann ging sie dazu über, von ihrem Vormittag zu erzählen, von den eigenen Einkäufen, von einem Friseurbesuch, bei dem für Hannas Empfinden ein paar Zentimeter zu viel abgeschnitten worden waren.

Geduldig wartete Susanne, bis ihre Tochter eine Pause machte. »Hanna, triffst du dich immer noch mit ihm?«

»Was? Mit wem? Mit Darold?« Sofort veränderte sich die Stimme. Ein genervter, gar gereizter Ton.

»Triffst du dich noch mit ihm?«

»Ach, müssen wir ausgerechnet jetzt darüber reden?« Hanna schnaufte ins Telefon. »Ich hab noch nicht mal meine Sachen ausgepackt, bin quasi gerade zur Tür rein.«

»Er hat vorhin bei mir angerufen, Hanna.«

»Wer? Darold?«

»Ja. Darold.«

»Aha«, kam es verhaltener.

»Fragst du nicht, was er wollte?«

»Weiß nicht so recht, ob ich das fragen soll.« Eine kurze Stille. »Ob ich das überhaupt wissen will.«
»Er hat sich nach Sinas Handyhülle erkundigt?«
»Was?« Zum ersten Mal klang Hanna überrascht.
»Ja.«
»Was fängt er denn jetzt wieder mit der Handyhülle an?«
»Genau das habe ich ihm auch gesagt. So oder so ähnlich.«
Hanna verfiel in Schweigen.
»Bist du noch da? Hanna?«
»Hm.«
»Hanna, ich habe nie versucht, dir reinzureden. Aber eines muss ich einfach loswerden.«
Wieder nur ein Schweigen.
»Hanna, triff dich nicht mehr mit ihm.«
»Also gut, Mama, ich muss jetzt mal weitermachen. Aufräumen, sauber machen.«
»Denk drüber nach, Hanna.«
»Jaja.«
»Und triff dich nicht mehr mit ihm.«
»Tschüss, Mama«, sagte Hanna leise.
»Tschüss.«
Susanne sank zurück in den Sessel, die Anspannung in ihr ließ ein wenig nach. Sie hatte Hanna zu denken gegeben, sie spürte es.

Das Gespräch lag noch keine Viertelstunde zurück, als es an der Tür klingelte. Susanne hörte auf, Paprika und Tomaten fürs Mittagessen zu schneiden, und verließ mit hochgeschobenen Ärmeln die Küche. Sie betätigte die Sprechanlage, aber niemand antwortete ihr. Also musste der Besucher im Treppenhaus, vielleicht schon vor ihrer Tür sein. Rasch warf sie ein Blick durch den Spion – und sie erstarrte.

Das war wirklich nicht zu fassen. Schlagartig stieg eine Hitze in ihr hoch, eine Wut, ein unbändiger Zorn.

Sie riss die Tür auf und sah in seine gefasste, wie immer durch nichts zu beeindruckende Miene.

»Frau Reitzammer«, begann er mit zurückhaltender Stimme, doch er kam nicht weit.

»Was wollen Sie hier?«, fuhr sie ihn an.

»Es wäre wichtig, wenn Sie mir nur fünf Minuten Ihrer Zeit schenken würden.« Er fuhr fort, noch ehe sie ihrer Empörung erneut Luft machen konnte. »Die Handyhülle, die Sie für Sina gehäkelt und ihr geschenkt haben. Sina hat sie doch immer bei sich getragen, oder?«

»Herr Darold, ich bin nicht bereit …«

Jemand ging im Treppenhaus nach unten und kam an ihnen vorbei, eine ältere Dame, die zu ihnen herübersah, ohne ihre Neugier auch nur andeutungsweise zu verstecken.

Susanne trat zur Seite, die Lippen ein dünner Strich, um ihn widerwillig hereinzulassen. Die Tür lehnte sie nur an.

»Also, die Handyhülle«, fing er schon wieder an, ohne ihr einen Sekundenbruchteil Zeit zu lassen. »Sina hat sie viele Jahre lang bei sich getragen, ich weiß das noch von unseren früheren Gesprächen. Richtig, oder?«

»Schon möglich, aber …«

»Ich erinnere mich auch daran, dass Sie mir erzählt haben, bei der Hülle wäre ihr eigentlicher Zweck gar nicht mehr so wichtig gewesen. Für Sina war sie eher so etwas wie ein Glücksbringer. Und selbst wenn sie ihr Handy nicht darin verstaut hat – die Hülle hat sie weiterhin bei sich gehabt, irgendwo in ihrer Tasche, das ist doch richtig, oder?«

Susanne nickte, verwirrt, überfahren, und wieder sprach er weiter, bevor sie dazwischenfunken konnte. »Wichtig ist: Wäre es Ihnen und Ihrer Familie aufgefallen, wenn Sina die Hülle, sagen wir, verloren hätte?«

»Das hätte Sina doch erwähnt«, gab Susanne bissig zurück; dabei wollte sie eigentlich gar nicht antworten, sie ärgerte sich über sich selbst.

»Nehmen wir einfach mal an, Sina hätte es nicht erwähnt, aus welchem Grund auch immer. Frau Reitzammer, wäre es möglich, dass Sina die Hülle schon eine gewisse Zeit, sagen wir einen

Monat, vor ihrem Verschwinden nicht mehr besessen hat? Oder anders: Können Sie mit absoluter Sicherheit sagen, dass sich die Hülle bis zum Tag des Verschwindens in Sinas Besitz befunden hat?«

»Nein, das kann ich nicht.« Susanne musste Luft holen, einen klaren Kopf kriegen. Erst jetzt gelang es ihr, den Panzer überzustreifen, den sie sich in all den Jahren aufgebaut hatte. Erst jetzt fühlte sie sich gewappnet, mit Darold fertig zu werden. Mit seinem Überfall, seinen Fragen, seiner impertinenten Art. Beinahe mit Gewalt stemmte sie ihre Fäuste in die Hüften, ihr Blick erfasste ihn, sie nahm ihn regelrecht ins Visier, und endlich konnte sie ihm die Worte entgegenschleudern, die ihr schon die ganze Zeit auf der Zunge lagen: »Lassen Sie uns in Ruhe, Herr Darold! Lassen Sie meine Tochter in Ruhe! Lassen Sie mich in Ruhe! Hören Sie endlich auf damit!«

Eine jähe Stille stand zwischen ihnen. Susannes Atem ging heftig, während sich in Darolds Gesicht noch immer kein Muskel regte.

»Ich kann nichts dafür«, fügte sie an, leiser, gefasster, aber umso schärfer, »dass Ihr Leben leer ist. Ich kann nichts dafür, dass Sie nichts mit sich anzufangen wissen. Und Hanna kann auch nichts dafür. Also, Herr Darold, hiermit bitte ich Sie inständig, Hanna in Ruhe zu lassen. Mein Gott, Sie könnten Ihr Vater sein. Lassen Sie sie in Ruhe.«

Er erwiderte nichts, taxierte sie bloß noch einen Moment, dann senkte er die Lider. Langsam schob er seinen Körper nach draußen ins Treppenhaus.

Susanne schloss die Tür. Ihre Hand zitterte dabei. Sie drehte sich um, lehnte sich mit dem Rücken gegen das Holz und lauschte seinen Schritten, während er sich langsam entfernte. Erschöpfung, Müdigkeit, Leere. Und zum ersten Mal seit langer, langer Zeit war sie nicht stark genug, gegen die Tränen anzukämpfen. Susanne sank zu Boden, den Rücken immer noch am Holz der Tür. So hockte sie da, und sie weinte still in sich hinein.

7

Die immer gleichen, nahezu leeren Straßen, durch die Darold seinen Alfa steuerte. Rechts und links verlassene Bürgersteige, nur hier und da jemand, der seinen Hund Gassi führte, bevor er zu Bett ging. In der ganzen Zeit, die er nun in Blaubach war, hatte er sich immer gefragt, ob es die Leute hier nicht vermissten, mehr zu kennen als dieses Nest, versteckt vom Rest der Welt. In der Anfangszeit konnte er die Stille nicht fassen, die hier spätestens abends alles fest in der Hand hielt. Was taten die Leute hier?, fragte er sich oft. Okay, sie hatten ihren Job, die Sportvereine, die Stadtmusikkapelle und den Gesangsverein. Aber sonst? Wollte man ein Theaterstück, eine Ausstellung, ein Konzert besuchen, musste man nach Freiburg. Was taten die Leute hier?, fragte er sich noch immer, auch jetzt noch.

Er war Frankfurt gewohnt gewesen, einen riesigen Ameisenhaufen, der nie Ruhe gab, in dem ständig Bewegung herrschte, ein unaufhörliches Wimmeln und Brodeln, Baustellenlärm schon früh am Morgen, allgegenwärtiges Motorengebrumm, ratternde Straßenbahnen, Polizeisirenen, Straßenmusiker, das tausendfache Getrippel der Fußgänger, die den U-Bahntreppen und Bushaltestellen entgegen hasteten. Die Stadt hatte ihn aufgesogen, er hatte sie Tag für Tag in sich getragen, er war getränkt von ihr, ein Teil von ihr geworden. Dagegen war das Leben hier immer wie hinter einer Glaswand abgelaufen; er vermochte zwar durch sie hindurchzusehen, würde allerdings niemals in der Lage sein, sie zu überwinden.

Weil er sie vielleicht nie hatte überwinden wollen?
Was war hängengeblieben bei ihm? Von diesen gut zehn Jah-

ren? Was hatte er vollbracht, was hatte er getan? Etliche nutzlose Informationen zum Fall Sina Falke gesammelt. Und eine Affäre mit Hanna Falke begonnen. Erst nach einigen Sekunden merkte er, dass er gerade überhaupt nicht an Andrea Ritzig gedacht hatte, dass offenbar nicht einmal sie tiefere Spuren in seinem Bewusstsein, in seinen Erinnerungen hinterlassen zu haben schien.

Darold fuhr weiter, es war kurz vor neun Uhr abends, über ihm ein sternenklarer Himmel. Er ließ den Ortskern hinter sich, erreichte Straßen mit Wohnblöcken, in denen sechs, acht und zehn Mietparteien untergebracht waren, davor winzige Gärten. Dann folgten Straßen mit Doppelhaushälften, die Gärten größer, es ging ein wenig bergauf, eindrucksvolle Eigenheime, umgeben von großen Grundstücken mit Garagen, Kinderschaukeln und Klettergerüsten – hier lebten nicht diejenigen, die in der Fabrik arbeiteten, oder kleine Angestellte, sondern die wenigen Architekten, Lehrer, Geschäftsleute, die es in Blaubach gab. Nur ein paar Ecken weiter wohnte die Familie Dosenbach.

Doch die Dosenbachs waren nicht Darolds Ziel.

Das Gespräch mit Susanne Reitzammer hatte er ausgeblendet, den ganzen Nachmittag über hatte er es immer weiter wegdriften lassen, bis es so weit weg war, dass es gar nicht mehr real erschien. Nur der einzige Fakt, den er aus ihren Worten gezogen hatte, der war so klar in seinem Bewusstsein, als hätte er ihn niedergeschrieben: Susanne Reitzammer hatte nicht mit Sicherheit sagen können, dass sich die Handyhülle bis zum Tag des Verschwindens in Sinas Besitz befunden hatte.

Er bog noch einmal ab und begann ganz automatisch, sich zu konzentrieren. Auf das, was vor ihm lag. Am Straßenrand stellte er den Wagen ab. Er stieg aus. Mehrere geparkte Autos als üblich reihten sich hier aneinander. Kurz hielt er inne, hörte die Beats der Musik, die zu ihm drang.

Sie kam aus dem Haus, dessen Besitzer er einen Besuch abstatten wollte.

Eine Party?

Sollte er es lieber morgen noch einmal versuchen? Darold rang mit sich, doch rasch wurde ihm klar, dass er dazu keine Geduld aufbringen würde. Nein, er hatte es sich vorgenommen, und der Gedanke, unverrichteter Dinge wieder davonzufahren, passte ihm überhaupt nicht. Es war schon schwer genug gewesen, bis zum Abend abzuwarten.

Teure Autos waren es, die er passierte: Audi, Mercedes, ein strahlend weißer Lexus. Das Tor der zum Haus gehörenden Garage war nicht geschlossen und zeigte den schnittigen Cayman des Eigentümers.

Darold klingelte. Unmittelbar vor dem Eingang war die Musik noch lauter, moderne Klänge, Hip-Hop, Dance, was auch immer, ihm sagte das nichts, ihm gefiel es nicht. Er klingelte noch einmal und noch einmal. Die Tür ging auf. Ein Mann, deutlich jünger als er, leger, aber trotzdem schick gekleidet, ließ den Blick ein wenig irritiert an ihm hinabwandern, an seiner zerknitterten Drillichjacke und den Cargohosen bis zu den derben Schnürschuhen.

»*Buonasera*«, sagte der Fremde spöttisch.

Darold sah in durchdringend an, worauf der Ausdruck des Mannes ernster wurde.

»Meinhard ist irgendwo drinnen ... Also, Sie sind kein Gast oder?«

»Gabel«, erwiderte Darold, mehr nicht.

»Meinhard, äh – ich kann ihn holen ...«

Ohne ein weiteres Wort marschierte Darold an ihm vorbei, rempelte ihn dabei mit der Schulter an, hinein in die Wohnung, die er bereits kannte, zwischen stehenden, plaudernden, lachenden Gestalten hindurch.

Plötzlich tauchte Meinhard Gabel mit verblüffter Miene vor ihm auf.

»Sie? Was wollen Sie denn?«, rief der Vertrauenslehrer gegen die Musik an.

Darold zeigte auf die offen stehende Terrassentür.

»Was soll das?«

Darold ergriff seine Schulter, nicht allzu fest, und schob ihn in Richtung Terrasse, hinaus ins Freie, wo auch ein paar Gäste herumstanden und sich bei einer Zigarette unterhielten. Verwunderte Blicke ließ Darold an sich abprallen. Er drängte Gabel noch ein Stück weiter, über den ordentlich gemähten Rasen hinweg bis zu einem Schuppen, der wohl für Gartengeräte und -stühle genutzt wurde.

Erst hier waren sie für sich, der Sound aus den Boxen war nicht mehr so dominierend, ein abgeschwächtes elektrisches Zischen.

»Sagen Sie mal, was soll das eigentlich?«, empörte sich Gabel, der eine elegante Hose aus leichtem Stoff und ein helles Seidenhemd trug, die Ärmel lässig ein Stück aufgekrempelt.

»Ich muss mit Ihnen reden«, sagte Darold. Er klang barsch, unnachgiebig, mehr als gewollt, ohne zu wissen, warum. Vielleicht lag es an der Musik, vielleicht an den Menschen, die es sich gut gehen ließen. Oder einfach daran, dass er das alles leid war, dass er allem und jedem überdrüssig geworden war, sogar sich selbst, sich und seiner abgewetzten Kleidung, seinem harten Blick, den er natürlich nie sah, den er aber spürte, wie vorhin, als er durch die Feiernden gerauscht war wie der Rächer in einem Actionfilm. Vielleicht lag es auch daran, dass er Susanne Reitzammers Worte doch nicht abgeschüttelt hatte.

»Reden?«, wiederholte Gabel, und seine Stimme bekam etwas Schrilles. »Sie machen wohl Scherze?«

Darold roch den Alkohol im Atem des Lehrers. »Ich mache nie Scherze.«

»Mein Gott, das gibt's doch wohl nicht!«, polterte Gabel. »Ihnen ist schon klar, dass ich weiß, dass Sie keine Berechtigung haben? Mann, das ist meine *Geburts-tags-feier*. Ich rufe die Polizei, und in zwei Minuten sind Sie hier ver...«

»24. und 25. November 2007«, unterbrach Darold ihn mit einer Härte, die er noch von früher an sich kannte, von Vernehmungen mit Gangstern, nicht mit Provinzvertrauenslehrern.

»Hä?«, fragte Gabel verblüfft.

Darold wiederholte das Datum.

Gabel verdrehte die Augen, lachte auf, als hätte er es hier mit einem Wahnsinnigen zu tun, der in eine Zwangsjacke gehörte. Er machte Anstalten, Darold stehen zu lassen und sich in den Schutz der Feier zurückzuziehen, oder was auch immer er beabsichtigte. Darold hielt ihn auf, indem er ihm unmissverständlich seinen Zeigefinger aufs Brustbein drückte. »Hiergeblieben.«

»Meinhard?« Zwei Gäste des Lehrers standen auf einmal in ihrer Nähe. Beide Ende dreißig, sportlich, mit besorgten Mienen. »Alles klar? Oder ... Oder gibt es ein Problem?«

Dankbar betrachtete Gabel sie, doch bevor er antworten konnte, sagte Darold: »24. und 25. November 2007. Das war ein Wochenende. Und Sie haben es in Frankfurt verbracht. Aber nicht allein.«

»Meinhard, sollen wir die Polizei verständigen?« Einer der beiden hielt ein Smartphone in der Hand.

»Äh, ja.« Gabel nickte verzweifelt. »Das wird wohl das Beste sein.«

Weitere Gäste drangen nach draußen, die Augen ebenfalls mit Sorge auf Gabel und Darold gerichtet.

»Sie waren dort mit Sina Falke, richtig?«

Gabel starrte ihn an, das Gesicht verzog sich, die Lippen bewegten sich, aber es kam kein Ton aus seinem Mund, er war völlig überfordert, durcheinander, verunsichert.

»Mit Sina Falke.« Diesmal war es keine Frage. »Ein Wochenendtrip, von dem bis heute niemand weiß.«

»Äh ...« Schweiß funkelte auf Gabels Stirn, das Licht aus seiner Wohnung erfasste ihn nur ein wenig, die Musik war leiser gedreht worden.

Einer der beiden Männer redete ins Smartphone, als Gabel ihm zurief: »Sören, lass mal. Ich ... Also, das ist wohl nicht nötig, das mit der Polizei.«

»Sicher?«

»Ja, Mann!« Gabel kreischte die beiden Silben. Er fuhr sich durchs Haar, strich den Schweiß von der Stirn. In seinen Augen zuckte es, bevor er den Blick wieder auf Darold lenkte.

»Also?«
»Wir können reden, klar, aber … nicht jetzt.«
»Doch. Jetzt.«
Ein unwilliges, hinausgezögertes Nicken. »Na gut.« Ein Schnaufen. »Aber nicht hier, wo alle zugucken wie die Affen.«
»Es sind Ihre Affen.«
»Lassen Sie uns hineingehen, in mein Arbeitszimmer.«
Gabel sorgte rasch dafür, dass sich die Gäste etwas beruhigten, die Musik wieder lauter gestellt wurde und neue Getränke auf einem großen Tablett erschienen. Dann verschwand er mit Darold in einem Zimmer mit bis zur Decke reichenden Bücherregalen und einem Schreibtisch.
Sie standen einander gegenüber, genau wie zuvor draußen. Gedämpft die Musik hinter der geschlossenen Tür. Die Schreibtischlampe tauchte den Raum in grelles Licht und offenbarte Schweißflecken unter Gabels Achseln und auf seiner Stirn. Er nahm die Brille ab, rieb sich mit zwei Fingern die Augen, dann setzte er sie wieder auf.
»Samstag und Sonntag, 24. und 25. November 2007«, wiederholte Darold unnachgiebig. »Sie befanden sich in Frankfurt. Wahrscheinlich schon am Freitag, dem 23. November. Bei der dortigen Polizei haben Sie angegeben, aufgrund eines Lehrerseminars in der Stadt zu sein.«
Gabel senkte den Blick. Mit einer fahrigen Bewegung, die Hilflosigkeit ausdrückte, vergrub er seine Hände in den Hosentaschen. Er sagte nichts.
»Es kam zu einem Vorfall. Angeblich sind Sie in Nähe des Mains von einem Mann überfallen worden.«
»Nicht nur angeblich«, kam es zögerlich und zugleich trotzig über Gabels Lippen.
»Wer war der Mann?«
»Ich weiß es nicht. Er hatte eine Skimaske oder so etwas Ähnliches vor dem Gesicht.« Schnippisch setzte Gabel hinzu: »Und ein Messer in der Hand, das er mir unter die Nase hielt. Ich habe ihn nicht nach seinen Namen gefragt.«

»Haben Sie je ein Foto von Fatmir Rraklli gesehen? In der Zeitung? In den Nachrichten? Sicher haben Sie das.«
Gabel presste schon wieder die Lippen aufeinander. Er starrte auf den Parkettboden.
»Könnte Rraklli der Mann mit dem Messer gewesen sein?«
»Keine Ahnung. Der Typ in Frankfurt hatte eine *Mas-ke* vor dem Gesicht. Wie oft möchten Sie das von mir hören?« Noch mehr Schweiß auf der Stirn des Lehrers.
»Unter anderem wurden Ihnen bei dem Raub zwei Handys gestohlen. Warum hatten Sie zwei dabei?«
»Gibt es ein Gesetz dagegen?«
»Finden Sie nicht«, gab Darold eisig zurück, »dass das für einen Mann Ihres Intellekts eine ziemlich dämliche Frage ist? Und sie verlängert unser Gespräch nur unnötig.«
Gabel vermied weiterhin jeglichen Blickkontakt.
»Also, Herr Gabel, meiner Meinung nach hatten Sie kein zweites Handy dabei, sondern eine zweite Person. Um Anzeige zu erstatten, sind Sie dann allerdings allein zur Polizei gegangen. Weil von der Person, mit der Sie in Frankfurt waren, niemand wissen durfte. Kein Wunder, ein Lehrer mit seiner sechzehnjährigen Schülerin. Das will man nicht an die große Glocke hängen.«
Gabels Gesicht wurde immer mehr zu einer starren Maske.
»Bis hierhin kann ich alles noch nachvollziehen«, sagte Darold in milderem Tonfall. »Was mir schleierhaft ist: Warum haben Sie diese Handyhülle als gestohlen gemeldet? Sinas Handy, okay, von mir aus. Falls die Polizei es wieder auftreiben würde und Sie es Sina zurückgeben könnten, na gut, warum nicht. Aber diese alberne gehäkelte Handyhülle. Wieso?«
Ganz leise, kaum hörbar erwiderte Gabel: »Sie wollte es.«
»Sie? Sina? Sie wollte es?«
Der Lehrer pustete einen Schwall Luft aus. Und wiederholte: »Sie wollte es.«
»Warum? Auch wenn die Hülle ein Geschenk ihrer Mutter war, so wichtig konnte das Ding doch nicht sein.«
Gabel antwortete so leise, dass er nichts verstehen konnte.

»Sagen Sie es noch mal. Sodass ich es hören kann.«
»Sie ärgerte sich maßlos über den Verlust der Handyhülle. Die Handyhülle war ein Glücksbringer. Etwas Besonderes. Sie war todunglücklich. Sie wollte die Hülle unbedingt wiederhaben.« Darold versuchte, in seinen maskenhaften Zügen zu lesen. »Da stimmt doch irgendetwas nicht.«
»Mehr habe ich nicht zu sagen.«
»Und ob«, gab Darold mit aller Schärfe zurück. »Sonst werden Sie mich nicht mehr los. Im Gegensatz zu Ihnen habe ich Zeit, jede Menge Zeit, glauben Sie mir. Und im Gegensatz zu Ihnen habe ich nichts zu verlieren. Zum Beispiel einen tadellosen Ruf. Oder einen Job.«

Gabel biss sich auf die Unterlippe. Schweiß lief an seinen Schläfen herunter, glänzte auf seinen Nasenflügeln. Es loderte in ihm, Darold sah es ihm an, der Mann fühlte sich wie über einem Feuer geröstet. Und je deutlicher das zutage trat, desto kühler vermochte Darold zu sein. So viele ergebnislose Befragungen, so viele fruchtlose Gespräche. Und zum ersten Mal, wie es ihm schien, ritzte er an der Wahrheit. Es machte ihn nicht fiebrig, nervös, nein, es gab ihm Ruhe, eine tiefe Ruhe.

»Also, noch mal von vorn«, bemerkte er aufreizend gelassen. Er wusste noch, wie oft er damit die Nerven von Vernommenen auf die Probe gestellt hatte. Bei Gabel war es nicht anders. »Sie waren auf einem Seminar. Das hat tatsächlich stattgefunden? Oder diente es nur als Vorwand, um mit Ihrer Schülerin ...«

»Natürlich fand das statt«, platzte Gabel so heftig heraus, dass er Speichel spuckte.

»Gut, das ließe sich ja auch ganz leicht nachprüfen. Sie haben dieses Seminar als günstige Gelegenheit gesehen, mit Ihrer Schülerin ein ungestörtes Wochenende in einer Umgebung zu verbringen, in der niemand Sie beide kennt. In der Sie und Ihre minderjährige Schülerin«, betonte Darold schon wieder, »zu zweit ...«

»Nein, ich war Teilnehmer eines Lehrerseminars«, zischte Gabel. »Das ist alles, ich habe mir nichts zu Schulden kommen lassen.«

»Sieht für mich nicht so aus.«
»Freitag und Samstagvormittag war das Seminar. Den Samstagabend wollte ich mir noch in Frankfurt gönnen, einfach die Stadt ansehen und ein wenig ausspannen, und am Sonntag mit dem Auto nach Hause fahren.«
»Aber?«
»Aber am Samstag, um die Mittagszeit, das Seminar war gerade vorüber, stand *sie* plötzlich vor dem Seminargebäude.«
»Ohne dass Sie vorher davon gewusst haben?«, fragte Darold skeptisch.
»Ich hatte nicht die geringste Ahnung. Sie stand einfach da. War mir mit dem Zug hinterhergefahren. Und war nicht von dem Gedanken abzubringen, das Wochenende mit mir zu verbringen.«
»Das tut ein junges Mädchen doch nicht, ohne davor dazu ermutigt worden zu sein.«
»Ich habe sie zu gar nichts ermutigt«, widersprach der Lehrer mit erneuter Heftigkeit. »Zu keinem Zeitpunkt. Niemals. Aber sie hatte Probleme. Meine Tür stand ihr immer offen. Wie jedem meiner Schüler. Irgendetwas beschäftigte sie, nahm sie sehr mit. Aber was, das ist mir bis heute ein Rätsel. Sie druckste herum, kam nie zu dem entscheidenden Punkt. Ich ging auf sie ein, hörte ihr zu, sehr oft, sehr geduldig. Tja. Sie begann, für mich zu schwärmen, ohne dass es mir bewusst wurde.« Seine Miene verlor das Maskenhafte, Muskeln zuckten unter seiner Haut, die in dem grellen Licht beinahe unnatürlich hell wirkte. »Als ich es endlich merkte, war es natürlich zu spät. Ich erklärte ihr, wir könnten uns miteinander unterhalten. Aber – ausschließlich im Schulgebäude und nur zu den Schulzeiten. Doch sie war nicht mehr aufzuhalten, sie rief mich häufig zu Hause an. Einige Male sah ich, dass sie mein Haus aus der Entfernung beobachtete oder betont unauffällig auf dem Rad daran vorbeifuhr.«
Darold taxierte ihn aufmerksam, ihm entging keine Regung in dem gequälten Gesicht des Mannes. Die zurückliegenden Jahre, all das, was Gabel unter die Oberfläche gekehrt hatte, wühlte sich hervor.

»Und in Frankfurt? Was geschah dort? Außer dem Schreck des Überfalls?«

»Ich habe ihr klargemacht, dass sie mich in Teufels Küche bringen kann. Und vor allem: dass es keine Zukunft für uns beide gibt. Also, als Paar. Denn das war ihr Wunsch. In Frankfurt wollte sie mir ihre Liebe gestehen, was sie auch tat, und mich für sich gewinnen. Was hingegen nicht klappte. Ich brachte sie noch am gleichen Abend, nachdem ich bei der Polizei war, zum Hauptbahnhof. Ich setzte sie in den Zug in Richtung Freiburg. Und am nächsten Tag fuhr ich wie geplant mit dem Auto nach Hause.«

»Wo war sie, während Sie bei der Polizei waren?«

»Sie hat in meinem Auto auf mich gewartet. Und ich habe verschwiegen, dass ich während des Überfalls nicht allein gewesen bin.«

Jetzt weiß ich endlich, dachte Darold, wie die Handyhülle in Rrakllis Besitz gelangt ist. Purer Zufall, dass sie all die Jahre über bei ihm geblieben ist. Und purer Zufall, dass sie von Monica Ponor bemerkt worden ist, dass sie sie manchmal an sich nahm – und dass sie sie irgendwann im Fernsehen sah, als über den Fall Sina Falke berichtet wurde.

»Und nach dem Frankfurt-Wochenende?«, fragte Darold in die entstandene Stille. »Wie ging es zwischen Ihnen und Ihrer Schülerin weiter?«

»Gar nicht. Sie hat es *kapiert*. Sie ließ mich in Ruhe. Im Nachhinein war ihr der Trip nach Frankfurt wohl eher peinlich.«

»Und die Probleme, die Sie hatte? Darüber haben Sie nie wieder mit ihr geredet?«

»Nein, nie wieder.«

»Dann waren Sie wohl ziemlich erleichtert, kann ich mir vorstellen? Ich meine, dass nichts davon herausgekommen ist.«

»Ich habe mir nichts zu Schulden kommen lassen«, wiederholte Gabel, jetzt sichtlich erschöpft, aber auch gefasster.

»Und die ganze Zeit haben Sie geschwiegen?«

Ein giftiges Funkeln in Gabels Augen. »Was soll das heißen? Die ganze Zeit? Mit Sina Falkes Verschwinden hatte das ja nichts zu tun.«

»Und als vor Kurzem die Handyhülle aufgetaucht ist? Das war doch überall in den Medien.«

»Ich habe mir nichts zu Schulden kommen lassen«, sagte Gabel noch einmal mit sturem Tonfall. »Und mal ehrlich, irgendwelche albanischen Verbrecher gehen mich nichts an, mit denen habe ich nichts zu schaffen.«

»Der Albaner stand immerhin in dringendem Verdacht, für Sina Falkes Verschwinden verantwortlich zu sein.«

»Ein solcher Kerl geht mit nichts an. Verstanden? Ich habe zu dem Fall nichts zu sagen, kann nichts zu seiner Lösung beitragen. Und ich will wirklich nicht in etwas hineingezogen werden, das mich nicht betrifft, das mit mir rein gar nichts zu tun hat.«

Darold ließ ein paar Sekunden verstreichen, ehe er die nächste Frage stellte: »Nur der Vollständigkeit halber, Sie können nicht sagen, wo Sie sich im September 2006 und im März 2011 aufgehalten haben?«

Gabel starrte ihn völlig verständnislos an. »Was? Wann? Wieso überhaupt?«

»September 2006 und März 2011.« Darold sah Gabel förmlich an, wie es hinter seiner Stirn zu rattern begann.

»Also, das ist ziemlich lange her ...«

Die einzigen Fälle, dachte Darold, die mit dem Verschwinden Sina Falkes vergleichbar waren. Katja Bendow und Alicia Grüninger. So oft hatte er versucht, eine Verbindung zu Sina herzustellen. Jedes Mal vergeblich.

»Wie war das?«, murmelte Gabel unter Darolds bohrendem Blick. »März 20011? Na ja, März und April nutze ich meistens für die letzten Skiurlaube des Winters. Wahrscheinlich auch 2011. Aber mit hundertprozentiger ...«

»Und September 2006?«, wollte Darold ungerührt wissen.

»Sie werden es kaum glauben«, entgegnete der Lehrer, »aber ich kann Ihnen genau sagen, wo ich im August und September 2006 gewesen bin. Sommerferien. Ich war fast die ganzen sechs Wochen in Neuseeland. Mitte September fing das neue Schuljahr an, und da war ich zurück.« Spitz schob er hinterher: »Das können

Sie selbstverständlich nachprüfen. Soll ich Ihnen den Reisepass bringen?«

Vergeblich, dachte Darold nur, auch diesmal. Dann sagte er verbindlicher: »Hm, Sina Falkes Handyhülle. Ich finde immer noch, dass da etwas nicht passt. Sie behaupten, *sie* wollte unbedingt, dass Sie die Hülle als gestohlen melden? So wichtig war sie ihr also?«

Der Lehrer holte tief Luft. Er ließ sich Zeit mit der Antwort, viel Zeit. Dann kamen die Worte leise, aber klar und deutlich aus seinem Mund: »Sie hatte ein schlechtes Gewissen. Weil sie ihr vor der Fahrt nach Frankfurt als Geschenk, als eine Art Talisman übergeben worden war. Sie sollte ihr Glück bringen bei dem Versuch, mich für sich zu gewinnen.« Zum ersten Mal nach einer ganzen Zeit sah ihm Gabel direkt in die Augen.

Darolds Stirn legte sich in Falten. »Was heißt das? Geschenk? Vor der Fahrt übergeben worden? Sina Falke besaß die Hülle seit Jahren.«

Gabel hielt seinem Blick stand. »Sie war ihr von ihrer besten Freundin als Glücksbringer für die Fahrt nach Frankfurt mitgegeben worden. Sie hatte ihrer Freundin nämlich gebeichtet, dass sie nach Frankfurt wollte, um mir mitzuteilen, wie sehr sie in mich verliebt war.« Er schüttelte verzweifelt seinen Kopf. »Den Überfall steckte sie recht gut weg, aber dass sie die Handyhülle ihrer besten Freundin nicht mehr hatte, das war schlimm für sie. Sie hat sie mir extra mitgegeben, damit sie mir Glück bringt, hat sie zu mir gesagt.«

»Ihrer besten Freundin? Aber …« Erst jetzt verstand Darold.

Gabel fuhr sich übers Gesicht und verschränkte die Arme vor der Brust. Wieder starrte er stumm zu Boden.

»Sie wollen mir also sagen, Herr Gabel, dass es nicht Sina war, die Ihnen nach Frankfurt hinterhergefahren ist, nicht wahr?«

Gabel nickte. »Sina hat ihr nur die Handyhülle mitgegeben. Weil sie ihr nicht beistehen konnte, sollte sie wenigstens etwas bei sich tragen, das Sina gehörte.«

»Der Name des Mädchens, das so sehr für Sie geschwärmt hat, der kommt Ihnen einfach nicht über die Lippen. Stimmt's, Herr Gabel?«

»Das ist lange her und geht niemanden etwas an. Schließlich hat das alles überhaupt nichts mit Sinas Verschwinden zu tun.«
»Den Namen, Herr Gabel.«
»Sie wissen ihn doch auch so. Ohne, dass ich ihn nenne.«
»Vielen Dank für Ihre Zeit, Herr Gabel«, sagte Darold. »Übrigens, herzlichen Glückwunsch zum Geburtstag.«

Kapitel 9

Das Auto

*Manchmal flüchte ich mich in Erinnerungen.
Und dann flüchte ich vor den Erinnerungen.*

Aus einem Tagebucheintrag von Sina Falke

I

Große Felder, der Mais fast mannshoch. Flächen mit Mischwald. Sträucher und Büsche, die wild wucherten. Eingetrocknete Traktorspuren auf Landwirtschaftswegen, an deren Rand sich das Gras gelb verfärbte. Darüber ein Himmel wie Marmor, milchig hell, mit vielen grauen Sprenkeln, die ein Gewitter ankündigten. Schwüle Luft, die auf der Haut klebte wie Schmierfett. Es roch nach Gras, nach einem letzten Austoben des Sommers.

Früher Nachmittag, kurz nach zwei Uhr, eine halbe Ewigkeit seit dem anonymen Anruf, der Hanna Falke erreicht und etwas in Darold ausgelöst hatte, das noch immer anhielt, so greifbar und elementar wie die Erde unter seinen Sohlen, wie der warm heranwehende Wind, der die Hitze noch fetter machte. Sein Auto hatte er in sicherer Entfernung abgestellt, am Rande der Landstraße. Er schwitzte bei jedem Schritt. Wieder war sein Schuhwerk zu schwer, sein Hemd zu dick. Der Stoff seiner Cargohose verdunkelte sich an den Oberschenkeln vom Schweiß.

Er kam sich lächerlich vor, wie er stur in dieser menschenleeren Landschaft weitermarschierte, doch das spielte längst keine Rolle mehr. Eitelkeiten hatte er bereits früher nie gekannt. Was bedeutete es schon, sich lächerlich zu machen? Er tat, was er tat, wie immer, gesteuert und angetrieben von etwas in seinem Innern, das ihm vertraut war – und das er dennoch niemals hätte jemandem beschreiben oder begreiflich machen können.

Weit mehr als eine Woche hatte er sie beschattet, beobachtet, ausgespäht, länger als beim letzten Mal, schließlich musste er vorsichtiger sein.

Aus großer Ferne hatte er zuvor mithilfe seines alten Feldstechers verfolgt, wie sie auf ihrem Pferd vom Hof aus aufgebrochen war. Zum Glück allein, nicht wie gestern in Begleitung von zwei anderen Reitern. Heute war es so weit. Vielleicht.

Darold blieb zwischen zwei Hagebuttensträuchern stehen. Er rollte seine Ärmel noch weiter nach oben und roch die eigenen Ausdünstungen. Insektensummen und eine weitere warme Brise des Windes. Selten, dass es in dieser Gegend so lange heiß blieb, selbst in den Sommermonaten.

Ein Grummeln am Himmel unterstrich das Nahen des Gewitters. Er wischte sich über seine nasse Stirn, steckte sich eine Zigarette an, blickte in die Richtung, wo das Gelände leicht anstieg. Er hatte gerade einmal drei Züge genommen, die in seiner durstigen Kehle brannten, als er sie kommen sah, noch gut fünfhundert Meter entfernt. Sofort zog er sich zurück, versteckte sich hinter den Büschen.

Sie überwand die Stelle, an der sich zwei Landwirtschaftswege kreuzten, ohne die Richtung zu ändern. Damit hatte Darold gerechnet. Sie war bereits dabei, zum Faller-Hof zurückzukehren, genau wie an den letzten Tagen, als sie zu Ausritten aufgebrochen war. Auch der alte Hof ihres Vaters, den Dosenbach schon seit Jahren renovierte, umbaute, verschönerte, lag in unmittelbarer Nähe.

Nur noch zehn, zwölf Meter trennten sie von ihm. Der Geruch des Pferdes kroch in Darolds Nase, als er vortrat.

Nach wie vor die dumpf brütende Hitze, diese klebrige Luft, die Ruhe.

Melanie Dosenbach zügelte das Pferd, starrte ihm entgegen. Kein Zeichen von Überraschung in ihrem Gesicht.

Er sah ihr entgegen, wortlos, gefasst, geduldig.

Sie ritt los, zwang das Pferd in eine schnellere Gangart, ein plötzlicher Zug der Entschlossenheit um ihren Mund.

Darold blieb einfach am Wegesrand stehen. Er ließ den Zigarettenstummel fallen und trat ihn aus.

Melanie war auf seiner Höhe, die Hufe wirbelten Staub auf, konzentriert blickte sie an ihm vorbei, nur geradeaus.

»Melanie«, rief er. Weder auffordernd noch warnend, fast ohne Betonung.

Sie presste die Lippen hart aufeinander, als sie ihn passierte.

»Melanie.« Wiederum erhob er seine Stimme nicht. »Das macht doch keinen Sinn. Mich wirst du nicht los.«

Sie zügelte das Pferd, wohl sehr kraftvoll, wie ein kurzes überraschtes Wiehern erkennen ließ. Das Tier tänzelte leicht, Melanie drehte sich nicht zu ihm um.

Er ging auf sie zu, blieb neben ihr stehen. »Melanie«, sagte er zum dritten Mal und sah zu ihr hoch. Sie erwiderte seinen Blick nicht, starrte weiterhin geradeaus zum Horizont.

»Ich wusste, dass Sie wieder auftauchen würden.«

»Wir beide wussten das, Melanie.«

Ein weiteres Donnergrollen über ihnen.

»Mein Vater war bei der Polizei wegen Ihnen. Jetzt wird er nicht mehr zögern – er wird Sie anzeigen.«

»Letztes Mal hatte ich eine einzige Frage an dich. Heute sind es zwei.«

Melanie schwieg.

»Die erste davon habe ich dir letztes Mal schon gestellt: Warum hast du vor Jahren das Gerücht in die Welt gesetzt, Sinas Vater hätte Sina...«

»Ich sage gar nichts dazu«, unterbrach sie ihn. »Muss ich ja auch nicht. Sie haben kein Recht dazu, mich hier anzuhalten. Sie haben mir aufgelauert.«

»Die zweite Frage lautet«, sagte er ganz ruhig, »welche Probleme hattest du?« Die ersten zaghaften Tropfen fielen auf sein Haar. »Was hat dich so sehr beschäftigt?«

Sie runzelte die Stirn, zupfte am Kinnriemen ihres Reithelms. »Probleme?«

»Melanie«, betonte er mit Nachdruck. »Ich weiß von der Geschichte mit Gabel.«

»Na und?«, gab sie trotzig zurück. Aber er sah an ihrem Profil, wie bleich sie auf einmal war. »Da war nichts, gar nichts. Nicht das Geringste.«

»Melanie, welche Probleme hattest du? Was hat dich bedrückt?« Ihr Schweigen blieb. Doch sie glitt aus dem Sattel, behielt dabei die Zügel in ihrer schmalen Hand.

»Dann also zurück zu Frage eins: Warum hast du das damals behauptet? Das von Reinhold Falke. Dir ist doch klar, was man damit anrichten kann. Stell dir vor, man hätte dasselbe über dich und deinen Vater gesagt. Dass dein Vater dich belästigt hätte und …«

Ein Blick von Melanie brachte ihn zum Verstummen. Ein Blick wie ein Blitzstrahl aus den Tiefen ihrer Seele.

Darold konnte sie nur anstarren, während ein Schauer seinen Rücken hinablief. Da war es wieder, genau wie beim Gespräch mit Gabel, ein Stück Wahrheit, das er fühlen konnte. Aber nicht ergreifen. Ein Stück Wahrheit, verborgen in diesem Labyrinth, zu dem der Fall Sina Falke für ihn geworden war.

Melanies Lippen bebten, ganz kurz nur, dann presste sie sie wieder hart aufeinander. Abrupt schob sie ihre Stiefelspitze in den Steigbügel. Sie schwang sich aufs Pferd, schnalzte mit der Zunge und ritt los.

»Melanie!«, rief er, lauter als zuvor, drängender, doch er wusste, er hätte sie höchstens mit Gewalt aufhalten können, jedoch mit keinem Wort der Welt.

Sie trieb ihr Pferd an, ritt schneller und schneller.

Noch mehr Tropfen, der Regen wurde stärker, ein erneutes Donnern.

Darold sah Melanie hinterher, bis sie nur noch ein kleiner Punkt inmitten der unschuldigen Landschaft aus Feldern und Wiesen war.

2

Es hatte nicht am Fall Sina Falke gelegen, dass das mit ihnen beiden nicht geklappt hatte. Der Fall Sina Falke war nicht einmal ein Auslöser für die Trennung gewesen. Schon lange bevor das damals 16-jährige Mädchen spurlos verschwand und Blaubach für kurze Zeit in die Schlagzeilen katapultierte, hatte Darold mit Andrea Ritzig Schluss gemacht.

Sie hatte es hingenommen, wie sie es immer wieder hingenommen hatte, dass es in ihrem Leben keine Momente der Erfüllung gab. Ein Leben ohne strahlende Höhepunkte, ein gleichmäßig dahinfließendes Leben, eine berufliche Laufbahn ohne große Sprünge nach oben, eine Freizeit mit ein paar Hobbys wie dem Sportschützenverein, ansonsten allerdings viel Leerlauf. Einige länger dauernde, tiefere Partnerschaften, die letzte davon mit Darold, jedoch nie die große Liebe des Lebens. Keine Kinder, eine Katze namens Mascha. Einige gute Freundinnen, aber keine *beste* Freundin.

So sah es aus. Kein Leben, um sich die Pulsadern aufzuschneiden, das nicht. Aber eben kein Leben für Champagnerknallen, für Gänsehaut. Und jetzt hatte der Fall Sina Falke doch noch dafür gesorgt, dass Andrea ihr ganzes Leben noch nüchterner betrachtete als sonst. Warum auf einmal jetzt?

Darold. Diese Liste. Dieser Jahre zurückliegende Überfall auf einen Lehrer in Frankfurt.

Was hatte Darold mit dieser Information angefangen? Er hatte es ihr nicht berichtet, natürlich nicht. Sie hatte nicht nachgefragt, natürlich nicht. Mittlerweile wollte Andrea es gar nicht mehr wissen. Es konnte ihr egal sein, *wurscht*, wie die Leute hier sagten. Es hatte nichts mit ihr zu tun. Gar nichts.

Andrea räumte ihren Schreibtisch auf, schloss das Fenster. Der Himmel dunkelte, noch immer war es warm, doch überall da draußen deutete sich bereits das Hereinbrechen des Herbstes an. Wer lange genug hier lebte, und das tat Andrea, konnte ihn riechen. Sie schnappte sich einige Ausdrucke und ging damit in den Kopierraum. Hier gab es einen Schredder, und man achtete sehr genau darauf, dass Unterlagen, Notizen, Papiere jeglicher Art nicht einfach im Papierkorb landeten, sondern zerkleinert wurden.

Nach dem Schreddern schritt sie den Gang hinab, irgendwie müde, nicht von der Last der Arbeit, sondern eher von zu viel Eintönigkeit, von den immer gleichen Abläufen, von den nicht zu zählenden Abendessen allein in ihrer Wohnung. Pasta, Salate, Geflügel, danach einen Fruchtjoghurt oder eine andere Süßigkeit, eine Serie im Fernsehen, Mascha auf dem Schoß, Spätnachrichten und ab ins Bett.

Als Andrea an der offenen Bürotür vorbeikam, konnte sie nicht anders. Sie musste stehen bleiben und zusehen, wie er überprüfte, ob er alle seine Schreibtischschubladen ausgeräumt hatte – eine nach der anderen zog er auf, um sie gleich wieder zu schließen.

Auf der Tischplatte standen zwei Kartons. Der FC-Bayern-Wandkalender war bereits verschwunden, ebenso das Poster mit dem imposanten Sandstein-Canyon. Die Doppeltür des Schranks stand offen und zeigte die Leere. Er hatte nichts vergessen.

Sein Blick fiel auf sie. Er richtete sich auf. »Na, wollen Sie noch mal nachfragen, ob ich Darold nun endlich empfohlen habe? Für eine Belobigung oder etwas in der Art?«

»Nein, will ich nicht«, überging sie seinen Sarkasmus, den sie zumindest nachvollziehen konnte.

»Übrigens, ich habe ihn vor Kurzem tatsächlich gesprochen. Ihren Darold.«

»Er ist nicht *mein* Darold.« Andrea lehnte sich an den Türrahmen.

»Ich habe ihn gewarnt.« Ein abfälliges Kopfschütteln. »Dieser

Dickschädel. Haben Sie mitbekommen, was passiert ist? Das mit Dosenbach, der plötzlich in mein Büro reinmarschiert, als wäre er der Staatsanwalt.«

»Hat die Runde gemacht, die Geschichte.«

»Darold ist verrückt. Und ich meine das nicht als Metapher, sondern wortwörtlich. Bei dem ist eine Schraube locker. Zuerst dachte ich, dieser Sina-Falke-Fall wäre schuld daran, aber das ist es nicht. Ich denke, Darold wäre auch ohne Sina Falke durchgedreht, das war nur eine Frage der Zeit. Es gibt genügend Beamte, bei denen mit den Dienstjahren …« Er verstummte schlagartig, als wäre es ihm erst bewusst geworden, wie viel er geredet hatte. »Tut mir leid, ich wollte nicht … Ich weiß ja, dass Sie und Darold vor Jahren …« Er hob beschwichtigend die Hand. »Sorry. Das geht mich nichts an. Ich sollte die Klappe halten.«

»Es tut mir leid, dass alles so kam. Ich meine, für Sie, Herr Leitner«

»Das muss Ihnen nicht leidtun.« Er winkte ab, zuckte demonstrativ mit den Schultern. »Ich werde versetzt. Was soll's. Der Job bleibt der gleiche. Nur halt eine andere Stadt, ein anderes Bundesland.«

Jan Leitner tat ihr wirklich leid, wie sie jetzt erst so richtig merkte. Erst recht, je mehr er sich bemühte, das alles als nicht sonderlich schwerwiegend abzutun. Er war kein schlechter Kerl, bestimmt auch kein schlechter Polizist. Doch die Sache mit Reinhold Falke und dem Albaner klebte regelrecht an ihm.

»Wo geht es eigentlich hin für Sie und Ihre Familie?«

»Nach Kaiserslautern.«

»Ach?«

»Jetzt muss ich mich wohl auf Saumagen einstellen«, versuchte es Leitner mit einem kleinen Scherz, und sie schenkte ihm ein amüsiertes Lächeln.

»Hatten Sie nicht gebaut?«, entfuhr es ihr gedankenlos, und sie ärgerte sich, dass ihr die Frage herausgerutscht war.

Leitner senkte den Blick und nickte. »Im letzten Herbst fertig geworden.« Wieder ein Abwinken. »Auch nur ein Haus, mehr nicht. In Kaiserslautern werden wir sicher ebenfalls ein Dach über dem Kopf haben.«

Sie trat auf ihn zu und hielt ihm die Hand hin. »Tja, dann: einen guten Start. Ich wünsche Ihnen alles Gute, Herr Leitner.« Ein schneller Händedruck. »Danke. Ihnen auch.«

»Danke.«

Andrea drehte sich um und verließ das Büro; erst jetzt wurde ihr die dumpfe Niedergeschlagenheit so richtig bewusst, die von diesem Mann ausgegangen war.

3

Schon in dem Moment, als er ihr die Haustür öffnete, war ihm eine bestimmte Sache klar.

Er ließ Hanna eintreten und schloss die Tür. Seit fast zehn Tagen hatten sie sich nicht gesehen.

Sie umarmte ihn nicht, drückte ihm keinen Kuss auf die Wange. Sie stand einfach nur da, in diesem Flur, der immer, auch jetzt am Nachmittag, halbdunkel war, duster, nicht einladend, wie das gesamte Haus, eher eine Höhle oder ein Unterschlupf als ein Heim.

Hannas Blick schmerzte ihn. Er bemühte sich um einen gleichmütigen Ausdruck, tat so, als wüsste er nicht, was kommen würde.

»Lass uns ins Wohnzimmer gehen«, schlug er vor.

»Nein«, erwiderte sie leise, aber entschieden.

»Okay.«

»Warum tust du das?« Ihre blauen Augen. So traurig. Wie damals, als sie vierzehn war, wie damals, als sie im Fernsehen ihre Tränen vergoss.

Schweigend sah Darold sie an.

»Warum kannst du keine Ruhe geben? Ich verstehe das nicht. Warum rührst du in dieser Geschichte herum, unaufhörlich, immer und immer wieder?«

Weiterhin wusste er nichts zu sagen, sein Mund war wie verklebt. Er dachte daran, wie Melanie ihn angesehen hatte, an das, was Gabel ihm berichtet hatte, an dieses durchdringende Gefühl, dass ein Stück Wahrheit vor ihm läge, wie etwas Plastisches, wie schwere, feuchte Schwarzwald-Erde, die man zwischen den Fingern zerreiben konnte.

»Warum *lässt* du es nicht? Jetzt, da doch sowieso alles feststeht. Da es einen Täter gibt. Oder gab. Jetzt, da alles klar ist.«

»Ist es das? Klar?«

Ihre Tränen schimmerten, winzige Glitzer in dem unbeleuchteten Flur. »Ich weiß es nicht. Ich weiß es *wirk-lich* nicht. Aber muss man nicht manchmal so tun, als hätte sich etwas entschieden? Irgendwann muss man den Schlussstrich ziehen. Wie sollte man sonst weiterleben? Oder gar neu anfangen? Wie sollte man sonst ...« Ihre Stimme erstarb in der Stille des Hauses.

»Hanna ...«, begann er, doch er kam nicht weiter, schloss schon wieder seine Lippen.

Eine Sekunde völliger Lautlosigkeit. Erinnerungen flammten in ihm auf. Er und Hanna in seinem Wagen in Frankfurt, die Köpfe zusammengesteckt über dem Laptop, der Regen, der aufs Autodach prasselte. Er und Hanna am Bodensee. Er und Hanna auf seinem Sofa. Miteinander diskutierend, miteinander schweigend.

»Soll ich dir sagen, warum du nicht aufhören kannst? Weil du nichts anderes hast als das. Du willst überhaupt nicht, dass es ein Ergebnis gibt, dass es aufhört. Du willst nicht neu anfangen. Du willst immer nur weitermachen.« Und leise, kaum hörbar wiederholte sie: »Weil du nichts anderes hast.«

Wieder dachte er an das, was er schon bei ihrer Ankunft gewusst hatte. Sein Blick ruhte auf ihr. Er versuchte nicht mehr, etwas zu äußern, etwas zu erklären, eine Antwort auf ihre Worte zu finden.

»Deine Einsamkeit, das ist es. Sie ist der Schlüssel zu allem. Zu dir und deinem Verhalten. Dieser Fall hat deine Einsamkeit noch größer gemacht, wie auch deine Einsamkeit den Fall für dich noch größer gemacht hat. So simpel ist das.«

Sie sahen einander an, lange, sehr lange.

»Ich muss jetzt gehen«, sagte sie, ganz schlicht.

Er verfolgte stumm, wie sie sich umdrehte, die Tür öffnete und nach draußen verschwand.

Kurz darauf saß er an seinem Schreibtisch, vor ihm der schwere, abgegriffene Ordner mit dem Fall Sina Falke. Aufgeschlagen war die Liste mit den Männern aus Sinas Umfeld, mit ihren Autos und ihren Alibis.

So oft hatte er schon darauf gestarrt.

Lag die Wahrheit, die er suchte, die er glaubte, gefühlt zu haben, doch in dieser Liste? Sollte es darauf hinauslaufen?

Es war ein weiter Weg von Melanie Dosenbachs schmerzvollem Blick bis zu dieser Liste – und bis zu einer möglichen Lösung oder wenigstens einem nächsten Schritt, den Darold zu gehen vermochte. Ein verdammt weiter, unsicherer Weg. Und doch starrte er auf diese Liste.

Nach einigen Minuten schaltete er den Laptop ein. Mithilfe einer Online-Bildersuchmaschine stieß er in Sekundenschnelle auf Fotos von den Fahrzeugmodellen, die er aufgelistet hatte. Von jedem Auto, auch wenn es sich um ein weißes handelte, druckte er ein Foto aus.

Ihm fiel ein, dass er die Farbpatrone schon lange nicht mehr gewechselt hatte. Sein altersschwacher Drucker quietschte und röchelte, spuckte jedoch ein Blatt nach dem anderen mit Fotografien von Autos in unterschiedlichen Farbtönen von hell bis dunkel aus.

Die Wahrheit. Wie verlockend der Gedanke an sie war!

Dann dachte Darold allerdings wieder an das, was er bei Hannas Ankunft gefühlt hatte. Diese eine Sache, die ihm plötzlich klar geworden war. Denn er war sich sicher, dass es das letzte Mal war.

Das letzte Mal, dass sie beide sich gesehen hatten.

Als Hanna aus seinem Haus gegangen war, war sie aus seinem Leben gegangen.

Niemals war er so überzeugt von etwas gewesen.

Er steckte sich eine Zigarette an. Sein Blick streifte die Ausdrucke mit den Abbildungen der Autos. Dann stand er auf. Das Fenster war gekippt, er öffnete es ganz. Er roch die Luft dieser Gegend, die nie zu einer Heimat für ihn geworden war.

4

Ihre Mutter drehte ihr den Rücken zu, während sie ins Telefon sprach. Hanna starrte auf die nur unwesentlich fülliger gewordenen Hüften, die schmalen Schultern, die kecke, schon wieder nachgeschnittene Kurzhaarfrisur. Ja, Susanne hatte sich gut gehalten. Das dachten sicherlich alle, die sie jetzt kennenlernten, eine Frau, die etwas jünger aussah, als sie war. Jedenfalls wenn man nicht zu sehr auf die messerscharfen Fältchen achtete, die sich an den Mundwinkeln eingegraben hatten, am Kinn, am Hals. Fältchen, die nicht nur auf ihr tatsächliches Alter hinwiesen, sondern auch auf das, was sie erlebt hatte.

»Ja, klar«, sagte Susanne, den Hörer am Ohr, die freie Hand in die Hüfte gestützt.

Dann lauschte sie eine Weile, nur um noch einmal zu wiederholen: »Ja, klar.«

Es war kurz nach fünf Uhr nachmittags, draußen noch recht hell, der Tag war schnell vorübergezogen, arbeiten, einkaufen, dann kam per SMS die Einladung von Susanne zu einem frühen gemeinsamen Abendessen, und Hanna hatte sofort zugesagt, ganz froh darüber, nicht selbst kochen zu müssen.

Um wen mochte es sich bei dem Anrufer handeln, fragte sie sich beiläufig. Seit der Trennung von Reinhold war Susanne keine Beziehung eingegangen. Oder doch? Wusste Hanna nur nichts darüber? Ihr fiel auf, dass sie Susanne nie nach so etwas gefragt hatte. Auch nach nichts anderem. Es war immer nur um sie, Hanna, gegangen. Oder um Micha. Oder um ihren Vater. Nie um Susanne.

»Das macht doch nichts«, meinte ihre Mutter gerade. »Ganz

wie du meinst und wie es dir passt. Melde dich einfach noch mal. Oder ich rufe dich an.«

Nach einer kurzen Stille sagte sie: »Also gut, bis bald. Tschüss, Micha.« Sie legte auf und nahm wieder Platz, gegenüber von Hanna.

»Das war Micha?«, fragte Hanna überrascht. Und schloss mit einer gewissen Betonung: »Das heißt, er kommt nicht.«

»Er hat noch zu tun, er schafft es nicht.«

»Was hat er denn schon groß zu tun?«

»Micha hilft einem Bekannten beim Tapezieren, und jetzt ist es halt später geworden. Er hat gesagt, er ist noch voller Kleister. Sie trinken noch ein Bier zusammen, dann will er nach Hause fahren und duschen.«

Susanne hatte nicht nur Hanna, sondern auch Micha zum Abendessen eingeladen. Im Backofen stand eine Lasagne und wartete darauf, verspeist zu werden. Früher hatten Susannes Kinder so gern Lasagne gegessen, auch Sina, und Susanne hatte die gemeinsame Mahlzeit offensichtlich für eine gute Idee gehalten.

»Tapezieren oder nicht«, redete Hanna weiter, ohne dass sie es eigentlich recht wollte. »Das war ja klar, dass er nicht kommt. So was von klar. Ich weiß, er ist mein Bruder. Aber ich verstehe ihn einfach nicht. Er ist wie ein Fremder für mich.«

»Na ja, er hatte eben was zu tun. Ist ja nicht so schlimm.«

»Ach, das ist doch nur eine Ausrede. Ich finde, wenn man keine Lust hat zu kommen, dann kann man's doch einfach zugeben. Das wäre fairer als diese blöden Spielchen.« Hanna machte eine Pause, ehe sie noch anfügte: »Ich finde, du warst wirklich sehr, hm, zahm mit ihm. Für deine Verhältnisse.« Mit einem plötzlichen Lächeln versuchte sie, den Worten die Schärfe, das Vorwurfsvolle zu nehmen.

»Für meine Verhältnisse.« Suanne lachte auf. »Dass du das einmal sagen würdest. Früher hast du mich immer ermahnt, wenn ich zu streng mit Micha war. Weißt du noch?«

»Stimmt schon. Aber ich finde, mit der Geduld haben wir es langsam übertrieben. Ehrlich: Ich verstehe ihn einfach nicht.«

»Wirklich nicht?«

Hanna sah auf. »Was heißt das? Verstehst du ihn etwa?

»Ach, verstehen.« Ein Schatten legte sich auf Susannes Gesicht.

»Eine Sache weiß ich jedenfalls über deinen Bruder.«

»Und welche?«

»Er hat Angst.«

»Angst?«, wiederholte Hanna verwirrt. »Wovor?«

»Einfach vor allem hat er Angst.« Susanne lächelte. Jedoch nicht freudig, sondern mit einer Traurigkeit, die Hanna nie, oder nur selten, an ihr festgestellt hatte. »Er hat Angst vor dem Leben. Angst vor absolut allem, was mit dem Leben zu tun hat. Angst vor Menschen, sogar vor den eigenen Familienangehörigen. Vielleicht *gerade* vor denen, weil sie ihm so nah sind – oder nah waren. Er hat Angst vor der Arbeit. Weil man da etwas falsch machen könnte. Er hat Angst, sich zu verlieben. Weil man da auch so vieles falsch machen kann. Und Angst, sich nicht zu verlieben. Weil das erst recht irgendwie nicht *richtig* wäre. Er hat Angst vor Hobbys. Angst davor, Sport zu treiben. Weil man da verlieren könnte. Und auch weil man da siegen könnte. Was macht man, wenn man gewonnen hat – Hilfe!« Sie schüttelte ihren Kopf, gefangen von Gedanken und Erinnerungen. »Er hat immer schon Angst gehabt. Angst vor dem Kindergarten. Er hat sich an meinem Hosenbein festgekrallt und wollte nicht, dass ich ihn hinbringe. Angst vor der Schule. Angst vor dem Arzt. Angst davor, sich auf jemanden einzulassen. Angst davor, sprechen zu müssen. Angst davor, in Schweigen zu erstarren. Angst. Angst vor allem und jedem. Das ist es.«

»Aber ...«

»Kein Aber. Ich habe lange nachgedacht, wie man ihm helfen kann. Viele Jahre. Ich habe geschimpft mit ihm, habe ihn angeschrien. Ich habe ganz sanft mit ihrem geredet, auch wenn das nicht meine Stärke ist. Ich war sarkastisch, ich war aufrüttelnd. Oder habe versucht, es zu sein. Dann wieder war ich liebevoll, jedenfalls früher, das habt ihr Mädchen gar nicht mitbekommen. Was ich auch tat, ich kam nicht an ihn heran. Und er blieb immer in seinem Schneckenhaus. Irgendwann hatte ich genug. Auch wenn ich das wohl nie zugegeben hätte.« Sie seufzte.

»Und jetzt?«, fragte Hanna, ganz erstaunt über die Worte ihrer Mutter.

»Jetzt habe ich mir vorgenommen, noch mehr Geduld als je zuvor für ihn aufzubringen. Und abzuwarten. Ich kann ihn nicht aus seinem Schneckenhaus jagen. Ich kann nur abwarten, bis er sich mir irgendwann einmal zeigt. Oder es eben nicht tut.«

Der Backofen gab einen Piepton von sich. Susanne stand auf, dann aßen sie, noch immer größtenteils schweigend, die Lasagne, deren Duft sie umwehte. Anschließend räumten sie gemeinsam das wenige Geschirr in die Spülmaschine, und Hanna wurde bewusst, wie oft sie das schon gemacht hatten, früher noch mit Sina, während Micha sich in sein Zimmer verkroch und ihr Vater vor dem Fernseher Platz nahm, Bierflasche in der Hand, Zigarette im Mund.

Kaum hatten sie sich wieder gesetzt, sagte Susanne: »Na los, nun sag's schon.«

Hanna sah verdutzt auf. »Was denn?«

Susanne lächelte. »Warum so überrascht? Du weißt doch, wie gut ich dich kenne. Also – was liegt dir auf der Zunge? Die ganze Zeit schon?«

Sie senkte den Blick, flüchtete sich für einen langen Moment in ein verkniffenes Lächeln.

»Fällt es dir so schwer?« Susanne schenkte von dem badischen Rotwein nach, den sie zum Essen getrunken hatten.

»Tatsächlich.« Hanna nickte. »Es fällt mir schwer.«

»Dann erst mal einen Schluck. Prost.«

Die Gläser klirrten leise.

»Ich habe mit meiner Chefin gesprochen«, begann Hanna.

»So?«

Susannes Brauen schoben sich zusammen. Hanna kannte diesen Ausdruck im Gesicht ihrer Mutter, diese unwillkürliche Konzentration, die Abgebrühtheit, mit der sie dem Gegenüber unbewusst zu verstehen gab, dass nichts auf der Welt in der Lage wäre, sie zu verblüffen oder gar aus der Bahn zu werfen.

»Frau Burlach war in den letzten Monaten oft für mich da, mit Rat und Tat. Sie hat viel Verständnis für mich aufgebracht.«
»Ich weiß, Hanna.«
»Nun ja, sie und ich, wir haben uns ausgiebig unterhalten.«
»Und was ist dabei herausgekommen?«
»Frau Burlach hat mir von einer freien Stelle in einem Kindergarten erzählt. Ein Kindergarten, der sich ganz toll anhört.«
»Aha.«
»Moderne Erziehungsmethoden, ein Neubau mit einem großen Grundstück, ein junges, sehr engagiertes Team, wie Frau Burlach meint.« Hanna nickte, wie um sich selbst Mut zuzusprechen. »Klingt alles wirklich toll.«
»Das glaube ich dir.« Susannes berühmter Blick haftete unentwegt auf ihr. »Die Frage ist nur, in welcher Stadt dieser Kindergarten liegt.«
»In Friedrichshafen.« Hanna senkte die Lider. »Am Bodensee. Weißt du, es ist wunderschön da, ich hab's mir im Internet angesehen. Und – ich habe schon einmal mit der dortigen Leiterin telefoniert.«
Ihre Mutter schwieg.
»Wieso sagst du nichts, Mama?«
»Ach, ich habe mich nur gefragt, warum du so herumgedruckst hast.« Ein zärtliches Lächeln umspielte plötzlich Susannes Mundwinkel
»Warum?« Hanna hob die Schultern. »Na ja, ich dachte, weil ...«
»Ja?«
»Weil du ... weil ich, äh, es sieht vielleicht irgendwie wie Verrat für dich aus.«
»Och Hanna, was für ein Unsinn.« Susanne lachte leise, Nachsicht im Blick, der seine Abgebrühtheit längst eingebüßt hatte. »Es ist gut, von hier wegzukommen.«
»Ja?«
»Aber natürlich. Es ist gut für dich.«
»Für dich nicht?«, entfuhr es Hanan spontan.

»Der Zug ist abgefahren. Ich hätte früher gehen sollen. Jetzt ist es zu spät.«

»Früher hast du immer gesagt: Warum soll ich weggehen? Habe ich jemandem etwas angetan?«

»Jetzt sage ich das nicht mehr.« Sie schwieg, ehe sie hinzufügte: »Es steht also schon fest?«

Hanna nickte. »Ich habe lange darüber nachgedacht, aber der Entschluss kam dann wohl ganz plötzlich. Hm, glaube ich wenigstens.« Rasch setzte sie hinzu: »Es ist ja nicht am Ende der Welt. Das heißt, Papa kann ich weiterhin besuchen, ich lasse ihn nicht im Stich.«

»Das würde auch niemand von dir annehmen, Hanna. Alles in Ordnung. Es ist richtig, dass du dich jetzt um dich kümmerst.«

Eine Stille entstand.

Susanne sah sie wieder eindringlicher an: »Du willst mir doch noch etwas anderes sagen?

»Vielleicht«, erwiderte Hanna nachdenklich.

»Und was?«

»Gib mir noch ein bisschen Zeit, Mama, ich muss mir erst mal selbst darüber im Klaren sein.«

Susanne äußerte nichts, doch ihr Blick blieb forschend auf Hanna, die zur Wand sah, irgendwo ins Nichts.

5

Im Grunde hatte er genauso viel wie all die Jahre zuvor: nämlich nichts. Nichts außer dem Blick eines Mädchens – einer jungen Frau. Nichts, rein gar nichts.

Das wurde ihm auch in dem Moment bewusst, als die Stimme am anderen Ende der Leitung mit Entschiedenheit sagte: »Nein, niemals.«

»Sicher?«, erwiderte Darold fragend. »Versuchen Sie bitte, sich ganz genau zu erinnern. Auch an noch so nebensächliche Begebenheiten. An eine hingeworfene Bemerkung, an einen Dialog, den man fast unbeabsichtigt aufschnappt. Daran, dass jemand einmal scheinbar grundlos in Tränen ausgebroch-«

»Nein, Herr Darold«, schnitt Benny Laux ihm das Wort ab, und zum ersten Mal, seit Darold ihn kannte, verbarg der junge Mann nicht die Tatsache, dass er den Fragen überdrüssig war. Vor allem, da Darold ihn einfach am Arbeitsplatz angerufen hatte.

»Tatsächlich?«, ließ Darold dennoch nicht locker. »Manchmal ist es so, dass ...«

»Nein«, wurde er erneut unterbrochen. »Nein, Herr Darold. Nichts, aber auch gar nichts hat für mich darauf hingedeutet, dass Melanie in irgendeiner Form Angst vor ihrem Vater hatte.«

»Vielleicht ist Angst nicht das richtige Wort«, machte Darold unbeirrbar weiter. »Sie sagten vorhin ja etwas von einem besonderen Respekt, den Melanie ...«

»Das schon«, fuhr Laux zum dritten Mal dazwischen. »Respekt. Klar. Jeder hat den vor Herrn Dosenbach. Aber – also mal ehrlich, das alles klingt ein wenig, als würden Sie versuchen, mir irgendwelche Worte in den Mund zu legen.«

Benny Laux hatte wirklich keine Lust mehr auf diese Unterhaltung, das war in der Tat nicht schwer zu erkennen.

»Glauben Sie mir, das ist nicht meine Absicht. Hm, wäre es eventuell besser, wir würden uns noch einmal persönlich treffen und das Ganze ...« Er horchte in den Hörer. »Herr Laux? Was haben Sie gesagt?«

»Ich habe nur etwas vor mich hingemurmelt.«

»Ja. Und zwar: Scheiße. Warum? Was ist scheiße?«

»Herr Darold, ehrlich.« Laux holte tief Luft. »Ich hatte immer große Achtung vor Ihnen. Dass Sie einfach nicht aufgeben konnten, immer weitergemacht haben. Und das alles. Selbst jetzt noch, da Sie nicht mehr Polizist sind ... Na ja, egal.«

»Bitte nur noch eine Frage: Wie würden Sie das Verhältnis beschreiben, das zwischen Melanie und ihrem Vater bestand? War es ganz normal? Herzlich?«

»Nein, herzlich war es wohl nicht, eher ... kühl. Melanie war immer sehr vorsichtig und kleinlaut, wenn er anwesend war. Aber ...« Erneut saugte er laut die Luft ein. »Genau das meine ich ja. Herr Darold, was ich sagen will: Ich glaube, es *reicht* jetzt einfach. Ich will nicht mehr darüber sprechen. Sehen Sie, meine Eltern haben mich gewarnt, dass ich, falls Sie sich wieder melden sollten ... Also, wir haben geredet. Auch darüber, dass Sie ja bei Herrn Gabel auf der Party waren, da quatscht bereits ganz Blaubach drüber.«

»Ist das so?«, meinte Darold gelassen.

»Und dann fragt man sich natürlich schon, was mit Ihnen los ist. Vor allem seit dieser Typ, dieser Albaner, geschnappt wurde. Alles ist ja aufgeklärt. Der Täter wurde gefasst. Und Sie, Sie fragen immer weiter. Und Herr Dosenbach war wegen Ihnen auf der Polizei. Es heißt, er wollte Sie anzeigen. Es heißt, er ist ganz schön sauer auf Sie.«

»Was hat das mit unserem Gespräch zu tun?«

»Ich habe immer bereitwillig alle Fragen beantwortet. Aber verstehen Sie, ich habe einfach nichts mehr dazu zu sagen. Und wenn Sie jetzt etwas über Melanie wissen wollen, also ...« Er machte eine Pause. »Sie haben keine Berechtigung, oder?«

»Ich stelle nur Fragen, dafür braucht man keine Berechtigung.«
»Nein, braucht man nicht. Aber es gibt auch kein Gesetz, das mich zwingt, auf jede Frage, die mir gestellt wird, antworten zu müssen. Oder?«
»Das ist korrekt.«
»Dann würde ich jetzt, also, dann wäre es mir lieber …«
»Schon gut. Vielen Dank für Ihre Zeit.«
Es war nur noch ein Knacken in der Leitung zu hören.
Darold hielt den Hörer eine Weile gedankenversunken in der Hand, ehe er auflegte.
Nichts.
Nichts außer diesem Blick.
Er suchte in den Blättern seines dicken Ordners und fand ohne Mühe die Adresse, die er ohnehin noch vage in Erinnerung gehabt hatte. Zur Sicherheit überprüfte er sie zusätzlich im Online-Wörterbuch. Wie erwartet: Die Familie war nicht umgezogen, immer noch unter derselben Anschrift aufgeführt. Er klappte den Laptop zu.

Es war Nachmittag, fast vier Uhr. Regen klatschte an die Fenster des Hauses. In eineinhalb Stunden könnte er dort sein.

Falls er wirklich dorthin wollte.

Er setzte sich hinters Steuer, startete den Wagen, fuhr los. Kurz darauf ließ er Blaubach hinter sich. Das Autoradio war ausgeschaltet, monoton brummte der Motor.

Eigentlich war sein Job – oder der Job, dem er früher nachgegangen war – ganz einfach. Es lief stets gleich ab. Man musste immer alles, was zu einem Fall passte, zusammenaddieren: eins plus eins plus eins plus eins. Und alles, was nicht passte, musste man subtrahieren. Weglassen. So kam man zur Lösung, ganz logisch, unprätentiös, geradlinig.

Aber wie sollte man einen Blick addieren. Und zu was?

Noch schwerer fiel es allerdings, ihn wegzulassen.

Darold geriet in den überschaubaren Feierabendverkehr, der in dieser Gegend herrschte, was ihn etwas Zeit kostete, doch das spielte keine Rolle. Erneut wägte er ab, ob er sich bei der Familie vorher mit seinem Handy melden sollte. Doch wiederum kam er zu dem Schluss, dass das nicht ratsam war. Es war besser, sie unvorbereitet zu erwischen.

Was, wenn sie verreist wären? Die günstigen Preise der Nachsaison ausgenutzt hätten? Ein paar Tage ausspannen und den Sommer woanders ausklingen lassen?

Was soll's, sagte er sich, als er, inzwischen auf der Bundesstraße, seinen Alfa beschleunigte. Was hast du schon zu verlieren? Die Gedanken schwirrten durch seinen Kopf, immer mehr davon, mit jedem zurückgelegten Kilometer. Die letzten Jahre verdichteten sich zu den letzten Monaten, die sich zu den letzten Tagen verdichteten. Er versuchte, diese vielen Gedanken zu ordnen, manche miteinander in Verbindung zu bringen, andere auszublenden. Das alte Spiel. Zusammenzählen und abziehen. Aber konnte man Sina Falkes Verschwinden mit Melanie Dosenbachs Blick addieren? Und selbst wenn nicht, er musste dem Blick nachgehen. Oder dem, was dieser Blick in ihm ausgelöst hatte.

Auch das Gespräch mit dem Vertrauenslehrer spukte ihm regelmäßig durch den Kopf. Beim Verlassen von Gabels Haus hatte Darold den Eindruck gehabt, dass der Mann nicht gelogen, nichts verdunkelt, nichts hinzugefügt hatte, was die Wahrheit verschleiern könnte. Doch war dem wirklich so? Was wäre, wenn hinter der Geschichte von Gabel und Melanie viel mehr steckte, als an diesem Abend ans Licht gekommen war?

Die Fahrt dauerte an. Darold ließ das Radio aus, während sein Hirn immer wieder Fragen und Schlussfolgerungen und Erinnerungen ausspuckte. Zigarettenqualm füllte den Innenraum, einen Spaltbreit ließ er das Fenster herunter. Regen klatschte auf die Windschutzscheibe, die Wischblätter hüpften, das Prasseln ließ nach. Ein Blick in den Rückspiegel zeigte ihm die untergehende Sonne an einem Himmel in Aufruhr. Kalte nasse Luft strömte herein. Der Sommer, der dem Fall Sina Falke einen offiziellen Mörder gebracht hatte, ging rasend schnell zu Ende. Der Motor des Autos brummte gleichmäßig, der Regen ließ nach, die frische Luft blieb.

Darold hatte mit seiner Schätzung richtig gelegen. Etwas mehr als eineinhalb Stunden später war er am Ziel: einer Straße in Meßkirch mit ziemlich imposanten Eigenheimen, die dem der Familie Dosenbach glichen. Er blieb eine Weile im Auto sitzen und beobachtete das dreistöckige Haus mit Doppelgarage und großem umliegendem Grundstück.

Nein, man war nicht zu einem Urlaub aufgebrochen, man war daheim.

Kurz nach halb sechs wurde das Licht angeknipst, vielleicht ein Abendessen zubereitet. Das einzige Kind, ein bereits damals fast erwachsener Sohn, lebte wohl nicht mehr bei den Eltern. Jedenfalls hatte Darold nichts von ihm bemerkt. Dafür waren beide Eltern zu Hause – er hatte ihre Silhouetten durch die großen Fenster erkannt.

Erst gegen sieben Uhr abends ging Darold auf den schmiedeeisernen Zaun zu, der das Grundstück umschloss. Hier befand sich das Tor mit der Klingel, auf deren Schildchen der Name der Besitzer zu lesen war.

Er läutete, und gleich darauf erkundigte sich die Stimme eines Mannes durch die Sprechanlage nach dem Besucher.

»Mein Name ist Darold. Sie können sich vielleicht nicht mehr an mich erinnern, aber vor einigen Jahren leitete ich die Ermittlungen in einem Vermisstenfall und …«

»Na klar erinnern wir uns«, unterbrach ihn Dieter Breyer. »Sie meinen Sina Falke.«

»Entschuldigen Sie bitte den Überfall. Ich wollte mich telefonisch ankündigen, aber dann ging es drunter und drüber bei mir. Jedenfalls – es wäre wahnsinnig freundlich, wenn Sie kurz für mich Zeit hätten.«

Stille. Womöglich verständigte sich Breyer mit seiner Gattin.

»Kein Problem, Herr, äh, Darold, kommen Sie rein.«

Ein Summen ertönte, Darold stieß das Tor auf, und im selben Moment öffnet sich die Eingangstür. Kurz darauf saß er dem Ehepaar Breyer in einem großzügig geschnittenen Wohnzimmer mit Blick auf den Garten gegenüber. Ein Getränk, das ihm höflich angeboten worden war, hatte er ebenso höflich abgelehnt.

»Ich habe Sie schon einmal befragt. Sechs Jahre ist das jetzt her. Erst am Telefon und dann persönlich, bei Ihnen zu Hause. Ich glaube, ich durfte sogar im selben Sessel Platz nehmen.«
Die beiden Endfünfziger, die ihm gegenüber auf dem Sofa saßen, lächelten freundlich. Sie waren gut gekleidet, hatten ihr Heim geschmackvoll und behaglich eingerichtet; man merkte ihnen sofort an, dass es ihnen gut ging, dass sie es zu etwas gebracht hatten und stolz darauf waren.
»Wir waren damals beeindruckt«, erwiderte Dieter Breyer, »dass Sie wegen der doch recht harmlosen Fragen den Weg auf sich genommen hatten. Weißt du noch, Helga?«
Seine Frau stimmte nickend zu.
»Ich habe immer versucht, meinen Job so penibel wie möglich zu machen, und trotzdem übersieht man Kleinigkeiten, trotzdem geht einem bisweilen etwas durch die Lappen. Und manche Details verlieren sich einfach, werden unter einem Wust von anderen Informationen erdrückt, die wichtiger erscheinen – und es dann doch nicht sind.«
»Aber am Ende ist ja noch alles ans Tageslicht gekommen.« Breyer beschrieb eine Geste mit der Hand. »Zumindest bei der Sache in Blaubach. Wir haben im Fernsehen davon erfahren und in der Zeitung alles gelesen, was es zu lesen gab. Der Täter konnte überführt werden. Und wir haben auch mitbekommen, dass Sie daran großen Anteil hatten. Obwohl Sie sich eigentlich nicht mehr darum kümmern müssten, nicht wahr? Sie sind doch nicht mehr ...«
»Nein, ich bin eigentlich nicht mehr dabei.«
»Jedenfalls – unseren Respekt.«
»Danke.«
»Wir haben oft an diese bemitleidenswerte Familie gedacht«, bemerkte Frau Breyer mit nachdenklichem Ausdruck. »An die Falkes. Was sie durchgemacht haben müssen.«
»Sieht man ja auch daran«, bestätigte nun Dieter Breyer, »was der Vater der Kleinen getan hat. Also, dass er den Täter ermordet hat. Wie groß muss die Verzweiflung von Eltern sein, die ...« Er stoppte abrupt. »Die armen Leute.«

»Sie haben die Falkes nie kennengelernt, nehme ich an?«

»Nein, nie. Sie ...« Der Mann suchte nach den passenden Worten. »Sie haben sich in anderen Kreisen bewegt.«

»Ihr Kontakt nach Blaubach beschränkt sich auf die Familie Dosenbach, soweit ich mich erinnern kann.«

»Richtig.« Breyer spähte über seinen Brillenrand aus dem Fenster. »Sieht schon wieder nach neuem Regen aus. – Äh, ja, die Dosenbachs. Mit Klaus bin ich seit Ewigkeiten bekannt, ja, befreundet. Erst hatten wir nur geschäftlich miteinander zu tun. Dann auch privat. Wir haben mehr als nur dieses eine Silvester vor sechs Jahren bei ihnen verbracht, sind auch öfter gemeinsam mit ihnen in den Urlaub gefahren. Skifahren in die Alpen, im Sommer nach Schweden und nach Ibiza.«

»Hatten Sie in letzter Zeit Kontakt mit den Dosenbachs?«

»In letzter Zeit? Na ja, wir telefonieren ab und zu und besuchen uns auch gegenseitig. Aber der letzte Besuch liegt schon ein paar Monate zurück.«

»Dann kennen Sie ja auch Melanie. Eine nette junge Frau, finden Sie nicht?«

Beide stimmten zu, wiederum ein Lächeln auf den Lippen.

»Ach, da fällt mir gerade etwas ein«, äußerte Darold, als käme ihm der Gedanke tatsächlich ganz unvorbereitet. »Sagt Ihnen Sie der Namen Katja Bendow etwas?«

Die beiden tauschten einen ratlosen Blick aus.

»Katja Bendow war vierzehn, als sie verschwand. Sie lebte ganz in Ihrer Nähe, in ...«

»Sigmaringen«, vervollständigte Helga Breyer den Satz. »Selbstverständlich. Noch so ein erschütterndes Schicksal. Die ganze Gegend hat davon gesprochen.«

»Sie haben sich gewiss auch mit den Dosenbachs darüber ausgetauscht?«

»Ach, das weiß ich nicht mehr«, erwiderte sie grübelnd. »Vielleicht, man redet ja über so etwas. Moment mal, wie war das? Man hat das Fahrrad des Mädchens gefunden – und von dem armen Ding keine Spur. Müsste schon eine ganze Weile her sein.«

»Das war 2006.« Darold nickte vor sich hin. »Damals kannten Sie ja schon die Dosenbachs.«

»Na klar«, entgegnete Herr Breyer. »Wie gesagt, Klaus und ich, als wir uns zum ersten Mal begegnet sind, das liegt jetzt bald 20 Jahre zurück.«

»Kennen Sie auch die Familie Bendow?«

Jetzt antwortete wieder die Ehefrau: »Nein, gar nicht. Wir haben – wie alle anderen – nur aus der Presse davon erfahren und den Fall natürlich verfolgt. Da ist niemals etwas herausgekommen, richtig?«

»Leider nicht.«

»Wie traurig.«

»Noch einmal zurück nach Blaubach, zurück zu den Dosenbachs. Wie schätzen Sie das Verhältnis zwischen Melanie und ihrem Vater ein? Die beiden kamen immer ganz gut miteinander aus, wie mir scheint. Wie sehen Sie das?«

Dieter Breyer pustete Luft aus. »Nun ja, Melanie war immer eher der schweigsame Typ. Und Klaus, hm, der ist nun mal der Boss. Überall. Auch in der eigenen Familie. Sie kennen ihn ja selbst, er kann recht einschüchternd auftreten. Und in ganz Blaubach weiß man, dass er …«

»Entschuldige, wenn ich dich unterbreche«, fiel ihm seine Frau, den Blick auf den Gast gerichtet, sanft ins Wort. »Herr Darold, falls ich das sagen darf: Mich überraschen Ihre Fragen ein wenig.«

Darold sah von ihm zu ihr, sagte jedoch nichts.

»Sie kommen unangekündigt hierher und erkundigen sich sehr gezielt nach Klaus. Verzeihen Sie, ich möchte nicht unhöflich sein, aber ich bin durchaus ein wenig irritiert.«

Er wägte ab, versuchte, die Frau einzuschätzen. Etwas Unüberlegtes würde ihr nicht über die Lippen kommen – und ihrem Gatten jetzt auch nicht mehr. »Ich muss mich entschuldigen, da bin ich wohl ein wenig abgeschweift vom Eigentlichen.«

»Was ist denn das Eigentliche?« Helga Breyer musterte ihn aufmerksam.

»Na ja, irgendwie immer dasselbe. Die immer gleichen Details und Kleinigkeiten, die ich vorhin ja schon angesprochen habe. Damals haben Sie Neujahr bei den Dosenbachs verbracht, mit ihnen gefeiert.«

»Ja? Und?«, fragte sie.

»Im Zuge der Ermittlungen im Fall Sina Falke habe ich eine Reihe von Fahrzeugen überprüft. Erinnern Sie sich? Sie haben ausgesagt, mit einem blauen Audi A4 zu den Dosenbachs gefahren zu sein. Das war Ihr Auto damals, nicht wahr?«

»Richtig«, antwortete Frau Breyer, die anscheinend das Reden übernommen hatte.

»Am Neujahrstag befanden sich auch andere Autos bei den Dosenbachs. Klaus Dosenbachs silberner Benz. Und ein Opel Astra, grün, der seiner Frau gehörte.«

»Richtig«, wiederholte Frau Breyer, die Augenbrauen zusammengeschoben.

»Und Sie haben außerdem ausgesagt, dass die drei Autos an diesem 1. Januar vor sechs Jahren nicht bewegt wurden. Sie sind ja auch erst an einem der folgenden Tage wieder nach Hause zurückgekehrt.«

»Richtig«, sagte Frau Breyer zum dritten Mal. »Falls ich mich nicht täusche, haben Sie nach einem schwarzen Auto gesucht.«

»Sie täuschen sich nicht. Es ging um ein schwarzes Auto.«

»Darf ich Sie ganz offen etwas fragen?«

»Selbstverständlich, Frau Breyer.«

»Was soll das alles, Herr Darold? Ihr Besuch, Ihre Fragen. Nach all den Jahren. Und nachdem der Mann überführt worden ist, den Sie gesucht haben.«

»Es sind die besagten Kleinigkeiten, die einem keine Ruhe lassen. Die einem unentwegt durch den Kopf spuken.« Er spürte, wie gequält er sich anhörte, er konnte es nicht verbergen. »Wie dem auch sei: Ich muss mich nochmals für meinem Überfall entschuldigen.«

»Sie weichen mir aus, Herr Darold.«

»Vielleicht.«

»Warum?«, fragte sie unverblümt.

Darold sah ihr in die Augen. »Weil ich – genau wie vor sechs Jahren – nichts in der Hand habe.«

»Gegen wen? Gegen Klaus Dosenbach? Ich bin inzwischen mehr als nur irritiert. Was suchen Sie? Zumal es einen Täter gibt.« Darold richtete sich in dem Sessel auf. »Sie brauchen jetzt wirklich nicht zu antworten – aber: Ist Ihnen zwischen Klaus Dosenbach und seiner Tochter Melanie jemals etwas aufgefallen, das irgendwie komisch wirkte?«

»Komisch?«, wiederholte Helga Breyer spitz.

»Ja. Komisch. Merkwürdig. So eigenartig, dass es einem im Gedächtnis bleibt? Oder dass man sich mit dem eigenen Ehepartner mal darüber unterhält? Vielleicht nur ein Wort zwischen Dosenbach und seiner Tochter, das im Gedächtnis bleibt. Eine Berührung, ein Dialog, ein kurzer Streit, eine Geste. Irgendetwas.«

»Nein«, sagte Frau Breyer wie aus der Pistole geschossen. »Was immer diese Fragen auch andeuten sollen, meine Antwort lautet: nein und nochmals nein.« Zum ersten Mal richtete sie ihre Augen wieder auf ihren Mann. »Und was sagst du dazu, Dieter?«

Breyer erwiderte den Blick nicht, sondern starrte in den eigenen Schoß, mehrere Sekunden lang.

»Dieter?«

Sein Kopf ruckte nach oben. »Nein«, sagte er laut und deutlich. »Ein klares Nein. Kein Wort, keine Geste, keine Berührung zwischen den beiden. Nichts. Jedenfalls nichts, was mir irgendwie aufgefallen oder in Erinnerung geblieben wäre.«

»Dann«, sagte Darold einmal mehr die Worte, die er so oft benutzte, »bedanke ich mich für Ihre Zeit.«

»Das ist alles?«, platzte es aus Helga Breyer heraus. »Deswegen sind Sie hierhergekommen?«

»Sieht so aus.« Darold erhob sich.

»Äh«, kam es leise aus Breyers Mund, jetzt eher zaghaft. »Diese Kleinigkeiten, die Sie erwähnt haben.«

»Ja?«

Frau Breyer musterte ihren Mann überrascht von der Seite, der jedoch Darold taxierte.

»Sehen Sie, Herr Darold. Sie geben sich ja offenbar alle erdenkliche Mühe. Sie scheuen keine Fahrt, keinen Aufwand, um Leute zu befragen und etwas herauszufinden. Was auch immer Sie gerade herauszufinden versuchen.«

»Ja, Herr Breyer?« Darold stand da in seiner abgewetzten Cargohose und seinem karierten Hemd mit hochgekrempelten Ärmeln und betrachtete den Mann auf dem Sofa.

»Eine Kleinigkeit habe ich damals nicht erwähnt.«

»Ach?«, kam es seiner Frau überrascht über die Lippen.

»Bei der Frage, ob die Autos an diesem Neujahrstag bewegt wurden.«

Darold schwieg, ließ ihm Zeit.

»Also, es schien mir nicht wichtig zu sein. Damals nicht, heute eigentlich auch nicht. Eben eine Kleinigkeit.«

»Sag's schon«, forderte ihn seine Frau auf.

»Tja, es hat mit Sicherheit keinerlei Bedeutung. Aber Klaus ist an dem Tag mit unserem Auto unterwegs gewesen. Nicht lange, dann war er wieder zurück.«

»Aus welchem Grund?«, fragte Darold. »Wohin wollte er? Und weshalb mit Ihrem Auto?«

»Ein bestimmtes Ziel hatte er nicht. Es war so, dass unser Wagen eine Macke hatte. Bei der Fahrt nach Blaubach hat sich der Motor irgendwie komisch angehört.« Er sah zu seiner Frau. »Weißt du das noch?«

Sie runzelte die Stirn. »Ja, ich glaube schon, du hast mit Klaus darüber gesprochen, ja.«

»Genau. Ich bin wahrlich kein Autoschrauber, aber Klaus weiß sehr gut mit den Händen umzugehen. Er renoviert ja auch den alten Hof praktisch im Alleingang und macht alles Mögliche. Mit Autos kennt er sich auch ganz gut aus. Also hat er vorgeschlagen, mal eine Runde mit dem Ding zu drehen und es sich anzusehen.«

»Er ist eine Runde mit dem Audi gefahren?«, wunderte sich Helga Breyer. »Davon habe ich ja gar nichts mitbekommen.«

»Nein, hast du nicht, ich weiß.« Breyer konzentrierte sich. Man merkte ihm an, dass er auf keinen Fall etwas Falsches äußern wollte. »Helga und Renate, also Klaus' Frau, waren die ganze Zeit über in der Küche. Sie haben das Abendessen zubereitet.«

»Wann war das?«, fragte Darold. »Wann war er an diesem Tag mit dem Auto weg?«

»Gegen Abend muss das gewesen sein.«

»Ja, wir waren in der Küche«, schaltete sich seine Gattin wieder ein. »Renate und ich haben uns Zeit gelassen, keiner hatte es eilig. Wir haben in aller Ruhe geplaudert, nebenher die Mahlzeit vorbereitet, ein Gläschen Wein getrunken. Pizza. Genau, wir haben Pizza selbst gemacht. Zwei Bleche.«

»Wo war Melanie?«

»In ihrem Zimmer, soweit ich mich erinnern kann.« Helga Breyer runzelte die Stirn. »Ja, in ihrem Zimmer. Sie hat am Vorabend, also an Silvester, lange mit uns aufbleiben und feiern dürfen und war den ganzen Tag ziemlich platt.«

»Ja.« Herr Breyer sah sie kurz an. »Und da hat mir Klaus angeboten, mal mit dem Wagen loszufahren.«

»Er ist also allein weggefahren?«, wollte Darold wissen.

»Ja. Ich kenne mich nicht aus mit Autos und war froh, dass er sich darum kümmern wollte.«

»Wie lange war er unterwegs?«

»Gar nicht so leicht zu sagen.« Breyer überlegte. »Ich bin in unser Zimmer gegangen, also ins Gästezimmer, und habe den Fernseher angemacht. Ich bin eingenickt. Na ja, und als ich wieder ins Wohnzimmer gegangen bin, da war Klaus auch schon wieder zurück.«

»Versuchen Sie bitte einzuschätzen, wie lange er unterwegs war.«

»Eine halbe Stunde. Höchstens eine Dreiviertelstunde. Länger wohl nicht.«

»Hat er nach seiner Rückkehr anders gewirkt?«

»Anders?«, wiederholte Breyer, dem das alles jetzt doch unangenehm wurde. »Nein, hat er nicht. Überhaupt nicht.«

»Was hat er über den Motor gesagt?«

»Bitte?«

»Konnte er helfen, hat er etwas gefunden?«

»Er hat mir erklärt, er wäre zu seinem Bauernhof gefahren, weil er dort sein ganzes Werkzeug hätte. Aber er hätte am Motor nichts entdecken können. Na ja, ein paar Tage später bin ich in die Werkstatt gefahren und die haben ihn wieder richtig auf Vordermann gebracht.«

Darold wandte sich an Frau Breyer: »Wann haben Sie alle an diesem Neujahrstag schätzungsweise zu Abend gegessen?«

»Nun, ich denke gegen halb acht oder acht. So genau weiß ich das wirklich nicht mehr.«

Von ihr blickte Darold wieder zu Herrn Breyer: »Bitte versuchen Sie, sich ganz genau zu erinnern: Wann war Klaus Dosenbach mit Ihrem Auto unterwegs?«

»Gegen Abend«, wiederholte Breyer die Worte von zuvor.

»Es ist möglich, dass er um 18 Uhr nicht im Hause war. Das ist möglich, oder?«

»Das ist möglich, ja.«

»Ich danke Ihnen beiden.«

»Es war nur eine Kleinigkeit«, sagte Dieter Breyer noch einmal. »Es war so nebensächlich. Wie gesagt, ich war wohl auch eingenickt. Eine Dreiviertelstunde vielleicht. *Ne-ben-säch-lich.* Verstehen Sie?«

»Natürlich verstehe ich das«, sagte Darold.

»Ich habe dem keine Bedeutung beigemessen. Ich kenne Klaus seit zwanzig Jahren. Ich habe doch nicht irgendetwas bewusst verschwiegen.«

»Das würde auch niemand von Ihnen annehmen, Herr Breyer. Kein Problem.«

»Wahrscheinlich habe ich gar nicht mehr daran gedacht, als Sie uns befragt haben. Es war so unwichtig.«

Darold nickte ihm zu. »So etwas gibt es häufig. Ich danke Ihnen, dass Sie es mir jetzt anvertraut haben.«

Helga Breyer sah ihn wieder mit argwöhnisch zusammengeschobenen Brauen an. »Herr Darold, Sie denken doch nicht ernsthaft daran, dass Klaus Dosenbach irgendetwas mit …«

»Nein, das denke ich nicht«, ließ er sie nicht ausreden. »Es ist so, wie ich sagte. Es sind die Details, die Kleinigkeiten, die einen manchmal umtreiben. Denen man nachgehen muss. Klaus Dosenbach ist eine halbe Stunde mit dem Auto unterwegs gewesen. Oder vielleicht ein wenig länger. Das ist alles. Kein Grund zur Aufregung.«

»Genau.« Helga Breyers Gesichtsausdruck wechselte zu einem gezwungenen Lächeln. »Das macht ihn wohl kaum zu einem Verbrecher.«

Darold erwiderte das Lächeln. »Absolut nicht.«

»Sie ermitteln *tatsächlich* gegen Klaus?«, kam es Breyer ungläubig über die Lippen. »Das kann nicht Ihr Ernst sein.«

»Er darf ja gar nicht mehr ermitteln«, bemerkte seine Frau.

»Da haben Sie völlig recht.« Darold reichte erst ihr, dann Dieter Breyer die Hand. Beide ergriffen sie nur zögerlich. »Nochmals vielen Dank für Ihre Zeit.«

6

Es roch noch nach der Lasagne, selbst über eine Stunde, nachdem Hanna aufgebrochen und die Backform abgewaschen war. Susanne öffnete das Küchenfenster, um einen Schwall frische Luft hereinzulassen. Sie hatte gar nicht so richtig mitbekommen, dass es dunkel geworden war. Sie hatte erst noch ein wenig aufgeräumt, anschließend im Wohnzimmer mit der Bügelwäsche begonnen und nebenher eine Quizshow im Fernsehen verfolgt.

Als sie fast fertig war, klingelte das Telefon.

Sie nahm den Hörer ab, meldete sich, und es ertönte Hannas Stimme: »Hallo, Mama.«

Automatisch ließ Susanne den Blick durch die Wohnung schweifen. »Hast du etwas vergessen?«

»Ja.«

»Und was? Mir ist gar nichts aufgefallen, das du ...«

»Ich habe vergessen«, unterbrach ihre Tochter sie, »dir etwas zu sagen.«

»Ach?« Susanne merkte, dass sie sich unwillkürlich anspannte. »Du willst es also doch noch loswerden? Das, was dir vorhin schon im Kopf rumgespukt ist?«

»Genau.«

»Ich höre.«

»Wir sind nicht mehr zusammen«, antwortete Hanna ganz schlicht.

Susanne ließ die angestaute Luft aus. »Du meinst, du und Darold.«

»Ja.«

»Es ist aus mit ihm?«

»Ja.«

Susanne nahm in einem Sessel Platz, direkt neben dem aufgeklappten Bügelbrett. Sie schwieg, atmete den intensiven Geruch der sauberen und ordentlich zusammengelegten Kleidung ein, die sich auf dem Tisch stapelte.

»Mama, du sagst ja gar nichts. Ich dachte, du freust dich darüber.«

»Freuen ist nicht das richtige Wort.«

»Welches ist denn das richtige?«

»Erleichterung«, entgegnete Susanne. »Ja, ich bin erleichtert.«

»Ich glaube, ich auch.«

»Wirklich, Hanna, ich bin sehr, sehr, sehr erleichtert.«

7

Schon auf der Rückfahrt von Meßkirch, am gestrigen Abend, hatte Darold bei Annemarie Kügler angerufen. Sie schien nicht überrascht zu sein, dass er Kontakt zu ihr aufgenommen hatte. Vielleicht eher darüber, dass das nicht früher passiert war, wo doch in Blaubach in letzter Zeit so viel über Sina Falke geredet wurde – und wohl auch über Darold selbst, wie er aus ihren Worten herauszuhören meinte.

»Erst jetzt«, hatte er geantwortet, »besteht ein Anlass dazu, sich bei Ihnen zu melden.« Wirklich?, hatte er sich insgeheim gefragt. War das tatsächlich so?

Ab vier Uhr könne er sie zu Hause antreffen, hatte sie ihm zugesichert.

Jetzt war es Viertel nach vier, wie er mit einem Blick auf die Uhr im Armaturenbrett feststellte. Er hatte keine Minute geschlafen, keine einzige, weder nachts noch am Tage, er hatte kaum etwas gegessen, nur schwarzen Kaffee getrunken. Von Zeit zu Zeit musste er an Hanna denken, doch jedes Mal vertrieb er die Erinnerung an sie sofort wieder, an ihre Worte, an den Ausdruck in ihren Augen.

Nach etwa zehnminütiger Fahrt erreichte Darold eine Wohnstraße mit zwei Reihen aus nahezu identisch aussehenden Doppelhäusern. Jeweils daneben die Garagen, dahinter Gemüsegärten. Eine typische Blaubacher Straße.

Er parkte, stieg aus und ging auf eine der Doppelhaushälften zu. Kaum hatte er geklingelt, wurde geöffnet. Annemarie Kügler bat ihn höflich hereinzukommen.

Gleich darauf saßen sie einander auf Küchenstühlen in einem

auf rustikal getrimmten Schwarzwald-Stil gegenüber, wie viele Leute hier sie besaßen. Frau Kügler trug Stoffhosen und einen einfachen Pullover. Ihr Haar war grau und kurz geschnitten. Eine kleine, etwas pummelige Frau von Ende sechzig. Mit guten Manieren und einem zurückhaltenden Lächeln auf den Lippen. Verwitwet, schon sehr lange, keine Kinder. Die einzige Zeugin, die sich in all den Jahren im Fall Sina Falke gemeldet hatte. Jene Frau, die sich nicht sicher gewesen war, ob sie Sina Falke am betreffenden Abend an der Bushaltestelle gesehen hatte oder nicht.

»Möchten Sie etwas trinken?«, fragte sie freundlich.

»Nein danke«, antwortete er knapp. Ihr fiel gewiss auf, dass er unausgeschlafen war und nicht geduscht hatte, doch sie ließ sich nichts anmerken.

Er legte die Ausdrucke mit den Autoabbildungen auf den mit einem Wachstuch bedeckten Tisch. »Könnte eines dieser Fahrzeuge dasjenige gewesen sein, das Sie an jenem Abend an der Bushaltestelle bemerkt haben?«

Sie forschte in seinem Gesicht, versuchte, sich den richtigen Reim auf seinen Besuch zu machen, dann betrachtete sie die Blätter.

»Damals habe ich gesagt«, meinte sie nach einer Weile, »es wäre ein schwarzes Auto gewesen.«

»Richtig.«

Irritiert besah sie sich die Fotos mit den eher hellen und roten Modellen.

»Diese Bilder liegen nur der Vollständigkeit hier«, erläuterte Darold.

Mit einer langsamen, vorsichtigen Bewegung nahm Annemarie Kügler das Blatt mit dem blauen Audi an sich.

»Das ist ein Audi A4, Baujahr 2013«, erläuterte Darold. »Das Foto zeigt nicht das Original. Es entspricht aber einem Fahrzeug, das zum Zeitpunkt von Sina Falkes Verschwinden in Blaubach genutzt worden ist.«

»Hm, was den Fahrzeugtyp betrifft, also da kann ich Ihnen wirklich keine Hilfe sein.«

»Und die Form des Wagens?« Darold fuhr sich über das unrasierte Kinn.

»Von der Form her könnte es der Wagen gewesen sein.«

»Und was ist mit der Farbe?«

»Nun ja, auch von der Farbe her. Dieses Blau hier, also, am Abend, bei Dunkelheit... Hm, ja, das könnte durchaus das Auto von damals sein. Ich sagte ja nur, *wahrscheinlich* war es ein schwarzes. Es könnte sich auch um ein dunkles Blau gehandelt haben. Sie wissen ja, es ging so schnell, ich war mit meinen eigenen Gedanken beschäftigt und wusste nicht, dass das, was ich sah, unter Umständen...« Sie stockte. Wohl weil ihr klar wurde, dass er gar nicht mehr zuhörte.

Darold starrte auf den A4.

»Es könnte dieser Wagen gewesen sein. Richtig?« Er brachte die Worte mit einem Nachdruck hervor, den er eigentlich hatte vermeiden wollen.

»Ja. Es könnte dieser Wagen gewesen sein.«

Abrupt stand er auf. Im Stehen sammelte er die Blätter wieder ein. »Entschuldigen Sie die Störung.«

»Sie haben mich nicht gestört.« Nach wie vor musterte sie ihn mit einem Ausdruck, als sehe sie vor sich, was er in den zurückliegenden Jahren erlebt, wie sehr er sich gequält hatte. Etwas Ernstes, Mitfühlendes kam in ihrem Blick zum Ausdruck. »Ich wünsche Ihnen viel Erfolg, Herr Darold.«

»Danke«, sagte er gepresst. »Danke für Ihre Zeit und Ihre Hilfe.«

Sie begleitete ihn zum Eingang. Kaum hatte er sich verabschiedet und sie die Tür geschlossen, läutete sein Handy.

Andrea Ritzig.

Während er den kurzen Weg zu seinem Auto zurücklegte, nahm er den Anruf entgegen. »Hier Darold.«

Er entriegelte den Alfa und blieb an der offenen Fahrertür stehen.

»Alle sagen, du bist total übergeschnappt...«

»Ist ja was ganz Neues.«

»... und ich muss ihnen recht geben.«
Darold war in Gedanken noch immer bei dem Gespräch mit Annemarie Kügler und hatte gar nicht richtig zugehört.
»Darold, bist du noch da?«
»Klar.«
»Diesmal wird's eng für dich.«
Es fiel ihm schwer, sich auf sie zu konzentrieren. »Was? Wie meinst du das?«
»Wie schon?« Andrea seufzte. »Du hast endgültig den Bogen überspannt. Er ist sauer.«
Darold ließ sich in den Fahrersitz sinken und schloss die Tür.
»Wer?«
»Mann, Darold. Natürlich Dosenbach. Er hat die Schnauze voll. Er war bei Dieckmann und hat dich angezeigt.«
Erst jetzt arbeiteten seine grauen Zellen wieder. »Hat er?«
»Hat er«, brummte Andrea. »Du hast seiner Tochter aufgelauert, sagt er. Bei einem Ausritt.«
Melanie hatte es ihm also erzählt, dachte Darold. Möglich, dass auch Breyer ihn angerufen hatte, um ihm von Darolds Besuch in Meßkirch zu berichten – aus alter freundschaftlicher Verbundenheit. *Melanie.* Stumm formten seine Lippen diesen Namen. Sie hatte Angst vor ihrem Vater, aber sie hatte auch Angst vor Darold. Sie wollte Darold loswerden, wollte keine weiteren Fragen, Erinnerungen, Gespräche.
»Bist du noch da?«, fragte Andrea noch einmal, jetzt gereizter.
Er startete den Motor, behielt aber das Handy am Ohr, als er losfuhr. »Ist Dieckmann jetzt der Chef?«
»Interimsmäßig. Leitner ist weg.«
Darold reagierte nicht auf diese Neuigkeit.
»Aber Dieckmann traut man nicht zu«, sprach Andrea weiter, »den Laden längerfristig zu schmeißen. Für Leitner wird ein Nachfolger von außerhalb gesucht.«
»Dieckmann hat lange unter mir gearbeitet. Kein schlechter Bulle«, murmelte Darold.
»Was redest du da eigentlich?«, gab Andrea vorwurfsvoll zurück.

»Hast du getrunken? Wen juckt Dieckmann? Du solltest dir um jemand anderen Gedanken machen: um dich.«
»Sie werden mir kaum mit dem SEK auf den Pelz rücken.«
»Dieckmann *muss* etwas unternehmen, Darold. Er wird dich schnappen und verhören.«
Als er nichts erwiderte, fügte sie an: »Du bist nicht daheim – ich habe zuerst die Festnetznummer angerufen. Wo steckt du?«
»Auf dem Weg nach Hause.«
»Sieh dich vor.«
Wiederum entgegnete er nichts.
»Du kannst auch …«, sagte sie zögerlicher, »… zu mir kommen. Falls du möchtest.«
»Danke, Andrea.«
»Was heißt das? Kommst du nun zu mir, oder nicht?«
»Vielleicht.« Mit einem weiteren Danke beendete er das Gespräch. Kurz darauf erreichte er die Straße, in der er wohnte. Er bremste und parkte das Auto an der Ecke, ein ganzes Stück entfernt von seinem Haus. Über eine Viertelstunde wartete er hinter dem Steuer ab, den Blick geduldig auf das Gebäude gerichtet. Die Straße erstreckte sich ruhig vor ihm, ein einziges Auto fuhr vorbei.

Wie wichtig war er für Dieckmann? Wie ernst nahm man Dosenbachs Anschuldigungen? Wohl nicht so sehr, dass man stundenlang Beamte abstellte, die sich im Verborgenen aufhielten, um auf seine Rückkehr zu warten. Als gemeingefährlich galt er ja wahrscheinlich noch nicht, dachte Darold sarkastisch.

Nichts. Niemand zu entdecken. Schon gar keine Polizisten.

Darold stieg aus und näherte sich dem Haus, langsam, vorsichtig. Er betrat es durch den Hintereingang. Nicht länger als zehn Minuten hielt er sich in den heimischen Mauern auf. Nur ein paar Sachen packte er in eine Sporttasche aus Nylon. Kleidung zum Wechseln, Toilettenartikel, eine Schachtel Munition und eine Glock 17. Siebzig Prozent Kunststoff, federleicht, aber sehr präzise. Er hatte immer gern mit dieser Waffe geschossen, damals, als er noch regelmäßig den Schießstand besucht hatte.

Mit der Tasche in der Hand verließ er das Haus. Die Umgebung taxierte er immer wieder aufmerksam, auch als er erneut hinter das Lenkrad glitt und den Schlüssel ins Zündschloss schob. Der Motor brummte auf, Darold fuhr an. Ihm wurde bewusst, dass sich seine Lippen hart aufeinanderpressten. Kurz nahm er seine geröteten, übermüdeten Augen im Rückspiegel wahr, ihren gehetzten Blick, dann beschleunigte er.

Kapitel 10

Die junge, grauhaarige Frau

*Manchmal ist die Aussicht auf den Tod etwas,
das mir vor Angst den Atem nimmt.
Und dann wieder etwas sehr Beruhigendes.*

Aus einem Tagebucheintrag von Sina Falke

1

Bockwürstchen mit Kartoffelsalat. Und dazu ein kaltes Bier. Was brauchte man mehr? Es waren die einfachen Mahlzeiten, die Reinhold Falke schätzte. Immer schon, seit er denken konnte. All das feine Zeug, von dem man nicht mal wusste, wie es geschrieben wurde, das konnte ihm gestohlen bleiben. Er biss so herzhaft in seine Wurst, dass es knackte und der Saft spritzte.

Im Hintergrund lief Radiomusik. *Seine Frauen*, wie er sie in Gedanken nannte, plapperten munter durcheinander, nur Micha hielt die Klappe, wie üblich, und sah nach unten in seinen Teller. Sina griff schon wieder nach Salz- und Pfefferstreuer. Das machte sie ständig in letzter Zeit, alles nachwürzen, sogar Susannes Kartoffelsalat, der ja eigentlich perfekt war. Sie tut das, um erwachsener zu wirken, dachte Falke amüsiert und beobachtete, wie sie kaute und dabei ihrer Mutter zuhörte, die irgendetwas zu Hanna sagte, die wiederum bei Sina nachfragte, ob sie sich den blauen Pulli ausleihen dürfe. Er sah sie an, seine Töchter, seine Frau, seinen Sohn, blickte von einem Gesicht zum anderen, immer wieder, bis eine Stimme ertönte, die nicht dazu gehörte: »Herr Falke, Sie haben Besuch.« Und sofort war er zurück, wieder dort, wo er inzwischen wohnte, in dem Haus mit den weißen Wänden, in dem Leben mit den weißen Wänden.

»Kommen Sie, Herr Falke, ich begleite Sie in den Besuchsraum.«

Gleich darauf nahm er ihnen gegenüber Platz. Susanne und Hanna.

Er lächelte nicht. Er sagte nichts. Zu reden strengte ihn inzwischen noch stärker an. Er mochte es einfach nicht mehr, jedes Wort stellte eine kleine Überwindung dar.

»Wie geht es dir?«, fragte Susanne. Sie lächelte. Doch sie wirkte dabei angespannt. Und ernst, was doch irgendwie paradox war.

»Gut«, brachte er nach einer Weile über die Lippen, leise, ohne Betonung. »Wie geht es euch?« Ja, es strengte tatsächlich an, wenn er sprechen musste. Aber er bemühte sich, schließlich waren sie extra seinetwegen hierhergekommen. »Gibt es etwas Neues?«

»Ja.« Susannes Lächeln wurde breiter. »Stell dir vor, Micha hat versprochen, nächstes Mal dabei zu sein. Er will dich besuchen.«

Stille.

»Micha?«

»Freust du dich?«

Er nickte eifrig. »Micha? Na klar. Und wie ich mich freue.«

»Sonst ist alles beim Alten. Na ja, fast.«

Als er nicht nachfragte, fuhr Susanne fort, diesmal ohne ein Lächeln: »Also, es geht um Hanna.«

Falke richtete den Blick fragend auf sein jüngstes Kind. Das Kind, um das er sich immer am meisten Sorgen gemacht hatte, als die drei noch klein gewesen waren.

»Ja, Papa«, begann Hanna leise, »es könnte sein, dass ich dich in nächster Zeit nicht mehr ganz so oft besuchen kann.«

»Wieso?«, fragte er überrascht.

Sie erzählte ihm von der Stelle, die sie in Aussicht hatte, und betonte, wie sehr sie sich darauf freuen würde.

»Das ist doch schön, Hanna«, sagte er. Doch seine Gedanken waren auf einmal wieder weit entfernt, bei Bockwürstchen und Kartoffelsalat, er hörte das Geklapper von Besteck und die Stimmen, die munter durcheinanderplapperten.

2

Er konnte selbst riechen, wie sehr er stank. Verschwitzt, ungewaschen, in dreckigen Klamotten, obwohl er doch Wechselwäsche dabei hatte. Er fühlte sich hundemüde. Und seltsamerweise war er zugleich aufgekratzt, noch immer, mittlerweile seit vier Tagen, seit jenem Moment, als er eilig die Nylontasche gepackt hatte.

Am ersten Tag hatte er sich ein paar Stunden lang in der Nähe des großen Eigenheims aufgehalten. Doch das war sinnlos gewesen. Immerhin lag es in einer Wohnstraße, Autos fuhren vorbei, Leute kamen und gingen in die Nachbarhäuser. Er musste wahnsinnig aufpassen, um nicht aufzufallen, nein, das war von allen seinen dummen Ideen die dümmste gewesen – gerade hier hätte er sich am ehesten Ärger mit der Polizei einhandeln können.

Also hatte er sich zurückgezogen.

Der alte Bauernhof. Das Hauptgebäude mit dem Balkon auf der Vorderseite und einem Mansarddach war mit Fachwerk gestaltet. Eine größere Scheune grenzte direkt an, eine kleinere stand etwas abseits. Außerdem gab es noch einen kleineren Bau, der sich halb in die Erde eingrub, wohl in alten Zeiten eine Kühlkammer für Vorräte.

Nur einmal hatte Darold sich dem Hof genähert und durch die Fenster ins Innere gesehen. Altdeutsch eingerichtet, sehr sauber, Schnitzereien und ein Bollenhut an den Wänden. Doch alles wirkte völlig unbenutzt, wie die Kulisse für eine Schwarzwald-Fernsehserie.

Du hättest von Anfang an hierherkommen sollen, sagte sich Darold. Das war der ideale Ort, um Klaus Dosenbach allein anzutreffen. Der Hof, den er geerbt hatte. Hierhin begleitete ihn offenbar so gut wie niemals ein Mensch, das war sein Refugium. Hier holte er, wie jedermann wusste, im Alleingang die letzten Arbeiten nach, um die Renovierung endgültig abzuschließen. Obwohl es weder außen noch innen irgendetwas zu geben schien, was noch hätte erledigt werden müssen. Vielleicht verschönerte Dosenbach das eine oder andere Zimmer in den oberen Stockwerken des Haupthauses.

Drei Tage versteckte sich Darold nun bereits in den angrenzenden Wäldern, den Hof immer im Blick. Sein Handy hatte er ausgeschaltet und beim Blaubacher Friedhof in einem Versteck deponiert – nur zur Sicherheit. Er wollte verhindern, geortet zu werden, auch wenn er nicht glaubte, dass man bei einer möglichen Fahndung nach ihm sogar digitale Wege einschlagen würde. Dazu war nicht genügend vorgefallen, außerdem ging von ihm zu wenig Gefahr aus, ganz egal, wie groß das Theater gewesen sein mochte, das Dosenbach gewiss im Präsidium veranstaltet hatte.

Seinen Alfa hatte Darold in der Nähe eines kaum genutzten Wirtschaftsweges im Unterholz abgestellt und mit Ästen und Blätterwerk vor Blicken geschützt. Während er das getan hatte, war er sich nicht lächerlich vorgekommen. Oder vielleicht doch. Aber es war zu spät, um sich über so etwas Gedanken zu machen. Er konnte sowieso nicht anders, und damit hatte er sich längst abgefunden.

Ja, der alte Hof.

Irgendwann würde Dosenbach mit Sicherheit hier auftauchen. Wie lange mochte es noch dauern?

Darold schlief im Auto, doch mehr als zwei oder drei Stunden gelang es ihm ohnehin nicht, die Augen zu schließen. Nur einmal war er kurz vor Ladenschluss in einen Nachbarort von Blaubach gefahren, um sich im Supermarkt mit Schwarzbrot, einer großen Menge an Landjägern und Obstriegeln zu versorgen. Mehr brauchte er nicht. Gerade so viel Nahrung, damit sein innerer Motor noch lief. Er trank aus den Bächen ringsum. Alles war ihm egal, wenn er nur endlich den Mann zur Rede stellen konnte, der womöglich hinter dem Geheimnis um Sina Falkes Verschwinden steckte.

Vier Tage lang. Eine unendlich lange Zeit, in der man so viel nachdenken konnte, dass der Kopf zu platzen drohte. Melanie. Unentwegt spukte Melanie durch seine Gedanken. Die Gerüchte über Reinhold Falkes Verhalten gegenüber Sina. Warum war Melanie das damals mehrfach über die Lippen gekommen? Und warum nie direkt, nie offensichtlich, immer nur durch eine paar hingeworfene Bemerkungen, wie Benny Laux es ausgedrückt hatte? Warum? Ein verschlüsselter Hilferuf, ein versteckter Hinweis darauf, dass sie selbst etwas Unaussprechliches durchlitt? Deshalb versteckt, weil die Furcht zu groß war – die Furcht vor demjenigen, der dafür verantwortlich war, dass sie litt? Was die Menschen taten, sagten, dachten: Man konnte noch so viele kennengelernt und befragt und verhört haben, sie blieben dennoch rätselhaft, unvorhersehbar, jeder Einzelne ein kleiner Planet für sich allein. Vor allem, wenn Angst ihn trieb, ihn im Griff hatte. Angst war wie eine Bestie.

In diesen vier langen Tagen war Darold nämlich noch von etwas anderem geplagt worden. Dass sein Wunsch nach Wahrheit all die Jahre noch etwas anderes in sich getragen hatte: Angst. Die Furcht davor, dass die Wahrheit ans Licht brächte, dass er einen entscheidenden Fehler begangen hatte. Einen falschen Schluss gezogen, ein winziges, aber entscheidendes Details übersehen, einen bestimmten Zusammenhang nicht erkannt, eine Aussage falsch gedeutet. Wie viele Trittfallen gab es in einem solchen Fall? Unzählige. Und damit war er wieder bei Klaus Dosenbach. Nie hatte es einen Anhaltspunkt gegeben, dass Klaus Dosenbach in irgendetwas verwickelt gewesen sein könnte. Nie ein Hinweis, nie eine Bemerkung, nie einen Pfeil, der bei der Ermittlung plötzlich in Dosenbachs Richtung gezeigt hätte. Zu keinem Zeitpunkt. Niemals. In all den Jahren. Und jetzt versteckte sich Darold in einem Wald, um Dosenbachs Hof zu beobachten.

Es war am späten Nachmittag jenes vierten Tages, als ein Motorengeräusch ertönte. Darold hatte es sich gerade am Bach bequem gemacht, nachdem er einen Landjäger mit einem winzigen Stück Brot gegessen hatte. Das Brummen des sich nähernden Fahrzeugs ließ ihn aufspringen.

Er bewegte sich rasch durchs Unterholz und bezog an einem Punkt Stellung, von dem aus er einen besonders guten Blick auf den Hof hatte. Er lag am Rande einer größeren Lichtung und war nur über eine Schotterstraße zu erreichen. Zwischen Zweigen und Blättern spähte Darold hindurch und versuchte zu erkennen, um was für einen Wagen es sich handelte.

3

Darold verfolgte, wie Dosenbach direkt vor dem Hauptgebäude des Hofes parkte und ausstieg. Sollte bei diesem Mann die Lösung für alles zu finden sein? Ausgerechnet bei Dosenbach?

Nie hatte Darold viel darauf gegeben, dass man im Fall Sina Falke den *großen Unbekannten* suchte. Jemanden aus dem Umfeld, jemanden aus Sinas Alltag. Zumindest jemanden aus Blaubach oder einem der umliegenden Dörfer.

Hatten sie nicht alles versucht?

Nie hatte es einen Anhaltspunkt gegeben, dass Klaus Dosenbach in irgendetwas verwickelt gewesen sein könnte.

Dieser Satz, der seit vier Tagen an Darold klebte wie sein Schweiß, er bekam ihn einfach nicht aus dem Schädel.

Als Dosenbach im Haus verschwand, setzte Darold sich noch nicht in Bewegung. Er sah, wie sich Fenster im Erdgeschoss und im ersten Stock öffneten. Frischluft. Dosenbach war eine Weile nicht hier gewesen.

Nicht einmal zwei Minuten später wurden die unteren Fenster bereits wieder geschlossen, was Darold merkwürdig vorkam.

Erst jetzt verließ er seinen Unterschlupf. Ohne Hast näherte er sich vorsichtig dem Hof. Es war nicht mehr so heiß wie noch zuletzt, in den Nächten hatte Darold in seinem Alfa bereits ordentlich gefroren. Doch über dem abgelegenen Hof und den Wäldern ringsum wölbte sich ein blauer, fast wolkenfreier Himmel.

Er umrundete das Hauptgebäude und spähte dabei durch die Fenster ins Innere. Dosenbach war nicht zu entdecken. Es wirkte, als wäre überhaupt niemand da.

Darold stellte sich vor die Eingangstür aus massivem Holz. Keine Klingel. Er klopfte an.

Nichts.

Erneut ein Klopfen.

Nichts.

Totenstille.

Darold kletterte auf die Motorhaube von Dosenbachs Mercedes und weiter aufs Autodach. Von dort federte er sich hoch in die Luft und erwischte mit beiden Händen die Holzlatten des Geländers, das den Balkon umschloss. Seine Knochen ächzten, als er sich hochzog, aber er schaffte es und stand Sekunden später auf dem Balkon. Er betrat das Haus.

Nichts als Stille.

Hausfriedensbruch, dachte Darold gleichgültig.

Er folgte einem Flur und sah in ein Zimmer nach dem anderen. Leere. Keine Möbel, keine Kartons. Nichts.

Leise ging er die wuchtige, mit Schnitzereien verzierte Holztreppe nach unten. Auch dort starrte ihm Leere entgegen. Wann Dosenbach diesen Hof auch immer nutzen wollte – er schien es nicht eilig damit zu haben.

Wo steckte der Mann überhaupt?

Hätte er auf dem Dachboden nachsehen sollen? Das hatte er nicht getan. Zunächst blieb er im Erdgeschoss, um weitere leere Zimmer zu untersuchen.

Keine Geräusche. Nichts.

Unbewusst legte er seine Hand auf die Seitentasche seiner verknitterten Cargohose. Darin befand sich die Glock 17. Fast hätte er vergessen, sie aus dem Handschuhfach zu nehmen. Er glaubte nicht, dass er sie brauchen würde. Er glaubte nicht einmal, dass er hier etwas erfahren würde – ganz plötzlich war diese Überzeugung über ihn gekommen.

So viele Wege, die er umsonst, ohne jegliches Ergebnis zurückgelegt hatte. So viele Fragen, die er gestellt hatte, ohne eine Antwort zu erhalten.

Darold dachte an Melanies Blick. An das Gespräch mit den Breyers. An den Besuch bei Annemarie Kügler.

Er hatte nichts Handfestes. Nichts.

Langsam schritt er die Treppe nach unten in den Keller. Kein Licht war angeknipst worden. Ein mattes Halbdunkel empfing ihn.

Er öffnete eine Tür. Ein Heizungsraum. Vor einigen Jahren hatte Dosenbach einige Firmen beschäftigt, die den Hof von Grund auf modernisieren sollten. Mit zeitgemäßer Zentralheizung, verbesserter Stromversorgung und allem Drum und Dran. Musste eine Menge Geld gekostet haben. Warum nutzte er den Hof dann nicht? Alles wirkte doch so gut wie fertig.

In einem weiteren Raum stand ein Möbelstück – ein riesiger altdeutscher Kleiderschrank aus Kirschbaumholz. Sonst nichts. Er wollte sich schon umdrehen, da sah er den schmalen Zugang, der weiterführte.

Der Schrank hatte davor gestanden und war zur Seite geschoben worden – die Schleifspuren auf dem gefliesten Boden ließen keinen Zweifel, dass das bereits sehr oft getan worden war.

Er zwängte sich durch die schmale Öffnung, in der es keine Tür gab.

Ein enger dunkler Gang, der in östliche Richtung führte. Darold befand sich jetzt wohl schon unter der direkt ans Haupthaus grenzenden großen Scheune. Dieser Teil des Kellers war gewiss erst einige Jahre alt – warum unterkellert man überhaupt eine Scheune?

Darold schlich weiter den Gang entlang, setzte dabei die Schuhsohlen mit großer Vorsicht auf. Er stieß auf eine weitere Tür, die allerdings geschlossen war. Behutsam betastete er den massiven Stahl, aus dem sie bestand.

Vier gewaltige Vorhängeschlösser.

Er legte das Ohr an die Tür.

Nichts zu hören.

Er riss die Tür auf und wurde vom Strahl einer Deckenlampe geblendet.

Zwei Sekunden sah er nichts, dann traf sein Blick auf die harten Augen Klaus Dosenbachs.

Fünf mal fünf Meter. Ein enges fensterloses Quadrat, das belüftet wurde, wie ein kleiner Schacht unterhalb der Decke zeigte.

Eine Duschkabine, ein Bord mit Duschgel, Zahnpasta und Zahnbürste, ein mit Deckel verschließbarer Topf – wohl um die Notdurft zu verrichten. Ein Stuhl, ein Schreibtisch, auf dem ein Teller und eine Plastikwasserflasche standen. Neben dem Teller lag ein Löffel.

Ein Regal mit Klamotten, ein zweites, kleineres Regal mit Stiften, Malblöcken, abgegriffenen Taschenbuchromanen. In einer Ecke befand sich ein Karton mit Hartkäse, Haferflocken, Knäckebrot, Marmeladengläsern.

An einer Wand gab es ein Klappbett. Darauf lag jemand, seitlich, mit dem Rücken zu Darold.

Dosenbach stand mitten im Raum, Schweiß auf der Stirn, in der Hand eine kleine Medikamentenschachtel. Er wirkte, als hätte er gerade gehen wollen, als Darold eingetreten war. Bekleidet war er mit einem hellblauen Hemd, in dessen Brusttasche das Handy steckte, einer grauen Anzughose und eleganten Halbschuhen.

Keiner der beiden Männer sagte ein Wort.

Sie starrten sich nur an.

Es war stickig, die Lüftung funktionierte offenkundig nur schlecht. Zu hören war nichts – nichts außer den regelmäßigen leisen Atemzügen des Mädchens oder der jungen Frau auf dem Bett. Sie trug nur einen Slip und ein Trägertop.

Darold spürte, dass auch er schwitzte. Sein Nacken war ganz feucht. Beiläufig zog er die Pistole aus der Tasche. Er behielt sie in der Hand, ohne die Waffe auf Dosenbach zu richten.

»Haben Sie ihr Beruhigungs- oder Schlafmittel gegeben?« Darold zeigte zu dem Klappbett.

Dosenbach nickte kaum merklich. »Die brauchen mit der Zeit immer mehr davon, man muss die Dosis ständig erhöhen.«

Darold erwiderte nichts.

»Na ja, und irgendwann hängen sie nur noch rum wie Puppen. Kriegen kaum noch die Augen auf.«

»Und dann müssen sie ausgetauscht werden.«

Dosenbach runzelte die Stirn, als sinniere er. Er starrte kurz zu Boden, dann wieder zu Darold. »Wissen Sie, Darold, am Anfang haben Sie mir Sorgen bereitet. Aber ... je mehr Zeit verging, desto sicherer war ich mir, dass Sie nie auf mich kommen würden.« Er machte eine Pause. »Es war natürlich Irrsinn gewesen, Sina zu nehmen. Es war nie meine Absicht gewesen, eine zu nehmen, die ich kannte. Die in Blaubach lebte. Aber ...« Er verstummte.

»Wie kam es dann? Das mit Sina?«

»Ein Scheißzufall. Ich brauchte eine Neue. Ich war ganz verrückt auf eine Neue. Aber es war Jahreswechsel, ich musste geschäftlich nicht unterwegs sein. Keine Aussicht auf eine Neue.«

»Sie hatten über Silvester Besuch. Drehten eine Runde mit dem Auto der Breyers, um festzustellen, was damit nicht in Ordnung war.«

»Genau. Mir war langweilig, also schnappte ich mir den Wagen, hatte ja nix Besseres zu tun. Und dann entdeckte ich Sina. Ich hielt an, um sie nach Hause zu kutschieren. Sie war total durchgefroren. Ich sah sie an, das kleine hübsche Ding. Tja, und plötzlich hat mich der Teufel geritten.« Er wischte sich den Schweiß von der Stirn. »Sie bedankte sich für meine Hilfe, und ich fragte sie, ob sie mir auch helfen könnte. Ich wollte es eigentlich gar nicht sagen, aber da war's schon draußen. Und ich wusste, als ich es aussprach, dass es verrückt war. Dumm.«

»Aber Sie taten es trotzdem.«

»Ich erzählte ihr, dass Melanie hier draußen auf dem Hof wäre und den ganzen Tag heulen würde wie verrückt. Dass ich keine Ahnung hätte, was mit ihr los sei. Ob Sina nicht mitkommen könnte, um mit Melanie zu reden.« Er lachte auf. »Sie war natürlich sofort einverstanden. Wollte unbedingt helfen. Machte sich Sorgen um Melanie, die kleine Falke. Ein keckes Küken, das gefiel mir, nicht so ein Mäuschen.«

»Und dann?«

»Was schon?« Dosenbach winkte ab. »Hier habe ich sie überwältigt, durchgeprügelt, in den Keller verfrachtet und ihr eine ordentliche Portion Schlafmittel eingeflößt. Am nächsten Tag kam ich zurück. Ich musste sie wecken, sie kapierte erst gar nicht, was los war, wo sie sich befand. Dann habe ich sie mir das erste Mal vorgenommen.«

Er hatte mit vollkommen ruhiger, sachlicher Stimme gesprochen.

»Es hat ja nicht mit Sina angefangen«, sagte Darold nach einer Weile. »Diese private Gefängniszelle hier, die entsteht doch nicht über Nacht. Das erfordert Zeit und Planung.«

»Ich habe den größten Teil der Renovierung mit mehreren Firmen durchgeführt«, erklärte Dosenbach mit unverändert ruhiger Stimme. »Keine wusste, was die andere tat. Ich holte mir Tipps für die Unterkellerung der Scheune. Für den geheimen Zugang. Für die Lüftung. Und erledigte diesen Teil dann quasi im Alleingang. Mithilfe polnischer Schwarzarbeiter, die nicht in der Gegend wohnten und schon lange in alle Winde zerstreut sind.«

»Und dann konnte es losgehen. Mit dem ersten Mädchen, meine ich.«

Dosenbach besah ihn aus geschlitzten Augen, sagte kein Wort.

»Irgendetwas mussten Sie ja tun, nicht wahr? Es war zum Schutz Ihrer Tochter. Melanie. Mit ihr fing es an, richtig?«

»Ja, Darold.« Dosenbach hielt seinem Blick stand, ohne mit der Wimper zu zucken. »In den eigenen vier Wänden kann man so etwas nicht durchziehen. Jeden Tag sah ich sie. Jeden Tag roch ich sie. Irgendwann wäre alles …« Er ließ den Satz in der Luft hängen und starrte jetzt wieder zu Boden. »Ich musste eine Lösung finden.«

»Sie mussten sich mit jemand anderem abreagieren. Jemandem, der Ihnen immer zur Verfügung stehen würde. Den sie mit dem Notdürftigsten an Nahrung versorgen würden. Jemand, der – am besten – nicht von hier war und den Sie auf einer Ihrer geschäftlichen Fahrten einkassieren konnten. Das war sicherer für Sie – und so schützten Sie auch Ihre Tochter vor sich. Jemand wie Katja Bendow. Aus Sigmaringen. Weit genug entfernt von Blaubach. Juni 2006. Demnach hielten Sie Katja über zwei Jahre lang hier gefangen. Bis sie – wie sagten Sie vorhin? – ausgetauscht werden musste.«

»Irgendwann können sie nicht mehr.« Dosenbachs Blick veränderte sich, verlor an Kälte. Zum ersten Mal schien er so etwas wie eine innere Regung zu offenbaren. »Dann ist es aus mit ihnen. Sie sind dann ...«

»Zerstört?«

»Ja. Das ist es wohl. Zerstört.«

»Wo finden wir die Überreste von Katja Bendow?«

»Sie war völlig fertig, am Ende. Ihr lief ständig der Sabber aus dem Mund, sie hat kein klares Wort mehr rausgekriegt. Ich habe sie erwürgt.« Wiederum war der Mann in seinen sachlichen Ton verfallen. »Dann habe ich sie zerteilt und Stück für Stück oben im Kamin verbrannt.«

»Anschließend war Sina Falke an der Reihe«, sagte Darold.

Dosenbach lachte plötzlich hart auf. »Ach, Darold, Sie sind eine traurige Figur. Aber wissen Sie was, am Ende freut es mich fast ein wenig, dass ausgerechnet Sie es sind, der alles ...« Wiederum verstummte er kurz. »Na ja, was soll's.« Lässig wies er mit ausgestrecktem Zeigfinger auf die Pistole. »Ich wäre so weit. Von mir aus können Sie mich abknallen.«

»Das wäre Ihr Wunsch?«, fragte Darold und zog eine Augenbraue in die Höhe.

»Ich werde nicht in den Knast gehen. Wenn es vorbei sein soll, dann ganz vorbei.« Er beschrieb eine fahrige Geste mit der Hand. »Das stand immer für mich fest. Wenn man mir auf die Schliche kommt, mache ich Schluss.«

Dosenbach ließ die Medikamentenschachtel fallen. Seine Mundwinkel verzogen sich zu einem kurzen Grinsen. Er brachte ein Klappmesser zum Vorschein und zog die Klinge hervor. Sein Blick war kalt und klar und entschlossen.

Unvermittelt bewegte er sich auf Darold zu.

Darold hob die Pistole an.

Die Klinge funkelte. »Schieß, Darold, oder ich stech dich ab.«

Darold war konzentriert, überhaupt nicht nervös, im Gegenteil, er war seltsam ruhig und gelassen. Gelassener als je zuvor in seinem Leben. Fast war es, als hätte sich die Zeit um viele Jahre zurückgedreht.

Dosenbach war schon ganz nahe.

Die Kugel entlud sich mit einem Knall, der sich hier unten seltsam dumpf anhörte.

Dosenbach sackte zusammen, griff sich mit der linken Hand an den Oberschenkel, aus dem Blut quoll. Er stöhnte auf und kämpfte sich wieder auf die Beine, die rechte Hand nach wie vor um den Messergriff gekrampft.

Darold schoss zum zweiten Mal.

Erneut landete Dosenbach auf dem nackten Betonboden, das Messer rutschte ihm aus den Fingern, auch sein anderer Oberschenkel blutete.

Er kauerte da und starrte hilflos nach oben zu Darold, der mit seiner freien Hand das Messer aufhob und die Mündung der Glock weiterhin auf Dosenbach gerichtet hielt.

»Geben Sie mir Ihr Handy«, verlangte Darold. Er drückte die Messerklinge zurück in den Griff und steckte das Messer in seine Hosentasche.

Verwundert glotzte Dosenbach ihn an. »Was?«

»Na los, das Handy. Ich habe meines nicht dabei.«

Dosenbach schüttelte den Kopf, lachte gequält. »Sie machen Witze.«

»Ich mache nie Witze«, entgegnete Darold.

Plötzlich ertönte ein Rascheln, das vom Bett kam.

Die Schüsse hatten die junge Frau aufgeweckt. Sie drehte sich um starrte völlig verwirrt von Dosenbach zu Darold und wieder zu Dosenbach.

Alicia Grüninger, dachte Darold. Hinterzarten bei Freiburg. März 2011. Demnach war Sina Falke über drei Jahre lang hier festgehalten worden.

Er betrachtete Alicia, die jetzt etwa zwanzig sein musste. Sie wirkte unterernährt, krank. Ihre Arme und Oberschenkel wiesen Blutergüsse auf. Ansonsten war ihre Haut gespenstisch weiß, fast durchscheinend. Seit Jahren hatte sie keinen einzigen Sonnenstrahl abbekommen. Ihr dunkelbraunes Haar war durchsetzt von unzähligen grauen Strähnen.

4

Es war alles gut gelaufen. Sie war zufrieden.
Nicht nur zufrieden, sie war *glücklich*.
Sie parkte in Sichtweite des Hauses, in dem sie wohnte, und legte die wenigen Meter zum Eingang mit beschwingten Schritten zurück.
Ja, es war ein guter Tag gewesen.
Der Himmel verdunkelte sich, es war schon recht kühl.
Sie dachte an Friedrichshafen, an ihr Gespräch mit der dortigen Kindergartenleiterin. An den Arbeitsvertrag, den man ihr zuschicken – und den sie unterschreiben würde.
Sogar bei der Wohnungssuche würde man sie unterstützen.
Sie würde die jetzige Wohnung kündigen und sich um den Umzug kümmern müssen. Ihre Volleyball-Mädels hatten schon angekündigt, mit ihren Freunden beim Kistenschleppen zu helfen, wenn es klappen sollte mit Friedrichshafen. Und sogar Micha hatte angerufen, um ihr dasselbe anzubieten – er wollte auch den Umzugswagen fahren, falls sie sich das nicht zutraue. Sie hatte ihn gar nicht gefragt, das hatte Susanne übernommen, wie er ihr erzählte.
Alles sah gut aus. Endlich einmal.
Hanna schob den Hausschlüssel ins Schloss und dabei fiel ihr ein, dass sie ihr Handy nach der Unterhaltung im Kindergarten gar nicht mehr auf laut gestellt hatte. Aber wer sollte sie auch schon angerufen haben?
Sie betrat die Wohnung, stellte ihre kleine Handtasche ab und zog die leichte Jacke aus. Im Gehen schlüpfte sie aus den Schuhen.
Erst jetzt merkte sie, was für einen Riesenhunger sie hatte.

Sie stellte sich vor den Kühlschrank und zog die Tür auf. Ihr Blick strich über den Rest der Tortellini, die noch von gestern übrig waren, und über die Paprika im Gemüsefach. Sonst gab es nicht allzu viel Auswahl.

Mit einem gleichmütigen Seufzer schnappte sie sich eine Karotte und biss geräuschvoll ab. Dann griff sie zu der Tupperschüssel mit den Tortellini, um sie neben der Mikrowelle abzustellen. *Handy!*, fiel es ihr wieder ein.

Hanna holte es aus der Tasche und sah mit ziemlichem Erstaunen, dass sie neunzehn Anrufe erhalten hatte. Alle von einer einzigen Person: ihrer Mutter.

Neunzehn?

Was konnte es denn so Wichtiges geben?

Und weshalb hatte Susanne keine Nachricht geschrieben?

Hanna befand sich wieder in der Küche, legte die Karotte und rief Susanne zurück.

Fast sofort ertönte Susannes Stimme: »Hanna! Endlich!«

»Du weißt doch, dass heute der Termin in Friedrichshafen war und …«

»Hanna«, unterbrach ihre Mutter sie. »Es gibt Neuigkeiten.«

Normalerweise hätte sich bei der Art, wie Susanne die einzelnen Silben betonte, etwas in Hanna zusammengekrampft. Nicht heute, nicht in diesem Moment, sie war so entspannt wie lange nicht mehr.

»Was ist denn los?«

Sie setzte sich auf einen der Küchenstühle, runzelte die Stirn und fuhr sich durchs Haar, das sie gestern hatte nachschneiden lassen, um bei dem Gespräch ordentlich auszusehen.

»Es geht um Sina.«

Der Name ihrer Schwester trat sie völlig unvorbereitet, wie ein Keulenschlag. Sie meinte, ihn tatsächlich körperlich spüren zu können.

»Was?«, entfuhr es ihr fassungslos.

»Es geht um Sina«, wiederholte Susanne. »Ich wollte es dir nicht am Telefon sagen, sondern persönlich. Aber jetzt … Na ja, ich dachte, es ist wichtig, dass du es schnell erfährt. Bevor die wieder was im Fernsehen oder Radio bringen. Na ja, angeblich hält die Polizei die Informationen noch vor der Öffentlichkeit zurück, das hat mir jedenfalls Kommissar Dieckmann versichert. Aber die Presse ... Na, du weißt ja selbst, wie diese Geier sind und ...«

»*Mama!*«, schnitt Hanna ihr verzweifelt das Wort ab. »Was ist los?«

Susanne holte tief Luft. »Also, der Albaner war es nicht.«

»Mein Gott«, stöhnte Hanna auf. »Es hört nie auf. Oder? Es hört einfach nicht auf.«

»Doch, Hanna«, widersprach ihre Mutter sofort mit einer Stimme, die Ruhe ausstrahlen sollte. »Es hört auf. Es hört auf, ganz sicher. Wir müssen noch einmal stark sein. Und dann – dann hört es auf.«

»Mein Gott«, wiederholte Hanna.

Und dann berichtete Susanne doch all das, was sie ihr eigentlich von Angesicht zu Angesicht hatte mitteilen wollen. Von Sina. Von Klaus Dosenbach. Von Melanie. Von dem geheimen Kellerraum. Von der toten Katja Bendow. Von der mit dem Leben davongekommenen Alicia Grüninger. Von Darold. Und von einem Taschenbuch, das man in dem Keller entdeckt hatte: einen Roman, in den mit Blei- und Holzmalstiften eine Art Tagebuch hineingeschrieben worden war. Die Einträge waren winzig klein zwischen die gedruckten Romanzeilen gequetscht worden. Und endeten immer mit den Initialen S. F.

Hanna brachte keinen Ton über die Lippen. Sie saß nur da. Ihr Kopf war leer.

»Hanna«, sagte Susanne nach einer Atempause. »Ich fahre jetzt los, ich bin in ein paar Minuten bei dir. Hanna, ich schwöre dir, jetzt hört es auf. Wir müssen noch einmal stark sein, dann hört es auf.«

Hanna konnte nichts erwidern.

»*Hanna!?*« Susanne schrie nun fast.

»Ja?«

»Hörst du? Ich komme zu dir.«

»Alles klar, Mama.«
»Ich bin gleich bei dir.«
»Ich warte auf dich.«
Hanna saß auf dem Stuhl vollkommen regungslos, bis das Klingeln ertönte. Sie stand auf und ging roboterhaft zur Tür, um zu öffnen. Erst jetzt fiel ihr auf, dass sie nicht geweint hatte. Sie hatte das Gefühl, als würde sie nie wieder weinen können, als hätte sie alle Tränen ihres Lebens bereits geweint.

Sekunden später stand sie ihrer Mutter gegenüber.

Sie fielen einander in die Arme.

5

Nachdem er sämtliche Fragen ausführlich beantwortet, seine umfassende Aussage unterschrieben und Kommissar Dieckmann über sein Vorhaben unterrichtet hatte, verschwand Darold. Dieckmann hatte vollstes Verständnis für ihn. Und bis zum Gerichtsverfahren gegen den noch verletzt und unter Polizeibewachung in einem Krankenhaus liegenden Klaus Dosenbach, bei dem Darold als Zeuge aussagen musste, würde noch einige Zeit vergehen.

Er fuhr mit seinem Alfa nach Frankfurt, nahm sich ein Hotelzimmer und flog zwei Tage später nach Split. Keinen Tag, keine Stunde, keine Minute zu früh, wie es schien, denn kurz darauf setzte der Medienorkan ein, den Dosenbachs Verhaftung und die Aufklärung des Falles Sina Falke auslöste. In Split buchte Darold einen Mietwagen und fuhr bis auf die Insel Pag, wo er sich in einem kleinen Hotel ein Zimmer aussuchte. Es war längst Nachsaison, der Touristenansturm vorüber, und Darold schlenderte am Strand entlang, eine einsame Gestalt inmitten der Kargheit aus weißen Felsen und grünlichem Meer.

Er beantwortete keine E-Mails oder SMS-Nachrichten, nahm keine Anrufe entgegen und machte sich nicht die Mühe, auf die unzähligen Interviewanfragen auch nur zu reagieren. Allerdings überprüfte er regelmäßig, wer Kontakt zu ihm aufnehmen wollte – Hanna Falke befand sich nicht darunter, kein einziges Mal. Das Geschehen in Blaubach verfolgte er nicht in den Medien. Er trank kroatischen Wein, aß frischen Fisch und ließ sich den Seewind um die Nase wehen.

Erst vier Wochen später brachte ihn sein Rückflug wieder nach Frankfurt. Doch auch jetzt fuhr er nicht nach Süddeutschland.

Wiederum bestieg er einen Flieger, diesmal ging es auf die griechische Insel Santorini. Drei Wochen lang. Er trank griechischen Wein, aß frischen Fisch und ließ sich erneut den Seewind um die Nase wehen. Medienberichten schenkte er weiterhin keine Beachtung.

Als er nach über sieben Wochen wieder sein Heim betrat, war es nach einem frühen Vorstoß des Winters schon reichlich kalt in Blaubach. Der erste Schnee war gefallen, Raureif überzog die Fensterscheiben. In den Zimmern ballte sich eisige abgestandene Luft. Darold drehte die Heizung auf. Dann checkte er sämtliche Nachrichten auf seinem Anrufbeantworter, nur um sie dann rasch zu löschen – Hanna hatte sich nicht gemeldet, und er hatte es auch nicht erwartet.

Er tätigte den größten Supermarkteinkauf seines Lebens und bunkerte sich im Haus ein. Der Fernseher lief unablässig, Spielfilme, Dokumentationen. Zweimal telefonierte er mit Dieckmann, ansonsten blickte er nicht einmal mehr auf, wenn sein Telefon klingelte, aber das kam ohnehin so gut wie nie vor. Der Mediensturm hatte sich längst wieder gelegt und würde erst bei Prozessbeginn noch einmal Fahrt aufnehmen.

Eine Woche verstrich, eine zweite, eine dritte. Die Kälte ebbte ein wenig ab. Nebel bildete sich und ließ Blaubach scheinbar von der Erdoberfläche verschwinden.

Darold klebte in dem Sofa, auf dem er mit Hanna Falke gesessen hatte, als abends innerhalb von ein paar Minuten mehrmals sein Handy klingelte. Er nahm es vom Tisch und betrachtete das Display. Andrea Ritzig.

Er wartete, bis das Signal verklang. Dann stellte er den Ton des Fernsehers leise. Er hatte sich nie wirklich bei ihr bedankt. Das Überprüfen der Liste, das sie übernommen hatte, hatte ihn zu Gabel geführt, der ihn zu Melanie geführt hatte. Die ihn letztlich zu Klaus Dosenbach geführt hatte.

Er wählte die Rückruffunktion.

»Das gibt's doch nicht, dass du anrufst«, ertönte Andreas Stimme. »Ich dachte, du wärst tot.«

»Wen würde das schon kümmern.«
»Niemanden.«
Nach ein paar Sekunden der Stille tat er das, was längst überfällig war. Er sprach ihr seinen Dank aus. Und er entschuldigte sich bei ihr.
»Wofür?«, fragte sie.
»Dafür, dass ich so ein Arschloch bin.«
»Immerhin ein Arschloch, das stolz auf sich sein kann.«
»So?« Er grummelte. »Wieso sollte ich?«
»Ach? Du willst es unbedingt hören?« Sie lachte trocken auf. »Na gut, von mir aus. Also, du kannst stolz auf dich sein, weil du nie aufgegeben hast. Weil du das große Rätsel gelöst hast. Weil die Presse dich gefeiert hat.«
»Hat sie das?« Er griff zu seinem Glas mit Scotch und trank einen Schluck. »Dazu besteht kein Anlass, glaub's mir.«
»Und ob! Gib's doch wenigstens zu.« Sie stöhnte genervt auf. »Mann, Darold, warum kannst du nicht einfach sagen, dass du froh bist, die Sache doch noch hinter dich gebracht zu haben? Was ist so schwer dran? Du musst doch Genugtuung verspürt haben. Erleichterung. Das war doch ein Triumph. Ein Sieg.«
»Ich fühle mich nicht wie ein Sieger.«
»Sondern?«
»Sondern wie ein Geschlagener.«
»Himmel, Darold.«
»Sina war mehrere Jahre in dem verdammten Keller«, sagte er mit dumpfer Stimme. »Wenn ich früher auf Dosenbach gekommen wäre, hätten wir sie retten können. Und Alicia Grüninger hätte diesen Keller nie betreten. Sie wäre heute kein psychisches Wrack und in ständiger Behandlung, sondern wahrscheinlich eine junge Frau mit einem richtigen Leben.«
»Das ist wirklich typisch Darold«, brummte Andrea.
»So sehe ich es nun mal.«
»Und wenn du nicht drangeblieben wärst, dann hätte Alicia Grüninger heute wohl *überhaupt* kein Leben mehr. Dann wäre sie nämlich mausetot. Und ein anderes Mädchen würde in die-

sem Keller stecken.« Sie holte Luft und fügte an: »Und Dosenbach wird nie wieder in Freiheit gelangen. Übrigens, wie ich hörte, kann er wegen der Schussverletzungen nach wie vor kaum mehr als ein paar Meter zu Fuß zurücklegen.«

»Ich hätte ihn früher kriegen müssen«, beharrte Darold.

»Wie denn? Es gab mehrere Zeugenaussagen, die behaupteten, er hätte damals den ganzen Tag zu Hause verbracht. Und nie war er in irgendeiner Weise auffällig. Nie ist er auf irgendeine Art und Weise auffällig geworden und ...« Sie verstummte und setzte erneut an: »Na ja, jetzt ist er jedenfalls für keinen Menschen mehr eine Bedrohung, und das ist dein Verdienst.«

»Aber leider gibt's noch zu viele Typen wie ihn.«

»Als wenn das was Neues wäre, Darold. Du wirst dir kaum alle von ihnen vorknöpfen können. Das musst du anderen überlassen.«

Er erwiderte nichts darauf.

»Mensch, Darold. Wieso machst du es allen nur so schwer? Und vor allem: wieso dir selbst?«

Im direkten Lebensumfeld, schoss es Darold durch den Kopf. Keine Zufälle, kein großer mysteriöser Unbekannter. Die Lösung in Fällen wie jenem von Sina Falke war – wie es die Kriminalstatistik belegte – im direkten Lebensumfeld zu finden. Die Lösung war all die Jahre direkt vor seiner Nasenspitze gewesen. Er hatte es *gefühlt*. Immer, die ganze Zeit über.

»Was meinst du, Darold«, schlug Andrea vor, ihr Ton wieder neutraler, offener, »vielleicht können wir ja mal was essen gehen.«

Er erhob sich vom Sofa und spürte dabei seine vom vielen Herumsitzen steifen Knochen. »Warum hast du so viel Geduld mit mir?«

»Wenn ich das wüsste.«

»Ein Abendessen wäre klasse«, sagte er.

»Klingt nicht so, als ob du es ernst meinen würdest.«

»Doch, na klar.«

»Okay, Darold, wann?«

»Ich melde mich bei dir.«

Sie lachte erneut, diesmal ganz traurig. »Wer's glaubt.«

»Ganz sicher, ich rufe dich an.«
»Wir werden sehen, Darold.«
Sie beendeten das Gespräch. Darold legte das Handy weg und ließ sich wieder aufs Sofa fallen. Er schenkte sich Scotch nach.

Epilog

Blaubach

Trotz der klirrenden Kälte hatte sie ihn vor die Tür begleitet, um ihn zu verabschieden. Er hob die Hand zum Gruß und sah im Rückspiegel, dass sie zurückwinkte.

Nächste Woche würde Benny Laux wieder in das kleine Dorf im Kinzigtal fahren, um sich mit ihr zu treffen. Eine schöne Gegend, immer noch im Schwarzwald, aber doch ein ganzes Stück weg von Blaubach. Weg von den Erinnerungen.

Anfangs hatte Melanie Dosenbach abweisend auf ihn reagiert. Aber sie tat ihm leid, ihre Geschichte erschütterte ihn. Missbraucht vom eigenen Vater, irgendwann von den Qualen erlöst – aber nur aufgrund der Tatsache, dass sich der Vater anderen Mädchen zuwandte. Sie hatte nicht gewusst, was Dosenbach tat – und doch hatte sie etwas *geahnt*. Tief in ihr. Hatte es jeden Tag mit sich herumgeschleppt, dass da etwas nicht stimmte. Benny war sich sicher, dass es so war, er merkte es ihr an.

Inzwischen lebte Melanie mit ihrer Mutter in diesem Dorf. Von Florian Sichlinger hatte sie sich getrennt, ein jäher Schlussstrich, über den Florian nach den Enthüllungen über Klaus Dosenbach eher erleichtert als erschrocken zu sein schien. Der Verkauf von Dosenbachs Firma wurde noch abgewickelt, stand aber kurz vor dem Abschluss, Frau Dosenbach hatte das in die Hand genommen. Der Familienwohnsitz in Blaubach war ebenfalls bereits verkauft worden.

Melanie erhielt Hilfe durch eine Psychologin. Und von Benny, der mindestens einmal pro Woche hierherfuhr, selbst jetzt, da die

Straßen im Schwarzwälder Winter glatt und tückisch waren. Allmählich ließ Melanie es zu, dass man ihr half. Sie wurde offener, sprach mehr, fragte mehr – nur die Vergangenheit war absolut tabu. Jedenfalls in Bennys Anwesenheit. Davon abgesehen, hatte er allerdings den Eindruck, Melanie freue sich inzwischen richtig auf seine Besuche. Und die Psychologin, er hatte sie selbst kennengelernt, die machte ihre Sache sehr gut, wie er fand.

Auch Reinhold Falke wurde von Psychologen unterstützt. Ihn besuchte Benny natürlich nicht, Falke befand sich in einer psychiatrischen Klinik in der Nähe von Singen, aber ganz Blaubach wusste Bescheid. Nur Susanne und Hanna erschienen in regelmäßigen Abständen bei Falke, trotz der langen Anfahrt. Zumindest war er nicht im Knast gelandet, das freute Benny. Reinhold Falkes Geschichte erschütterte ihn fast ebenso sehr, er musste oft an ihn und seine Familie denken.

Susanne Reitzammer lebte mittlerweile in Donaueschingen und hatte einen Bürojob in der dortigen Brauerei. In Blaubach sah man sie nicht mehr. Ebenso wenig wie Hanna, die nach Friedrichshafen gezogen war. Benny hätte Hanna gern noch einmal getroffen, er hatte sie immer gemocht, früher schon, auch wenn der Kontakt dann irgendwann abgebrochen war. Von den Falkes war nur noch Micha in Blaubach geblieben. Aber ihm begegnete man nie, er war praktisch ein Unsichtbarer. Ja, und Sina war natürlich noch da. Irgendwie. Zumindest ihr Grab. Es wurde von Susanne gepflegt – die einzigen Gelegenheiten, bei denen sie noch in Richtung Blaubach fuhr.

Sina war nur im Beisein von Susanne, Micha und Hanna beigesetzt worden, im Geheimen, was Benny sehr gut nachvollziehen konnte, nach all dem Presserummel. Im Kamin von Klaus Dosenbachs Hof waren tatsächlich noch DNA-Spuren von Sina gefunden worden, auch von Katja Bendow, Dosenbachs erstem Opfer. Dank Zahn- und Knochenresten, die nicht vollständig verbrannt waren. Beide Mädchen hatten also doch noch offiziell für tot erklärt werden können. Manchmal ging Benny an Sinas Grab, um eine Blume abzulegen.

Ach ja, auch Darold lebte noch in Blaubach. Er ließ sich nicht auf den Straßen und in den Gasthäusern sehen. Zum Einkaufen fuhr er in einen Supermarkt im Nachbarort, wie man hörte. Er wollte für sich sein. Blaubach tauchte am Horizont auf. Benny passierte die Bushaltestelle, die es bald nicht mehr geben würde. Sie musste neuen Wohnblöcken weichen, die ab dem Frühjahr hier entstehen würden. Er war froh, dass die Fahrt gleich vorbei sein würde. Es war noch frostiger, noch glatter als im Kinzigtal. Blaubach war einfach ein verdammt kaltes Nest.

ENDE